Apparences

DU MÊME AUTEUR CHEZ MIRA

L'invitation
L'ennemi sans visage
Le complot
Soupçons
La griffe de l'assassin
Prémonition
L'ombre de la mort
Danse avec la mort
Noires visions
Nuits blanches

HEATHER GRAHAM

Apparences

Roman

MIRA

Titre original :
THE SÉANCE
publié par MIRA®

Traduction de l'américain par VALÉRY LAMEIGNÈRE

Photo de couverture
Escalier : © DIGITAL VISION / GETTY IMAGES

83-85 boulevard Vincent-Auriol 75646 PARIS CEDEX 13.
ISBN 978-2-2808-4779-7 — ISSN 1765-7792

Prologue

Christie ouvrit les yeux.

Tout semblait en ordre. La petite horloge en porcelaine posée sur la cheminée — la préférée de mamie qui l'avait rapportée d'Irlande — faisait entendre son éternel tic-tac discret et rassurant.

Le temps passait sans heurts.

La douce lumière de la veilleuse filtrait par la porte entrouverte de la salle de bains. Elle l'allumait dès que la nuit tombait parce qu'elle avait un peu peur du noir.

Le climatiseur ronronnait.

Le carillon de l'horloge sonna, comme sur la pointe des pieds, les douze coups de minuit.

C'est alors qu'elle comprit ce qui n'était pas comme d'habitude.

Papy se trouvait dans la pièce. Assis sur le vieux rocking-chair, il la regardait en se balançant lentement, sa pipe à la main.

Lorsqu'elle ouvrit les yeux, un sourire se dessina sur les lèvres du vieil homme.

— Papy ? murmura-t-elle d'une voix engourdie par le sommeil.

— Pardon, ma petite-fille, dit-il. Je ne voulais pas te réveiller.

— Ça ne fait rien, papy, dit-elle, intriguée de le trouver là. Quelque chose ne va pas ?

— Non, non, mon trésor, tout va bien, répondit-il en se penchant vers le lit. Je veux que tu sois très gentille avec mamie, c'est tout. Elle a besoin de toi, Christie, alors ne la laisse pas tomber, d'accord ?

Christie faillit éclater de rire tant ces mots lui paraissaient incongrus. Comment aurait-elle pu aider mamie alors qu'elle n'avait que douze ans ? D'autant qu'elle habitait loin de chez ses grands-parents.

— Je ne suis pas encore une adulte, papy, dit-elle comme s'il avait pu l'oublier. Je n'ai même pas le droit d'aller toute seule au centre commercial.

Il la gratifia d'un de ces sourires bienveillants qu'il semblait être le seul à savoir faire si bien.

— C'est vrai que tu es toute jeune, ma petite-fille, mais les enfants peuvent donner beaucoup d'amour aux grandes personnes, tu sais ? Oui, beaucoup d'amour.

Elle fronça les sourcils, surprise de le trouver si beau, assis là avec sa force tranquille et l'agréable odeur de tabac qui ne le quittait jamais. Plusieurs mois durant, mamie lui avait fait la guerre pour qu'il arrête de fumer. Il avait bien essayé pour lui faire plaisir, et il y était même parvenu aussi longtemps qu'il était resté cloué au lit. C'est-à-dire jusqu'à ce soir.

C'était justement parce que papy avait été très malade ces derniers temps que Christie et sa mère étaient là. Bien sûr, sa maman avait un peu hésité à cause de l'école. Mais mamie avait besoin de soutien et c'était plus important que tout. Même que l'école. Pourtant, mamie n'était pas seule ici. L'oncle de Christina — le frère de sa maman — vivait dans les parages avec sa femme et ses deux fils. Mais apparemment, ça ne suffisait pas. Christie en avait conclu qu'en grandissant, les filles restaient sûrement plus proches de leurs parents que les garçons. Ou peut-être mamie considérait-elle simplement qu'une femme était plus utile quand il s'agissait d'aider à tenir une maison.

— Elle devrait savoir que je l'aime, ça, oui, elle devrait le savoir, dit papy. Seulement, je veux que tu t'assures qu'elle en est bien consciente, d'accord ?

— Mais voyons, papy, mamie le sait, que tu l'aimes très fort !

— Et ta maman aussi, je l'aime très fort. Mais elle, elle a ton papa. Et c'est un chic type, ton papa.

— Maman t'aime aussi, papy, dit Christie d'une voix ferme.

Elle ne voulait surtout pas qu'il ait le moindre doute là-dessus.

— Oui, oui, je sais. Et toi, mon trésor, tu m'aimes, pas vrai ?

— Bien sûr ! s'exclama Christie en s'asseyant droite sur son lit.

— Mais c'est à mamie que je vais le plus manquer.

— De quoi tu parles, papy ? Tu ne vas pas partir en voyage sans elle, quand même ?

— Occupe-toi bien d'elle, dit-il en regardant la fillette droit dans les yeux. Ne laisse jamais tomber ta grand-mère, ajouta-t-il en se levant pour aller poser sa pipe sur la cheminée.

Il vint ensuite s'asseoir sur le bord du lit et prit Christie sur ses genoux, comme quand il lui lisait une histoire ou qu'il en inventait une. Il était difficile de distinguer le vrai du faux quand papy racontait quelque chose parce qu'il était, pour reprendre l'expression de mamie, « le roi du boniment ». Mais Christie l'adorait et buvait ses paroles lorsqu'il accommodait à sa sauce les fables de sa chère Irlande.

Il lui caressa doucement les cheveux.

— Les Irlandais sont des gens à part, tu sais ? Ils peuvent voir des choses qui échappent aux autres.

Elle se souvenait du jour où il avait dit ça devant son père qui avait rétorqué d'une voix moqueuse :

— Ben voyons ! Des gens à part, dites-vous ? C'est surtout quand ils ont bu leur whiskey qu'ils se mettent à avoir des visions !

Papy ne s'était pas fâché. Au contraire, il avait ri de bon cœur. Après tout, si son gendre n'était pas né en Irlande, ce n'était pas sa faute.

Christina avait beau sortir tout juste de l'enfance, elle était très consciente de ce qui se passait autour d'elle. Et, en effet, la plupart des Irlandais qui fréquentaient leur famille avaient un penchant certain pour le whiskey et la Guiness.

— Prends bien soin de ce don de divination, ma chérie, dit doucement papy.

— Oh, je suis encore trop jeune pour boire de l'alcool, tu sais ?

Il éclata de rire.

— Petite impertinente ! dit-il en lui embrassant tendrement les cheveux. Ce n'est pas bien de se moquer de son grand-père.

Il se tut pendant quelques instants et elle sentit sa poitrine se soulever comme sous le coup d'une émotion.

— Je dois partir, Christie. Mais je me sens en paix avec moi-même. Tu le diras à mamie, d'accord ?

— Où tu vas ?

— Dans un très bel endroit. Là où la guerre n'existe pas et où l'herbe est aussi verte que celle de mon Irlande.

Il lui faisait peur à parler comme ça. Christie était assez lucide pour comprendre qu'il évoquait la mort, sujet qu'elle détestait par-dessus tout. Elle savait bien que ses grands-parents étaient âgés et qu'on ne pouvait vivre éternellement. Mais elle s'était convaincue que rien de grave ne pourrait leur arriver tant qu'elle se comporterait avec eux comme s'ils étaient encore jeunes.

— Un très bel endroit ? dit-elle d'un ton taquin. Et tu ne proposes même pas à mamie de venir avec toi ?

— Chaque chose en son temps, mon trésor. Elle me rejoindra un jour. En attendant, tu devras t'assurer qu'elle ne manque de rien.

Il caressa de nouveau ses cheveux. Quand elle pencha la tête en arrière pour le regarder, Christina vit qu'il balayait la pièce du regard d'un air soucieux.

— Qu'est-ce qui te tracasse, papy ?

Il sourit tendrement.

— Rien, rien… C'est juste que… tout ceci est nouveau pour moi. Mais il n'y a aucune raison de s'inquiéter, ma puce. Ne soyez pas malheureux de mon absence parce que je serai très bien là où je vais.

Il la serra un peu plus fort.

— Promets-moi de te rappeler tout ce que j'ai dit, ma petite-fille.

Il se mit à lui chantonner une vieille berceuse. Même à voix basse, il avait un timbre magnifique. Jamais il n'avait songé à en faire son métier et, tout au long de sa vie, les clients de son restaurant avaient constitué son seul public.

Mais papy aurait pu devenir chanteur professionnel, songea Christie avec fierté. Dommage qu'il n'ait fait aucun cas de son talent… A l'écouter, tous les Irlandais chantaient aussi bien que lui.

Ses yeux se firent lourds et elle finit par s'endormir dans les bras de son grand-père.

Au matin, elle entendit des sanglots étouffés en provenance du petit salon. Dans cette maison, il n'y avait pas qu'un seul salon comme dans celle de Miami où Christina vivait avec ses parents. Ici, il y avait un petit salon *et* une salle de séjour. Ses grands-parents avaient acquis cette magnifique propriété avant qu'une grande partie d'Orlando ne soit achetée par Disney. Ensuite, le phénoménal succès de Disneyworld avait attiré toutes sortes de commerces, principalement d'autres parcs de loisirs, mais aussi des grandes chaînes d'hôtels et de restaurants. La maison de papy et mamie était l'une des plus anciennes de la ville, l'une des rares à avoir été construite avant la guerre de Sécession. La vénérable demeure n'était plus qu'une triste ruine quand ils l'avaient achetée. C'est pour ça qu'ils avaient eu les moyens de s'offrir ce « bijou architectural », avait expliqué papy. Ou plutôt ce « manoir victorien », comme disait non moins fièrement mamie. Les deux cousins de Christie, eux, préféraient l'appeler « la maison hantée ». Ils n'étaient pas très courageux pour des garçons. Pour sa part, la fillette adorait cet endroit. Mais peut-être était-ce parce qu'elle adorait ses grands-parents. Surtout qu'ils étaient toujours d'accord pour laisser la lumière de la salle de bains allumée.

Il faisait jour à présent. Les pleurs montaient depuis le rez-de-chaussée jusque dans sa chambre située à l'étage.

Elle sauta hors du lit et alla se poster en haut du grand escalier. De là, elle pouvait apercevoir sa grand-mère en larmes par la porte entrouverte du petit salon. La voix de son père fut la première à lui parvenir.

— Mary, disait-il, Seamus ne souffre plus, à présent.

— Maman le sait, dit la mère de Christie. Si on pleure, c'est qu'il nous manque déjà tellement.

Mamie leva soudain les yeux vers l'escalier. Même triste, elle semblait forte. Mamie était comme ça. Indestructible.

Elle tendit les bras en direction de Christie.

— Viens, mon petit cœur.

Christie dévala les marches pour aller s'asseoir sur les genoux de sa grand-mère. Elle serra la vieille dame dans ses bras avant de se reculer pour la dévisager, le front plissé.

— Mamie, pourquoi tu pleures ?

— C'est à cause de papy. Il… Il nous a quittés.

— Quittés ? répéta Christie en fronçant les sourcils.

D'un seul coup, elle se rappela la visite de son grand-père au milieu de la nuit.

— Ah oui, c'est vrai… Il m'a dit qu'il devait partir.

Un étrange silence salua ces propos.

— Quand t'a-t-il dit ça, Christie ? demanda son père. Lorsque tu es venue le voir dans son lit, hier après-midi ?

— Non, papa. Cette nuit. Je me suis réveillée et il était dans ma chambre avec sa pipe dans la main, en train de se balancer sur le rocking-chair. Il m'a dit qu'il devait s'en aller et que mamie le rejoindrait quand le moment serait venu. Il m'a demandé de m'assurer que tu ne manquerais jamais de rien, ajouta-t-elle en se tournant vers sa grand-mère. Il a dit aussi qu'il partait dans un très beau pays, aussi vert que l'Irlande.

Un nouveau silence, tout aussi bizarre que le précédent, s'installa dans la pièce. Puis on sonna à la porte. Grand-mère se leva et déposa la petite fille dans le fauteuil, tandis que des urgentistes et des policiers pénétraient dans la maison.

Pourquoi la police ? se demanda Christie en regardant le médecin et les infirmiers grimper l'escalier vers la chambre de papy. Tout le monde semblait l'avoir oubliée. Elle resta un instant seule dans le petit salon, hésitante, avant de se décider à monter elle aussi à l'étage. Au moment où elle arrivait sur le palier, elle entendit quelqu'un demander à mamie ce qui s'était passé. Celle-ci expliqua qu'elle s'était réveillée de bon matin et qu'elle avait trouvé son mari tout froid à ses côtés.

— La mort remonte à plusieurs heures, dit une voix. Il a dû s'éteindre vers minuit.

Un policier téléphona alors au médecin traitant de papy et lui posa tout un tas de questions. Christie comprit que dans la mesure où il s'était « éteint » chez lui, comme ils disaient, la police devait s'assurer que mamie ne l'avait pas tué !

La fillette n'en revenait pas.

Mais la consternation céda la place à la stupeur quand elle comprit brutalement ce que tout cela voulait dire.

Papy était mort.

Jamais plus elle ne sentirait l'odeur de sa pipe. Jamais plus il ne la prendrait dans ses bras pour lui raconter une histoire ou lui chanter une berceuse.

Mais… Comment était-ce possible ? Il était venu dans sa

chambre ! Sa présence l'avait réveillée alors que l'horloge de la cheminée venait de sonner les douze coups de minuit !

Sa mère la remarqua, immobile sur le palier, et vint lui prendre la main. Elle pleurait et Christie ressentit toute l'étendue de son chagrin. Curieusement, elle-même n'éprouvait pas une grande tristesse. Papy lui avait dit qu'il était serein, prêt pour le voyage qui le conduirait dans un lieu sans guerre, aussi verdoyant que les collines d'Irlande.

— Ne pleure pas, maman, dit-elle en lui pressant la main. Il est dans un endroit très joli.

Toute à sa peine, sa mère l'écouta d'une oreille distraite.

— Il était malade, murmura-t-elle. Il souffrait. Au moins, son calvaire est terminé, à présent.

— Je l'ai vu, maman. Cette nuit. Il m'a dit qu'il nous aimait très fort. Il a ajouté qu'il était en paix avec lui-même et qu'il ne fallait pas s'inquiéter pour lui. Il ne veut pas qu'on soit malheureux parce qu'il est bien là où il est.

— La vérité sort de la bouche des enfants, dit son père d'une voix attendrie. Dis donc, il fait froid ce matin. Va vite mettre tes chaussons, jeune fille.

— Je vais aller les chercher avec elle, dit sa mère.

Elles se rendirent main dans la main dans la chambre qu'occupait Christina. Sa maman, l'esprit ailleurs, pleurait toujours. Des larmes silencieuses qui roulaient sans discontinuer sur ses joues.

Elle s'arrêta juste après avoir franchi la porte et fixa sa fille en fronçant les sourcils.

— C'est bizarre… J'ai l'impression de sentir l'odeur de sa pipe.

— C'est normal, maman. Il est venu me voir cette nuit. Je te l'ai déjà dit mais tu ne m'as pas écoutée.

A l'expression de son visage, on aurait pu croire en effet qu'elle entendait ces mots pour la première fois. Elle blêmit et quitta précipitamment la pièce, oubliant les chaussons.

Cette nuit-là, les Irlandais du quartier vinrent rendre un dernier hommage à leur compatriote, la famille du défunt en tête. L'oncle et la tante de Christie étaient arrivés tout de noir vêtus, accompagnés de leurs enfants. Jamais Christina n'avait vu ses cousins afficher des mines aussi graves. On aurait presque dit des hommes. Pour une fois, ils s'étaient montrés calmes et même gentils avec elle.

Papy avait laissé des instructions précises. Pas question d'une lugubre veillée funèbre. Il avait voulu qu'on lui dise adieu à l'ancienne, avec du whiskey et des chansons. Alors, ses vieux compagnons de route s'étaient présentés à leur tour, et ils avaient bu tout leur soûl, ne s'interrompant que pour chanter et raconter des anecdotes où papy avait toujours le beau rôle. Christie se disait qu'il devait être fier de sa famille en regardant depuis son bel endroit paisible et verdoyant la manière dont étaient accueillis ceux qui l'avaient aimé, comme ça se faisait au pays.

Seamus Michaël McDuff fut enterré trois jours plus tard.

Au cimetière, tout le monde pleurait, malgré ses instructions. Il était mort à soixante-dix ans, au terme d'une existence bien remplie. Il avait quitté l'Irlande pour les Etats-Unis avec femme et enfants, et avait su offrir à sa famille une vie nouvelle au cours de laquelle ils n'avaient manqué de rien. Seamus McDuff avait été chef pâtissier. Il avait travaillé dur et avait mis de l'argent de côté jusqu'au jour où il avait enfin pu ouvrir son propre restaurant. Ses dons de chanteur et de conteur avaient sans doute autant contribué au succès de son établissement que ses talents de cuisinier. Il avait su se faire apprécier de tous et chacun s'accordait pour dire qu'il avait été ce qu'on appelle « quelqu'un de bien ».

Alors que les cornemuses jouaient les notes mélancoliques d'une complainte, Christie vit son papy apparaître pour la seconde fois depuis son décès.

La plupart des gens présents se tenaient debout, mais mamie était encore assise quand il s'approcha d'elle, caressa ses cheveux et se pencha pour murmurer à son oreille.

Mamie leva les yeux, une expression surprise sur le visage. L'instant d'après, Christie eut l'impression qu'elle esquissait un sourire mélancolique à travers ses larmes.

Seamus se tourna vers sa petite-fille, comme s'il savait qu'elle observait la scène, et il lui adressa un clin d'œil complice. Il semblait si jeune... Et dans une forme éclatante. Un bel Irlandais plein de vie qui assistait sourire aux lèvres à son propre enterrement.

Christie ne put s'empêcher de lui rendre son sourire.

Les cornemuses venaient d'entamer « Danny Boy », et la cérémonie touchait à sa fin.

La petite fille balaya le cimetière du regard.

A une vingtaine de mètres se déroulait un autre enterrement, très discret comparé à celui de son grand-père. Il n'y avait que trois personnes pour accompagner le défunt à sa dernière demeure. Un homme, une femme et un prêtre. La femme pleurait toutes les larmes de son corps. Le prêtre lui parlait, s'efforçant sans doute de la réconforter. Curieusement, Christie eut le sentiment qu'ils se dépêchaient d'en finir, comme s'ils craignaient qu'on ne les surprenne devant cette tombe.

Il se dégageait de ce trio quelque chose d'affreusement triste.

Elle vit de nouveau son grand-père qui la regardait d'un air songeur.

— L'amour est la seule chose que l'on puisse emporter dans la mort, murmura-t-il. C'est ce que nous avons de plus précieux et, à cet égard, j'ai quitté ce monde en homme riche.

Christie brûlait d'envie de lui parler. Et aussi de hurler.

Parce qu'il ne pouvait pas vraiment être là.

— Si tu voulais bien la lancer, ma puce. Tous les morts ont droit au respect.

Elle se rendit compte qu'elle avait une rose à la main. Elle fit quelques pas en direction du trou où reposait le cercueil de son grand-père et y jeta la fleur. Lorsqu'elle se retourna, elle remarqua une seconde rose tombée à terre et la ramassa. Sans réfléchir, elle se dirigea vers l'autre enterrement qui venait également de s'achever.

Le prêtre et le couple effondré s'en étaient allés. Seuls restaient les employés des pompes funèbres qui s'apprêtaient à inhumer le défunt.

— Tu connais le monsieur qui est mort ? demanda l'un d'eux à Christie lorsqu'elle s'approcha.

Sa voix peu engageante ne suffit pas à la faire battre en retraite.

— Non.

— Alors, que fais-tu là ?

Sans se démonter, Christie posa la rose sur le cercueil que les hommes retenaient à l'aide de sangles.

— Va en paix, murmura-t-elle.

— Christina !

C'était la voix de sa mère. Elle tourna le dos au malheureux que si peu de gens avaient pleuré, et rejoignit sa famille en pressant le pas.

Plus tard, songeant que ça réconforterait sa grand-mère, elle lui raconta qu'elle avait revu son papy au cimetière.

Mamie lui prit la main et la dévisagea longuement.

— Moi aussi j'ai senti sa présence, mon petit cœur. Moi aussi…

Pourtant, ce soir-là, contre toute attente, sa mère lui reprocha d'avoir parlé de ça.

— Christie, pour l'amour de Dieu, arrête de dire que tu vois ton grand-père. Ça fait de la peine à tout le monde, tu comprends ?

Non, elle ne comprenait pas.

— Je n'ai fait de mal à personne, protesta-t-elle.

— Et qu'est-ce qui t'a pris d'aller vagabonder du côté de… Mon Dieu, c'était horrible ! Songer que papa a été enterré à la même heure, le même jour et dans le même cimetière que cet homme…

— De quoi tu parles, maman ?

Sa mère secoua la tête.

— Je suis désolée, Christina. Je t'aime tant et je sais que tu as de la peine, toi aussi… Mais tout ça, ce sont des inventions. Des sottises. Tu ne peux pas voir papy. Et je te demande de cesser de dire des choses pareilles.

Christie comprenait que sa mère réagisse vivement. Son papa venait de mourir et elle était bouleversée. Mais curieusement, sa voix ne contenait pas seulement de la colère. On y percevait aussi quelque chose qui ressemblait à…

A de la peur.

Mais pourquoi ? Si vraiment elle parvenait à voir son papy, ne fallait-il pas au contraire s'en réjouir ?

Bien sûr, c'était drôlement surprenant de le voir apparaître alors qu'il était mort. Mais, à dire vrai, elle espérait qu'il reviendrait la voir, qu'il lui parlerait de nouveau et que, cette fois-ci, il lui expliquerait comment une chose aussi étrange était possible.

Qui se trouvait dans cet autre cercueil ? se demanda-t-elle.

Elle avait posé la question à sa mère, mais celle-ci avait refusé de répondre. Seulement, d'autres gens parlaient et Christina tendait l'oreille. Ceux qui évoquaient ce mystérieux mort le faisaient avec effroi. D'après ce qu'elle comprenait, un tueur avait semé la panique dans la ville avant d'être abattu par la police. D'autres semblaient dire que le tueur lui-même était un policier, mais ce n'était pas très clair. Difficile de glaner des informations quand tout le monde se taisait à son approche. Ça devenait vexant, à la fin ! Elle était presque une adolescente et elle commençait même à avoir de la poitrine… Elle se rappela soudain avoir déposé une fleur sur le cercueil de l'assassin, et ce souvenir la mit mal à l'aise. Mais elle avait fait ça juste après avoir vu papy qui lui avait parlé du respect qu'on devait aux morts. A tous les morts.

— C'est quoi cette histoire de tueur ? demanda-t-elle à son amie Ana qui vivait un peu plus bas dans la rue.

Ana avait assisté à l'enterrement avant de venir à la maison avec ses parents et son cousin Jedidiah, très beau dans son uniforme de l'armée. Les voisins immédiats de ses grands-parents étaient là aussi avec leur fils Tony qui venait d'avoir dix-huit ans. Ce dernier était en grande conversation avec

Jed, et Christina décida de profiter de ce moment où Ana était enfin seule pour lui demander des éclaircissements.

— Quoi, tu n'es pas au courant ? dit Ana. Le type qui assassinait toutes ces femmes a fini par se faire attraper. On n'en a peut-être pas trop parlé aux infos à Miami, mais je t'assure qu'ici, les gens n'osaient plus sortir de chez eux. La ville entière était devenue parano ! Il a été enterré aujourd'hui, lui aussi. Dans le même cimetière que ton grand-père !

Et Christina avait posé une rose sur son cercueil.

Plus tard dans la soirée, mamie lui demanda à son tour de ne plus dire qu'elle voyait son papy.

— Je sais que tu l'aimais beaucoup, mon petit cœur. Mais il ne faut plus raconter qu'il apparaît devant toi, même si je comprends que tu ne cherches qu'à me réconforter.

— Je t'ai fait de la peine, mamie ?

— Non, ce n'est pas ça.

— Alors quoi ?

Mamie lui lança un regard empreint de gravité.

— C'est dangereux, Christina. Très dangereux. Aujourd'hui, tu lui as dit adieu et il ne faut plus jamais songer à lui parler ou à le revoir. Jamais, tu m'entends ? Chacun doit rester dans… dans son monde. Toi dans le tien, avec nous, et lui dans le sien où il vit en paix.

— Mais papy ne me ferait jamais de mal ! affirma Christie.

— Pas lui, bien sûr. Mais…

— Mais quoi, mamie ?

Christie ne se rappelait pas avoir vu une expression aussi inquiète sur le visage de sa grand-mère.

— Ecoute, ma chérie… En voyant papy après sa mort, tu

as… ouvert une porte. Un passage entre deux mondes. Et Dieu sait qui d'autre peut se faufiler par cette ouverture.

Christie ne put réprimer un frisson. Ces mots, tout autant que la façon dont mamie venait de les prononcer, lui faisaient froid dans le dos.

— Mamie, est-ce qu'Ana m'a dit la vérité ? Tout le monde a l'air de penser qu'à douze ans on est incapable de comprendre quoi que ce soit. Mais c'est faux ! S'il te plaît, dis-moi si c'est vrai qu'un meurtrier a été enterré aujourd'hui en même temps que papy.

Sa grand-mère devint pâle comme un linge.

— Ne parle jamais de ça ! N'associe plus jamais ce nom à celui de ton grand-père.

— Quel nom ?

— Peu importe. Tout ça est derrière nous. On a vécu un moment terrible mais depuis la mort de… de cet homme, tout le monde est soulagé. Quant à ton grand-père… Eh bien, il a rejoint Dieu et ses anges, ma petite fille. Les monstres, eux, je ne sais pas où ils vont. Sans doute en enfer.

Mamie la prit dans ses bras et l'embrassa.

— Ça va aller, ma chérie, ça va aller… J'ai beaucoup de chance de vous avoir, toi et ta maman. Tout cet amour me donnera l'énergie de surmonter mon chagrin. Et puis, j'ai aussi mon cher fils et ses garçons… Oui, ça va aller…

Christie rompit l'étreinte pour la regarder. Elle sentait une boule se former dans sa gorge. Pourquoi les grandes personnes essayaient-elles toujours de la protéger en lui cachant des choses ? Pour sa part, elle était persuadée qu'il valait mieux regarder la réalité en face que se mettre la tête dans le sable. A douze ans, elle se posait un tas de questions et elle mourait d'envie de comprendre le monde.

Mais ici, dans le manoir de ses grands-parents — le manoir de sa grand-mère, désormais — , les adultes n'étaient pas en état de lui fournir des réponses.

Ils étaient trop tristes.

Trop perdus.

Elle ignorait pourquoi sa mère et sa grand-mère semblaient craindre ses visions, et cela l'inquiétait.

Oh, ce n'était pas papy qui lui faisait peur.

C'était l'homme qui reposait dans ce cercueil.

Cette nuit-là, elle ne trouva pas le sommeil. Les yeux grands ouverts dans la pénombre, elle pria pour que l'horrible assassin ne vienne pas lui rendre visite.

Et sa prière fut exaucée.

Au matin, elle pensa qu'elle s'était fait des idées. Que la peine de perdre son papy adoré l'avait conduite à s'imaginer des choses.

Papy, ne reviens plus. Ne reviens plus jamais. Si tu m'aimes, je t'en supplie, ne reviens plus !

Après avoir dit ça, elle crut sentir le souffle tiède d'une brise d'été, alors que les fenêtres étaient fermées. Une douce caresse, comme si…

Comme si elle avait été entendue et comprise.

Son grand-père ne réapparut pas, ce jour-là. Ni les jours suivants. En fait, elle ne le revit plus une seule fois, pas même en rêve.

Et au fil du temps, doucement mais sûrement, elle oublia cet épisode de sa vie.

Tout cela n'avait été qu'un songe éveillé, une invention comme avait dit sa mère.

Elle réussit à s'en convaincre pendant les douze années qui suivirent la mort de son grand-père. Et puis un jour, elle comprit ce qu'avait voulu dire sa grand-mère lorsqu'elle l'avait mise en garde.

Oui, être capable de voir les morts était dangereux.

Très dangereux.

1.

Même désinfectée du matin au soir, une salle d'autopsie sentait toujours la mort.

Et il n'y faisait jamais sombre comme dans les films. Au contraire, une lumière crue baignait les lieux. Cachée partout ailleurs, la mort était ici factuelle, exposée, indéniable.

Factuelle, oui, et c'était justement les faits qu'étaient venus chercher les hommes penchés sur ce cadavre. Le meurtrier avait fait taire à jamais sa victime, et seul le cri muet de son corps martyrisé pouvait aider ceux qui voulaient voir triompher la justice.

Jed Braden n'arrivait pas à comprendre comment le médecin légiste et les flics pouvaient être blasés au point de manger — de se goinfrer, même — dans une morgue.

Non qu'il s'agisse de sa première visite dans cet endroit sinistre. A la vérité, il connaissait cette salle bien mieux qu'il ne l'aurait voulu. Mais s'empiffrer devant un cadavre ? Très peu pour lui.

Ce matin, c'était beignets à la crème pour tout le monde. Mais Jed avait refusé tout ce qu'on lui avait proposé, y compris une tasse de café. Il n'avait jamais tourné de l'œil durant une autopsie, pas même lorsqu'il n'était qu'un petit bleu à la brigade criminelle, et il n'avait pas envie de commencer aujourd'hui.

La mort sentait mauvais. Même un cadavre récent dégageait une odeur nauséabonde. Après la mort, le corps laissait échapper des gaz. Et s'il n'avait pas été découvert tout de suite, quelle que soit la cause du décès, les bactéries et la décomposition des chairs pouvaient mettre votre odorat à rude épreuve.

Pourtant, Jed avait parfois le sentiment que les pires odeurs étaient celles qui accompagnaient le travail du médecin légiste : le formaldéhyde et autres désinfectants, sans compter les violents astringents utilisés contre la mort et son processus de décomposition. Certains médecins et leurs assistants portaient des masques chirurgicaux, voire à oxygène. Depuis que les Etats-Unis avaient été pris d'une frénésie législative, certains Etats étaient allés jusqu'à les rendre obligatoires.

Mais le Dr Martin n'en avait cure. Il avait toujours considéré que l'odeur associée à la mort fournissait de précieuses indications. Une personne sur deux était capable de sentir l'odeur d'amandes amères que dégageait le cyanure, et il faisait partie de ceux-là. Le Dr Martin était réputé pour sa minutie. Ce perfectionniste détestait que l'on en vienne à exhumer un corps à cause d'un travail bâclé.

On ne pouvait rêver meilleur praticien pour bien démarrer une enquête.

A partir du moment où une mort semblait suspecte, une autopsie était obligatoirement requise. Jed ressentait toujours cela comme le viol ultime de l'intimité d'une victime. L'être humain qui hier encore était indissociable de son corps se retrouvait exposé, nu comme un morceau de viande sur l'étal d'un boucher, coupé en lamelles et sondé à l'aide d'aiguilles, pinces, scies, burins et autres sécateurs.

Au moins Margaritte avait-elle échappé à ça. On l'avait bourrée de morphine et, à la fin, ses yeux s'étaient ouverts, une seule fois, le temps de regarder Jed. Puis ils s'étaient refermés à jamais. Sa poitrine s'était soulevée doucement et elle avait paru s'endormir, le visage enfin détendu. Elle était morte.

Le Dr Martin termina de débiter d'une voix monocorde l'heure et la date dans son Dictaphone avant d'éteindre l'appareil et de poser sur Jed un regard dur.

Pourtant, il ne s'adressa pas directement à lui, mais à Jerry Dwyer qui se trouvait juste à sa droite.

— Qu'est-ce qu'il fait ici, inspecteur ?

Jed serra les poings mais parvint à conserver un visage neutre.

— Docteur…, protesta Jerry.

Le médecin leva un sourcil grisonnant et broussailleux.

— Il n'est plus policier, que je sache ! Monsieur est écrivain, maintenant.

Il avait prononcé le mot *écrivain* comme s'il s'agissait d'une insulte. Jed ne releva pas. Au point où il en était, ça n'aurait dû lui faire ni chaud ni froid. Pourtant, il devait admettre qu'il avait eu, l'espace d'un instant, envie de flanquer son poing dans la figure du médecin.

— C'était pourtant un bon flic, bougonna le Dr Martin.

— Je ne vous le fais pas dire ! lança Jerry Dwyer. Alors fichez-lui la paix, d'accord ? Sans compter qu'il possède une licence de détective privé. Sa présence ici est donc parfaitement légale.

Martin émit un petit son nasal qui exprimait tout son mépris.

— Cette licence ne lui sert qu'à fourrer son nez dans les affaires des autres et à trouver matière à scribouiller. Travaillait-il pour la victime ? Est-il un ami de la famille ? La réponse est non et encore non.

— Peut-être ai-je simplement envie que justice soit faite, dit Jed d'une voix calme. Peut-être les enquêteurs se sont-ils trompés il y a douze ans.

— Ou peut-être que le type qui a tué cette fille a pris exemple sur son illustre prédécesseur, rétorqua Martin. Il a imité la façon de procéder du Tueur de l'autoroute, voilà tout. Avec tous les articles qui lui ont été consacrés, n'importe qui a pu se procurer ce type d'information.

— C'est plus simple de penser ça que de se demander si on n'a pas désigné la mauvaise personne, fit remarquer Jed.

— Je vous rappelle que personne n'a été officiellement désigné, rétorqua Jerry, visiblement mal à l'aise.

— Et vous vous en voulez d'avoir écrit un bouquin qui accable le flic que tout le monde croyait coupable, à l'époque, pas vrai ?

— Oui, reconnut Jed. S'il s'avérait que j'ai crié avec les loups en accusant un innocent, c'est vrai que je m'en voudrais terriblement.

Jerry vola une nouvelle fois à son secours.

— Son propre équipier le croyait coupable, docteur. N'oubliez pas que c'est lui-même qui l'a abattu. Et Robert Gessup, l'adjoint du shérif, avait réuni assez d'indices graves et concordants pour l'arrêter et l'inculper.

Il s'éclaircit la voix.

— Jusqu'à preuve du contraire, c'est bien l'auteur des

crimes qui a été éliminé il y a douze ans. Ce ne serait pas la première fois qu'on aurait affaire à un imitateur.

— Le truc avec les imitateurs, c'est qu'ils ne parviennent jamais à reproduire exactement le mode de fonctionnement du criminel qui les inspire, dit le Dr Martin. Ils oublient toujours un détail. Malheureusement, je n'ai pas travaillé sur l'affaire du Tueur de l'autoroute. Et le Dr Mackleby, qui a autopsié chacune des victimes à l'époque, est mort d'une crise cardiaque l'été dernier. Il faut dire qu'il était assez âgé. Quant au jeune médecin qui l'avait assisté, le Dr Austin, il a perdu la vie dans un accident de la route… Mais pas de panique ! S'il y a quelque chose à découvrir, je le découvrirai. Parce que rien ne m'échappe, au cas où vous ne l'auriez pas remarqué.

— On l'avait remarqué, docteur, déclara Jerry Dwyer avec un brin de sarcasme dans la voix. On l'avait remarqué.

Martin poussa un grognement étouffé et ralluma son Dictaphone. Jerry croisa le regard de Jed et haussa les épaules. Il l'avait averti qu'il risquait de ne pas être le bienvenu. Il lui avait même dit que si le Dr Martin exigeait qu'il s'en aille, il devrait partir sans faire d'histoires.

Jed savait qu'une autopsie était un processus laborieux. Durant ses cinq années passées à la brigade criminelle, il avait eu maintes fois l'occasion de vérifier combien il importait d'être méticuleux à ce stade de l'enquête. Et plus encore de constater les dégâts occasionnés par un travail bâclé.

Il n'aurait jamais imaginé revenir dans cet endroit qui empestait la mort alors qu'il n'avait aucun lien — ni personnel ni professionnel — avec la malheureuse que le Dr Martin était en train d'examiner. Ce médecin avait un caractère de cochon, mais au fond il avait raison : Jed n'avait rien à faire ici.

Seul son esprit tourmenté l'avait poussé à venir.

Il n'avait pas été nécessaire d'examiner les vêtements de la victime parce qu'elle n'en portait pas quand on l'avait retrouvée. On l'avait glissée directement dans un sac mortuaire avant de l'allonger sur le métal froid de cette table où une grosse lampe éclairait son corps nu.

Au-delà de la tragédie que représentait ce crime odieux, la découverte d'un cadavre en bordure de l'autoroute I-4 avait créé un vif émoi parmi tous ceux — policiers et simples citoyens — qui vivaient déjà dans la région douze ans plus tôt. La jeune femme s'appelait Sherri Manson. Attirée par la concentration de parcs de loisirs qu'on trouvait ici, elle était venue tenter sa chance dans l'industrie du spectacle avec sans doute le secret espoir de devenir un jour une star. La police avait pu l'identifier grâce à son sac à main retrouvé non loin d'elle. Il contenait son passeport, son permis de conduire, cinquante-cinq dollars et plusieurs cartes de crédit.

Le tueur avait organisé une petite mise en scène, positionnant avec soin sa victime de sorte qu'elle paraisse endormie, les bras croisés sur la poitrine. Il était fort probable — l'autopsie le dirait bientôt — que Sherri Manson avait été violée.

Tout comme les cinq victimes découvertes douze ans plus tôt.

Le problème, c'est que tout le monde avait passé la dernière décennie l'esprit tranquille, persuadé que l'assassin de ces cinq jeunes femmes — toutes retrouvées sur le bord de la même autoroute et dans une position identique — reposait lui-même six pieds sous terre. Cet homme, un policier du nom de Beau Kidd, avait été abattu par son équipier qui venait de le surprendre penché sur le corps de la cinquième victime. Beau avait dégainé son arme de service et son collègue n'avait eu d'autre choix que de faire feu le premier. Le tueur en série était mort sur le coup, échappant ainsi à la justice des hommes.

Ou plutôt le tueur en série *présumé*, dans la mesure où il n'avait jamais été jugé. Mais ceux qui avaient enquêté sur ces crimes, du simple flic au juge d'instruction, n'avaient eu aucun doute sur sa culpabilité. Et leur conviction reposait sur un faisceau de preuves indirectes suffisant pour envoyer Kidd sur la chaise électrique. A moins qu'il n'ait préféré l'injection létale. En Floride, les condamnés à mort avaient le choix.

Oui, Jed était bien placé pour savoir que les soupçons qui pesaient sur Beau Kidd reposaient sur des bases sérieuses. Lui-même avait enquêté sur cette affaire après avoir quitté la police. Il avait passé un temps fou à interroger ceux qui avaient été mêlés de près ou de loin à cette histoire. Son premier ouvrage, celui qui avait établi sa réputation d'auteur, avait été le récit des mois de terreur qu'avait connus la ville avant que Kidd ne soit définitivement mis hors d'état de nuire par son équipier. Les noms des protagonistes avaient été changés et les événements romancés, mais tout le monde y avait reconnu la saga meurtrière du « Tueur de l'autoroute », comme l'avaient surnommé les journalistes.

Pas plus que les autres, la voix de Jed ne s'était élevée pour remettre en question la culpabilité de Beau Kidd, jeune flic extrêmement doué qui enquêtait sur des meurtres qu'il semblait avoir commis lui-même.

Jed chassa momentanément le passé et les doutes qui

assaillaient son esprit pour écouter les observations du Dr Martin.

Le corps présentait de nombreux hématomes et la jeune femme avait effectivement été victime de violences sexuelles. Mais, comme dans le passé, le tueur avait fait preuve d'une grande prudence. Des examens plus approfondis allaient être conduits, mais les hommes présents autour de la table d'autopsie ne se faisaient guère d'illusions. Les chances de trouver des fluides corporels permettant de prélever l'ADN du violeur étaient proches de zéro.

Le cou de Sherri Manson était strié d'ecchymoses. Comme celles qui l'avaient précédée dans ce calvaire, elle avait été étranglée.

En réponse à une question du médecin légiste, Jerry expliqua que Sherri avait été vue pour la dernière fois dans un centre commercial de la ville doté d'un cinéma. Elle en était repartie seule après avoir vu un film avec des amis. Plus tard, sa voiture avait été retrouvée dans le parking réservé à la clientèle.

Sherri ne s'était pas présentée à son travail le lendemain. Inquiète après plusieurs tentatives infructueuses pour la joindre, l'une de ses collègues avait fini par signaler sa disparition. Trois jours après, son corps sans vie était découvert au bord de l'autoroute.

Jed se rendit compte que Jerry le fixait du regard.

— Alors, tu penses qu'il s'agit du même tueur ? demanda le policier.

— Comment le saurais-je ? répondit Jed. Je n'ai pas assisté aux autopsies des autres victimes.

— Mais tu as enquêté, répliqua Jerry.

Jed hésita un instant, puis secoua la tête, la mine sombre.

— Les autres filles ont disparu avant d'être retrouvées au bord de l'I-4 quelques jours plus tard. Leurs corps étaient couverts de bleus, comme si elles avaient lutté avec leur ravisseur. De toute évidence, il avait fait preuve de brutalité pour arriver à ses fins, mais elles ne portaient pas de traces de coupures, de brûlures de cigarettes ou de choses comme ça. On n'a jamais pu trouver d'ADN ou d'indices d'aucune sorte. C'est l'une des raisons pour lesquelles on a pensé que le tueur était un flic. Celui qui a assassiné ces filles savait comment commettre un crime sans laisser de trace derrière lui.

— Alors, aucun de vous deux n'a officiellement travaillé sur cette affaire ? demanda le Dr Martin.

Les deux hommes firent signe que non.

— Moi non plus, murmura le médecin. J'étais affecté à Broward County au moment des faits. Mais j'y songe, Jed, vous n'étiez qu'un gamin à l'époque.

— J'avais dix-huit ans et je faisais mon service militaire.

Le Dr Martin se retourna vers le cadavre de Sherri Manson et se mit au travail. Le cliquetis des outils sur la table en métal rendait Jed un peu nerveux. Le Dr Martin pratiqua notamment un curetage sous les ongles des mains et des pieds, mais personne ne croyait vraiment que ça donnerait quelque chose. Vint ensuite le scalpel et l'incision en Y — deux branches espacées sur le torse qui se rejoignaient à l'approche du pubis — , puis l'extraction des viscères. Le silence régnait à présent dans la pièce. Jed se mit à songer aux rêves brisés de Sherri Manson. Elle était sans doute venue à Orlando avec l'espoir que cette ville serait le tremplin qui la propulserait sur les planches de New York ou les plateaux d'Hollywood. Avec tous les parcs à thème qui florissaient autour de Disneyworld, les jeunes filles attirées par les métiers du spectacle avaient de bonnes chances de trouver ici un job de danseuse ou de chanteuse.

Qui avait-elle rencontré ce soir-là ? Quel être diabolique avait transformé ce destin prometteur en fait divers sordide ?

— Alors, docteur ? demanda Jerry à voix presque basse.

Jed lança un regard en direction de son vieil ami. Jerry était déjà flic depuis plusieurs années quand lui-même était entré dans la police, et il était aussi un habitué des salles d'autopsie. Mais aujourd'hui… Ce meurtre leur avait porté à tous un coup au moral. Non seulement parce qu'il réveillait le fantôme du Tueur de l'autoroute, mais aussi parce qu'il y avait quelque chose d'insupportable à voir une fille si jeune et si belle en train de se faire disséquer. Bien sûr, la mort faisait partie de la vie. Mais mourir à l'âge où tout était encore possible, où tous les rêves étaient permis…

Le Dr Martin se tourna vers eux et secoua tristement la tête.

— Ça va prendre un petit peu de temps avant que l'ordinateur me dise si elle se droguait, mais j'en doute fort. Cette gamine a un corps sain. Un corps de danseuse, je suppose. Encore une petite fille qui voulait devenir princesse… Morte par strangulation, mais je ne vous apprends rien. A-t-elle été torturée avant d'être étranglée ? Je répondrais que oui. Comment appeler autrement le fait d'être battue et violée tout en sachant que la mort est sans doute imminente ? Tout indique qu'elle a été prise de force et qu'elle s'est débattue jusqu'à son dernier souffle. On verra bien ce que donnera l'analyse du curetage des ongles, ajouta-t-il sans conviction.

— Si elle a été assassinée par le Tueur de l'autoroute, dit Jed comme pour lui-même, on ne trouvera pas plus de traces ADN sous ses ongles que de sperme dans son vagin.

— Ni empreintes digitales, ni empreintes génétiques, approuva Jerry. Idem qu'il y a douze ans. Comme si le crime était l'œuvre d'un flic, d'un médecin légiste ou d'un technicien de la police. Quelqu'un qui saurait précisément comment procéder pour ne jamais se faire prendre.

— Ou alors un étudiant en médecine légale, suggéra Jed.

Le Dr Martin resta pensif quelques secondes.

— Difficile à dire, répondit-il enfin. Mais c'est une hypothèse crédible.

Dix minutes plus tard, ils se trouvaient à l'air libre, juste devant la morgue. Le soleil brûlant brillait haut dans ce ciel d'un bleu limpide qui avait fait la réputation de la Floride. Pourtant, les nuages noirs qui annonçaient l'orage se profilaient déjà dans le lointain. En été, ça se mettait souvent à tonner pendant la journée, entre 15 et 16 heures, avant que le déluge ne s'abatte sur la ville. Les gens d'ici s'en amusaient, contrairement aux touristes qui avaient tendance à fuir les parcs à toutes jambes, ignorant que le soleil serait revenu dans l'heure.

Ce curieux phénomène météorologique était généralement suivi de nuits magnifiquement étoilées, certes un peu chaudes et humides, mais idéales pour veiller tard dans le jardin.

— Conclusion ? demanda Jerry en fixant Jed.

— Conclusion : soit tout le monde s'est planté il y a douze ans et Beau Kidd était innocent, soit on se trouve en présence d'un autre psychopathe qui a étudié les méthodes du Tueur de l'autoroute et qui en fait une imitation beaucoup trop réussie.

— D'accord. J'aurais pu trouver ça tout seul.

— Je te rappelle que j'ai passé pas mal de temps en dehors de la ville à l'époque où le tueur sévissait, Jerry. Sans compter que je n'étais pas encore entré dans la police. Au fait, avec qui fais-tu équipe, maintenant ?

— O'Donnell. Mal O'Donnell. Lui non plus ne vivait pas à Orlando quand tout ça est arrivé. Bon, ça te dirait d'aller manger un morceau avec moi ?

Manger un morceau ? Jed sentit son estomac se soulever rien qu'à cette pensée. Etait-il devenu trop délicat depuis qu'il écrivait des livres ? L'odeur de la mort et du désinfectant emplissait encore ses narines. Il accepta pourtant, espérant sans trop y croire que Jerry lui apprendrait quelque chose qui le mettrait sur la piste de l'assassin.

Avait-il commis une terrible erreur ? se demanda-t-il en s'efforçant de refouler le sentiment de culpabilité qui montait en lui. Nul ne pouvait douter que le personnage principal de son roman, un jeune inspecteur de police qui s'avérait être le tueur en série qu'il prétendait traquer, n'était autre que Beau Kidd. Le fait que Jed ait modifié tous les noms pour des raisons légales ne changeait rien à l'affaire. Son ouvrage devait une bonne part de son succès à l'émoi suscité en Floride — et même au-delà — par les crimes du Tueur de l'autoroute.

Bien sûr, ça ne pouvait plus faire de mal à l'inspecteur Kidd. Mais si lui était mort, il n'en allait pas de même pour sa famille et ses proches. Ses parents, notamment, devaient vivre un calvaire depuis plus de dix ans. Non seulement ils avaient perdu un enfant, mais il leur fallait affronter l'opinion publique qui considérait leur fils comme un ignoble criminel. Une idée que le livre avait contribué à propager.

Une idée fausse ?

Jed laissa échapper un soupir. Pour être honnête avec lui-même, il espérait que le meurtre de Sherri Manson était bien l'œuvre d'un imitateur. Dans le cas contraire, il risquait de vivre le restant de ses jours avec le sentiment d'avoir participé au lynchage post mortem d'un innocent.

— Allô ? fit Jerry. Il y a quelqu'un ?

— Oui, excuse-moi, dit-il en consultant sa montre. J'étais en train de penser que j'ai complètement oublié un rendez-vous. Désolé, mais je ne vais pas pouvoir dîner avec toi.

— Un rendez-vous ? répéta Jerry sans cacher son scepticisme.

— Ouais. Ma cousine Ana. Une de ses amies d'enfance pend la crémaillère. J'ai promis d'aller y faire un saut.

— Où se trouve la maison ?

— Dans le quartier de Horse Country. C'est un de ces vieux manoirs construits avant la guerre de Sécession. L'un des derniers à avoir survécu.

— Je vois. Une gosse de riche.

— Non, pas du tout. J'ai moi-même grandi dans la rue où se trouve cette maison et Ana y vit de nouveau depuis qu'elle a racheté le pavillon de ses parents. Je me souviens de son amie Christina et de sa famille. En fait, ils n'étaient pas particulièrement riches. Ses grands-parents étaient des Irlandais venus chercher de meilleures conditions de vie en Floride. Ils ont acheté le manoir en piteux état, et bien avant que l'implantation de Disney ne fasse exploser les prix de l'immobilier. C'est difficile à imaginer aujourd'hui, mais à cette époque-là, il n'y avait presque que des vergers à Horse Country.

— Cette baraque doit valoir une fortune maintenant.

— Ouais, sûrement... Christina dispose d'environ quatre mille mètres carrés de terrain avec un grand jardin en pente. De derrière, on dirait presque que la maison a été construite sur une colline. Elle est maintenant entourée d'un ranch contemporain sur sa droite et d'une villa art déco sur sa gauche.

— Ça a l'air sympa, dit Jerry. Ça doit avoir plus de gueule que ces sinistres cages à lapins qui poussent partout comme des champignons... Trêve de considérations architecturales, dit-il brusquement. N'oublie pas de m'appeler si tu as une idée lumineuse qui pourrait nous aider à mettre la main sur cette ordure, OK? Et passe au poste un de ces jours, ça fera plaisir aux collègues.

— Pour qu'ils se foutent de moi? Je ne suis pas maso, Jerry. Chaque fois que je croise l'un d'entre eux, j'ai droit à une blague vaseuse sur mes bouquins.

— Quelle chochotte tu fais! Ça ne te vaut rien de passer tes journées devant un ordinateur. Tu as besoin d'action, toi. D'ailleurs, je suis sûr qu'on va se revoir très vite. Je te connais assez pour savoir que tu ne vas pas laisser tomber cette affaire comme ça. Et sache que ça ne me pose pas de problème. L'union fait la force, Jed, et je n'ai pas envie de voir une nouvelle beauté étendue morte sur le bord de cette autoroute. D'autant qu'on a le maire et le gouverneur sur le dos. Je ne te dis pas la pression qu'ils nous mettent... Même le FBI est sur le coup.

— Alors, je suis certain que vous ne tarderez pas à interpeller le type qui a fait ça.

— Ah ouais ? répondit Jerry avec une moue découragée. La dernière fois, il nous a fallu de longs mois pour mettre un terme au carnage, malgré l'implication des fédéraux et d'une bonne dizaine d'enquêteurs. On avait mobilisé la moitié de la Floride ! Et encore, on se demande aujourd'hui si on n'est pas revenu à la case départ. Avec en plus la mort d'un innocent sur la conscience, ajouta-t-il d'une voix à peine audible.

Il secoua la tête et se força à sourire.

— Allez, on s'appelle, d'accord ? Va donc te changer les idées en frayant avec les rupins.

— Je t'ai dit que Christina n'était pas riche, répondit Jed en riant.

— Elle le serait si elle vendait ce manoir.

— Elle n'en a pas l'intention, affirma Jed.

Mais au fond, qu'en savait-il ? Christina avait été l'une des meilleures amies de sa cousine. En fait, il ne la connaissait pas si bien que ça, même si, curieusement, il avait le sentiment du contraire. Il l'avait revue six mois plus tôt à l'enterrement de sa grand-mère. La préadolescente dégingandée avait cédé la place à une très belle femme. Grande et mince, mais avec des courbes on ne pouvait plus féminines. Et avec ça d'une incroyable dignité, malgré son chagrin. Elle était tout de noir vêtue : un tailleur avec une jupe crayon, classique mais sexy. Contrastant avec le noir de sa veste, sa chevelure rousse avait des allures d'incendie. Jed en avait été subjugué. Impossible d'oublier ce soleil qui semblait n'éclairer qu'elle, faisant rougeoyer la masse soyeuse jusque dans le dos de la jeune femme.

Sans doute était-ce là un flamboyant exemple du fameux roux irlandais.

Elle avait retenu ses larmes durant toute la cérémonie, mais Jed avait pu lire dans ses immenses yeux bleus plus de peine qu'aucun sanglot ne saurait jamais exprimer. Elle adorait sa grand-mère ; sa mamie comme elle disait encore à l'âge adulte. Et maintenant qu'elle était morte, la famille de Christina se résumait à ses deux cousins, Dan et Michaël. Jed les connaissait aussi, bien qu'ils soient un peu plus jeunes que lui. Mais ce n'était pas la légère différence d'âge qui les avait séparés à l'époque où ils auraient pu être amis. En vérité, ils n'avaient jamais eu les mêmes centres d'intérêts et ils n'avaient jamais fréquenté les mêmes cercles d'amis. Lui avait choisi une école de commerce tandis que Michaël et Daniel McDuff optaient pour la filière artistique. Aux dernières nouvelles, Dan mangeait toujours de la vache enragée en s'efforçant de poursuivre une carrière de comédien tandis que Michaël travaillait pour plusieurs parcs de loisirs en qualité de producteur indépendant.

A en croire Ana, Christina avait toujours été très proche de sa grand-mère. Bien qu'elle ait grandi en Floride du Sud, à plusieurs heures d'Orlando, il avait existé entre elle et sa mamie une complicité, un lien particulier que la vieille dame n'avait pas connu avec Dan et Michaël, ses deux autres petits-enfants.

Jed avait tout d'abord décliné l'invitation de ce soir. Son côté ours solitaire, sans doute. D'une manière générale, il préférait se tenir à l'écart de la foule et de toute forme de réjouissance. Curieusement, c'était le souvenir de Christina à l'enterrement de sa grand-mère qui lui avait fait changer d'avis. Le côté secret de la jeune femme l'avait attiré tout autant que son indéniable beauté. Il y avait en elle une réserve, une sophistication… et cette aura de mystère… En un mot, elle avait une allure folle. Il savait qu'elle avait perdu ses parents cinq ans plus tôt. Sans doute était-ce cela qui lui donnait cette expression désenchantée qu'il ne connaissait que trop bien pour la porter lui-même sur son visage.

Il aurait aimé pouvoir la réconforter. L'amertume vous gagnait vite lorsqu'on traversait de pareilles épreuves. C'était ce qui lui était arrivé, mais Christina, elle, n'avait pas l'air d'une femme aigrie.

Oui, il était impatient de se rendre à cette soirée. Impatient de la revoir. Et cela le surprenait énormément. Bien sûr, elle était très jolie. Bien sûr, ils avaient en commun ce quelque chose d'inconsolable qui marquait au fer rouge ceux qui avaient perdu avant l'heure un ou plusieurs êtres chers… Mais depuis quatre ans, Jed évitait de se lier avec quiconque. Surtout avec ceux qui risquaient de devenir ses amis. Il n'avait pas envie de se confier parce qu'il refusait la compassion des autres, et plus encore leur pitié.

Depuis quatre ans… Depuis que Margaritte était morte. Il avait d'abord cru qu'il n'y survivrait pas, mais avec le temps, il avait fini par reprendre un peu goût à la vie. Pourtant, il restait toujours replié sur lui-même, méfiant de tout ce qui pouvait ressembler à un contact humain.

Mais Ana avait tellement insisté… Et puis, il y avait cette étrange envie de revoir Christina. Sans compter que ça lui ferait du bien d'oublier le Tueur de l'autoroute, le temps d'une soirée. De ne plus se demander s'il était mort ou vivant.

De ne plus s'angoisser à l'idée que le cauchemar allait peut-être recommencer.

*
* *

Il y avait des cartons partout. Qu'est-ce qui lui était passé par la tête de céder à Ana ? Son amie lui avait assuré qu'organiser une pendaison de crémaillère avant d'avoir fini d'emménager portait bonheur ! A chacun ses superstitions, songea Christina. Heureusement qu'elle s'était montrée ferme sur le nombre d'invités. Il n'y aurait qu'Ana et peut-être son cousin Jed, Tony et Llona qui habitaient la maison d'à côté, et ses propres cousins, Mike et Dan. Le menu était simple : bière et sodas achetés à la supérette et pizzas surgelées. Difficile de faire plus simple.

Et pourtant…

C'était le début d'une nouvelle vie. Elle avait définitivement quitté son appartement de Miami et s'apprêtait à passer sa toute première nuit dans cette maison dont elle avait hérité.

Ana arriva très en avance, alors que Christina était toujours en train de se demander où mettre le piano. Ce n'était pas seulement une question esthétique : le piano était un élément essentiel à sa vie. Elle avait avec lui un rapport intime.

La lumière du petit salon était la meilleure, mais la pièce n'était pas équipée pour accueillir ce dont elle avait besoin pour travailler. Il fallait toutefois reconnaître que le demi-queue semblait avoir trouvé sa place face à la baie vitrée.

Oui, il allait rester là, décida-t-elle. Elle finirait bien par dénicher un meuble de bureau en érable ou en chêne qui se fondrait dans ce décor si particulier. Et en attendant, la bibliothèque se trouvait de l'autre côté du couloir. C'était l'endroit parfait pour ranger son matériel et ses fournitures de bureau. Il lui suffirait de faire quelques mètres quand elle aurait besoin de quelque chose. Ce ne serait pas la mer à boire.

Mon Dieu, pourquoi y avait-il tant de cartons ? se demanda-t-elle avec un soupir découragé.

Parce que je suis incapable de me séparer de quoi que ce soit, voilà pourquoi.

Christina se sentait investie d'une sorte de mission, comme s'il lui incombait de préserver l'héritage de la famille. Elle n'arrivait pas à se faire à l'idée qu'il ne restait plus qu'elle et ses deux cousins. Et ni Mike ni Dan ne se pensaient tenus de sauvegarder pieusement des bricoles telles que la serviette en papier rapportée d'un restaurant par sa mère après son premier rendez-vous avec son père. Ou les centaines de photos prises du temps où ses grands-parents vivaient encore en Irlande avec leurs enfants.

Ses pensées furent interrompues par le timbre métallique de la vieille sonnette. Elle alla ouvrir la porte et fit entrer Ana. Son amie avait les bras chargés d'un gros carton, surmonté d'un plateau recouvert d'un film plastique. Christina se dépêcha de venir l'aider.

— Non, non ! protesta Ana. J'ai seulement besoin de poser ça sur une surface plane.

Les surfaces planes ne manquaient pas dans cette maison. Mais pour en trouver une qui ne soit pas encombrée, c'était une autre affaire…

— Dans le passage entre la cuisine et la salle à manger, dit précipitamment Christina.

Ana se fraya un chemin, enjambant les cartons qui trônaient dans le vestibule et le petit salon avant d'arriver à destination. Si l'on faisait abstraction du désordre imputable à l'arrivée toute récente de Christina, la maison était propre. C'était une vaste demeure baignée de lumière, l'endroit idéal pour élever des enfants. C'était en tout cas ainsi que la voyait sa nouvelle propriétaire. Le vestibule distribuait sa fraîcheur à l'ensemble du bâtiment, selon la technique traditionnelle utilisée dans le Sud. Les pièces construites en enfilade permettaient de faire circuler l'air de part et d'autre de la maison, créant ainsi un climatiseur naturel.

Une fois franchie la porte d'entrée, l'escalier de bois se tenait à droite au bout d'un couloir, sa magnifique rampe sculptée menant à l'étage.

Ana connaissait la maison comme sa poche. Elle était amie avec Christina depuis une éternité et elle avait eu maintes fois l'occasion de venir quand celle-ci rendait visite à ses grands-parents.

— C'est vraiment super, ici, dit-elle.

Elle avait raison, songea Christina. « Le manoir victorien », comme disait mamie, était un endroit magique. Elle l'avait toujours adoré et sa grand-mère, qui savait qu'elle en prendrait le plus grand soin, le lui avait légué avant de mourir. Mike et Dan n'avaient pas été oubliés pour autant. Soucieuse de ne léser aucun de ses petits-enfants, la vieille dame leur avait donné des actions représentant une coquette somme. Cette femme et son mari avaient traversé l'océan avec armes et bagages dans l'espoir d'offrir une vie meilleure à leurs enfants. Ils y étaient magnifiquement parvenus, tout simplement en travaillant dur et en utilisant leur matière grise.

— Voilà, dit Ana en posant son fardeau. Et si on se buvait une petite bière, maintenant ?

— D'accord.

Ana se dirigea vers le réfrigérateur et revint quelques secondes plus tard, munie de deux bouteilles fraîches qu'elles entrechoquèrent en échangeant un sourire complice.

— Au bonheur de t'avoir comme voisine ! dit Ana.

— J'ai toujours su que je m'installerais ici un jour, répondit Christina. Mais j'espérais que ce serait le plus tard possible.

— Ta grand-mère a vécu une vie longue et pleine, dit Ana.

Pleine d'épreuves, songea Christina. Papy était mort bien trop tôt, puis mamie avait perdu sa fille et son fils. Pourtant, elle avait su faire face, puisant dans d'extraordinaires réserves de courage afin de toujours répondre présente pour ses trois petits-enfants. Peut-être avait-elle finalement décidé de tirer sa révérence, usée par ce chagrin qu'elle cachait si bien, impatiente de rejoindre ceux qui étaient partis avant elle.

— Oui, répondit Christina en imitant le fort accent irlandais de sa grand-mère. Elle a eu une belle vie.

Elle leva sa bouteille vers le ciel, portant un toast muet à sa mamie.

La sonnette retentit de nouveau et elles allèrent ouvrir ensemble.

— Au fait, est-ce que Jed est des nôtres ?

— Il a dit qu'il passerait, répondit Ana. Il devait voir un ami cet après-midi, pour son travail, et il m'a prévenue qu'il serait en retard. S'il se décide à venir, bien sûr, ce dont je doute fort.

— Qui aurait pu imaginer qu'il deviendrait un auteur à succès ? dit Christina.

Ce garçon avait été pour elle une sorte de dieu vivant quand elle était gamine, mais à présent elle le voyait presque comme un étranger. Elle l'avait croisé à l'enterrement de sa grand-mère où il s'était montré gentil mais réservé. De toute façon, elle-même était tellement effondrée qu'elle avait à peine remarqué les gens qui l'entouraient. Cela dit, Jed avait su trouver les mots justes. Quand tout le monde lui expliquait à quel point sa grand-mère avait passé un bon moment sur terre, lui s'était contenté de dire qu'il savait combien sa mamie devait lui manquer, que perdre quelqu'un était une terrible épreuve et que si l'âge du défunt aidait dans le processus du deuil, il n'atténuait pas la douleur de la perte.

Il savait de quoi il parlait quand il évoquait une terrible épreuve, lui qui avait perdu sa femme alors qu'il n'avait que vingt-cinq ans.

— Salut, vous deux ! lança-t-elle, heureuse de voir ses cousins franchir le seuil de sa maison.

Avec leurs quatorze petits mois de différence, on les avait souvent pris pour des jumeaux car ils se ressemblaient comme deux gouttes d'eau. Dan était peut-être juste au-dessus du mètre quatre-vingt-dix et son grand frère juste en dessous, mais ils avaient l'un comme l'autre les cheveux de ce roux flamboyant qui semblait être la marque de fabrique des McDuff, ainsi que les yeux noisette de mamie. Pour sa part, Christina avait le regard bleu de son père.

— Bienvenue à la maison, ma petite Christie ! répondit Dan en la serrant dans ses bras.

— Comment ça, petite ? s'exclama Michaël. On dirait une joueuse de basket !

Sa grande taille était un perpétuel sujet de plaisanteries depuis qu'elle avait atteint, à quatorze ans, le mètre soixante-dix-sept qu'elle faisait aujourd'hui.

— Ah, ah, c'est fou ce que tu es spirituel ! dit-elle en tendant la joue pour recevoir le baiser de Mike.

Plus jeunes, ses cousins étaient mignons. Aujourd'hui, ils étaient franchement beaux. Elle jeta un regard derrière eux avant de les fixer avec de grands yeux.

— Quoi, vous n'êtes pas venus accompagnés ?

— Ana nous a dit que c'était une soirée familiale, répondit Dan avec un grand sourire.

— Voilà ce que j'appelle une petite femme ! s'écria Michaël en attrapant Ana et en la soulevant dans les airs.

Pour le coup, Ana était vraiment minuscule. Elle mesurait à peine un mètre cinquante-cinq et elle aussi avait droit à son lot de taquineries.

— Repose-moi ! ordonna-t-elle avant de se tourner vers Daniel avec un air de défi. Je te préviens : ne t'avise pas d'imiter ton grand frère !

— Je suis innocent ! protesta Dan.

— Tu parles ! bougonna Ana avant de lui sourire.

Ils avaient emprunté des chemins différents en grandissant, mais la complicité qui les unissait était demeurée intacte. Un lien s'était formé durant leur jeunesse, à l'époque où cette maison les avait si souvent réunis, et ce lien n'avait jamais été rompu.

Jed Braden, lui, n'avait jamais vraiment fait partie de la bande. Un pied dedans, un pied dehors, ne mêlant jamais entièrement son monde à ceux des autres. Sans doute était-ce aussi parce qu'il s'était porté volontaire pour faire son service militaire, non par esprit belliqueux, mais afin de financer ses études avec sa solde. Une fois engagé, on ne l'avait plus beaucoup vu. Puis il s'était marié avec la douce Margaritte, une fille d'une beauté exceptionnelle. Christina se souvenait encore de l'émouvante cérémonie au cours de laquelle elle avait vu, le cœur un peu serré, son prince charmant en épouser une autre. Après ça, Jed s'était encore plus éloigné de ses amis de jeunesse pour se consacrer à ses nouvelles responsabilités au sein de la police.

Avant de devenir veuf et écrivain à succès, aussi réputé pour la qualité de ses livres que pour son tempérament réservé, voire taciturne.

Christina chassa Jed de ses pensées. Sans trop savoir pourquoi, l'idée de le revoir la rendait nerveuse.

Peut-être parce que leurs chemins se croisaient un peu trop souvent à l'occasion d'enterrements.

— Bon ! dit-elle avec entrain.

Elle venait de se rendre compte que ses cousins la regardaient avec des yeux ronds, attendant visiblement qu'elle prononce une parole.

— C'est vrai que je préférais qu'on se retrouve en petit comité, dit-elle avec un large sourire, mais vous auriez tout de même pu amener les grands amours de vos vies… Ceux du moment, en tout cas.

— Je n'ai pas de grand amour dans ma vie, dit Dan avec la voix de quelqu'un qui voulait se faire plaindre.

— Et moi, je ne veux plus de grand amour dans ma vie, renchérit Mike d'un ton déterminé.

Son mariage l'avait échaudé, et plus encore son divorce particulièrement difficile.

— Eh bien, mon voisin Tony va venir avec sa petite amie, *lui*, dit Christina. Vous savez, Llona, la fille qui l'accompagnait à l'enterrement… Ils vivent ensemble, maintenant. Par ici, ajouta-t-elle en leur faisant signe de la suivre. On ne va pas rester dans l'entrée toute la soirée. Il y a de la bière et des pizzas au menu ; j'espère que ça vous convient. Quelqu'un veut bien enlever les cartons qui encombrent la table et les chaises de la cuisine pendant que j'essaie de dénicher des assiettes jetables ?

— Je vais t'aider à les trouver, dit Ana tandis qu'ils

quittaient tous le vestibule pour pénétrer plus avant dans la maison.

Joignant le geste à la parole, elle s'agenouilla quelques secondes plus tard pour ouvrir le premier carton qui lui tombait sous la main. A peine avait-elle déchiré l'adhésif marron qu'elle poussait une exclamation.

— Regardez ! s'écria-t-elle en brandissant triomphalement une planche Ouija.

Il s'agissait d'une planche et d'un guide de bois vendus dans le commerce et soi-disant destinés à communiquer avec les esprits. Sur la planche, on trouvait les lettres de l'alphabet, des chiffres de zéro à neuf, ainsi qu'un « Oui » et un « Non ». L'esprit du défunt était censé s'exprimer en dirigeant la main de celle ou celui qui tenait le guide vers les différents caractères inscrits sur le Ouija, ceci afin de composer des phrases et de répondre aux questions des participants. Ce jeu, que d'aucuns prenaient très au sérieux, avait animé les soirées de millions de jeunes Américains.

— Je suis incapable de jeter quoi que ce soit, expliqua piteusement Christina.

— Pourquoi diable voudrais-tu jeter un truc aussi génial ? répliqua Ana. J'ai toujours adoré y jouer !

Son butin en main, elle se redressa et alla s'asseoir en fixant la boîte d'un air fasciné.

— Oh là là, tu te souviens comme on s'est amusées avec ça ?

Mais Christina ne partageait pas l'enthousiasme d'Ana. Curieusement, elle se sentait agacée, regrettant de ne pas avoir enfoui ce machin au fond d'un carton, ou mieux encore de l'avoir mis à la poubelle.

Elle haussa les épaules.

— On trouvait ça excitant parce qu'on était des gamines crédules et qu'on faisait dire tout ce qu'on voulait à la planche. Inconsciemment, on poussait le guide de sorte qu'il nous donne les réponses qu'on voulait entendre.

— Il faut qu'on joue encore une fois ! s'exclama Ana, sans se rendre compte que son amie n'était pas sur la même longueur d'onde.

— Rappelle-toi comme on rigolait ! poursuivit-elle, perdue dans ses souvenirs. Parfois, tu te faisais un turban avec une serviette de bain et tu disais t'appeler Mme Irma. Qu'est-ce qu'on se marrait ! Je suis contente de t'avoir retrouvée, ma vieille, dit-elle en tapotant affectueusement la planche Ouija qu'elle venait de sortir de sa boîte. On lui posait tellement de questions, c'était trop cool. Il faut qu'on se fasse une séance.

— A quoi bon ? répondit Christina. Je sais ce que je vais devenir quand je serai grande. Et puis, tu ne crois pas qu'on est tous un peu vieux pour ça ?

— Moi, je ne me sens pas très adulte, intervint Mike.

— Ça fait plaisir de voir que tu peux avoir des moments de lucidité, déclara Ana en posant la planche bien à plat sur ses cuisses. Et si on lui posait une question tout de suite ?

— Méfie-toi ! lança Christina. Les prophéties se réalisent parfois. Pour ma part, je préfère ne rien savoir du futur.

— Moi, mon avenir m'intéresse, dit Dan. Je veux savoir si je vais rester toute ma vie Ralph le Raton.

— Je connais un psy spécialisé dans les cas de schizophrénie aiguë, tu sais ? s'esclaffa Ana.

— Je suis mort de rire, demi-portion, vraiment mort de rire, répliqua Dan d'un ton sinistre.

— Dan est parmi les comédiens sélectionnés pour incarner

Zeus dans un nouveau spectacle, expliqua Christina, mais en attendant il doit…

— Je dois me contenter de transpirer dans le costume d'un raton laveur, termina Dan.

— Ça doit sentir le bouc là-dedans, dit Ana. Il me semblait bien que tu traînais une petite odeur derrière toi…

— Si on était encore des enfants, je serais déjà en train de te flanquer une raclée, fit Dan.

— Heureusement qu'on n'est plus des enfants, alors…

— Il faut que vous fassiez attention, toutes les deux, dit soudain Mike d'une voix qui tranchait avec le ton badin d'Ana.

Elle se tourna vers lui, les sourcils froncés.

— On ne se moque pas de lui méchamment, tu sais ?

Mike secoua la tête.

— Il ne s'agit pas de ça, dit-il. D'ailleurs, tu es la seule à embêter mon petit frère. Non, je parlais du tueur.

— Le tueur ? répéta Christina.

— Tu fais allusion à cette femme qu'on a retrouvée au bord de l'autoroute ? demanda Ana.

Mike hocha la tête.

— Tu n'es pas au courant, Christie ?

— Si, si, ça me revient, maintenant. Mais pourquoi dis-tu qu'on devrait faire preuve de prudence ?

— Pour le moment, il n'y a qu'une seule victime, mais l'assassin a copié la façon de procéder du Tueur de l'autoroute. Vous vous souvenez de lui, je suppose ? Eh bien, si l'imitateur va jusqu'au bout de sa logique, il va tuer de nouveau, comme son modèle. Il paraît que la police est sur les dents.

— Oui, j'ai vu ça aux infos, tout à l'heure, dit Ana.

Apparemment, les flics se demandent s'ils ne se sont pas trompés de coupable, à l'époque.

— Je crois que c'est aller un peu vite en besogne, dit Mike. Franchement, je doute que la police s'interroge officiellement sur ce point. Le présentateur du journal a dû extrapoler pour faire du sensationnel.

— Ça paraît tout de même improbable qu'il s'agisse du même homme qui a terrorisé la ville quand on était gamins, dit Christina. Je ne suis pas une spécialiste, mais j'ai toujours pensé qu'un tueur en série allait de plus en plus loin, poussé par un sentiment d'invincibilité, jusqu'à ce qu'il commette une faute et se fasse attraper. Difficile d'imaginer qu'un psychopathe puisse faire une si longue pause, vous ne croyez pas ?

Elle se sentit de nouveau étrangement mal à l'aise. Elle se souvenait que celui qu'on appelait le Tueur de l'autoroute avait semé la terreur douze ans plus tôt. Elle se souvenait aussi qu'il était censé être mort.

Mort et enterré.

— Peut-être n'a-t-il jamais fait de pause, dit Dan. Peut-être a-t-il continué à commettre des crimes ailleurs pendant toutes ces années, voyageant d'Etat en Etat, voire à l'étranger…

— Possible, admit Mike. On dit que les serial killers ont la bougeotte. Heureusement qu'on dispose aujourd'hui d'ordinateurs et de tests ADN. Les nouvelles technologies et les progrès scientifiques ont permis de résoudre un nombre incalculable d'affaires.

— Jed nous en dira plus, affirma Ana d'un ton assuré.

— C'est vrai qu'il a écrit un livre sur le Tueur de l'autoroute, dit Dan.

— Il s'agit d'une œuvre de fiction, lui fit remarquer Ana. Librement inspirée d'événements réels.

— Ouais, ouais, grommela Daniel avec une moue sceptique.

Michaël se taisait, fixant Christina d'un air soucieux.

— Quoi ? lui demanda-t-elle.

Il secoua la tête avant de pointer le doigt vers sa cousine.

— Sais-tu que Sherri Manson, la jeune fille qui vient d'être assassinée, mesurait un mètre soixante-douze, pesait une soixantaine de kilos, avait des yeux bleus et de longs cheveux roux ?

Un silence consterné suivit ces mots.

— Merci, Mike, dit Christina après un moment. Merci beaucoup de me foutre la trouille.

Ana se leva aussitôt de son fauteuil pour aller passer un bras protecteur autour de la taille de son amie.

— Il ne nous arrivera rien, dit-elle. Seules les imprudentes risquent quelque chose.

— Justement ! dit Michaël. Christie, je veux que tu me promettes de te tenir sur tes gardes. Les filles qui ont été violées et tuées quand on était mômes... elles faisaient toutes plus d'un mètre soixante-dix, elles avaient des yeux clairs...

— Et de longs cheveux roux, compléta Dan dans un souffle.

— Et ça correspond précisément à la description de Sherri Manson, reprit Mike. Qui a subi exactement le même sort que les victimes du Tueur de l'autoroute. Comme si... Comme si elle avait croisé son fantôme.

2.

Jed aurait dû aller directement chez Christina. Mais il y avait eu un changement de programme.

Sans l'avoir prémédité, il s'était retrouvé sur la route qui menait à l'un des plus grands cimetières de la ville.

Beau Kidd y était enterré. Ses parents et sa sœur, outrés qu'on lui ait imputé ces crimes abominables après l'avoir abattu sans autre forme de procès, avaient tenu à soigner sa sépulture : son nom était gravé en lettres dorées sur une magnifique pierre tombale. A son sommet, un ange en marbre priait à genoux.

Il faisait déjà sombre lorsque Jed arriva devant les grilles, fermées à l'aide d'une chaîne et d'un cadenas. Ce cimetière était l'un des plus anciens de Floride. On y trouvait encore les tombes décrépites de soldats américains ayant combattu durant les guerres Séminoles. Aucun maire ou gouverneur n'avait cru bon de dépenser le moindre dollar pour les rénover ou édifier une enceinte digne de ce nom pour les protéger des vandales, et Jed n'eut aucun mal à grimper par-dessus le muret. Il connaissait bien les lieux. Et même trop à son goût.

Margaritte y reposait, elle aussi.

Mais il n'était pas venu se recueillir sur la tombe de sa femme. Pas ce soir.

Il se demanda s'il n'était pas en train de perdre la boule. Qu'est-ce qui lui prenait de venir ici, comme si Beau Kidd pouvait ressusciter d'entre les morts pour lui proposer son aide ?

Mais non, en fait, il voulait juste savoir si les profanations avaient cessé. Dans les années qui avaient suivi la mort de l'inspecteur Kidd, le monument funéraire avait été saccagé à plusieurs reprises. Il avait fallu que ces actes lamentables prennent fin. Le digne chagrin de cette femme avait eu plus d'effet que les actions — peu zélées, il fallait bien le reconnaître — des autorités. Du jour au lendemain, les provocations s'étaient arrêtées.

L'ange en prières lui apparut tandis qu'il marchait dans l'allée menant à la tombe de Beau Kidd. Etrange coïncidence, Jed n'était pas le seul à avoir escaladé le muret pour rendre une visite à celui qu'on appelait depuis douze ans le Tueur de l'autoroute.

Une jeune femme se recueillait devant la sculpture en marbre.

L'espace de quelques secondes, Jed crut qu'il s'agissait de Christina Hardy. L'inconnue, également grande et mince, avait en effet de longs cheveux roux. Sans compter son élégante posture et les courbes féminines de son corps.

Mais lorsqu'elle se retourna en l'entendant approcher, Jed ne reconnut pas le visage qui le fixait d'un air dur. Ses traits, bien qu'harmonieux, étaient très différents de ceux de Christina. Quant aux yeux qui lui lançaient des éclairs, ils étaient vert pâle avec des reflets jaunes, et non d'un bleu intense.

— Qu'est-ce que vous foutez là ? lui cria-t-elle.

S'il ignorait à qui il avait affaire, l'inverse n'était sans doute pas vrai.

— On se connaît ? répliqua Jed sans se démonter.

— Je suis Katherine Kidd, la sœur de Beau.

— Je ne pense pas qu'on se soit jamais rencontré.

— Et ça me convenait très bien comme ça ! lança-t-elle avec colère. J'aime autant éviter les vautours, les opportunistes qui gagnent de l'argent sur le dos des innocents. Votre livre n'est qu'un tissu de mensonges ! Comme si on n'avait pas assez souffert, ajouta-t-elle d'une voix tremblante d'indignation.

— Mon livre est une œuvre de fiction…

Mais il renonça très vite à se défendre.

A quoi bon ? Autant la laisser se défouler sur lui.

— Qu'est-ce que vous êtes venu faire ? répéta-t-elle. Vous avez l'intention de planter un pieu dans le cœur de mon frère ? Vous pensez qu'il sort de sa tombe à la nuit tombée pour aller violer et tuer ?

— Je suis navré. Je vais vous laisser vous recueillir, dit Jed en battant en retraite.

— Si vous vous êtes égaré, sachez que la tombe de votre femme se trouve à l'autre bout du cimetière !

Jed serra les poings et continua à marcher.

— Attendez !

A sa grande surprise, elle se mit à courir derrière lui pour le rattraper. Elle alla même jusqu'à effleurer son bras du bout des doigts pour l'inciter à se retourner.

— Expliquez-moi pourquoi vous êtes là, dit-elle, visiblement émue.

Il hésita.

— En fait, je n'en sais rien. Il me semble que je voulais…

réfléchir. J'ai pensé que cet endroit m'aiderait à me poser les bonnes questions et m'obligerait à y répondre avec sincérité... Enfin, je crois. A vrai dire, je me suis retrouvé ici sans l'avoir vraiment décidé.

— Beau n'a jamais tué personne, dit-elle.

— Comment pouvez-vous en être aussi sûre ?

— C'était mon frère, monsieur Braden.

Comme si cela pouvait suffire à le disculper ! songea Jed en laissant échapper un soupir.

— Savez-vous que tous les tueurs ont un père et une mère ? Et certains d'entre eux ont même des sœurs.

— Je sais que vous avez enquêté avant d'écrire votre livre, et je sais aussi que vous avez travaillé dans la police. Et maintenant, vous avez une licence de détective privé. Vous voyez que je suis bien renseignée à votre sujet.

Il hocha doucement la tête sans faire de commentaire.

— Vous êtes ici parce que vous vous sentez coupable, n'est-ce pas ? Vous avez fait pire que frapper un homme à terre, monsieur Braden : vous avez frappé un cadavre. Le cadavre d'un innocent.

Jed écoutait ces mots très durs sans broncher. Il savait trop la douleur de perdre un être aimé pour en vouloir à cette femme.

— Vous souhaitez vous racheter ? demanda-t-elle brusquement. Eh bien, c'est l'occasion. Faites éclater la vérité en prouvant que le meurtre de Sherri Manson n'est pas l'œuvre d'un imitateur. Que tout le monde sache que Beau était un honnête homme et que sa mort n'a été qu'un crime de plus.

Il la regarda en silence, ne sachant que répondre.

— Je suis prête à vous rémunérer, ajouta-t-elle.

Il secoua vivement la tête.

— C'est hors de question.

— Alors, vous n'êtes toujours pas convaincu de l'innocence de mon frère, c'est ça ? Allez donc faire un tour à la morgue, vous y verrez la triste preuve que Beau a été tué à la place d'un autre.

Il se garda bien de lui apprendre qu'il en sortait précisément.

— Je ne sais plus que croire, dit-il.

Et c'était la pure vérité.

— Comment ça, vous ne savez plus que croire ? J'ai décortiqué chaque communiqué de la police, chaque article de la presse. Personne n'aurait pu aussi bien imiter le Tueur de l'autoroute.

— Il va falloir des analyses plus poussées pour savoir si ce crime est en tout point identique à ceux du passé, dit Jed.

— Tout correspondra, vous verrez. Parce que Beau n'est pas un assassin, même si les apparences étaient contre lui. Et vous, vous lui devez quelque chose. Parce que vous vous êtes servi de lui.

— Je me suis servi d'un fait divers, corrigea Jed sans hausser le ton. Et sachez que si je décidais d'enquêter sur ce nouveau meurtre, quitte à me déjuger, je ne le ferais pour le compte de personne. C'est entre votre frère et moi. Voilà pourquoi je suis venu ici ce soir. Pour me retrouver tête à tête avec lui.

Il ponctua ces mots d'un bref salut de la tête, puis tourna les talons. Quand, un instant plus tard, il jeta un regard par-dessus son épaule, Katherine Kidd était de nouveau là où il l'avait trouvée, silhouette triste et perdue dans le halo d'un réverbère.

— Je vous tiendrai informée ! lança-t-il. Dès que j'aurai pu prouver quelque chose dans un sens ou dans un autre.

Il crut voir un sourire se dessiner sur les lèvres de la jeune femme tandis qu'elle lui disait au revoir d'un signe de la main.

Un brouillard bas commençait à se former. Jed leva la tête vers le ciel étoilé et vit que la lune était pleine. Drôle de soirée. Avec cette brume flottante irradiée de lune, le cimetière baignait dans une atmosphère irréelle.

Il marchait en direction de sa voiture quand l'image de Sherri Manson, étendue sur la table d'autopsie, lui vint à l'esprit. Sherri... Grande, élancée, avec de longs cheveux roux.

L'instant d'après, il revenait sur ses pas.

— Katherine ! cria-t-il en courant vers la jeune femme.

Elle n'avait pas bougé. Le retour tonitruant de Jed la fit tressaillir.

— Vous ne pouvez pas rester seule ici, lui dit-il.

Elle le regarda sans comprendre.

— Il fait sombre et un tueur rôde dans la ville. Où avez-vous garé votre voiture ?

— Dans la rue, pas loin de la grille d'entrée.

— Venez avec moi, je vous raccompagne.

— Si vous y tenez.

Elle ne semblait pas convaincue de l'utilité d'être escortée pour quitter le cimetière, mais elle ne chercha pas à argumenter.

Une fois le muret escaladé et Katherine Kidd assise au volant de sa Honda, Jed se pencha pour lui parler. Mais elle lui coupa l'herbe sous le pied.

— Je sais, je sais. La longue chevelure rousse. Je vous promets d'être prudente.

— Merci.

— J'ai vingt-quatre ans, mais je vis encore chez mes parents. Vous voyez, je ne risque rien !

Il hocha la tête tandis qu'elle mettait le contact. Quelques secondes plus tard, il regardait les phares de la petite voiture disparaître dans la brume. Il resta un long moment immobile, en proie à une affreuse appréhension.

De belles femmes avec de longs cheveux roux.

Christina Hardy correspondait également à cette description.

Il avait dû laisser filer sa proie, ce soir, tout ça à cause du flic devenu écrivain. Mais ce n'était que partie remise. D'ici là, il se comporterait normalement. Il était à part. Quelqu'un d'unique, hors du commun. Des choses extraordinaires lui passaient par la tête. Il pouvait s'habiller, parler, sourire et se comporter comme M. Tout-le-monde, et préparer en même temps son prochain crime dans le secret de son imagination.

Il s'était senti tellement excité à l'idée de ce qu'il s'apprêtait à faire avec cette fille. Une occasion inespérée.

Dire qu'elle était là, à portée de main…

Il s'efforça de réguler sa respiration et de se remettre en mode normal, passe-partout.

La rencontre de ce soir était le fruit du hasard. Il était venu sur un coup de tête, incapable de résister au plaisir de rendre visite à celui qui avait été accusé à sa place. Et là… il était tombé sur la sœur de Kidd…

C'était trop beau pour être vrai.

Elle était si jolie. Et cette magnifique chevelure…

Malheureusement, il avait fallu que l'autre plumitif arrive à son tour.

Jed Braden était un grand gaillard doté de larges épaules, et il n'était pas question de l'affronter à mains nues.

Mais qu'était la force physique comparée au génie qui était le sien ? Les gros muscles, c'était bon pour les crétins qui n'avaient pas ses facultés mentales. Il adorait voir tous ces minables se mordre la queue pendant qu'il s'adonnait allègrement à son goût pour le viol et le meurtre.

Et la presse… Quelle bande d'hypocrites ! Il fallait voir les présentateurs du journal télévisé annoncer le dernier meurtre d'un air affligé pour troquer, la seconde d'après, leur mine grave contre un sourire en carton-pâte : « Cette année, la fête d'Halloween promet d'être plus excitante que jamais ! »

Mais, devant leurs écrans, les braves citoyens d'Orlando ne devaient pas être à la fête. Eux n'étaient pas payés pour sourire sur commande. Dans la vraie vie, il n'y avait pas de prompteur pour dicter vos émotions : l'ombre du tueur planait de nouveau sur la ville, et la peur avec elle…

Les flics étaient perplexes. Les enquêteurs et leur police scientifique pataugeaient. On était loin de ces séries télévisées où le coupable était inévitablement démasqué au bout de quelques jours. Il était beaucoup trop malin pour eux. Trop intelligent. Jamais ils ne lui mettraient la main dessus.

Comme c'était agréable, toute cette attention dont il était le centre invisible, tout ce bruit autour de son passe-temps favori. Sa passion. D'autres collectionnaient les trains miniatures ou faisaient de la plongée sous-marine. Lui, il enlevait, violait, tuait. Tout ça avec un brio, une maestria dignes d'un grand metteur en scène. Oui, comme c'était agréable de mener cette double vie, de défier les profileurs et autres manitous de l'analyse comportementale, de les voir s'égarer dans le brouillard !

Et tout ça, grâce à son indéniable génie.

Respire. Sois prêt à passer à l'action. A fondre sur ta proie. Habille-toi, parle, souris et comporte-toi comme un citoyen lambda tout en préparant ton prochain crime dans le secret de ton imagination. L'occasion ne tardera pas à se représenter. Oui, bientôt, ton imagination rejoindra la réalité.

— Arrêtez de me dévisager comme ça ! dit Christina à ses cousins. Vous me donnez la chair de poule.

Mike secoua la tête et détourna le regard.

— Je te demande seulement d'être prudente, d'accord ?

— Mais je suis prudente, Mike ! Je l'ai toujours été. Vous savez très bien que je ne suis pas du genre à suivre un inconnu.

— Promets-moi de bien verrouiller ta porte et de ne pas te promener seule dans la rue à la nuit tombée, dit Dan.

— On peut parler d'autre chose ? demanda Christina. Je viens de vous dire que je faisais toujours très attention. Non seulement je ne parle pas aux inconnus, mais je trimballe une bombe de gaz lacrymogène dans mon sac à main. Et quand je suis à la maison, je n'ouvre jamais la porte sans avoir au préalable jeté un coup d'œil dans le judas. Là, ça vous va ?

La sonnette retentit à ce moment précis.

Christina sursauta et rougit d'embarras.

— Je vais aller ouvrir, dit Mike en joignant le geste à la parole.

— Une planche Ouija, murmura Ana qui s'était rassise

sur la bergère et contemplait de nouveau sa trouvaille d'un œil énamouré. Comment ai-je pu passer toutes ces années sans organiser une seule séance de spiritisme ?

Toujours aussi agacée de voir cette satanée planche sans pour autant s'expliquer la raison de son malaise, Christina regretta une nouvelle fois de ne pas s'en être débarrassée. Ana s'y intéressait décidément beaucoup trop.

— C'est ton voisin Tony et sa fiancée ! annonça Mike en revenant une minute plus tard, suivi des deux nouveaux venus.

Tony se dirigea droit vers Christina. Il la saisit par les épaules et plaqua deux baisers sonores sur ses joues. Le gamin chétif et mal dans sa peau était devenu un homme grand et bien bâti.

— C'est gentil d'être venu, Tony, dit Christina.

— Tu as vu cette purée de pois, dehors ? J'ai failli sonner à la mauvaise porte, tellement le brouillard est épais.

— C'est à vous faire froid dans le dos, renchérit Llona en rentrant la tête dans les épaules.

— Christina, tu te souviens de Llona, n'est-ce pas ? demanda Ana.

— Nous nous sommes rencontrées à l'enterrement de votre grand-mère, dit Llona en souriant à Christina.

Sa poignée de main était chaleureuse, tout comme son regard vert. C'était une jeune femme élancée aux cheveux blonds, longs et raides, qui dégageait beaucoup de sympathie.

— Bien sûr, je me souviens parfaitement de toi, dit Christina. Je viens juste d'apprendre que vous étiez fiancés, tous les deux, ajouta-t-elle avec un grand sourire. Alors, à quand le mariage ?

— Bientôt, bientôt! répondit Llona. Peut-être avant le printemps, qui sait?

— Et si on demandait à la planche Ouija? proposa Ana.

— Et si on buvait une bière et qu'on faisait réchauffer les pizzas? lança Mike.

— Bon, d'accord, dit Ana, comme si elle faisait là une immense concession. Mais ensuite, on se fait une séance de Ouija.

Christina soupira discrètement. Décidément, son amie était obsédée par ce jeu. C'était comme si elle venait de retrouver un morceau de sa jeunesse et qu'elle refusait de le laisser filer de nouveau.

— Et Jed? demanda-t-elle. Est-ce qu'on ne devrait pas l'attendre avant de commencer à manger?

— Mon cher cousin a beaucoup de qualités, dit Ana, mais il ignore le sens du mot *ponctualité*. Il mangera quand il arrivera... S'il arrive un jour, ajouta-t-elle. Ce qui n'est pas l'hypothèse la plus probable.

— Alors, à table! dit Christina.

— Ouais, je meurs de faim! s'écria Dan.

— C'est que ça creuse de passer ses journées dans la peau d'un raton laveur, pas vrai? lui lança Ana.

Il fit mine de se fâcher, et tous s'installèrent autour de la grande table ovale. Quelques minutes plus tard, la cuisine était le théâtre d'une conversation animée. On sautait de sujet en sujet entre deux gorgées de bière, deux bouchées de pizza, tout ça dans la bonne humeur. Christina apprit ainsi que Llona venait de l'Ohio, ce qui les amena à parler du *Rock and Roll Hall of Fame* édifié à Cleveland par Ieoh Ming Pei, également architecte de la pyramide du Louvre. Qui avait déjà visité Paris ? N'est-ce pas que sous certains angles, les deux bâtiments offraient une ressemblance frappante ? Bref, une discussion légère autour de sujets consensuels.

Alors, pourquoi Christina se sentait-elle aussi nerveuse ?

Llona lui posa des questions sur son travail, et elle lui expliqua que composer des jingles publicitaires n'était pas aussi simple que les gens se l'imaginaient.

— Ça joue un rôle essentiel dans la vente, précisa-t-elle. Si les gens se souviennent du jingle, ils se souviendront également du produit.

Tandis qu'elle poursuivait là-dessus avec Llona, elle entendit vaguement Dan, Mike et Tony qui parlaient de la femme retrouvée morte au bord de l'autoroute.

Après le repas, Ana vint ramasser l'assiette de Christina.

— Terminé ? demanda-t-elle.

— Je vois qu'il est temps de ranger, dit Dan en se levant. Laisse-moi te donner un coup de main.

Il fit le tour de la table avec un grand sac-poubelle dans lequel chacun jeta son assiette en carton.

— Mamie n'était pas du genre à nous laisser quitter la table sans qu'on ait débarrassé, n'est-ce pas, Christie ?

— C'est vrai, approuva la jeune femme. Dommage que les couverts en plastique et les assiettes en carton n'aient pas été le style de la maison… C'est quand même plus facile quand il n'y a qu'à tout jeter dans un sac-poubelle.

— Mamie nous faisait nettoyer sa collection de casseroles en cuivre, le dimanche, expliqua Mike avec un sourire nostalgique. Et il fallait que ça brille !

— Ouais, c'était une sacrée corvée, dit Dan avant de regarder Christina avec un air amusé. Tu vas continuer à astiquer les cuivres, cousine ?

Les trois têtes se tournèrent vers l'alignement de casseroles, poêles et autres moules disposés sur des étagères construites spécialement à cet effet par leur grand-père.

— Bien sûr ! dit-elle.

— En tout cas, ne compte plus sur moi le dimanche ! lança Dan avec un grand rire.

— Christina a toujours été la gardienne du temple, dit Tony en levant sa bouteille de bière en direction de sa nouvelle voisine.

— Comment ça, la gardienne du temple ? demanda Llona.

— Elle a le goût des traditions familiales, c'est tout, expliqua-t-il d'un ton impatient. Elle est une sorte de conservateur en chef de l'héritage culturel des McDuff. C'est plus clair comme ça ?

— Très clair, merci, dit froidement Llona, vexée par la façon dont son fiancé venait de lui répondre.

— Je te demande pardon, murmura-t-il en l'attirant à lui.

— Il y a des chambres à l'étage, si vous voulez, leur dit Dan sur le ton de la plaisanterie.

Llona rit doucement, les joues un peu rouges, et repoussa Tony.

— Pourquoi iraient-ils s'isoler dans une chambre alors que l'heure du Ouija a sonné ? s'exclama Ana. C'est tout de même plus excitant que de faire des galipettes, non ?

Tony eut une moue sceptique tandis que Llona rougissait de plus belle.

— Le petit salon est dans un désordre noir, dit Christina.

— Ce n'est pas grave, on peut s'asseoir par terre, répliqua Ana.

Il en aurait fallu bien plus pour la faire renoncer.

— On va commencer avec Tony et Llona, dit-elle. Peut-être que la planche Ouija sera en mesure de nous donner une date de mariage.

— Si tu veux, dit Tony en haussant les épaules.

— On n'est pas censé tamiser la lumière ? demanda Llona en pouffant dans sa main.

— Pourquoi pas ? dit Mike avant d'aller baisser le variateur de lumière qui commandait le plafonnier.

Il éteignit ensuite quelques lampes çà et là, jusqu'à ce que l'ambiance lui semble digne du cabinet de Mme Irma.

Adossée à la porte voûtée, Christina, les bras croisés, poussa un grognement de dépit.

Lorsque Llona et Tony posèrent tous deux la main sur le guide de bois — un triangle monté sur roulettes et percé d'un trou — , celui-ci se mit à bouger, puis s'arrêta sur la lettre J.

— Janvier, murmura Ana.

— Je pense qu'il s'agit plutôt de juillet, dit Tony. On n'est pas prêts du tout.

— Regarde ça ! dit Mike tandis que le guide de bois se mettait à bouger dans tous les sens. Elle veut janvier et lui préfère juillet. Résultat : le pauvre Ouija ne sait plus où donner de la tête.

— Tu pousses le guide, dit Tony sur un ton de reproche.

— Non, c'est toi qui le pousses ! protesta-t-elle.

— Ne vous énervez pas, les amis, intervint Mike. Ce n'est qu'un jeu.

Il avait dit ça pour désamorcer la dispute qu'il sentait poindre, n'empêche qu'il avait raison, songea Christina. Au fond, il ne s'agissait que de ça : un jeu.

— Les doigts doivent seulement effleurer le guide, rappela Ana qui se présentait comme une spécialiste du Ouija. Christina, viens donc m'aider à leur montrer comment il faut faire.

— Bon, d'accord… Mais on ne va pas jouer à ça toute la soirée, j'espère ?

Elle gratifia Llona d'un grand sourire.

— Au fond, quel intérêt de connaître la date de votre mariage ? De toute façon, ce sera un moment magique et on s'amusera tous comme des fous… Si on est invités, évidemment.

— Bien sûr que vous serez invités ! dit Llona.

— Allez, viens ! lança Ana d'un ton impatient.

— Est-ce qu'il fait assez sombre ? demanda Dan d'une voix théâtrale. Ou faut-il que je crée une ambiance plus inquiétante ?

— Je trouve l'ambiance assez inquiétante comme ça avec le brouillard qui entoure la maison, déclara Llona en frissonnant.

— Ce n'est rien qu'un peu de brume, dit Christina, se retenant à grand-peine de hurler.

Elle n'était pas du genre à s'affoler pour un rien, mais l'idée de correspondre aussi bien à la victime type d'un tueur en série avait de quoi la rendre nerveuse.

Soit quelqu'un avait repris le flambeau, imitant à la perfection les méthodes du Tueur de l'autoroute, soit un psychopathe était parvenu à passer entre les mailles du filet pendant douze ans.

Et il avait décidé de sortir de sa retraite.

— N'oublie pas la pleine lune ! répliqua Llona.

— Tu as peur des loups-garous ? lui demanda Mike.

— Il y a déjà un vrai monstre dans cette ville, dit Christina. Inutile d'en inventer d'autres.

Un silence inconfortable salua son intervention. Elle se rendit compte qu'elle avait prononcé ces mots d'une voix aiguë, en criant presque.

— Je suis désolée, dit-elle.

Qu'est-ce qui lui prenait ? C'était juste…

C'était juste cette stupide planche Ouija et l'idée de communiquer avec les esprits.

Le passé remontait soudain à la surface sous forme d'images bien trop précises. Elle revoyait sa grand-mère, assise dans un fauteuil, une expression inquiète sur le visage. Son grand-père avait été enterré le matin même. Durant la cérémonie, Christina s'était imaginé qu'elle voyait son papy lui sourire. Et la nuit où il était mort, elle avait rêvé qu'elle parlait avec lui. Un professeur de psychologie lui avait expliqué un jour que ces songes étaient un mécanisme de défense, une manière de se réconcilier avec la mort et la perte d'un être cher. Mais mamie avait un autre point de vue sur la question.

C'est dangereux, ma chérie… En voyant papy après sa mort, tu as ouvert une porte. Un passage entre deux mondes. Et Dieu sait qui d'autre peut se faufiler par cette ouverture.

Oui, c'était à peu de choses près les mots qu'elle avait employés.

Mais sans doute n'était-ce qu'une façon de parler. Le goût des légendes propre aux Irlandais. Jamais plus Christina n'avait fait ce genre de rêve. Pas même quand elle avait perdu ses parents.

Elle se dit que tout ça était derrière elle. Elle était une femme normale, parfaitement rationnelle, et les histoires de fées, les rêves prémonitoires n'étaient que du folklore auquel les Irlandais faisaient semblant de croire pour perpétuer la tradition.

— D'accord, Ana, montrons à ces ignorants comment pratiquer le Ouija dans les règles de l'art.

Elle s'éclaircit la voix avant de poursuivre en adoptant le timbre grave et vibrant d'un fantôme d'opérette :

— C'était une nuit lugubre et orageuse… Non, plutôt une nuit lugubre et brumeuse, une nuit de pleine lune où les rayons de l'astre blême ne parvenaient pas à déchirer l'épais brouillard…

Sa tentative pour paraître détendue ne trompa personne, pas même elle.

— Tout va bien, Christina ? lui demanda Mike.

— Très bien, répondit-elle vivement.

— C'est ma faute, dit-il. Je suis désolé, je n'aurais pas dû t'inquiéter avec…

— Non, non, coupa-t-elle. C'est moi qui m'excuse, Mike. Je ne sais pas ce que j'ai. Je crois que je suis juste un peu fatiguée.

— Tu es sûre que ça va ? insista Dan d'une voix douce.

— Mais oui, bien sûr ! Allez, Ana, commençons notre séance de spiritisme.

— Bonjour, ma chère planche Ouija ! s'écria Ana comme si elle retrouvait une vieille amie.

Avec un sourire forcé, Christina effleura elle aussi le guide du bout des doigts. Le morceau de bois troué se mit à rouler sur la planche, épelant lentement « Bonsoir ».

— Esprit, es-tu là ? demanda Ana.

— Elles sont sérieuses ? murmura Tony en se penchant vers Dan.

— Qui sait ? répondit-il.

— Autant qu'on peut l'être quand on joue, intervint Mike. Celle ou celui qui tient le guide fait dire ce qu'il veut à cette planche.

Mike avait raison, songea Christina. Pour sa part, elle ne faisait pas du tout bouger le guide. Mais Ana avait tellement envie que ça fonctionne… C'était forcément elle qui déplaçait le morceau de bois sur la planche.

— O-U-I, lut lentement Llona qui suivait le mouvement du guide avec des yeux ronds.

— Qui êtes-vous, esprit ? demanda Ana.

Tout le monde fixa la planche Ouija tandis que le guide glissait de lettre en lettre.

— B-E-A-U-K-I-D-D, lut Dan à voix haute. Beau Kid ?

— Ça doit être un surnom pour dire un beau garçon, suggéra Mike. Kid, c'est un gosse, comme dans le Kid de Chaplin.

— Non, dit Dan. Beau, c'est aussi un prénom, même s'il n'est pas très courant. Tu connais l'acteur Beau Bridges, je suppose ?

— Il y a aussi Beau Brummel, le célèbre dandy anglais, fit remarquer Tony.

— Oui, mais lui, ce n'était pas son vrai prénom…, commença Llona.

— Beau Kidd ! s'écria Dan, lui coupant la parole. C'est le nom du policier qu'on a toujours désigné comme le Tueur de l'autoroute !

— Ce n'est pas drôle, Ana ! s'exclama Mike. Tu l'as fait

exprès ! Tu ne trouves pas que Christina est assez nerveuse comme ça ?

— Je n'ai pas fait bouger le guide, déclara Ana très sérieusement.

— C'est le pouvoir de la suggestion qui fait fonctionner ce truc, maugréa Mike d'un ton impatient.

— Demande-lui ce qu'il veut, dit Dan. Vous allez voir, il va écrire : « Je n'ai rien fait, les gars, je suis innocent ! »

Ana ne se laissa pas déconcentrer par la plaisanterie de Dan et s'adressa à l'esprit d'une voix douce :

— Que voulez-vous, monsieur Kidd ?

Christina brûlait d'envie de retirer ses doigts de ce foutu guide. Mais, curieusement, elle n'arrivait pas à se décider à le faire.

Le guide se déplaça de nouveau sur la planche de bois.

Ana trichait, songea-t-elle, agacée par l'attitude de son amie.

Mais, au fond d'elle-même, Christina ne croyait pas vraiment qu'Ana s'amusait à ses dépens. C'était pour ça qu'elle était tellement à cran.

— On se croirait revenus en enfance ! lança Dan dans leur dos. Des adolescents boutonneux qui jouent à se faire peur.

— Chut ! fit Ana. Il nous dit quelque chose.

— A-I-D-E-Z, commença à lire Mike.

— M-O-I, termina Dan.

— Aidez-moi, murmura Llona.

— Attendez, ce n'est pas fini, dit Christina.

— C'est forcément elles qui le font bouger, chuchota Tony à l'oreille de Mike. Mais je dois dire qu'elles se débrouillent drôlement bien. J'en ai la chair de poule.

— Encore « Aidez-moi », dit Mike. Ça devient un peu monotone, vous ne trouvez pas ?

Que pouvait-on ajouter à cet appel au secours ? se demanda Christina tandis que le guide continuait à se déplacer sur la surface parfaitement lisse de la planche.

— Aidez-moi, s'il vous plaît, dit Dan dans un souffle.

Le guide parcourait maintenant le Ouija à toute vitesse.

Aidez-moi s'il vous plaît Aidez-moi s'il vous plaît Aidez-moi s'il vous plaît…

Puis il s'arrêta brutalement au centre de la planche.

Un silence de cathédrale s'abattit sur la pièce. Même les sceptiques semblaient fascinés par ce qui venait de se produire.

Des coups sur la porte rompirent le silence, arrachant un cri à Llona. Comme un écho, le guide se dressa, son nez pointu désignant le plafond.

C'est alors qu'ils entendirent la porte d'entrée s'ouvrir violemment.

3.

— Qu'est-ce qui se passe ? s'écria Dan.

Jed se demanda pourquoi son vieil ami le regardait comme s'il se trouvait face à un revenant. D'accord, il avait peut-être ouvert la porte un peu brusquement, mais il croyait qu'elle était fermée à clé.

Si ç'avait été le cas, d'ailleurs, il devait bien admettre qui l'aurait forcée.

Non seulement il avait les nerfs à vif, mais il avait entendu une femme crier.

— A toi de me le dire, répliqua-t-il. Qu'est-ce qui se passe, ici ? J'ai entendu un cri.

Dan soupira et retrouva son sourire.

— Désolé, dit-il en s'effaçant pour laisser entrer Jed.

Puis il referma la porte en prenant soin, cette fois, de bien la verrouiller.

— Ça me fait plaisir de te voir, Jed. Le cri que tu as entendu était l'œuvre de Llona, la fiancée de Tony. On était en pleine séance de spiritisme et je crois qu'elle s'est un peu trop prise au jeu.

— Alors, c'est pour ça que vous avez tamisé la lumière ? demanda Jed avec un sourire moqueur.

— Ouais, répondit Daniel, un peu embarrassé, tandis qu'ils pénétraient ensemble dans le petit salon.

Ana bondit sur ses pieds et se précipita vers son cousin.

— Je suis contente que tu sois venu, dit-elle en l'entourant de ses bras.

— Pourquoi as-tu l'air si surpris ? Je t'avais bien dit que je passerais, non ? lança-t-il en regardant Christina Hardy du coin de l'œil.

Avec la grâce sinueuse d'un liseron, la maîtresse de maison déployait son grand corps pour venir à son tour le saluer. Elle s'approcha de lui, petit sourire aux lèvres, et l'embrassa sur les deux joues.

— Bienvenue chez moi, dit-elle. On a gardé de la pizza pour toi. Si tu as faim, il y a tout ce qu'il faut dans la cuisine.

— Génial. Je suis affamé.

— Salut, Jed ! dit Mike. Tu connais Tony, mais as-tu déjà rencontré Llona, sa fiancée ?

Jed se tourna vers la femme qui se tenait à côté de Tony. Il avait échangé quelques mots rapides avec elle, le jour de l'enterrement.

— Ravi de vous revoir, dit-il.

Elle répondit d'un sourire et serra la main qu'il lui tendait.

— Vous pouvez peut-être vous tutoyer, tous les deux, suggéra Tony avec un petit rire.

— Pourquoi pas ? fit Jed. Alors, ravi de *te* revoir, Llona.

— Tu savais que Jed était un écrivain célèbre ? demanda Mike en s'adressant à son tour à Llona.

— Pas si célèbre que ça, protesta Jed, un peu embarrassé.

— A propos de gens qui défraient la chronique, tu ne

devineras jamais qui ces deux-là — il désigna Ana et Christina du doigt — ont ressuscité.

Jed fit une moue pour indiquer qu'il n'en avait pas la moindre idée.

— Beau Kidd, dit Mike.

Le visage de l'écrivain se crispa. Même s'il n'avait pas été aussi nerveux, le nom du policier lui aurait fait grincer les dents. Merde, à la fin, se dit-il. Ce n'était tout de même pas lui qui l'avait abattu ! Il s'était contenté de romancer un fait divers.

Un travail de fiction qui avait quand même largement contribué à salir la réputation de cet homme.

— Beau Kidd ? répéta-t-il.

Il essayait de donner le change, mais sa voix trahissait son malaise.

— Ne le prends pas mal, voyons ! dit Ana. On ne faisait que s'amuser avec le Ouija.

— Après avoir discuté du meurtre qui vient d'avoir lieu, expliqua Daniel pour remettre les faits dans leur contexte.

— Vous jouez encore au Ouija ? interrogea Jed en levant un sourcil.

— Je décline toute responsabilité, dit Christina en riant. Pour les réclamations, adresse-toi à ta cousine.

— Je te jure qu'il a épelé son nom et son prénom, grommela Ana d'un air buté.

— Viens dans la cuisine, dit Christina en effleurant le bras de Jed, je vais te réchauffer une part de pizza.

— Inutile de te donner cette peine, plaisanta Ana. Jed a appris à aimer la pizza froide, à l'époque où il était flic.

— Mamie disait toujours que manger froid est mauvais pour la digestion, rétorqua Christina en plantant son regard bleu dans celui de Jed. Merci d'être venu, ajouta-t-elle avec un sourire timide.

Il haussa les épaules.

— C'est moi qui te remercie de m'avoir invité.

Elle le devança et quitta le petit salon de sa démarche souple et élégante. Jed lui emboîta le pas.

Lorsqu'il pénétra dans la cuisine, Christina avait déjà ouvert la porte du réfrigérateur. Elle se retourna et lui tendit une bière.

— Alors, comment vas-tu ? demanda-t-elle après qu'il l'eut remerciée.

Elle s'appuya contre le plan de travail et décapsula sa bouteille de bière. Un sourire qui devait plus à ses yeux qu'à sa bouche éclairait son visage.

— Ton prochain livre sort bientôt ?

Il fronça les sourcils.

— En fait, il est sorti le mois dernier.

Elle posa la main sur sa bouche. On aurait dit une petite fille qui venait de faire une bêtise.

— Oh, pardon...

— Ça n'a aucune importance.

— Je devrais être au courant, quand même.

— Je sais que c'est dingue, mais pour une raison obscure, il y a encore des gens sur cette planète qui ne se précipitent pas pour acheter mes livres dès qu'ils sont publiés.

Elle sentit qu'elle rougissait un peu.

— Tout de même, Ana est l'une de mes meilleures amies. J'aurais pu me tenir au courant.

— J'ai quelques bons amis qui n'ont jamais lu une ligne de mes bouquins, dit Jed en riant. Et je trouve que c'est très bien comme ça.

Elle sourit à son tour et alla de nouveau fouiller dans le réfrigérateur. Il vit avec un certain plaisir qu'elle avait préparé une assiette en prévision de son arrivée.

Lorsqu'il avait déclaré qu'il était affamé, ce n'était pas seulement par courtoisie. La douche prise avant de venir était parvenue à chasser l'odeur de la salle d'autopsie, laissant place à une faim de loup.

Pourtant, si la mort n'était plus présente par l'odeur, elle hantait encore ses pensées. Impossible d'oublier le cadavre de Sherri Manson, pas plus que l'incident au cimetière devant la tombe de Beau Kidd.

Impossible d'oublier que Christina Hardy était, elle aussi, une belle rousse.

Il ne devait pas faire de fixation, songea-t-il. Pas question de se laisser dévorer par cette nouvelle affaire comme lorsqu'il avait rédigé le livre inspiré de l'histoire de Beau Kidd. Non, il ne fallait pas compter sur lui pour écrire une suite.

— Comment va la vie au pays des jingles ? demanda-t-il. On peut écouter ta dernière œuvre ?

Le sourire de Christina s'élargit tandis qu'elle mettait le micro-ondes en marche.

— Venez au Bora Bora Grand Hôtel, mettez vos soucis à la poubelle, y a du sable à la pelle, du bleu plein le ciel, des soirées éternelles, une vie douce comme le miel, oubliez le réel au Bora Bora Grand Hôtel…

Il applaudit doucement lorsqu'elle s'arrêta de chanter.

— C'était toi ? Je n'ai pas arrêté de l'entendre.

— Il paraît que c'est un endroit magnifique. La direction m'a offert un week-end et je compte bien en profiter. J'aurai droit à un bungalow privé sur la plage avec un escalier qui donne directement dans l'eau.

— Tu as trouvé un bon boulot, on dirait.

— Je n'ai pas la sécurité de l'emploi, mais je ne me plains pas. Jusqu'ici, je n'ai jamais manqué de travail.

— Et, en cas de pépin, cette maison vaut toutes les assurances chômage. Tu pourrais en tirer une véritable fortune, tu sais ?

— Je ferais la manche plutôt que vendre cette maison ! lança-t-elle d'une voix fiévreuse avant de se rendre compte, un peu gênée, qu'elle venait de laisser transparaître plus d'émotion qu'elle ne l'aurait souhaité.

Elle le gratifia d'un sourire en coin.

— Pourquoi ? Tu doutes de ma capacité à trouver des contrats ? Peut-être même de mes compétences ?

— Jamais de la vie ! s'écria-t-il en riant. Et encore moins depuis que je sais que tu es l'auteur de cette magnifique chansonnette sur le Bora Bora Grand Hôtel.

Le micro-ondes fit entendre trois sonneries brèves. Elle l'ouvrit et en sortit le dîner de Jed. En surface, le fromage grésillait en formant des petites bulles. Il vint jusqu'à elle récupérer l'assiette. La pizza sentait fort, mais pas assez pour annihiler le parfum autrement plus délicat que portait Christina. Tout en elle respirait l'élégance, de sa démarche à son eau de toilette en passant par le son de sa voix. Il se rappela combien elle l'agaçait lorsqu'elle n'était qu'une gamine, combien il la trouvait collante à cette époque.

Les choses avaient bien changé, songea-t-il.

Elle lui sourit et le frôla en allant chercher des couverts et une serviette en papier. A son contact, il sentit ses muscles se tendre. Oui, les choses avaient décidément bien changé.

Ana déboula dans la cuisine.

— Dépêche-toi, Christie. Tu es la seule qui arrive à faire fonctionner cette stupide planche Ouija.

— Je n'ai rien fait de spécial, pourtant, déclara Christina.

Jed sentit de nouveau ses muscles se contracter, mais cette fois-ci, ça n'avait rien d'agréable.

— Beau Kidd, hein ? dit-il en regardant Christina.

Le visage de la maîtresse de maison s'empourpra.

— Arrêtez, tous les deux ! Je vous jure que je n'y suis pour rien.

— Si tu le dis ! lança-t-il sèchement.

Il n'avait pas voulu se montrer aussi brusque. Elle parvint à conserver une expression neutre, mais il sentit qu'elle se raidissait.

— Excuse-moi, maugréa-t-il. C'est parce que je me fais du souci, tu comprends ?

Elle soupira.

— Je sais. Je suis rousse.

— Et une belle rousse, de surcroît, dit-il, autant pour se racheter que parce que la beauté de Christina était en la circonstance un facteur aggravant.

Le Tueur de l'autoroute avait toujours choisi de jolies jeunes femmes pour proies, et son successeur — s'il s'agissait bien d'un autre homme — n'avait pas dérogé à la règle.

— J'ai passé l'âge d'être maternée, dit Christina. Ça fait des années que je me débrouille toute seule. Je ne suis pas du genre à commettre des imprudences. Je n'ai rien d'une idiote, tu sais ?

— Ne t'imagine surtout pas que toutes les victimes étaient des imbéciles.

— Ce n'est pas ce que je voulais dire. Je voulais seulement

que tu comprennes que j'ai toujours fait attention et que je redoublerai de prudence, désormais… Vraiment, ajouta-t-elle d'un ton irrité parce qu'il ne répondait rien.

Son agacement était en réalité une façon de dissimuler sa peur. Elle préférait avoir l'air énervé qu'effrayé.

Elle quitta la cuisine sur ces mots et retourna dans le petit salon. Jed la suivit en gardant ses distances, puis s'arrêta à la porte.

— C'est toi qui as manipulé le guide du Ouija pour qu'il compose le nom de Beau Kidd, dit Mike en fixant Christina avec un air de reproche.

— N'importe quoi ! s'écria-t-elle d'une voix qui trahissait sa fébrilité. A l'époque où ce type sévissait, je n'avais que douze ans et ma mère éteignait la télévision dès qu'on y évoquait quelque chose qu'elle considérait comme n'étant pas de mon âge. Je me souviens que c'était d'ailleurs un sujet de polémique entre mes parents. Mon père disait que je devais savoir ce qui se passait dans le monde, qu'on ne pouvait pas me protéger éternellement. Il voulait que je sois préparée à affronter la réalité. Ma mère soutenait au contraire que j'étais trop jeune pour voir et entendre certaines choses. Beaucoup de choses, même.

— Ne me dis pas que tu n'avais jamais entendu ce nom avant aujourd'hui ! s'écria Dan.

Il était assis par terre, adossé au mur, les bras autour des genoux.

— Je l'ai sûrement entendu à un moment ou à un autre, mais je ne m'en serais pas souvenue spontanément. Je te signale que l'eau a coulé sous les ponts depuis douze ans, répliqua Christina, toujours aussi à cran. Je n'ai pas fait bouger ce foutu guide.

— Mais comment donc! dit Mike avec un sourire narquois. En fait, c'est l'esprit de Beau Kidd qui l'a fait bouger. Il nous a entendus discuter de ce nouveau meurtre et il a tenu à contribuer au débat.

— Et s'il était vraiment innocent et qu'il avait trouvé ce moyen pour nous le dire? suggéra Ana.

— Arrête, je suis mort de peur! lança Jed sur le ton de la plaisanterie.

Elle lui lança un regard furieux.

— Monsieur le gros macho ne croit que ce qu'il voit, c'est ça?

— Hou... Hou... Esprit, es-tu là? fit Tony en essayant vainement de détendre l'atmosphère.

— S'il y avait un esprit dans cette maison, ce serait celui de mamie qui nous passerait un savon, déclara Dan, réussissant là où Tony avait échoué.

— Elle était méchante? demanda candidement Llona.

— Au contraire, répondit Christina, elle était la gentillesse même. Mais elle avait une vision très claire du bien et du mal.

— N'empêche qu'elle n'était pas ravie de la façon dont j'ai décidé de mener ma vie, dit Dan avec une pointe d'amertume dans la voix. Je lui ai pourtant expliqué vingt fois que je ne comptais pas rester un raton laveur jusqu'à la fin de mes jours.

— Tu vas bientôt te transformer en dieu, lui prédit Christina. Je suis sûre que tu seras choisi pour le rôle et que tu seras génial en Zeus.

— Croisons les doigts, dit Dan en soupirant. De toute façon, avec l'arrivée d'Halloween, je vais avoir l'occasion de jouer des personnages effrayants. Ça me changera de faire peur aux enfants au lieu de les faire rire.

— Tu as raison : venge-toi sur des plus petits que toi ! dit Ana en riant. Et si on demandait au Ouija quand tu vas réussir à te faire une place au soleil ?

— Je vais aller me chercher une autre bière, grommela Mike.

Il s'arrêta devant Jed qui bouchait le passage.

— Bière ? lui demanda-t-il.

— Ouais, pourquoi pas ? répondit l'écrivain avant de suivre Michaël dans la cuisine.

Quelques secondes plus tard, ils entendirent des exclamations en provenance du petit salon.

Ils échangèrent un bref regard et se précipitèrent en direction des cris. Jed, qui ouvrait la marche, faillit se prendre le guide du Ouija en pleine figure lorsqu'il atteignit la porte.

— Qui a jeté ça ? demanda-t-il, passablement énervé.

Il avait évité le projectile in extremis en se baissant.

— C'est elle, répondit Ana en pointant un doigt accusateur sur son amie.

— C'est faux ! cria Christina.

— Ce truc est devenu… Il est devenu fou, bredouilla Ana qui semblait affolée. Il s'est mis à bouger dans tous les sens, et puis il a volé à travers la pièce !

— Arrête un peu d'affabuler, Ana ! lui dit Jed.

— Que se passe-t-il ? demanda Mike en entrant à son tour dans le petit salon.

— On a demandé si Dan allait obtenir le rôle de Zeus, expliqua Christina.

— Et ça a encore dit « Aidez-moi », intervint Llona, les yeux écarquillés.

— Tu ne vois pas qu'elles te font marcher, Llona ? lança Mike en lançant à Ana et à sa cousine un regard accusateur.

Ana laissa échapper un soupir, aussi long qu'agacé.

— Inutile de polémiquer, dit Christina. Remballons ce truc idiot dans un carton et passons à autre chose.

Sans attendre qu'on l'approuve, elle attrapa la boîte et commença à ranger le jeu.

— A la poubelle ! s'exclama joyeusement Dan.

— Tu penses vraiment que Christina pourrait se séparer d'un de ses vieux trésors ? demanda Tony. Jamais de la vie !

— Ça présente des avantages de tout conserver, pas vrai, les garçons ? dit-elle en regardant alternativement Dan et Mike avec un sourire entendu. J'imagine que vous vous souvenez d'une certaine enveloppe que j'ai soigneusement remisée quand d'autres l'avaient complètement oubliée après le dîner de Noël…

— Oui, oui, on s'en souvient. Et on ne te remerciera jamais assez pour ça, dit Dan avant d'expliquer l'anecdote aux autres. Une année, quand on était encore gamins, on a reçu des obligations comme cadeau de Noël. Christina les a pieusement conservées alors que nous, on ne s'en souvenait plus du tout. Elle nous les a rendues huit ans plus tard. Les obligations avaient pris de la valeur et on a empoché une jolie somme.

— Et depuis, elle nous rappelle cette histoire dès qu'on se moque de sa manie de tout garder, ajouta Mike en souriant à sa cousine. Tu veux que je t'aide à déballer quelques cartons ? demanda-t-il en remontant le variateur de lumière qui commandait le plafonnier.

— Non, mais sachez que je me réjouis de votre gratitude à tous les deux, dit-elle en se levant avec sa grâce habituelle.

Dan bâilla à s'en décrocher la mâchoire, puis s'en excusa aussitôt.

— Désolé, mais je vais être obligé d'y aller. Je me lève tôt, demain matin. Je dois endosser mon costume de Ralph à 7 heures du matin, ce qui signifie un réveil à 5 h 30. Je me suis bien amusé. Merci, cousine.

— Il faut que je parte, moi aussi, dit Jed, impatient de rentrer chez lui.

L'autopsie continuait de le hanter, et passer une soirée à parler de Beau Kidd était la dernière chose dont il avait envie.

— Merci d'avoir nourri un écrivain affamé, dit-il. Et bienvenue à Orlando, Christie.

— Merci d'être passé, répondit-elle en allant l'embrasser.

Il y avait encore un certain malaise entre eux. Ça venait de lui, songea-t-elle tandis qu'il saluait les autres avant de quitter le petit salon.

Jed entendit Christina dire un dernier mot à ses cousins, eux aussi sur le point de s'en aller.

— Et n'oubliez pas que vous êtes ici chez vous.

— C'est adorable, dit Dan, mais un jour, tu vas peut-être avoir une vie amoureuse. Et tu n'auras sûrement pas envie qu'on débarque au milieu de tes ébats sexuels.

— Allons-y, dit Mike. Je n'ai aucune envie d'entendre parler des ébats sexuels de ma cousine, OK ?

— Tu préfères peut-être y assister en venant lui rendre visite au mauvais moment ? demanda Dan.

— Dehors ! ordonna Mike.

Jed était en train de franchir la porte quand il perçut malgré lui les commentaires de ceux qui se trouvaient encore dans le petit salon.

— Jed n'avait pas l'air dans son assiette.

C'était la voix de Tony.

— C'est à cause de Beau Kidd, répondit Ana. Quand il a écrit son bouquin, il était convaincu de sa culpabilité et, à présent, j'ai le sentiment qu'il est en plein doute.

Jed referma la porte derrière lui et regagna sa Jeep.

Ana avait raison, songea-t-il en mettant le contact.

Il était en plein doute.

Ana quitta le manoir quelques minutes plus tard en compagnie de Tony et Llona. Dan et Mike s'étaient proposés pour la déposer chez elle en voiture, mais les voisins de Christina avaient promis de la raccompagner jusqu'à sa porte. Ana avait racheté la maison de ses parents lorsque ceux-ci étaient partis profiter de leur retraite dans l'archipel des Keys où ils possédaient une résidence secondaire. Du coup, elle n'avait pas quitté cette rue depuis sa naissance.

Un dernier signe de la main en direction de ses invités qui s'éloignaient dans la rue, et Christina verrouilla la porte d'entrée. Il faudrait sans doute songer à faire installer une alarme dans un avenir proche, se dit-elle en marchant vers la cuisine.

Il n'y avait pas beaucoup de désordre et en dix petites minutes, tout était rangé.

Lorsqu'elle ferma le robinet d'eau, un silence presque douloureux s'abattit sur la maison.

Elle se rendit dans le petit salon où la boîte du Ouija semblait la narguer.

— Va te faire voir ! murmura-t-elle avant de balayer la pièce du regard.

Sans qu'elle sache pourquoi, la vision de ces nombreux cartons encore fermés la mettait mal à l'aise. Le fait que la maison soit dépourvue d'alarme — détail auquel Christina n'avait jamais prêté attention jusque-là — ne faisait qu'accroître ce malaise. Le silence lui semblait terriblement pesant.

Pourquoi avait-il fallu qu'Ana tombe sur le Ouija ?

Incapable de se raisonner, elle alluma toutes les lumières de la maison, ainsi que l'écran plasma du salon.

A peine venait-elle de presser le bouton de la télécommande que la présentatrice d'une chaîne d'informations en continu évoquait le meurtre de Sherri Manson.

— Comme souvent dans ce type d'affaires, expliqua la jolie jeune femme, certains éléments n'avaient pas été rendus publics par les autorités à l'époque où le Tueur de l'autoroute sévissait à Orlando. La police n'a pas encore fait savoir si l'on retrouve ces caractéristiques confidentielles dans le cas de ce nouvel homicide. Comme vous vous en souvenez peut-être, la mort du principal suspect, l'inspecteur de police Beau Kidd, semblait avoir mis un terme définitif à la folie meurtrière du tueur en série. M. Kidd connaissait bien deux des victimes qui…

Christina eut envie de jeter la télécommande à travers la pièce, mais elle se contenta de s'en servir pour faire disparaître la présentatrice.

Avec un soupir excédé, elle vérifia ensuite que la porte d'entrée était fermée à triple tour avant d'éteindre toutes les lumières et de monter l'escalier.

— Beau Kidd…, murmura-t-elle en entrant dans la chambre qu'elle occupait déjà, enfant. Et puis quoi encore ?

Si cette maison était hantée, elle l'était par papy et mamie, des fantômes dont elle n'avait rien à craindre.

C'était la première fois de sa vie qu'elle avait peur ici, et elle s'en voulait d'être aussi perméable aux événements de la soirée.

D'accord, elle était rousse. Et alors ? Vraies ou fausses, les rousses ne manquaient pas dans cette ville. C'était à la mode, en ce moment.

Elle fermait toujours sa porte à clé. Elle ne suivait jamais des inconnus. Oui, elle était la prudence même, songea-t-elle.

Elle promena le regard sur sa chambre. La pièce avait beaucoup changé au fil du temps. Elle disposait à présent d'un grand lit en merisier. La commode et la penderie étaient assorties, tout comme le placard qui dissimulait la télévision.

Elle l'ouvrit sans attendre et alluma le poste, appuyant frénétiquement sur la télécommande jusqu'à ce qu'elle trouve une chaîne qui ne passait que des sitcoms.

— Voilà, dit-elle. Pas d'infos pour moi ce soir.

Parler à voix haute la rassurait un peu, mais ça lui faisait une étrange impression. Elle se sentit soulagée quand le son de la télévision prit la relève. Un sourire se dessina même sur ses lèvres lorsqu'elle reconnut l'un de ses jingles lors d'une coupure publicitaire.

Toujours doux, toujours soyeux, toujours si délicatement parfumé, oh, cher mouchoir Biel, se moucher avec toi est toujours un plaisir.

Ça ne rimait pas et les paroles n'étaient pas très intelligentes, mais la musique pouvait être considérée comme une vraie réussite.

Un peu ragaillardie, elle se rendit dans la salle de bains où elle enfila une chemise de nuit en coton avant de procéder à ses ablutions. Quelques minutes plus tard, elle se glissait dans son lit et soupirait d'aise au contact des draps frais qui sentaient bon la lessive.

Elle fixa quelques minutes la télévision sans rien voir des images qui défilaient sur l'écran, puis sortit du lit pour aller rallumer toutes les lampes du rez-de-chaussée. De la rue, la maison devait briller comme un arbre de Noël. Une fois de retour dans sa chambre, elle baissa le son de la télévision, tapota ses oreillers et ferma les yeux en espérant que le murmure de la sitcom l'endormirait. Rien ne l'obligeait à se lever tôt, le lendemain ; elle comptait consacrer sa journée à ouvrir les cartons.

Mais elle était fatiguée. Ou peut-être simplement lasse. En tout cas, elle avait hâte que cette journée se termine.

Elle se tourna d'un côté puis de l'autre pendant un moment, cherchant la position idéale, avant de se forcer à rester immobile, les yeux clos, en se laissant bercer par le bourdonnement de la télévision.

Soudain, elle ressentit une étrange sensation de picotements. Elle tendit l'oreille pour s'assurer que son corps ne la mettait pas en garde contre quelque chose d'anormal. Comme toutes les vieilles maisons, le manoir émettait de petits craquements de temps à autre. Mais Christina les connaissait par cœur et elle n'entendait rien qui sorte de l'ordinaire.

Pourtant, la curieuse sensation ne la quittait pas. Comme si quelqu'un se trouvait dans la chambre…

Elle avait l'impression de retourner en enfance, de se retrouver dans la peau d'une fillette qui allait se coucher après avoir vu un film d'horreur.

Mais le monstre qui lui faisait peur ce soir n'était pas un

personnage de fiction. Il s'agissait d'un meurtrier bien réel qui venait tout juste de tuer une jeune femme. Une jeune femme grande et rousse.

Elle essaya de se persuader qu'il suffisait de garder les yeux fermés pour le faire partir. C'était comme se cacher sous les draps ou se réfugier dans un placard.

Mais la curieuse sensation persistait et elle se décida finalement à sonder l'obscurité.

Elle ouvrit d'abord un œil. Lentement.

Son sang se glaça dans ses veines et elle crut que son cœur s'arrêtait de battre.

Elle referma l'œil plus vite qu'elle ne l'avait ouvert. Elle avait dû imaginer ce qu'elle venait de voir. Une ombre. Une ombre qui avait forme humaine. Debout au pied de son lit.

Non, son cœur ne s'était pas arrêté de battre. La preuve, il cognait dans sa poitrine.

Pas étonnant, avec un tueur en série qui rôdait dans la ville et l'ombre d'un homme dans sa chambre…

Elle tenta de se persuader qu'elle était en plein délire. Tout ça, c'était vraiment n'importe quoi. Personne n'avait pu entrer dans la maison.

Elle rouvrit les yeux, les deux cette fois-ci, et s'assit sur son lit.

Il y avait bien quelqu'un.

Là, au bout de son lit.

La haute silhouette d'un homme robuste dont elle ne distinguait que les contours un peu flous. Un homme sans visage, là, à trois mètres d'elle.

Christina poussa un hurlement de terreur et bondit hors de son lit avant de se précipiter dans le couloir. Sans savoir comment, elle se retrouva quelques secondes plus tard en bas de l'escalier, puis sur le porche victorien du manoir et enfin dans le jardinet qui donnait sur la rue. Elle ne cessa de courir qu'après avoir atteint le portail d'entrée, et se retourna, haletante, pour regarder si on la poursuivait.

Mais l'étrange brouillard qui enveloppait la ville l'empêchait de bien voir. Il était toujours aussi dense, aussi bas, illuminé par les reflets argentés d'une lune immense.

Elle essaya de se raisonner malgré la panique qui menaçait de lui faire perdre toute lucidité. Si quelqu'un sortait par la porte d'entrée, brouillard ou pas, elle l'apercevrait forcément. D'autant plus que la lumière était restée allumée dans le vestibule. De toute évidence, personne n'était à ses trousses. Mais pas question de retourner à l'intérieur. Elle n'avait qu'à aller se réfugier chez Tony où elle serait en sécurité… Oui, c'est ce qu'elle allait faire. Tout de suite.

Quelqu'un lui donna une petite tape sur l'épaule.

Elle se figea, puis fit volte-face et poussa un cri de terreur.

Il était là.

C'était impossible, et pourtant il était là.

Comment avait-il fait pour sortir de la maison sans qu'elle le voie ? Par quel sortilège était-il parvenu à se placer discrètement derrière elle ?

L'ombre aux contours flous qui lui avait fait si peur dans la chambre était maintenant un homme aux traits bien définis. Et ce n'était pas tout : Christina connaissait son visage.

Elle resta quelques secondes pétrifiée, comme transformée en statue de sel par le regard posé sur elle, avant de se souvenir où elle avait vu cet homme.

La mémoire lui revint d'un seul coup.

Elle avait vu ce visage à la une de tous les journaux après

que Beau Kidd eut été abattu. Son équipier lui avait tiré dessus alors qu'il était penché sur le cadavre de sa dernière victime.

— Christie…

Avait-il prononcé son prénom, ou était-ce la brise qui venait de se lever ? A moins qu'elle ne soit la proie d'un affreux cauchemar… Pourtant, l'herbe humide sous ses pieds nus et le visage de l'homme qui lui faisait face semblaient tellement réels… trop réels.

— Christie…

Le décor disparaissait dans le brouillard, comme aspiré par la masse vaporeuse, et ce fut bientôt au tour de sa conscience d'être lentement engloutie.

— S'il vous plaît…, dit l'homme. Aidez-moi.

C'était la première fois de sa vie qu'elle perdait connaissance. Elle s'écroula de tout son long sur l'herbe douce et mouillée tandis que les ténèbres recouvraient tout.

4.

— Christie ?

La voix grave et profonde lui parvint en même temps qu'elle prenait conscience de se trouver dans un lieu où elle n'aurait pas dû être.

Le soleil se levait tandis qu'une désagréable sensation de froid et d'humidité la faisait frissonner. Elle se sentait complètement désorientée.

— Christie, tu m'entends ?

Elle cligna des yeux. Le soleil brûlait les derniers résidus de brouillard, et une brume blafarde s'étirait à hauteur d'homme comme un nuage filandreux. Elle cligna de nouveau des yeux et réussit à distinguer une silhouette penchée sur elle. L'espace d'un instant, la peur l'envahit comme une réminiscence. Mais après avoir cligné des yeux pour la troisième fois, elle reconnut enfin celui qui l'appelait.

Jed Braden.

Il s'accroupit à ses côtés.

— Est-ce que ça va ? demanda-t-il d'une voix anxieuse.

Christina fit la grimace. Elle venait de comprendre qu'elle se trouvait étendue en chemise de nuit sur sa pelouse.

— Tu es blessée ? demanda-t-il.

Il avait posé les mains sur ses épaules et son visage, maintenant tout proche, trahissait l'inquiétude.

— Non, je ne suis pas blessée, répondit-elle.

Elle vit le visage de Jed se détendre.

— Tu es sûre ?

— Absolument. Tout va bien.

— Tu m'as fichu une de ces trouilles, murmura-t-il.

Elle se redressa tant bien que mal sur les coudes.

— Je suppose que… que je me suis endormie.

— Tu plaisantes, j'espère ?

Mais le ton de sa voix indiquait clairement que si c'était une plaisanterie, lui ne la goûtait pas.

— Tu m'as dit que tu étais une fille prudente, que tu n'étais pas le genre à faire des trucs idiots, tu te souviens ?

Christina le regarda, à court de mots. Elle avait dû faire un cauchemar. Elle ne pouvait tout de même pas avoir réellement vu le fantôme de Beau Kidd… Là, à présent qu'il faisait jour et devant Jed, l'idée semblait absurde. Ridicule, même. Oui, mais… elle était étendue sur l'herbe, ce qui signifiait qu'elle s'était vraiment enfuie de la maison en pleine nuit. Et si elle avait pris ses jambes à son cou, c'était bien parce que quelqu'un était venu lui rendre une visite nocturne, n'est-ce pas ?

— Il y avait quelqu'un dans ma chambre, hier soir, dit-elle d'une voix blanche.

Elle s'était jetée à l'eau, consciente que si elle hésitait une seconde de plus, elle n'oserait plus jamais raconter sa mésaventure.

Jed la dévisagea tandis que son sourcil se levait lentement.

— Tu prétends qu'il y avait quelqu'un dans ta chambre ?

Elle le sentait à la fois inquiet et sceptique.

— Oui.

Il se passa la main sur le visage.

— Si je comprends bien, quelqu'un est entré chez toi par effraction et t'a poursuivie jusqu'ici ? Mais pourquoi t'ai-je trouvée allongée sur l'herbe ? Il t'a assommée ? Tu as perdu connaissance ?

Elle le regarda droit dans les yeux.

— Je t'ai dit qu'un homme se trouvait dans ma chambre. Il se tenait debout au pied du lit.

— D'accord, d'accord, répondit Jed avec un brin d'impatience. Mais tout ça n'explique pas ce que tu fais dehors. Tu m'as bien dit que tu n'avais pas été violentée, n'est-ce pas ?

— Il m'a fait très peur mais il n'a montré aucun signe d'agressivité. Il était simplement… là.

— Que faisait-il ?

— Il me fixait en silence. J'ai d'abord… senti sa présence alors que j'avais les yeux fermés. Quand je les ai ouverts et que j'ai vu cet homme, j'ai fichu le camp sans demander mon reste.

— Tu es sûre et certaine d'avoir verrouillé ta porte après notre départ ?

Elle hocha la tête, et il l'aida à se relever. Il portait un jean, un polo nid-d'abeilles et une veste en daim. Elle le trouva élégant et décontracté, avec un côté très sûr de lui, exempt toutefois de la moindre arrogance.

— Christina, dit-il d'une voix douce, d'ordinaire les gens qui se sentent en danger vont se réfugier en lieu sûr. Ils ne se couchent pas dans l'herbe pour faire un somme.

— Je ne me suis pas couchée dans l'herbe pour faire un somme ! s'écria-t-elle, piquée au vif.

— Vraiment ?

— Ecoute, tu trouves peut-être ça drôle, mais moi pas !

— Christie, une jeune femme qui te ressemblait assez pour être ta cousine vient d'être violée et assassinée, dit-il d'une voix toujours aussi bienveillante. Ce n'est pas le moment de crier au loup, je t'assure.

— Crier au loup ? Qu'es-tu en train de suggérer, Jed ? Que j'invente des choses pour attirer l'attention sur moi ? Comment peux-tu imaginer une chose pareille ?

Elle était furieuse et ça se voyait.

— D'accord, d'accord, dit-il en levant les mains en signe d'apaisement. Raconte-moi exactement ce qui s'est passé.

— Après l'avoir vu, j'ai couru à perdre haleine jusqu'ici et…

— Et ?

— Et après, je ne suis plus très sûre.

La voix de Jed se fit alors très douce.

— Tu es sûre qu'il ne t'a pas molestée d'une manière ou d'une autre, Christie ?

Comment le savoir avec certitude ? Elle s'était évanouie et n'avait repris ses esprits qu'au matin. Pourtant, elle avait l'intime conviction de n'avoir subi aucun attouchement, et à plus forte raison de ne pas avoir été violée.

— Non, il n'a pas porté la main sur moi, murmura-t-elle. D'aucune façon.

— Tant mieux, dit-il en soufflant comme s'il avait retenu sa respiration. Résumons. Ce type se faufile chez toi et vient te regarder dormir. Tu décèles sa présence et tu déguerpis aussitôt. Et lui, qu'a-t-il fait, une fois que tu as déserté ta maison ? Il s'est mis à piller les lieux ?

Non… Inexplicablement, il est parvenu à sortir avant moi. Alors que j'essayais de reprendre mes esprits et ma respiration dans le jardin, il m'a donné une petite tape sur l'épaule. J'ai eu si peur que je me suis évanouie.

Mais Christina se voyait mal dire ça à Jed.

— Je… Je ne suis pas sûre de ce qui s'est passé, bredouilla-t-elle en baissant la tête pour dissimuler le rouge qui colorait ses joues.

— Bon… Et si on jetait un coup d'œil dans la maison ? proposa-t-il.

Sur ces mots, il partit en direction de la porte d'entrée sans attendre la réponse de Christina.

Figée, elle le regarda s'éloigner pendant un moment avant de se précipiter à sa suite. Elle le rejoignit devant les marches menant à la véranda.

— Au fait, qu'est-ce que tu fais ici ? demanda-t-elle.

— J'étais venu boire un café avec Ana et je t'ai aperçue étendue sur l'herbe en passant devant chez toi.

Le visage soudain concentré, il lui fit signe de ne pas bouger.

— On ne sait jamais, dit-il. Peut-être qu'il est encore à l'intérieur.

Cette réflexion aurait été tout à fait sensée si Christina n'avait soupçonné Jed de ne pas croire un mot de son histoire.

Il devait se dire qu'elle était un peu folle ou qu'elle avait bu trop de bière la veille au soir… Mais sans doute n'osait-il pas lui avouer son incrédulité, pas plus qu'il ne voulait prendre le moindre risque dans les circonstances actuelles. Après tout, un tueur se baladait en ville, et même les récits les plus farfelus devaient être vérifiés.

— Je crois que je serais plus en sécurité avec toi, dit-elle alors qu'il disparaissait déjà dans la maison. Dans les films d'horreur, quand le type laisse la fille toute seule, ça finit toujours mal pour elle !

Pas de réponse.

Elle resta devant la porte d'entrée, se balançant nerveusement avec le sentiment d'être parfaitement ridicule. La Floride avait beau être réputée pour sa chaleur, l'automne se profilait à l'horizon et elle frissonnait dans sa chemise de nuit en coton humide.

— Jed ? appela-t-elle en frottant ses pieds nus l'un contre l'autre.

Toujours pas de réponse. Ne trouvant rien d'autre à faire, elle promena son regard autour d'elle. La journée s'annonçait belle, même si le ciel, encore d'un bleu azur, ne manquerait pas de se couvrir de nuages, plus tard, à l'heure où le tonnerre donnait sa représentation quotidienne.

Jed revint enfin, la tirant brusquement de ses pensées.

— Rien, dit-il. Je peux t'assurer qu'il n'y a personne chez toi.

Elle laissa échapper un long soupir.

— Jed, je comprends ton scepticisme, mais je t'assure que je n'ai pas imaginé tout ça. J'ai ouvert les yeux et j'ai vraiment vu un homme debout au pied de mon lit.

— On va faire le tour de la maison ensemble, dit-il, tandis que Christina essayait en vain de déchiffrer son regard. Comme ça, tu pourras me dire si quelque chose a disparu ou a été déplacé.

Elle le suivit à l'intérieur.

— On commence par l'étage ? proposa-t-il.

Elle hocha la tête et le laissa ouvrir la marche. Là-haut, tout était normal. Dans sa chambre, seuls les draps violemment rejetés au moment où elle s'était enfuie évoquaient l'incident de la nuit.

— Alors ? demanda Jed.

— Il me semble que tout est en ordre, murmura-t-elle.

Il la regarda dans les yeux.

— Vous n'auriez pas dû jouer avec la planche Ouija, dit-il. Pas la nuit où tu t'installais dans la maison, alors que vous veniez d'évoquer le Tueur de l'autoroute.

— Pourquoi ? répliqua Christina. Tu crois aux esprits, maintenant ?

— Non, mais je crois au pouvoir de la suggestion.

Ils redescendirent. La cuisine était bien rangée ; seul restait un sac-poubelle qui attendait d'être sorti.

Rien d'étrange non plus dans les deux salons et la bibliothèque où des cartons jonchaient toujours le sol. Dommage que mon fantôme n'ait pas eu envie de les déballer ! songea Christie, bien décidée à rire de sa curieuse mésaventure.

Mais ça ne risquait pas d'arriver, parce que les fantômes n'existaient pas. Et si, par extraordinaire, ils existaient malgré tout, seuls ceux de papy et mamie auraient le droit de venir hanter leur cher « manoir victorien ».

Les deux fantômes les plus gentils du monde.

— On ne t'a rien volé ? demanda Jed. Aucun objet n'a changé de place ?

— Non, je ne crois pas.

C'était sans doute idiot de penser à ça dans un moment pareil, mais elle était mortifiée à l'idée que Jed la voie avec de l'herbe dans les cheveux et vêtue d'une chemise de nuit humide qui la moulait aux endroits les plus incongrus.

— J'ai noté hier que tu avais des couverts en argent, dit-il. Je suppose qu'ils appartenaient à ta grand-mère… Tu as vérifié qu'ils étaient toujours là ?

— Oui, j'ai vérifié, répondit-elle, sur la défensive.

Jed la prenait-il pour une affabulatrice ?

— Christie, si un étranger est vraiment entré dans cette maison, il a forcément dérobé quelque chose. Ou alors, il t'aurait agressée… Je suis sûr que tu es très belle dans ton sommeil, mais il n'est quand même pas venu juste pour te regarder dormir ou te tapoter gentiment l'épaule.

A court d'explications, elle balaya une nouvelle fois la pièce du regard, à la recherche du moindre indice qui donnerait du crédit à son récit.

Jed la vit soudain froncer les sourcils.

La planche Ouija.

Elle n'était plus à sa place.

Elle se rappelait parfaitement l'avoir rangée dans sa boîte, puis posée au sommet d'une pile de cartons, la veille au soir, juste avant que ses invités ne quittent la maison. Pourtant…

Pourtant, elle se trouvait de nouveau par terre, à l'endroit même où Ana l'avait placée pour commencer la séance de spiritisme.

— Ça ! s'écria-t-elle.

— Quoi, ça ?

— Le Ouija. Il a été déplacé.

Jed émit un grognement impatient.

— Je ne plaisante pas, je t'assure !

Un silence suivit ces mots, si épais qu'elle eut l'impression de pouvoir compter chacune de leurs respirations, et même les battements de leurs cœurs.

— Et si tu t'asseyais ? dit-il enfin d'une voix douce.

Elle resta un moment interdite avant de comprendre qu'il avait dû retrouver ses vieux réflexes de flic essayant de calmer un pauvre bougre aux propos incohérents.

— Christina, je ne suis peut-être pas resté assez longtemps dans la police pour avoir tout vu, mais je n'ai jamais entendu parler d'un type qui se serait introduit dans une maison dans le seul but de déplacer une planche Ouija.

Elle se raidit et lui jeta un regard furibond.

— Je te dis que cette foutue planche Ouija n'était pas là quand je suis allée me coucher, hier soir.

— Assieds-toi, Christie. Je peux aller te chercher un verre d'eau, si tu veux. Ou même te faire un peu de café…

Elle savait qu'il n'était pas en train de se moquer d'elle. Il se comportait tout simplement comme à l'époque où elle avait dix ans et qu'il lui parlait du haut de ses quinze printemps.

— Jed, écoute-moi…

— Non, je voudrais que toi, tu m'écoutes.

Il l'entraîna vers un fauteuil, puis s'accroupit à sa hauteur et lui prit les mains.

— J'imagine à quel point ça peut être difficile pour toi, Christie.

— De quoi parles-tu ?

— A part Dan et Mike, tu as perdu toute ta famille.

Le visage de Jed se crispa. Il lui arrivait parfois d'évoquer sa femme, et même de sourire en relatant un moment drôle ou simplement heureux passé avec elle.

Mais jamais au grand jamais il ne parlait de sa maladie et encore moins de sa mort.

— Je me demande si tu as bien fait de t'installer dans cette maison, dit-il encore.

— Mais je l'adore !

— Je sais, seulement tu te mets en danger en habitant ici. En danger psychologique… Tu vois, ce n'est pas ce manoir qui est hanté, c'est toi qui l'es par tous les souvenirs, bons ou mauvais, qu'il t'évoque. Après la disparition de Margaritte, j'ai continué à vivre dans notre maison pendant quelque temps. C'était affreux. J'étais incapable de jeter quoi que ce soit lui ayant appartenu. Il m'a fallu plusieurs séances chez le psy pour réussir à donner ses affaires à des organismes caritatifs. Je n'ai conservé que quelques bricoles qui ont une vraie valeur sentimentale. Après ça, j'ai vendu la propriété parce que c'était la seule manière de ne pas devenir fou.

Christina exerça une pression sur la main de Jed en signe de compassion. On passait par tant de phases au cours du processus de deuil : le choc, le déni, la colère… Non, la rage. Et parfois, une sorte de léthargie, d'engourdissement. Puis, éventuellement, la résignation. Au terme de ce chemin de croix, on n'avait pas appris grand-chose, sauf qu'on n'oublierait jamais. S'ensuivait non pas un sentiment de paix, comme d'aucuns le prétendaient, mais plutôt un sentiment de gratitude envers ceux qui vous avaient accompagné et soutenu tout au long de ce parcours chaotique, ainsi que la pleine conscience d'être toujours en vie, de faire de nouveau des projets, de rire pour des bêtises malgré l'horreur de la mort… Cette formidable aptitude à encaisser les coups qui faisait partie de notre instinct de survie.

Mais Christina avait déjà accepté la mort de sa grand-mère.

Mamie avait eu une longue vie et elle avait quitté ce monde sans regrets. Christina n'avait que de bons souvenirs associés à ses grands-parents, et si la maison s'était imprégnée de leurs deux personnalités, alors elle respirait la bonté.

— Je comprends ce que tu dis, Jed, mais je vis très bien le fait d'emménager dans cette maison. Je m'y suis toujours sentie chez moi. Mamie savait à quel point j'y étais attachée et c'est pour ça qu'elle me l'a léguée. Je ne la vendrai jamais.

Elle s'éclaircit la gorge.

— Merci de t'inquiéter pour moi, Jed, ajouta-t-elle. Mais je t'assure que tout va bien.

A un autre moment de sa vie, songea-t-elle, elle aurait été ravie d'avoir Jed Braden quasiment à genoux devant elle. Mais elle n'était pas en état d'apprécier la situation à sa juste valeur.

— Oui, tout va bien, répéta-t-elle en indiquant d'un petit mouvement qu'elle souhaitait se lever.

Il se releva le premier et profita que ses mains tenaient toujours celles de Christina pour l'aider à faire de même.

— Tu veux un café ? proposa-t-elle. Ou quelque chose à manger, peut-être ?

Il secoua la tête.

— Non, merci. J'ai pas mal d'obligations aujourd'hui et il va falloir que je m'en aille. Mais n'hésite pas à m'appeler si tu as besoin de moi, d'accord ?

Il la prenait vraiment pour une folle, se dit-elle. Ou au moins pour quelqu'un de fragile sur le plan psychologique.

— On a regardé dans toutes les pièces, dit-elle, et je me sens parfaitement rassurée. D'ailleurs, comme tu l'as dit, personne ne s'introduit dans une maison juste pour déplacer un jeu de société.

Un sourire un peu triste se dessina sur les lèvres de Jed tandis qu'il enlevait un brin d'herbe coincé dans les cheveux de Christina.

— Tu as mon numéro de portable, n'est-ce pas ?

— Oui, oui, dit-elle en lui rendant son sourire. Je t'appellerai si mon mystérieux visiteur revient me tapoter l'épaule. Mais il n'y a aucune raison de s'inquiéter.

N'empêche que cette satanée planche Ouija avait bien bougé pendant la nuit, songea-t-elle.

Elle se força à conserver son sourire tandis qu'elle le raccompagnait à la porte.

— Christina, dit-il gravement avant d'hésiter à poursuivre.

— Je sais. Il y a un tueur en ville qui a un faible pour les grandes rousses. Je ferai preuve de prudence, promis.

— Dormir sur la pelouse n'est pas ce que j'appelle faire preuve de prudence.

— Je ne dormais pas sur… Oh, et puis zut ! Ça ne se reproduira pas.

— Tu peux vraiment compter sur moi en cas de besoin, tu sais ?

— Merci, Jed, répondit Christina en songeant : « A une époque, j'étais raide dingue de toi, mon vieux. »

D'ailleurs, elle devait admettre qu'il n'avait rien perdu de son charme. Au contraire, la vie avait sculpté ses traits au fil des joies et des épreuves, faisant de lui un homme à la fois peu banal et particulièrement séduisant.

Mais si besoin était, sa façon plutôt condescendante de lui parler était là pour aider Christina à redescendre sur terre. De toute évidence, il la considérait toujours comme une gamine. Une gamine sans doute un peu timbrée, par-dessus le marché.

— Merci encore, dit-elle. Je ne manquerai pas de t'appeler en cas de besoin. En cas de *vrai* problème, je veux dire.

Si Jed avait perçu la légère froideur avec laquelle Christina avait prononcé ces mots, il n'en laissa rien paraître. Il agita les doigts en guise d'au revoir et quitta la maison.

Elle referma derrière lui, puis promena le regard autour d'elle. La maison était silencieuse. Soudain, la vieille pendule du vestibule sonna huit coups, et son cœur fit un bond.

Furieuse contre elle-même, Christina alla se faire du café dans la cuisine. Pendant que la cafetière électrique se mettait en marche avec des bruits d'alambic, elle monta se changer à l'étage. Les brins d'herbe éparpillés dans sa chevelure rousse étaient sans doute très seyants — tout comme sa chemise de nuit humide — , mais les meilleures choses avaient une fin.

Peut-être était-elle un peu toquée, songea-t-elle une fois sous la douche. Ou du moins plus fragile qu'elle ne l'aurait cru. Trop sensible au pouvoir de la suggestion.

Parce que Jed avait raison : nul ne pénétrait par effraction dans une maison dans le seul but de déplacer une boîte en carton et d'en déballer son contenu sur le sol.

A moins…

A moins, justement, de chercher à vous faire douter de votre propre raison.

« Penché sur le cadavre de sa dernière victime, l'inspecteur de police au double visage est abattu par son propre équipier. »

« Le Tueur de l'autoroute mis hors d'état de nuire ! »

« Beau Kidd a semé la terreur pendant de longs mois à Orlando avant d'être tué par son équipier. »

Les journalistes de l'époque ne s'étaient pas embarrassées de précautions de langage. Ils ignoraient manifestement l'emploi du conditionnel, et le mot *présumé* ne faisait pas partie de leur vocabulaire. Pourtant, Beau Kidd n'avait jamais été traduit en justice et, techniquement, il restait innocent jusqu'à preuve du contraire.

Toi aussi, tu as rayé le mot « présumé » de ton vocabulaire lorsque tu as écrit ton livre inspiré de cette série de crimes, lui chuchotait une petite voix insistante. Jed avait beau se dire que les autorités, la presse et l'opinion publique avaient unanimement condamné Kidd, la petite voix revenait sans cesse le tourmenter.

Certaines personnes, échaudées par trop de trahisons, estimaient qu'on ne pouvait se fier à personne, pas même à ses proches, pas même à ceux qui semblaient les plus intègres... Jed avait vu dans le parcours sanglant du Tueur de l'autoroute la triste, l'horrible, la terrifiante illustration de cette façon de penser. Pendant qu'il écrivait son roman, la culpabilité de Beau Kidd n'avait fait aucun doute dans son esprit.

Aujourd'hui, cette confortable certitude s'était envolée.

Il ne savait plus que croire.

Comment en était-il arrivé là ?

Assis devant l'écran de son ordinateur, confortablement installé dans sa maison de ville, Jed consultait ses archives sur l'affaire en question. Il fit défiler les noms et âges des premières victimes, comme si une quelconque vérité pouvait émerger de cette liste funèbre.

Kelly Dunhill, vingt-quatre ans ; Janet Major, vingt-huit

ans ; Denise Grant, trente et un ans ; Theodosia Wallace, vingt-deux ans ; Grace Garcia, vingt-cinq ans.

Seule l'une d'entre elles, Grace, était une fille de la région. Elle était née à Tampa. Les autres étaient venues de quatre Etats différents : Kelly du Tennessee, Janet de New York, Denise de l'Iowa et Theodosia de Californie. Toutes avaient des cheveux roux avec des nuances allant du blond vénitien à l'auburn foncé.

On ne retrouvait pas la même unité de couleur en ce qui concernait leurs yeux, mais elles étaient sans exception plus grandes que la moyenne, avec des tailles variant d'un mètre soixante-dix à un mètre quatre-vingts. Chacune des victimes avait été retrouvée gisant nue dans l'herbe qui bordait l'autoroute I-4, les bras croisés sur la poitrine. Aucune ne portait de traces de sévices telles que des brûlures de cigarettes, mais leurs corps présentaient de multiples hématomes indiquant qu'elles avaient été malmenées de leur vivant.

Sans doute avaient-elles essayé vainement d'échapper à leur bourreau.

Bien que les cinq malheureuses aient été violées, la police scientifique n'avait pu retrouver la moindre trace de sperme sur aucune d'entre elles. De toute évidence, le tueur utilisait des préservatifs. De même, le curetage des ongles n'avait jamais rien donné. Impossible de récupérer un échantillon d'ADN. L'assassin n'avait rien laissé au hasard.

La liste des « pas » était sans fin : *pas* d'empreintes digitales, *pas* d'ADN, *pas* d'empreintes de chaussures, *pas* de mégots de cigarettes, de bouton de chemise ou de fibre synthétique oubliés à proximité du corps… Rien de rien. C'était déroutant au point que les enquêteurs avaient fini par se demander s'il ne fallait pas chercher le coupable dans leurs propres rangs.

Jed passa en revue toutes les coupures de presse et les rapports confidentiels stockés sur son ordinateur, dans l'espoir d'y dénicher un détail qui lui aurait échappé jusque-là. Peut-être qu'en les lisant d'un œil moins partisan… Mais rien ne lui sauta aux yeux.

Il mit le PC en veille et décida d'aller rendre une petite visite au poste de police de son ancien district.

Christina fit le tour de la maison en attendant l'arrivée d'Allison Chesney, une chanteuse locale avec qui elle n'avait encore jamais travaillé. Une agence de publicité venait de lui demander de concocter un jingle vantant les mérites du nouveau biscuit apéritif allégé mis au point par un grand groupe alimentaire. A en croire l'homme qu'elle avait eu au téléphone, elle avait été choisie parce que l'annonceur avait adoré l'un de ses précédents jingles. Le P.-D.G. en personne avait expressément demandé quelque chose de similaire. Quelque chose — c'était ses propres termes — de « gai et plein d'entrain ».

Christina avait entreposé la plupart de ses cartons au sous-sol et au grenier. L'opération l'avait vidée d'une partie de son énergie et elle se demandait s'il lui restait assez d'« entrain » pour satisfaire son client.

Elle se mit au piano, jouant avec plaisir le jingle qu'elle venait de composer. Elle était impatiente de voir ce que ça donnerait avec la voix de cette Allison Chesney dont on lui avait dit le plus grand bien. D'ailleurs, sa maquette était très convaincante.

Justement, la sonnette retentit.

Prudente, comme elle avait promis de l'être, Christina jeta d'abord un coup d'œil dans le judas. Sur le seuil se tenait une jolie brune aux yeux noisette. A peine eut-elle ouvert la porte que la chanteuse lui tendit la main.

— Vous êtes Christina ? dit-elle avec un petit sourire timide. Allison Chesney.

— Bonjour, Allison, ravie de faire votre connaissance. Donnez-vous la peine d'entrer.

— C'est votre maison ? demanda la jeune femme avec admiration, tandis qu'elle pénétrait dans le vestibule.

— Oui.

— C'est magnifique.

— Merci, répondit Christina. Elle a appartenu à mes grands-parents et j'y tiens énormément. Puis-je vous proposer quelque chose à boire avant qu'on se mette au travail ? Du thé ? Du café ? Un verre d'eau ?

— Je veux bien de l'eau, merci beaucoup.

— Installez-vous dans le petit salon et mettez-vous à l'aise, dit Christina en lui indiquant la pièce où se trouvait le piano. Je reviens tout de suite.

Elle partit remplir un verre d'eau dans la cuisine et retourna aussitôt dans le petit salon. Elle y trouva Allison debout, une main sur le piano, en train d'admirer la vue à travers la baie vitrée.

— Quel endroit superbe ! dit la jeune femme en se retournant. J'ai grandi dans une maison assez similaire.

— Ah oui ? D'où venez-vous ?

— De la région de Gainesville.

— C'est drôlement joli par là.

Allison éclata de rire.

— Drôlement joli et drôlement calme. Pour ne pas dire mort.

— Il y a tout de même l'université de Floride, à Gainesville !

— Oui, mais ce n'est pas là-bas qu'on risque de faire carrière dans la chanson. Ici, au moins, on trouve toujours une occasion de se produire sur scène. Quand j'étais petite, j'étais sûre de participer un jour ou l'autre à une comédie musicale à Broadway, ajouta-t-elle avec un petit rire triste. Mais ça ne s'est pas passé comme prévu.

— Ne vous sous-estimez pas, répliqua Christina. J'ai écouté votre cassette et je trouve que vous êtes très douée.

Elle s'assit au piano et regarda la chanteuse en souriant.

— Mais peut-être essayez-vous de me dire que vous gâchez votre talent en le mettant au service d'un jingle publicitaire ?

— Oh, mon Dieu, non ! s'écria Allison. Pas du tout ! C'est juste que… Eh bien, pour être franche, je suppose que c'est de vous voir, si jeune, dans une si belle maison… Quel âge avez-vous ? Vingt-cinq ans ?

— En plein dans le mille.

— Vingt-cinq ans et vous affichez déjà une telle réussite, murmura la jeune femme d'un ton rêveur.

— Ne vous fiez pas aux apparences, répliqua Christina en esquissant un sourire. Je parviens à payer mes factures, ce n'est déjà pas si mal.

— Avez-vous déjà eu envie d'écrire un grand opéra ou quelque chose comme ça ? demanda Allison sans chercher à dissimuler sa curiosité.

— Non. J'ai toujours aimé composer des chansonnettes. Ça doit être le sang irlandais qui coule dans mes veines. Pour être honnête, j'ai eu de la chance avec mon premier jingle et j'ai trouvé un bon agent. Mais je connais des gens pour qui les choses ne sont pas aussi simples. Mon cousin Daniel, par exemple. Il est comédien et il attend toujours le rôle qui lui permettra de se faire un nom.

— Vous avez le même âge, tous les deux ?

— Dan est un tout petit peu plus âgé que moi et il a déjà joué dans des pièces de théâtre et des comédies musicales, mais vous savez ce que c'est... Dès que le rideau se referme, il faut se mettre en quête d'un nouveau contrat. Pour le moment, il en est réduit à endosser un costume de raton laveur pour amuser les enfants, mais il a de bonnes chances d'avoir le premier rôle dans une grosse production qui pourrait tenir l'affiche durant toute une saison.

— C'est cool, dit Allison qui semblait se détendre.

— Bon... Et si on s'y mettait ? proposa Christina.

— Vous voulez bien me le chanter d'abord ? Pour me donner une idée de la façon dont vous le percevez ?

— Pas de problème, dit Christina avant de se mettre à entonner : Voyagez léger au pays du salé, voyagez sans souci au pays des biscuits, croquez la vie pas les calories... Croq'léger, l'apéro sans les kilos.

Elle frappa une dernière touche d'un geste théâtral, imitant l'attitude d'une grande concertiste. Un large sourire illuminait le visage d'Allison.

— C'est cool, dit-elle. Enfin... je veux dire... j'ai deux ou trois autres mots à mon répertoire, mais...

— Détendez-vous, Allison. Il n'y a pas de raison d'être nerveuse.

— Bien sûr qu'il y en a. Vous pouvez trouver que ma voix ne convient pas et me renvoyer chez moi.

— Je vous ai déjà dit que j'avais aimé votre maquette. Je l'ai vraiment trouvée très bonne, d'accord ?

Un peu rassérénée, Allison se mit à chanter sans attendre l'accompagnement musical. Elle possédait exactement le timbre de voix que souhaitait Christina. Les femmes qui l'entendraient s'identifieraient aisément à elle et les hommes trouveraient soudain les biscuits apéritifs terriblement sexy. Mais le plus important était de créer un jingle assez prégnant pour que les gens pensent souvent aux Croq'léger.

— C'est super ! dit Christina tandis que les joues d'Allison se coloraient un peu sous l'effet du compliment.

Elles recommencèrent à plusieurs reprises avec le piano, jusqu'à ce que la première impression favorable se transforme en certitude.

— Parfait, dit Christina. On a rendez-vous mardi matin au studio d'enregistrement avec l'agence et l'annonceur.

— A 9 heures, confirma Allison, le sourire aux lèvres. J'ai tout noté la première fois qu'on s'est parlé au téléphone. C'est vraiment cool… Heu… Génial, je veux dire. Merci. Merci beaucoup !

— C'est moi qui te remercie, Allison, dit Christina en décidant d'opter pour le tutoiement.

— Je vais être la voix des Croq'léger ! s'exclama joyeusement la chanteuse.

— Espérons qu'ils sont bons ! dit Christina en riant.

Allison promit d'aller en acheter sur-le-champ et d'en dévorer un paquet entier pour célébrer leur collaboration, puis elle remercia une nouvelle fois Christina. Après un dernier signe de la main, celle-ci referma la porte de la maison.

A peine venait-elle de pousser le verrou que son cœur fit un bond dans sa poitrine.

Quelqu'un venait de jouer une note sur le piano.

Une seule note qui résonnait encore dans le silence.

Un frisson glacé la parcourut. Elle déglutit, la bouche sèche et les mains moites. Quelque chose avait dû tomber sur le clavier. Il n'y avait pas d'autre explication. Parce qu'elle était seule dans la maison.

Refusant de se laisser dominer par la peur, elle se força à regagner le petit salon. Arrivée à la porte, elle examina la pièce dans ses moindres recoins. Personne. Bien sûr qu'il n'y avait personne, se dit-elle en s'aventurant jusqu'au piano.

Elle alla examiner le clavier qui ne présentait aucune anomalie. L'objet qui avait provoqué ce bruit avait-il rebondi sur une touche avant de rouler au sol ? Non, rien par terre non plus.

Christie avait l'impression que des doigts fourchus s'étaient refermés sur son estomac. Malgré son angoisse, elle s'obligea à s'asseoir sur le tabouret et à jouer l'air qu'elle avait composé pour les biscuits apéritifs.

— Voyagez léger au pays du salé, commença-t-elle d'une voix hésitante, voyagez sans souci au pays des biscuits, croquez la vie pas les calories…

Elle se releva brusquement et partit inspecter la cuisine, puis elle revint sur ses pas pour faire de même dans la bibliothèque, le grand salon et la salle à manger.

C'était l'après-midi. Le soleil brillait de tous ses feux. Une journée magnifique.

Elle grimpa à l'étage et jeta un coup d'œil dans chacune des pièces du haut. Puis elle resta un moment sur le palier, guettant le moindre bruit suspect… Enfin, elle redescendit.

— C'est ma maison, dit-elle à haute voix. Une maison

agréable où vivaient des gens merveilleux que j'aimais et que j'aime toujours.

Voilà que je m'adresse aux esprits! songea-t-elle, incrédule.

— Et maintenant, je vais aller faire un tour au café, ajouta Christina avant de secouer la tête en se promettant d'arrêter de parler toute seule.

Elle ramassa son sac à main abandonné sur un fauteuil et quitta les lieux après avoir pris soin de fermer à clé derrière elle.

— Tiens, mais c'est notre grande vedette! s'écria Alex Mars.

Alex avait été diplômé de l'école de police la même année que Jed.

— Salut, Hemingway! lança Hal Rather, son équipier.

— Salut, toi-même! répliqua Jed en serrant les mains qui se tendaient vers lui.

Jerry Dwyer, l'air exténué, sortit de son bureau.

— Jed..., dit-il en souriant à son ami.

Sally Griegs, l'opératrice radio, se leva à son tour pour aller embrasser l'écrivain. Puis ce fut au tour du chef, alerté par l'agitation inhabituelle, d'émerger de son antre. Sous son air placide, Tiggs était un vrai dur à cuire. Jed se souvenait de quelques bagarres mémorables au cours desquelles il s'était transformé en Jackie Chan.

— Qu'est-ce qui nous vaut l'honneur? demanda Tiggs.

Jed haussa les épaules.

— La nostalgie? avança-t-il avec une moue incertaine.

— Tu parles! grommela Jerry Dwyer.

— Tu n'es plus qu'un simple citoyen, Jedidiah, dit Tiggs.

Dieu sait pourquoi, il avait toujours refusé de l'appeler par son surnom.

— Un détective privé doté d'une licence en bonne et due forme, corrigea Jed.

— Et il est au service de qui, ce détective ? demanda Tiggs en prenant un air soupçonneux.

Jed haussa de nouveau les épaules.

— Au service d'un écrivain qui a peur de s'être fourvoyé.

Tiggs l'observa un moment en silence avant de secouer la tête. Il avait parfaitement compris ce qui se passait dans la tête de son ancien subordonné.

— Il s'agit forcément d'un gars qui reproduit les méthodes du Tueur de l'autoroute, dit-il calmement.

— Alors, il a un sacré talent d'imitateur, rétorqua Jed.

— Tu sais qu'on ne t'apprendra rien que tu ne saches déjà, dit Jerry avec une moue embarrassée. Même si on avait des infos confidentielles, on ne pourrait pas te les communiquer.

— Laisse tomber ton petit numéro, Jerry ! lança Tiggs. Je sais que tu l'as emmené avec toi à l'autopsie.

Il pointa le doigt en direction de Jed.

— Et je sais que tu possèdes des copies des rapports de police établis lors de la première vague de meurtres. Alors, si tu découvres quoi que ce soit d'intéressant, n'oublie pas de m'en informer…

— Voyons, chef, répondit Jed en esquissant un sourire, je ne suis pas du genre à faire des cachotteries.

— C'est ce que je me dis parfois. Et à d'autres moments,

je pense exactement le contraire, ajouta-t-il après une courte pause.

— Et l'équipier de Kidd ? demanda Jed. J'aimerais…

— Parti à la retraite, coupa Jerry. Mais il va de soi que je l'ai interrogé. Cela dit, rien ne t'empêche d'aller toi-même lui poser des questions.

Jed se tourna vers Tiggs.

— Fais comme ça te chante, mon vieux, dit celui-ci. Je suis dans une telle merde que j'accepterais de me faire aider par le diable en personne s'il me le proposait.

Jed fronça les sourcils, surpris de voir Tiggs aussi anxieux. D'accord, les médias s'étaient emparés de cette nouvelle affaire, mais elle était encore toute récente. Ce n'était pas comme si l'enquête piétinait depuis des mois.

— La police d'Etat vient tout juste de nous appeler, expliqua Jerry. Un second corps a été retrouvé en bordure de l'I-4. Je… Heu… J'étais sur le point de me rendre sur les lieux.

Tiggs fit mine de se boucher les oreilles.

— Je ne veux pas le savoir, dit-il en s'adressant à Jed. Si tu ne me demandes rien, je ne peux pas dire non.

Sur ces mots, il tourna les talons et regagna son bureau.

Jed salua ses anciens collègues d'un geste de la main et emboîta le pas Jerry Dwyer qui quittait déjà le poste de police.

Un gobelet de café à la main, Christina alla s'installer à la terrasse du café. Une brise légère rafraîchissait l'air et il ne faisait pas trop chaud malgré un soleil radieux. Parfait, songea-t-elle en s'asseyant devant une petite table ronde façon bistrot.

Elle déplia le journal qu'elle venait d'acheter et se mit à parcourir la section locale d'un œil paresseux. Notant toutes les publicités sur le thème d'Halloween, elle se demanda vaguement comment Dan allait transformer Ralph le Raton pour l'occasion. Le brave raton laveur se verrait-il affublé de crocs acérés ? Ou deviendrait-il, pendant les deux semaines qui précédaient Halloween, un affreux putois répandant de mauvaises odeurs sur son chemin ?

Elle se rendit soudain compte qu'elle n'était plus seule sous le parasol qui ombrageait la petite table.

Alors qu'elle s'apprêtait à jeter un regard discret pour voir qui s'était assis à côté d'elle, des picotements glacés parcoururent son dos. Une sensation similaire à celle qu'elle avait éprouvée lorsqu'elle avait cru voir un homme au pied de son lit.

La certitude d'une présence à ses côtés.

Elle n'osait pas lever les yeux de son journal.

Et pourtant…

Elle s'y sentait étrangement contrainte.

La brise lui effleura le visage avec la douceur d'une main. Une caresse tendre, mélancolique, poignante…

Mais ce n'était que le vent, se dit-elle en trouvant le courage de regarder par-dessus le *Orlando Sentinel.*

Elle souffla, soulagée et honteuse d'être si impressionnable. Bien sûr, il n'y avait personne.

Songeant avec un sourire qu'elle était décidément un peu toquée, Christina prit son gobelet avec elle et regagna sa voiture. Dix minutes plus tard, elle franchissait le portail de sa maison et arrêtait sa voiture dans l'allée qui menait au garage.

A peine eut-elle mis un pied dans le vestibule que ça recommença. Des picotements glacés, la sensation intime d'une présence tout près d'elle…

Tout ça était grotesque, se dit-elle. Il n'y avait personne. C'était la même impression idiote qu'elle avait eue au café.

Pourtant, elle ressortit aussitôt de chez elle. Pas question de rester seule dans la maison dans l'état où elle était. Assise sur la petite véranda, elle composa tout d'abord le numéro de Mike, mais raccrocha lorsqu'elle entendit les premiers mots de son message enregistré. Elle essaya ensuite de joindre Dan, qui répondit à la troisième sonnerie.

— Quoi de neuf, cousine ?

— Qu'est-ce que tu fais, Dan ?

— Eh bien… je regarde la télé en attendant d'aller bosser ce soir. Pourquoi ? ajouta-t-il d'une voix hésitante.

Elle se mordit la lèvre avant de se résoudre à expliquer l'objet de son appel.

— Tu crois que tu pourrais passer me voir ?

— Ben… oui. Pourquoi ?

— C'est un truc idiot, admit-elle. Je… J'ai l'impression qu'il y a quelqu'un chez moi.

Elle se sentit ridicule, et néanmoins soulagée d'avoir osé avouer ce qui l'angoissait.

A l'autre bout du fil, Dan resta muet durant de longues secondes. Puis elle l'entendit soupirer.

— Christie… As-tu peur que mamie hante la maison ?

— Non !

— D'accord, d'accord… J'arrive tout de suite.

Pendant qu'elle attendait, elle faillit rappeler vingt fois

son cousin pour s'excuser et lui dire d'oublier tout ça. Mais mieux valait se couvrir de ridicule que de faire une bêtise. Comme entrer dans une maison où l'attendait peut-être un tueur en série.

Moins de dix minutes plus tard, la vieille voiture de Dan se garait derrière la sienne. Christina se leva et vint à sa rencontre.

— Allons voir ce qui fait peur à ma petite cousine, dit-il en passant devant elle afin d'entrer le premier dans la maison.

Elle se précipita à sa suite, mais il se déplaçait si vite qu'elle ne le rattrapa qu'au pied de l'escalier.

En bas, seul le bruit du parquet qui grinçait sous leurs pieds avait troublé le silence de la vénérable demeure. Dan s'arrêta sur la dernière marche et regarda Christina monter à son tour.

— Tu devrais peut-être songer à vendre, dit-il, les mains sur les hanches.

— Pas question ! répondit-elle d'une voix ferme. Mamie m'a fait confiance pour entretenir cette maison et je ne la décevrai pas.

Dan ne répondit rien. Il se contenta de soupirer ostensiblement avant d'aller jeter un œil dans les chambres. Une fois qu'il les eut toutes visitées, il ouvrit la trappe du grenier et déploya l'échelle télescopique. Le grenier n'avait rien de ces pièces sombres et envahies par les toiles d'araignées que l'on trouvait dans certaines vieilles maisons. Il était bien rangé et parfaitement éclairé. Un rocking-chair était placé devant la fenêtre qui donnait sur le jardin des voisins. A une époque pas si lointaine, elle s'ouvrait encore sur une colline verdoyante.

Comme dans tous les greniers du monde, il y avait des malles et des cartons, mais aussi un petit canapé et un fauteuil capitonné. Papy et mamie avaient même étendu un tapis entre ces éléments afin que les enfants puissent s'y asseoir et jouer.

Le « manoir victorien » avait toujours été une maison familiale.

Et, bien entendu, pas la moindre trace d'intrusion.

— Le sous-sol, dit Christina.

Dan leva les yeux au ciel.

— Allons-y pour le sous-sol, dit-il, résigné, tandis que sa cousine posait déjà le pied sur la petite échelle.

La porte qui permettait d'accéder au sous-sol se trouvait dans la cuisine. Christina la tira puis actionna le vieil interrupteur en porcelaine. La lumière inonda une vaste surface aussi propre et ordonnée que le grenier.

Une table de ping-pong, entourée de chaises longues, occupait le centre. Dans un coin était installé un petit bar et dans un autre, une sorte de buanderie.

Là non plus, rien à signaler.

— Rassurée ?

— Oui, merci ! dit Christie tout en songeant qu'il n'avait pas inspecté les pièces du bas.

Mais elle n'osait pas lui en demander plus.

— Je… Heu… Je suis navrée de t'avoir dérangé pour rien.

Il passa le bras autour de ses épaules et l'attira à lui pour déposer un baiser sur ses cheveux.

— Tu ne me déranges jamais, petite cousine.

— Merci beaucoup, Dan, dit-elle encore.

— C'est vrai que tu vis seule, Christie. Tu as raison d'être prudente, surtout en ce moment… N'hésite pas à m'appeler si tu ne te sens pas à l'aise, d'accord ?

De retour dans la cuisine, elle lui proposa une bière ou quelque chose à manger.

— Rien, merci, dit-il. En fait, je vais être obligé de te laisser. Je dois travailler plus tôt ce soir, à cause d'Halloween. Je troque Ralph pour un costume de la Grande Faucheuse, figure-toi. Sauf que je vais m'appeler la Grande *Fâcheuse* et que je vais gronder tous les enfants qui croiseront mon chemin. La faux sera remplacée par un martinet. Une sorte de père Fouettard, si tu préfères… Tu viendras faire un tour au parc pour voir comment je passe des savons aux gamins ?

— Bien sûr, répondit Christina. Je suis impatiente de te voir dans le rôle du méchant.

— Tu vas enfin découvrir ma vraie nature, dit-il en riant.

— J'ai toujours soupçonné un côté sombre en toi, répliqua-t-elle avant de reprendre son sérieux. Encore merci d'être accouru à mon secours, Dan, ajouta-t-elle avec un sourire gêné.

Elle le raccompagna jusqu'à la porte qu'elle verrouilla aussitôt après son départ. Peut-être était-ce naturel après tout de se sentir nerveuse dans une maison aussi grande… Certes, elle y avait séjourné des dizaines d'années depuis son enfance, mais jamais toute seule.

Elle se rendit dans le petit salon et s'assit devant le piano où elle se mit à jouer distraitement ce qui lui passait par la tête.

C'est alors qu'elle se rendit compte qu'une partition se trouvait sur le pupitre.

Son front se plissa. L'avait-elle placée là elle-même après le départ d'Allison ?

Non, non et non. Elle savait pertinemment qu'elle n'avait rien fait de tel.

Ça devenait surréaliste. Qui s'amuserait à entrer chez elle pour déplacer un jeu de société ou poser une partition sur le pupitre de son piano ? Quelqu'un avait-il décidé de jouer avec ses nerfs ? Mais dans quel but ?

Elle pivota sur le tabouret et parcourut la pièce du regard. Elle était loin d'être une maniaque du rangement, mais…

Beaucoup de choses n'étaient plus à leur place.

Les changements n'étaient pas évidents à première vue. Ce fauteuil, par exemple, avait été légèrement tourné dans une autre direction. Ou bien les rideaux, un peu plus ouverts que tout à l'heure…

Son cœur se mit à battre comme un tambour et elle eut de nouveau envie de prendre ses jambes à son cou.

Elle serra les dents, ravalant les larmes qui déjà faisaient briller ses yeux.

Non.

Elle ne pouvait pas continuer à fuir sa maison. Elle était forcément le jouet de son imagination. Si quelqu'un lui faisait un tour pendable, ce n'était pas un mystérieux intrus mais bien son inconscient. En l'espace de quelques années, elle avait perdu tant d'êtres aimés… Cela ne pouvait manquer de l'affecter profondément et il ne fallait pas s'étonner que tout ce chagrin se manifeste à un moment ou à un autre d'une façon déroutante. Emménager dans cette maison avait dû libérer des émotions refoulées, voilà tout.

— Je suis chez moi et je ne m'en irai pas, murmura-t-elle.

La nuit tomba tandis qu'elle restait assise là, immobile, décidée à prendre possession des lieux coûte que coûte.

Immobile… Jusqu'à ce qu'un violent sursaut l'oblige à se retenir au piano pour ne pas tomber de son tabouret.

Un bruit strident résonnait à travers toute la maison.

5.

Les premiers policiers arrivés sur la scène du crime avaient fait leur travail : ils avaient délimité un large périmètre autour du corps de la victime, déployant même une bâche afin de protéger le cadavre de la curiosité des automobilistes. Le Dr Martin se trouvait déjà sur place, en grande conversation avec Mal O'Donnell, l'équipier de Jerry, quand ce dernier approcha en compagnie de Jed.

O'Donnell regarda longuement l'écrivain, mais ne dit rien. Quant au médecin légiste, il salua les deux nouveaux venus d'un simple signe de tête.

— Vous savez que je ne peux rien conclure avant d'avoir les résultats complets de l'autopsie, dit-il en s'adressant à Jerry et à son équipier. Mais…

Le Dr Martin laissa échapper un soupir empreint de lassitude.

— Ça ressemble comme deux gouttes d'eau au meurtre de Sherri Manson. La victime est morte cette nuit ou au petit matin, disons vers 4 ou 5 heures, et elle a été déposée ici avant l'aube.

— Bon sang! maugréa Jerry entre ses dents. Et elle est restée au bord de l'autoroute pendant tout ce temps avant qu'on la découvre?

— Regardez, dit Jed en pointant du doigt les buissons qui bordaient la glissière de sécurité. Elle était cachée par ces arbustes. Sans compter qu'on n'a pas le temps de remarquer grand-chose quand on file à plus de cent à l'heure.

Puisque personne ne contestait sa présence, Jed décida de s'accroupir devant le cadavre pendant que les autres réfléchissaient à sa remarque.

— Il n'a pas dû se rendre compte qu'elle était masquée par les buissons, dit Jerry.

— D'accord avec toi, approuva O'Donnell. Notre homme aime que sa victime soit vue par le plus de monde possible. C'est pour ça qu'il l'expose nue dans cette posture bien particulière.

— Il a besoin de mettre son crime en scène, renchérit Jed. Et aucun metteur en scène n'aimerait que son spectacle se joue devant une salle vide.

Jed ne s'étonnait pas des regards insistants posés sur lui. Le médecin légiste et les policiers savaient qu'il détenait des copies des rapports de l'enquête menée douze ans plus tôt. Non seulement ça, mais il avait mené ses propres investigations, interrogeant des dizaines et des dizaines de personnes. Et pour couronner le tout, il s'était lié d'amitié avec l'agent du FBI chargé de l'analyse comportementale du tueur.

Il baissa les yeux vers le visage de la victime. Il était ravissant, encadré par de longs cheveux bruns qu'éclaircissaient des mèches d'un roux éclatant. Les marques de strangulation qui zébraient son cou étaient les seules traces visibles des violences qu'elle avait subies. Elle semblait dormir, les bras croisés sur sa poitrine, nue et innocente dans son sommeil éternel.

Jed songea que cette mise en scène présentait des similitudes avec la façon dont les embaumeurs disposaient les cadavres, une fois leur travail accompli.

— Patti Jo Buhler, énonça Mal O'Donnell d'un ton professionnel. Vingt-neuf ans. On a trouvé un badge d'identification dans son sac à main. Ici, ajouta-t-il en indiquant précisément l'endroit où le sac avait été découvert. Elle était comédienne et travaillait au New Parc.

— La victime type, dit Jerry, la mine sombre.

Jed n'arrivait pas à détacher les yeux de ce visage curieusement paisible. Sans les marques violacées sur son cou, on aurait vraiment pu la croire endormie. Il s'attendait presque à ce qu'elle ouvre les yeux avant de s'étirer avec un sourire ensommeillé. Pour elle, songea-t-il tristement, le temps des rêves et des projets était bel et bien révolu.

— D'autres contusions ? demanda-t-il en se tournant vers le Dr Martin.

— J'ai noté plusieurs endroits où l'on risque de voir apparaître des ecchymoses post mortem, dit le médecin légiste.

Il pointa son index ganté de latex en direction du bras de la victime.

— Ici, vous voyez ? Son agresseur a dû l'agripper violemment, mais elle n'a pas été rouée de coups.

Jed laissa dériver son regard sur le corps de la malheureuse. Il avait vu les photos des victimes de la première vague de meurtres alors qu'il préparait son fameux roman, et ce qu'il avait aujourd'hui sous les yeux y ressemblait à s'y méprendre. Comme toutes celles dont le voyage s'était achevé prématurément en bordure de cette autoroute, Patti Jo Buhler avait été une jeune femme gâtée par la nature. Une jeune femme à l'avenir prometteur.

Quel gâchis ! songea-t-il en se félicitant d'avoir rendu son insigne de la police. Dieu merci, il n'aurait pas à appeler ses parents pour leur annoncer que leur fille avait été violée puis étranglée avant d'être abandonnée nue sur le bord d'une route. Songer à leur douleur lui donnait déjà envie de hurler.

Une jolie fille aux cheveux roux étendue là, sans vie…

Il aurait aussi bien pu s'agir de la sœur de Beau Kidd.

Ou même de…

L'espace d'un instant, le visage de Christina Hardy se substitua à celui de la victime.

Il se raidit et dut se relever pour détendre ses muscles affreusement contractés. Il ne prenait pas assez de distance avec cette affaire. S'il continuait comme ça, il allait se faire dévorer tout cru.

Un portable se mit à sonner. Mal O'Donnell prit l'appel et répondit en déclinant son nom d'une voix monocorde. Jed observa l'équipier de Jerry qui écoutait, impassible, son interlocuteur.

— Merci, dit-il enfin avant de rabattre d'un coup sec le clapet du téléphone.

Jerry lui adressa aussitôt un signe interrogateur de la tête.

— La disparition de Patti Jo Buhler a été officiellement signalée il y a deux jours par sa colocataire, après que les autorités lui ont demandé d'attendre les vingt-quatre heures réglementaires, expliqua O'Donnell. On peut donc en conclure que la victime a été enlevée quelque part entre son travail et son domicile, il y a trois jours de ça. Une douzaine de témoins l'ont vue quitter le parc. Après, c'est le trou noir.

— Si Tiggs nous donne le feu vert, j'aimerais me servir des médias, dit Jerry à son équipier.

— Qu'est-ce qu'on a à perdre ? grommela O'Donnell. Au point où on en est...

— Je dois vous quitter, les gars, dit Jed en enlevant du revers de la main l'herbe collée sur ses genoux. Merci de m'avoir toléré sur la scène du crime.

— Pas de quoi, répondit O'Donnell. Mais sois gentil : ne nous donne pas le mauvais rôle dans ton prochain best-seller, d'accord ?

Jed s'étonna de déceler un soupçon de fiel dans le ton de O'Donnell. L'idée que la police ait pu faire fausse route douze ans plus tôt lui restait visiblement en travers de la gorge.

— Où tu vas ? demanda Jerry en levant un sourcil suspicieux.

— A Gainesville.

— Pour interroger Larry Atkins, bien sûr ! lança O'Donnell d'une voix dure.

— En effet.

O'Donnell secoua la tête.

— Tu perds ton temps, l'écrivain. Atkins va jurer ses grands dieux qu'il a fait ce qu'il avait à faire. Qu'est-ce que tu espères ? Qu'il se mette à genoux en demandant pardon ? Tu crois qu'il a envie d'être pris pour un fou de la gâchette qui aurait buté son propre équipier ?

— On a peut-être vraiment affaire à un imitateur, intervint Jerry. Et puis merde, aucun d'entre nous n'a bossé sur cette enquête, à l'époque !

O'Donnell détourna le regard. Manifestement, la présence de Jed commençait à lui poser un problème. Dommage pour lui, songea Jed. Parce que si l'envie lui en prenait, ils risquaient de se croiser encore souvent. Oui, si l'envie lui en prenait, Jed pouvait dire qu'il se trouvait là en qualité de détective privé, embauché pour enquêter sur cette nouvelle série de meurtres.

Et ce ne serait que la vérité.

Après tout, la sœur de Beau Kidd ne lui avait-elle pas proposé de travailler pour elle ?

Katherine Kidd voulait connaître la vérité, elle aussi.

Jed sentit une sourde angoisse monter en lui. Il fallait absolument mettre la main sur le coupable. Si ce type continuait à tuer à ce rythme, le bilan risquait d'être lourd, plus lourd encore que douze ans plus tôt.

Mais une autre angoisse, plus intime, le minait.

Le meurtrier ne s'intéressait qu'aux filles rousses. Comme la sœur de Beau Kidd.

Et comme Christina Hardy.

Jed consulta sa montre. Il avait une heure — peut-être une heure et demie — de route à faire. Larry Atkins coulait une paisible retraite dans une ferme des environs de Gainesville. Il s'occupait de chevaux qui n'avaient pas été assez brillants durant leur carrière pour devenir étalons ou poulinières ; des animaux qui sans lui auraient presque tous fini à l'abattoir. Larry menait une vie solitaire et même casanière. Il avait perdu sa femme dix ans plus tôt, et ses enfants s'étaient tous installés en Californie.

Le soir, on le trouvait généralement assis sur sa véranda, fumant tranquillement sa pipe en regardant la nuit tomber sur le terrain que sa retraite lui avait permis d'acheter.

Deux meurtres. Deux meurtres en tout point identiques à ceux perpétrés il y avait plus d'une décennie par le Tueur de l'autoroute. Larry avait forcément quelque chose à dire sur le sujet. De même que son illustre prédécesseur, le psychopathe semblait parti pour commettre crime parfait après crime parfait, comme s'il connaissait de l'intérieur les méthodes des techniciens de la police.

Pouvait-il s'agir — à l'image de Beau Kidd — d'un enquêteur de la brigade criminelle ? Ou, pourquoi pas, d'un membre de la police scientifique ?

Mais le crime parfait n'existait pas, songea Jed pour se redonner du courage.

— Salue donc Larry de ma part ! dit O'Donnell.

— Je n'y manquerai pas, répondit Jed avant de tourner les talons.

— Eh, l'écrivain ! cria l'équipier de Jerry.

— Ouais ? fit Jed en jetant un regard par-dessus son épaule.

— Pas de cachotteries, OK ? C'est bien gentil de se prendre pour un cador et de penser qu'on va résoudre l'affaire tout seul, mais…

— Je sais, coupa Jed en faisant un effort sur lui-même pour ne pas envoyer O'Donnell au diable. Je vous préviens si je trouve quoi que ce soit.

Quel emmerdeur ! En quoi était-ce si important de savoir qui éluciderait l'affaire ? Ce qui comptait, c'était de mettre un terme aux viols et aux meurtres et non de concourir pour la médaille du meilleur enquêteur.

Oui, il fallait que ça s'arrête. Maintenant. Avant que…

Les poings serrés, il rejoignit sa voiture.

Le téléphone !

Christina se mit à rire à gorge déployée. Ce n'était que la sonnerie du téléphone.

Elle se calma enfin et quitta prudemment le tabouret qui

ne tenait plus que sur un seul de ses trois pieds. Dire qu'elle avait failli en tomber à cause d'une malheureuse sonnerie de téléphone ! Dieu merci, elle avait eu le réflexe de s'accrocher au clavier, créant un accord dissonant du plus bel effet.

Elle avait oublié que mamie, un peu dure d'oreille à la fin de sa vie, avait fait installer une sonnerie digne de l'alarme d'une caserne de pompiers.

— Salut, ma belle ! lança Ana. Tu en mets du temps pour répondre…

— Je jouais du piano, expliqua Christina.

— Travail ou détente ?

Ni l'un ni l'autre. En fait, j'étais en train de me demander si j'étais folle ou, pire encore, si la maison était vraiment hantée.

— Travail, répondit-elle simplement.

— Je passe te prendre, dit Ana sur un ton qui ne souffrait pas la contestation. On sort, toutes les deux.

— Ah bon ?

— Oui. Tu as besoin de mettre un peu de distance entre toi et cette maison.

— Ana, je viens à peine d'emménager ! protesta mollement Christina.

— Tu passes trop de temps en tête à tête avec toi-même, affirma son amie. Laisse-toi aller pendant une soirée, ça te fera des vacances.

— Ce n'est pas très gentil, dis donc ! Pour ta gouverne, sache que je m'aime suffisamment pour apprécier ma propre compagnie.

— Je suis ravie de savoir que tu t'aimes, répliqua Ana. Et moi, tu m'aimes aussi ?

— Bien sûr, voyons !

— Tant mieux, parce que j'ai besoin de toi. Je dois faire du shopping et je n'ai pas envie d'y aller seule. Je n'ai rien à me mettre pour Halloween.

Christina hésita. Souhaitait-elle vraiment rester chez elle ? La réponse était non.

— Donne-moi dix minutes.

A peine Ana avait-elle coupé le moteur de sa voiture que Christina ouvrait la portière et se glissait sur le siège passager. Elle resta quelques secondes sans rien dire, se contentant de fixer son amie d'un air accusateur.

— Qui t'a dit de m'appeler ? demanda-t-elle enfin.

— De quoi tu parles ?

— Ne fais pas l'innocente, Ana. Tu as parlé de moi avec quelqu'un, pas vrai ? Qui ?

Ana haussa les épaules.

— Jed m'a passé un coup de fil, tout à l'heure.

Christina poussa un grognement plaintif.

— Il me prend pour une cinglée, dit-elle.

— Faux. C'est seulement qu'il... qu'il s'intéresse à toi, voilà tout.

— Qu'est-ce que tu me chantes là ? On s'est perdus de vue depuis des années.

— Et puis, je suis tombée sur Dan à la station-service, poursuivit Ana, ignorant la remarque de son amie.

— Mon cousin me prend pour une folle, lui aussi, marmonna Christina d'une voix morose. Bon, à part ça, Dan t'a dit qu'il allait se déguiser en Grande Fâcheuse ?

— Grande Fâcheuse ? Qu'est-ce que c'est que ce truc ? C'est censé faire peur ?

— C'est une version édulcorée de la Grande Faucheuse...

Quelque chose de plus adapté aux enfants. On devrait aller le voir faire son numéro : ça va être amusant.

— Et surpeuplé, dit Ana en faisant la moue.

— Si on évite le jour d'Halloween et les week-ends, ça devrait être supportable, tu ne crois pas ?

— Ouais, sans doute, concéda Ana. On devrait fixer une date dès maintenant. Il ne reste plus que deux semaines avant Halloween.

— J'ai beaucoup de soirées libres, dit Christina. En fait, elles le sont toutes, précisa-t-elle avec une moue de dépit.

Ana pouffa dans sa main.

— Les miennes aussi, dit-elle. Au fait, tu crois que Dan pourra nous faire entrer gratuitement ?

— Je suis sûre que ça doit être possible, répondit Christina. Bon, alors, où m'emmènes-tu ce soir ?

— Dans un endroit qui s'appelle *Once More*. C'est une boutique de fripes où il y a toujours des tonnes de costumes pour Halloween. Tu vas adorer.

Once More tenait toutes ses promesses. C'était une véritable caverne d'Ali Baba. Une section était entièrement dédiée aux fripes, des années quarante aux années soixante-dix. Une autre section proposait toutes sortes de déguisements ainsi qu'une sélection d'accessoires anciens pour ceux qui souhaitaient personnaliser leurs costumes.

— Et si on se déguisait tous sur le même thème ? proposa Ana. On pourrait choisir le livre de la jungle, par exemple.

— Tu ne préfères pas qu'on trouve quelque chose de plus effrayant ? demanda Christina.

— Il y aura assez de monstres comme ça dans les rues, crois-moi, assura Ana. Et puis, tu peux être Shere Khan, si tu tiens à faire la méchante. En tout cas, j'aimerais que Dan soit de la partie. A trois ou quatre, on aura plus de chances de gagner le concours de costumes qu'organise O'Reilly.

— Il faudra s'assurer qu'il ne travaille pas le soir d'Halloween si on veut qu'il se joigne à nous.

— On n'a qu'à lui acheter un déguisement et croiser les doigts.

— Si tu y tiens.

— Génial. Je vais être Mowgli. J'ai la taille idéale pour ça.

— Ne compte pas sur moi pour te poursuivre toute la soirée en poussant des rugissements, prévint Christina.

— Arrête un peu de faire le rabat-joie, Christie ! Je te dis que ça va être super ! Et puis, tu n'es pas obligée de te déguiser en Shere Kan. Tu préfères Mowgli ?

— Pour me trimbaler en slip devant tout le monde, merci bien !

Ana secoua la tête d'un air navré devant le peu d'enthousiasme de Christina pendant que celle-ci détournait le regard pour regarder les autres clients.

Une bande d'étudiants s'intéressait aux costumes de personnages hideux tirés de films d'épouvante. L'un d'entre eux mit un masque de Freddy Krueger et commença à faire le pitre en menaçant ses amis, toutes griffes dehors. Ça faisait son petit effet, songea Christina en réprimant un frisson. Ce n'était pas tant le masque qui impressionnait, mais plutôt d'imaginer le visage caché en dessous. Au fond, ça pouvait être n'importe qui…

— Tu m'écoutes ? lui demanda Ana, interrompant le cours de ses lugubres pensées.

— Pardon ?

— Reviens sur terre, Christie ! Je disais que Mike pouvait faire Bagheera et Dan Baloo.

— Ce ne serait pas complet sans Kaa, nota Christina.

— Tu as raison… Il va falloir que j'aie une petite conversation avec Jed.

— Tu crois que tu pourrais le convaincre de se déguiser en serpent hypnotiseur ? demanda Christina, souriant à cette idée.

— Peut-être pas, après tout, admit Ana avec une moue songeuse. Ecoute, reprit-elle, je vais acheter les costumes et on décidera plus tard qui est qui, d'accord ? C'est moi qui invite. Et puis, va savoir si Jed n'acceptera pas, après tout. Il a le sens de l'humour, tu sais… Même si ce n'est pas ce qu'on remarque en premier chez lui.

— Pas question que tu paies tout, dit Christina. On partage.

Une fois leurs achats dans la voiture, elles mirent le cap sur International Drive, l'une des artères principales d'Orlando.

— La circulation devient impossible, soupira Ana qui saisissait la moindre occasion pour se plaindre de l'invasion des touristes.

— Comment veux-tu qu'il en soit autrement ? répliqua Christina. On est à deux semaines d'Halloween et on vit au pays des parcs de loisirs.

— Mais, enfin, ils ne sont pas au courant qu'un tueur rôde dans la ville ?

Christina se tourna vers son amie, surprise de la voir si tendue.

— Ana, la plupart des gens n'imaginent pas qu'ils pourraient être eux-mêmes les victimes d'un tueur en série. Pour eux, tout ça est irréel, comme si c'était du cinéma. Et puis, les femmes qui ne sont ni jeunes ni grandes ni rousses doivent se sentir à l'abri.

Ana lui jeta un regard anxieux.

— Contrairement à toi qui corresponds précisément à cette description, dit-elle.

Christina haussa les épaules en soupirant. Que pouvait-elle faire ? Elle n'allait quand même pas déménager alors qu'elle venait tout juste de s'installer dans sa nouvelle maison.

— Nous y voilà ! dit Ana en se garant devant O'Reilly. Je meurs de faim !

Ce pub existait bien avant que la ville ne soit colonisée par l'industrie du divertissement, et c'était la même famille qui le gérait depuis trois générations. On y venait autant pour son atmosphère décontractée que pour ses prix très abordables.

— N'oublie pas de jeter un coup d'œil aux photos encadrées sur les murs, dit Ana en poussant la porte de l'établissement. Tu verras ceux qui ont gagné le concours les années précédentes.

— Oui, Madame, répondit Christina en mimant la soumission.

Une serveuse souriante les accompagna à leur table. Toutes deux commandèrent du thé glacé et du hachis parmentier, la spécialité de la maison. Lorsque leurs boissons arrivèrent, Christina se tourna vers les photos accrochées au mur pour les inspecter avec un sérieux exagéré. Le concours du meilleur costume d'Halloween — idée récente destinée à tirer profit de la folie qui s'emparait de la ville à cette occasion — était doté d'un prix de mille dollars et d'une place de choix sur le mur de l'établissement.

— Oh, mon Dieu ! dit soudain Ana.

— Quoi ?

Ana désigna l'écran de télévision accroché derrière le bar. D'ordinaire, les clients s'asseyaient au comptoir pour regarder le sport. Mais il n'y avait pas de match ce soir. Au lieu de cela, le visage sombre d'un journaliste, parlant depuis le bas-côté d'une autoroute, occupait l'écran géant. La caméra se déplaça sur sa gauche tandis qu'il tendait son micro à un homme qu'une légende décrivit comme un porte-parole de la police.

— Monte le son ! dit quelqu'un assis sur l'un des tabourets hauts.

Le barman s'exécuta tandis que le restaurant tout entier semblait suspendu aux lèvres du policier.

— … déplorons une nouvelle victime, disait l'homme d'une voix grave et posée. Son identité sera révélée après que sa famille aura été prévenue. Nous demandons aux habitants d'Orlando et de sa banlieue, ainsi qu'aux touristes, de faire preuve de la plus grande prudence. Et ceci vaut tout particulièrement pour les jeunes femmes. Ne suivez jamais un inconnu, même s'il vous semble respectable ou inoffensif. Ne traversez pas un parking seule le soir et d'une manière générale, évitez les zones désertes et, mal éclairées. De nombreux commerçants nous ont déjà assuré qu'ils feraient le maximum pour assurer la sécurité de leurs clients en renforçant notamment l'éclairage autour des magasins et des parcs de loisirs et en proposant aux jeunes femmes qui le souhaiteraient d'être raccompagnées à leur véhicule par des vigiles. Nous en appelons également à votre esprit citoyen pour nous aider à appréhender le coupable de ces crimes odieux. Soyez vigilants et n'hésitez pas à appeler la police si vous remarquez quoi que ce soit de suspect. Ouvrez l'œil et tous ensemble, nous mettrons un terme aux agissements du meurtrier.

— Certains émettent l'hypothèse d'un retour du tristement célèbre Tueur de l'autoroute, dit le journaliste. A-t-on affaire à un imitateur ou une terrible erreur a-t-elle été commise il y a douze ans ?

— Je vous rappelle qu'aucun verdict de culpabilité n'a jamais été prononcé contre l'inspecteur Beau Kidd, répondit le porte-parole de la police. Et il est trop tôt pour tirer des conclusions en ce qui concerne les deux meurtres qui nous occupent actuellement. Mais soyez certain que tout est mis en œuvre pour assurer la sécurité de nos concitoyens et pour mettre la main sur le coupable. Les forces de police de l'Etat tout entier sont mobilisées et, s'il le faut, le FBI viendra nous apporter son expérience et ses moyens.

Christina commença à manger dès que son plat arriva, levant de temps à autre les yeux vers la télévision. La serveuse qui s'occupait d'elles était une jolie fille aux yeux verts, aux cheveux couleur carotte et à la peau blanche piquée de taches de rousseur. Son léger accent achevait de dénoncer l'Irlandaise installée aux Etats-Unis depuis quelques années déjà.

— Ils ne racontent pas tout à la télé, murmura-t-elle avec un frisson. Il y a des policiers qui viennent manger ici tout le temps et je les ai entendus dire que la victime était une brune mais qu'elle s'était fait teindre des mèches en roux.

Une sensation d'effroi envahit Christina.

— Moi, je vais faire le contraire, poursuivit la serveuse, les yeux aimantés par la télévision. Je vais me teindre en brune.

Puis elle s'éclaircit la gorge et se tourna vers ses clientes avec un grand sourire.

— Encore un peu de thé glacé ?

Christina aurait voulu en savoir plus sur ce nouvel assassinat, mais des enfants préparant Halloween avaient succédé au reportage retransmis depuis l'accotement de l'I-4.

— C'est génial, non ? maugréa Ana en secouant la tête d'un air dégoûté.

— Quoi ?

— Tous ces gamins déguisés en monstres. Pourquoi ne sont-ils plus intéressés par les cow-boys et les princesses ? Ça ne leur suffit pas qu'un vrai monstre rôde dans la ville ?

— Il y a toujours un vrai monstre qui rôde quelque part, dit Christina.

Et c'était la triste vérité. Il n'existait au monde aucun endroit parfaitement sûr.

— Et les pires d'entre eux ressemblent généralement à « M. Tout-le-monde », ajouta-t-elle dans un souffle.

— Je me doutais que vous reviendriez me voir, dit Larry Atkins.

Comme Jed s'y attendait, il avait trouvé le policier à la retraite assis sur sa véranda, une bière fraîche posée à ses pieds et une pipe solidement calée entre ses dents. Les volutes de fumée blanchâtre qui s'échappaient du foyer dégageaient un arôme doux et parfumé.

— Ce truc va finir par vous tuer, dit Jed.

Larry se contenta de sourire, pointant sa pipe en direction des pâturages.

— Vous n'avez jamais songé à acheter un cheval, Jed ? Je viens juste de recueillir une jument qu'on allait transformer en steak. Que voulez-vous, elle n'a pas tenu toutes ses promesses… Une vraie beauté, et d'une douceur… Elle me suit partout comme un petit chien : c'est à croire qu'elle a compris que je lui ai sauvé la vie. Un cheval est un compagnon merveilleux, vous savez ? Ça vous apporterait beaucoup… En attendant, prenez donc une Bud dans la glacière et mettez-vous à l'aise.

Jed s'assit sur la rambarde de bois de la véranda.

— Merci pour la bière, mais je dois faire pas mal de route pour rentrer chez moi.

— Ouais, une heure et demie. Comme pour venir, en somme… Et vous avez décidé de passer me voir sur un coup de tête ?

— Quoi ? Vous n'êtes pas au courant ? On vient de découvrir une autre victime au bord de l'autoroute.

Larry le fixa du regard, puis secoua la tête.

— Nom de Dieu, qu'est-ce qui cloche chez vous tous ? J'ai fait usage de mon arme à deux reprises en trente ans de service. La première fois, j'ai blessé un type tellement défoncé à l'héroïne qu'il m'a tiré trois fois dessus à bout portant sans réussir à m'atteindre. La deuxième fois… La deuxième fois, j'ai abattu mon équipier quand je l'ai vu penché sur le corps sans vie de cette pauvre fille. Je me suis approché et c'est là que Beau a pointé son flingue sur moi. Mais laissez-moi vous dire que même si c'était lui ou moi, même si je n'ai fait que mon devoir en éliminant une ordure de la surface de cette terre, tuer mon équipier a été le pire moment de mon existence. J'en ai souffert et j'en souffre toujours. Même un monstre redevient un être humain au moment où vous lui ôtez la vie, Jed. Je n'ai jamais compris les gens qui prennent du plaisir à tuer.

— Si on parvient à boucler cette enquête, on pourra songer à œuvrer pour la paix dans le monde, répliqua Jed.

— Vous êtes venus me voir parce que vous pensez que j'ai commis une bavure, dit Larry sans hausser le ton.

— Il y a moins de deux heures, j'étais agenouillé devant le cadavre de la dernière victime, répondit Jed d'une voix également calme. Et croyez-moi, tout indique qu'il s'agit du même assassin. Larry, suis-je passé à côté de quelque chose lorsque j'ai consulté les rapports ? Pouvez-vous me signaler un détail, même infime, qui soit propre au Tueur de l'autoroute ? Une sorte de signature qu'un autre ne pourrait contrefaire et qui permettrait de prouver que nous avons affaire à un imitateur.

— Bien sûr qu'il s'agit d'un imitateur ! murmura Larry en se massant le menton d'un air songeur. Et si je découvrais un biais pour le prouver, vous pensez bien que je vous en ferais part sur-le-champ.

— Vous accepteriez qu'on revoie ensemble ce qui s'est passé à l'époque ?

— Si vous voulez. Je n'ai rien à cacher. Beau avait eu une liaison avec Janet Major, la quatrième victime. Je l'ai vu se décomposer quand on l'a découverte. Il était blanc comme un linge. J'ai d'abord cru qu'il était bouleversé. Mais peu à peu, des informations troublantes sont venues apporter un éclairage nouveau sur ses rapports avec cette fille. Il s'est avéré qu'ils s'étaient violemment disputés au sujet d'un autre type. On a également trouvé deux témoins ayant vu Janet quitter l'immeuble où habitait Beau, la veille de sa mort. A ce stade, personne ne croyait vraiment que mon équipier puisse être le coupable. Mais le chef a préféré prendre les devants et il l'a convoqué. Je me souviens que Beau est venu m'en parler. Sans l'accuser ouvertement, le chef lui avait annoncé qu'il allait le dessaisir de l'enquête. Beau semblait très affecté, et je n'ai compris que plus tard à quel point ce type que je croyais connaître était bon comédien. Par acquit de conscience, j'avais de mon côté pris l'initiative de vérifier si Beau avait des liens avec les précédentes victimes. A ma grande surprise, mes investigations ont révélé qu'il avait au minimum rencontré chacune des autres filles assassinées. Plusieurs enquêteurs ont alors commencé à le soupçonner, d'autant que nous étions tous d'accord pour penser que le tueur venait sûrement de nos propres rangs : le coupable savait trop bien comment s'y prendre pour ne laisser aucune trace derrière lui. Qu'on ne trouve rien sous les ongles d'une victime, passe encore, mais que quatre filles se fassent violer et assassiner sans qu'une seule parvienne à griffer son agresseur, c'est beaucoup plus surprenant.

Larry fit une pause pour tirer sur sa pipe. Il parlait sans regarder Jed, le visage tourné vers le soleil qui se couchait derrière une colline.

— Beau sortait avec la dernière victime, reprit-il, une fille de Tampa qui s'appelait Grace Garcia. Il n'en parlait jamais mais c'était un secret de polichinelle. Quand je suis arrivé, il était penché sur elle, en train de la prendre dans ses bras comme pour la transporter ailleurs. Avant que j'aie pu dire quoi que ce soit, il a pointé son arme dans ma direction. Qu'auriez-vous fait à ma place ? demanda-t-il en se tournant enfin vers Jed. Je n'avais pas le choix. Non, répéta-t-il d'une voix torturée, je n'avais pas le choix…

Cette histoire devait empêcher Larry Atkins de dormir depuis douze longues années, songea Jed. Ça n'avait rien d'étonnant, après tout. Quand il songeait à son propre tourment, lui dont le seul crime avait été d'écrire un roman…

Larry Atkins avait tué un homme. Son propre équipier, celui qu'il était censé protéger, celui dont sa propre vie dépendait, en cas de coup dur.

— Larry, en dehors du fait qu'il avait rencontré chacune des victimes et qu'il avait eu des rapports intimes avec deux d'entre elles, quels autres éléments désignaient Beau Kidd comme suspect ? J'aimerais qu'on les passe en revue une nouvelle fois si vous le voulez bien.

Larry détourna de nouveau le regard en direction des pâturages. La fumée de plus en plus épaisse qui s'échappait de sa bouche et du foyer de sa pipe trahissait une certaine nervosité.

— Beau était policier et qui plus est chargé de l'enquête sur cette série de meurtres, ce qui correspondait parfaitement au profil de l'assassin, trop bien renseigné à notre goût sur la façon de ne laisser aucun indice derrière soi. Ce profil, établi par nos soins et validé par le spécialiste en analyse comportementale envoyé par le FBI, désignait un homme d'environ vingt-cinq ans, un psychopathe capable de donner le change, un homme bien inséré socialement et dont l'apparence passe-partout ne pouvait laisser soupçonner le côté sombre. Songez au temps qu'il a fallu pour arrêter Ted Bundy, un type intelligent qui avait tout pour réussir. Le contraire de l'image stéréotypée du malade mental vivant en marge de la société.

Il secoua la tête et souffla la fumée de sa pipe avec un long soupir.

— Il est plus facile de coincer un criminel qui a la gueule de l'emploi. Un voleur de voitures ou un junkie dont la dégaine suffit à elle seule à susciter la crainte. Mais le gars qui a l'air aussi normal que votre père ou votre frère, c'est une autre paire de manches. Le gars dont tout le monde dit : « Lui, un dangereux psychopathe ? Qu'est-ce que vous allez chercher là ? C'est un monsieur charmant, poli avec ses voisins. Il a toujours un petit mot gentil pour mes enfants et une caresse pour mon chien. Regardez comme il entretient bien son jardin… » Beau Kidd était un gars comme ça.

Jed hocha lentement la tête. Il savait déjà tout ça, mais il avait besoin de passer une nouvelle fois en revue ces informations dans l'espoir de débusquer un détail qui lui aurait échappé jusque-là.

— Pour le moment, la façon d'opérer de notre homme ressemble point pour point à celle du Tueur de l'autoroute, dit-il. Les victimes sont d'abord enlevées, puis elles disparaissent pendant près de soixante-douze heures avant d'être retrouvées mortes au bord de l'I-4.

— C'est bien comme ça que procédait Beau, reconnut Larry en se balançant sur son rocking-chair, le regard perdu dans le lointain.

— Alors moi, j'ai une question : où sont détenues les victimes pendant ce laps de temps ?

— En ce qui concerne… mon ancien équipier, répondit Larry, on n'a jamais rien pu prouver. Beau a dû cacher les malheureuses dans son appartement, attachées et bâillonnées, jusqu'au moment où il décidait de les étrangler.

— Dans son appartement…, murmura Jed.

— On est déjà revenus cent fois là-dessus, dit Larry. Moi aussi, j'aimerais pouvoir penser à un détail qui m'aurait échappé.

Il y avait forcément *quelque chose* qui avait échappé à tout le monde jusque-là, songea Jed.

— Croyez-moi, Jed, je me creuse la tête depuis le jour où j'ai entendu parler du meurtre de Sherri Manson. Sans le moindre résultat.

— Merci d'avoir essayé, Larry.

— N'hésitez pas à revenir me voir. Ma porte vous est ouverte.

— C'est bien noté. Et merci encore pour votre accueil.

— Réfléchissez à ce que je vous ai dit, Jed. La compagnie d'un cheval est un grand bonheur.

— Je vis en ville, répondit Jed.

— Achetez-vous donc un bout de terrain avec vos droits d'auteur, suggéra Larry en clignant de l'œil. Vous ne le regretterez pas.

— Je vais y réfléchir, promit Jed en lui serrant la main.

— Je crois que je vais rester dormir chez toi, ce soir, dit Ana lorsqu'elles arrivèrent devant la masse sombre que formait la grande demeure.

Christina se rendit compte qu'elle fixait sa maison avec appréhension, et elle s'en voulut aussitôt.

C'était chez elle, à présent ; elle était la gardienne de ce temple familial qu'elle avait toujours adoré.

— Je me sens très bien, dit-elle à son amie en s'efforçant d'adopter un ton suffisamment convaincant. Vraiment, Ana, ne t'en fais pas pour moi.

— Tu te sens peut-être bien, mais moi pas, rétorqua Ana.

Christina se tourna vers elle en ouvrant de grands yeux. Effectivement, Ana n'avait pas l'air dans son assiette.

Elles sortirent de la voiture et regardèrent autour d'elles, conscientes l'une comme l'autre de leur nervosité. Pourtant, la nuit était belle, le ciel tapissé d'étoiles. Pas la moindre trace de cet étrange brouillard qui flottait comme un ectoplasme, la veille au soir.

Christina dut s'y prendre à trois fois pour insérer la clé dans la serrure.

— Tu veux grignoter quelque chose ? demanda-t-elle à son amie, une fois la porte refermée derrière elles.

— On vient de manger, au cas où tu l'aurais oublié ! répondit Ana avec un bâillement. Moi, je suis prête à aller au lit.

— Tu as raison. Allons nous coucher.

Christina avait remarqué que son amie semblait beaucoup plus à l'aise depuis qu'elle était dans la maison. Mais pour sa part, elle se sentait toujours aussi nerveuse. Elle alla dans la cuisine s'assurer que la porte menant au sous-sol était fermée à clé puis, après une brève hésitation, elle décida de caler une chaise sous la poignée.

— Je monte ! annonça Ana.

— D'accord. Choisis la chambre que tu veux.

— La chambre que je veux ? Tu viens tout juste d'emménager, ma chérie. Je m'installe dans ton lit.

— Heureusement que tu es petite ! lança Christina.

Avant de rejoindre Ana, elle voulut programmer la cafetière afin qu'elle se mette en marche le lendemain matin. C'est alors qu'elle se figea sur place.

Quelqu'un l'avait déjà fait.

Le minuteur indiquait 7 h 30 et la diode verte était allumée.

Et si elle avait vraiment un problème de mémoire ? se demanda-t-elle. Une sorte d'Alzheimer précoce ? Si elle faisait toutes ces choses avant de les oublier ?

Non, non, non et non. Elle avait encore toute sa tête.

Elle ouvrit un placard, s'empara du vieux rouleau à pâtisserie de mamie, puis sortit la bombe lacrymogène de son sac à main. Ainsi armée, elle se mit à fouiller méthodiquement le rez-de-chaussée.

Rien d'anormal.

Tout semblait à sa place.

Le doigt sur le déclencheur de la bombe lacrymogène, elle monta l'escalier, inspecta chaque pièce, ouvrant armoires et penderies, puis s'allongea par terre pour vérifier sous les lits. Enfin, malgré ses craintes, elle prit son courage à deux mains et décida d'aller jeter un coup d'œil au grenier.

Ana, confortablement vêtue d'un pyjama trouvé sur place, apparut dans le couloir au moment où son amie déployait l'échelle escamotable.

— Tu fais quoi, là ? demanda-t-elle.

— La cafetière était programmée, répondit Christina. Quelqu'un est venu chez moi en mon absence.

Ana la dévisagea en fronçant les sourcils.

— Tu as simplement oublié que tu l'avais fait, voilà tout. Personne ne s'introduirait chez toi juste pour te préparer ton café.

Ana trouvait peut-être ça comique, mais Christina n'était pas d'humeur à plaisanter.

— Je sais que ce n'est pas moi qui l'ai programmée, répliqua-t-elle d'un ait buté.

Elle grimpa quelques barreaux de la petite échelle avant de se rendre compte qu'Ana montait derrière elle.

— Qu'est-ce que tu fabriques ?

— Tu croyais peut-être que j'allais rester seule ici ? lança Ana qui semblait avoir perdu l'envie de rire.

— Il n'y a rien à craindre, voyons ! J'ai fait le tour de la maison et tout est normal. Il ne me reste que le grenier à vérifier.

— Je m'en fiche ! déclara Ana. Je refuse de rester seule.

Christina soupira et elles se remirent à grimper, émergeant l'une après l'autre de la trappe. Christina trouva l'interrupteur et balaya aussitôt la pièce du regard. Rien de particulier n'attira son attention.

— Tu as songé à consulter un psy ? lui demanda gentiment Ana. Il paraît qu'on peut avoir des problèmes de mémoire à court terme après un choc émotionnel.

— Je n'ai pas de problème de mémoire, répliqua Christina d'un ton sans appel.

Mais alors, de quoi s'agissait-il ?

— Christie, les cambrioleurs ne pénètrent pas dans les maisons pour programmer les cafetières électriques.

— Tu me l'as déjà dit, merci, répondit sèchement Christina. J'ai besoin d'une amie, pas de quelqu'un qui met ma parole en doute. Et ne t'avise pas d'en parler à qui que ce soit, d'accord ? Je veux que tu me le jures immédiatement.

— Motus et bouche cousue, promit Ana. Et je ne mets pas ta parole en doute, ajouta-t-elle, sans doute un peu vexée. J'essaie seulement de trouver une explication logique à des faits qui ne le sont pas.

Elle prit la main de son amie, un timide sourire aux lèvres.

— Dis, tu veux bien qu'on dorme avec la télé allumée ?

Moins de cinq minutes plus tard, elles étaient calfeutrées dans le lit de Christina, les lumières du couloir et de la salle de bains allumées, le téléviseur réglé sur une chaîne qui diffusait des séries vingt-quatre heures sur vingt-quatre.

Ana ne tarda pas à s'endormir profondément. Christina continua à regarder la télévision jusqu'à ce que ses paupières se ferment d'elles-mêmes.

C'est alors que tout recommença.

Les picotements glacés.

La sensation d'une présence dans la pièce, là, devant son lit.

En train de la regarder.

« Ouvrez vos yeux. »

Non ! se dit-elle, refusant d'obtempérer aux ordres d'une voix imaginaire.

« Christie… Aidez-moi, je vous en prie… »

Elle ouvrit les yeux.

La chambre, éclairée par la télévision ainsi que par les plafonniers du couloir et de la salle de bains, était devenue un théâtre d'ombres.

Les silhouettes que créaient les lumières extérieures s'animaient sous les spasmes de l'écran. Sans doute y avait-il là de quoi inquiéter un enfant. Mais, malgré son angoisse, Christina parvint rapidement à distinguer l'origine des étranges créatures qui peuplaient la pièce.

Sauf une.

Là, au pied du lit.

Contrairement aux autres, celle-ci avait forme humaine, et c'était justement ce qui la rendait si effrayante.

Si réelle.

— Ana ! cria-t-elle en agrippant le bras de son amie.

Ana se réveilla en hurlant à son tour.

— Quoi ? Quoi ? balbutia-t-elle en tournant la tête de tous les côtés. Qu'est-ce qui se passe ?

Mais la silhouette s'était volatilisée.

Christina était déjà au pied du lit, agitant frénétiquement les mains dans le vide sous l'œil incrédule d'Ana.

Au moment où celle-ci allait lui demander si elle était devenue folle, un bruit se fit entendre au-dehors. Une portière de voiture venait de claquer devant la maison.

Elles se regardèrent sans rien dire. Ana, bouche bée, avait l'air d'un poisson hors de l'eau.

Christina se rua vers la fenêtre, Ana sur ses talons.

Une automobile était stationnée dans l'allée menant au garage, cachée derrière leurs propres véhicules. Impossible de distinguer la marque.

— Là ! dit Ana dans un souffle.

Christina regarda dans la direction que lui indiquait son amie et poussa un cri étouffé.

Une silhouette longue et menaçante se tenait debout sur la pelouse. L'instant d'après, elle marchait vers la porte d'entrée.

6.

— La Grande Fâcheuse vous souhaite bien le bonsoir, mes vilains ! lança Dan McDuff en embrassant l'assemblée d'un large geste de la main, ses longs ongles noirs étincelant sous les spots rouge sang. Revenez vite me voir pour vous faire gronder comme vous le méritez…

A sa grande satisfaction, il distingua les visages fascinés des enfants partagés entre rire et peur. Après avoir déambulé dans les allées du parc en admonestant gentiment les visiteurs, Dan terminait sa journée par ce petit spectacle où il faisait monter des gamins sur scène pour leur demander d'avouer leurs bêtises avant de mimer la colère avec assez de bouffonnerie pour déclencher des éclats de rire et des applaudissements.

Ceux-ci crépitèrent tandis qu'il disparaissait dans un élément du décor : un arbre creux conduisant à un tunnel secret réservé aux employés.

Il arriva dans le vestiaire des hommes et rangea le martinet géant dans son casier. Il s'en servait surtout pendant la grande parade où, juché en haut d'un char, il fouettait l'air en direction de la foule. Après s'être glissé hors de son déguisement, il ôta la couche de maquillage qui lui donnait l'air d'un zombie et prit une longue douche. Sa journée de travail était terminée.

Il laissa échapper un soupir de frustration en fermant le cadenas de son casier. La distribution de cette nouvelle comédie musicale dont il espérait tant n'était toujours pas arrêtée. L'idée de passer sa vie dans le costume de Ralph le Raton commençait à lui donner des sueurs froides. Il avait d'autres ambitions. Dieu merci, Dan n'avait pas les poches percées, et l'héritage de sa grand-mère avait redonné le sourire à son banquier. Mais il aurait bientôt trente ans et il était désormais impératif de passer à la vitesse supérieure. Dan commençait à craindre de devenir un acteur sur le retour avant même d'avoir accompli quoi que ce soit. De toute façon, si la chance ne lui souriait pas sur les planches, il était bien décidé à la forcer en créant son propre théâtre. Des amis comédiens étaient déjà prêts à investir à ses côtés.

Dommage que mamie n'ait pas voulu vendre sa maison ! songea-t-il en se refusant à imaginer sa valeur pour ne pas attiser ses regrets. Un tiers du prix de la vente lui aurait suffi pour concrétiser son projet. Peut-être même aurait-il pu acheter un théâtre tout seul…

Comment sa petite cousine se débrouillait-elle dans cette grande maison ? se demanda-t-il avec un sourire.

En quittant le vestiaire, il tomba nez à nez avec Marcie McDonnagh qui était pressentie pour jouer Héra — sœur aînée puis épouse de Zeus — dans le nouveau spectacle. Comme lui, Marcie incarnait un personnage de dessin animé en attendant sa chance.

C'était une jolie fille aux cheveux auburn et aux immenses yeux noirs. Elle dansait à merveille, corde que Dan n'avait pas à son arc. Mais il possédait d'autres atouts pour prétendre au rôle principal de cette comédie musicale, et notamment son extraordinaire capacité à mémoriser la musique. Un simple coup d'œil sur une nouvelle partition lui suffisait à connaître une mélodie par cœur.

— J'aimerais qu'ils prennent une décision, dit-elle, visiblement aussi frustrée que lui. Je vais devenir maboule si on ne me donne pas une réponse dans les jours qui viennent.

— Oui, moi aussi, dit Dan, secrètement soulagé qu'elle n'en sache pas plus que lui.

— Allez, bonne soirée, Dan ! dit-elle en bâillant à s'en décrocher la mâchoire. On se voit demain ?

— Ouais, j'en suis aussi.

Elle lui adressa un grand sourire, et il songea qu'elle était décidément très jolie. Et pétrie de talent par-dessus le marché. En général, les filles comme ça avaient tendance à vous prendre de haut, mais Marcie était la douceur même.

— Marcie ! l'appela-t-il alors qu'elle s'éloignait dans le long couloir.

— Oui ?

— Sois prudente, d'accord ?

Un petit frisson secoua le corps menu de la belle comédienne.

— Bien sûr. Mauvais temps pour les rousses, pas vrai ? ajouta-t-elle avec un sourire angoissé.

— J'allais partir, moi aussi. Tu veux que je te raccompagne à ta voiture ?

Elle hocha la tête en signe d'assentiment.

— Merci, Dan.

Tandis qu'ils marchaient côte à côte en direction du parking des employés, Dan mit son bras autour des épaules de la jeune femme. Sans doute n'était-il pas très bon danseur, mais il ne demandait qu'à apprendre.

— Oh, mon Dieu! s'exclama Ana d'une voix étouffée par la main qui recouvrait sa bouche. Il se dirige vers la maison!

Elle venait à peine de finir sa phrase que le timbre métallique de la sonnette résonnait au rez-de-chaussée. Les deux amies se tournèrent l'une vers l'autre, se dévisageant avec des yeux ronds pendant quelques secondes.

Puis la raison reprit ses droits.

— Les voleurs et les assassins s'annoncent rarement en sonnant à la porte, dit Christina.

— C'est vrai, mais… il est un peu tard pour une visite, tu ne trouves pas?

— On s'est couchées tôt, voilà tout. Il doit être 10 h 30, ce n'est pas si tard.

— Ça t'arrive souvent de recevoir du monde après 10 heures?

— Ça ne fait que deux jours que j'habite ici, répliqua Christina. Je ne connais pas encore les habitudes du coin.

Elle avait essayé de faire retomber la tension avec une plaisanterie, mais Ana semblait avoir définitivement perdu son sens de l'humour.

— Va chercher le rouleau à pâtisserie et la bombe lacrymo, dit-elle.

Même si elle se sentait un peu ridicule, Christina décida que ce n'était pas une si mauvaise idée. Armée comme un CRS d'opérette, elle descendit l'escalier, suivie de près par Ana qui préférait rester à l'abri derrière elle. Alors qu'elles approchaient de la porte d'entrée, la sonnette retentit de nouveau, les faisant sursauter au point qu'elles faillirent se cogner l'une contre l'autre.

Christina risqua un œil hésitant dans le judas et laissa échapper un soupir de soulagement.

— Qui est-ce ? demanda Ana en se pressant contre son amie pour essayer de jeter un coup d'œil à son tour.

— Jed, répondit Christina en transférant la bombe d'autodéfense dans sa main gauche afin de pouvoir déverrouiller la porte.

Le front de Jed se plissa aussitôt qu'il aperçut sa cousine et Christina.

— Tout va bien ? demanda-t-il. On dirait que vous venez de croiser un fantôme, toutes les deux.

— Quelqu'un a programmé la cafetière électrique ! lança Ana.

— Pardon ? fit Jed.

Christina foudroya son amie du regard. « Motus et bouche cousue », hein ?

— Rien, dit-elle. Entre donc.

Il regarda d'un œil circonspect le rouleau à pâtisserie et la bombe lacrymogène.

— On n'est jamais trop prudent, bredouilla Christina, au comble de l'embarras.

— Mais ne t'inquiète pas, intervint Ana. On a fait le tour de la maison.

Jed se tourna vers Christina et elle se demanda si l'inquiétude qu'elle lisait au fond de ses yeux noirs concernait sa santé mentale ou sa sécurité.

— Et que cherchiez-vous, cette fois-ci ?

— Christie est persuadée que quelqu'un s'est introduit chez elle, expliqua Ana, insensible aux signes plus ou moins discrets qu'envoyait son amie pour la faire taire. Quelqu'un qui a programmé la cafetière pour qu'elle se mette en marche à 7 h 30 du matin.

Cette fois-ci, songea Christina, Jed la prenait pour une folle.

— Tu penses que quelqu'un s'est glissé chez toi pour te faire du café ? lui demanda-t-il.

Elle voyait bien qu'il s'efforçait d'adopter un ton neutre pour ne pas la vexer, et cela ne faisait que l'humilier davantage.

Elle agita une main excédée.

— Laisse tomber. Dis-nous plutôt ce que tu viens faire ici à une heure pareille, ajouta-t-elle avec un sourire forcé. Au fait, que diriez-vous d'une tasse de thé ?

— J'en dirais le plus grand bien, répondit Ana.

Jed se contenta de hausser les épaules avec une moue qui semblait dire *Pourquoi pas ?*

Trop heureuse de pouvoir échapper au regard scrutateur de l'écrivain, Christina fila dans la cuisine préparer le thé.

— Tu ne nous as toujours pas dit quel bon vent t'amène ! lança-t-elle par-dessus son épaule.

— Je suis simplement venu m'assurer que tout allait bien, dit Jed en lui emboîtant le pas, aussitôt imité par Ana.

Tous deux se juchèrent sur de hauts tabourets disposés devant un comptoir.

— On a entendu dire qu'il y avait une nouvelle victime, dit Christina en versant l'eau dans la bouilloire.

Elle se tourna brièvement et fut frappée par l'inquiétude qu'exprimait le visage de Jed.

— Encore une rousse…, ajouta-t-elle à mi-voix.

— Oui, encore une rousse, répéta-t-il tandis qu'un silence plein de non-dits s'installait dans la pièce.

Elle alla prendre des tasses dans un placard et croisa le regard anxieux et interrogateur de Jed.

— En tout cas, c'est gentil à toi d'être passé, dit-elle pour meubler le silence.

Elle et Ana devaient offrir un sacré spectacle avec leurs cheveux ébouriffés, leurs visages démaquillés et leurs pyjamas rose et vert. Bien sûr, Jed n'était qu'un ami, mais elle aurait quand même préféré se montrer à lui sous un jour plus avantageux. Peut-être même… plus sexy.

Pas comme la gamine qu'il avait toujours connue. D'autant que la dernière fois qu'ils s'étaient vus, elle était aussi en chemise de nuit…

— Je ne vous ai pas tirées du lit, au moins ? demanda-t-il comme s'il devinait ses pensées.

— Si, mais on ne dormait pas, dit Ana.

Christina lui sut gré de passer sous silence l'épisode où elle l'avait réveillée en hurlant.

— Et si Jed inspectait la maison ? suggéra Ana.

— C'est inutile, affirma Christina. Il n'y a personne.

— Parce que tu penses qu'il est parti après avoir programmé la cafetière ?

Christina regarda son amie d'un air sévère. Ana allait la faire passer pour folle auprès de son cousin. Ou tout au moins pour une femme aux nerfs fragiles !

L'attirance qu'elle avait éprouvée pour Jed tout au long de son adolescence ne faisait qu'accroître sa gêne. C'était sûrement idiot, mais elle n'avait pas envie qu'il la classe dans la catégorie des hystériques.

— Mieux vaut trop de prudence que pas assez, dit-il. Je vais quand même jeter un œil.

— Alors, je t'accompagne, dit Christina.

— *On* t'accompagne, rectifia Ana. Vous vous imaginez peut-être que je vais rester seule en attendant de me faire dépecer par le monstre qui programme les cafetières électriques ? C'est à croire que vous n'avez jamais vu de film d'épouvante.

— Je n'en ai pas vu beaucoup, admit Christina.

De toute façon, la réalité est bien plus effrayante que la fiction, faillit-elle ajouter.

Elles suivirent Jed de pièce en pièce. Il s'arrêtait de temps à autre pour demander à Christina si elle remarquait quoi que ce soit d'anormal, et la réponse était toujours négative.

— Ce qui me pose un problème dans cette histoire, dit-il lorsqu'ils se retrouvèrent tous les trois dans le vestibule, c'est que la porte n'a pas été forcée.

Il avait parfaitement raison, songea Christina. Ce qui voulait dire que l'intrus — si intrus il y avait — possédait une clé de la maison…

— Est-ce que quelqu'un a un double des clés ? demanda justement Jed.

— Pas que je sache, répondit-elle. Dan ou Mike, peut-être… Mais ils n'entreraient jamais sans prévenir.

— Alors, il ne reste plus qu'une seule explication plausible, intervint Ana.

Christina la foudroya du regard.

— Je te dis que ce n'est pas moi qui ai programmé cette foutue machine ! lança-t-elle.

Jed et Ana la dévisagèrent comme s'ils s'apprêtaient à lui sauter dessus pour lui passer une camisole de force.

— Et puis merde ! dit-elle. Pensez ce que vous voulez.

Jed détourna les yeux et toussota nerveusement tandis que Christina restait murée dans son silence. Après quelques secondes de malaise, il lui fit de nouveau face et posa doucement la main sur son épaule.

— Et toi, tu as une explication ? demanda-t-il d'une voix douce.

Elle se contenta de secouer la tête d'un air buté.

— Dan a toujours eu un penchant pour les blagues de mauvais goût, dit Ana.

— Jamais il ne ferait une chose pareille, affirma Christina, sortant brusquement de son mutisme. Il sait que je suis à fleur de peau à cause de ce qui se passe en ce moment. Non, c'est vraiment impossible.

Des coups sur la porte firent tressaillir les deux amies tandis que Jed interrogeait Christina du regard. Comme si elle était censée savoir qui venait lui rendre visite à 11 heures du soir, songea-t-elle, de plus en plus agacée.

Jed se chargea d'aller ouvrir, et Tony apparut sur le seuil en robe de chambre.

— Bonsoir, Jed. J'ai vu toutes les lumières allumées, alors je suis venu m'assurer que tout allait bien, expliqua-t-il.

— Oui, tout va bien, Tony, dit Christina en s'approchant. C'est gentil de te faire du souci pour moi. Tu veux entrer une minute ? Je viens de faire du thé.

— Tu n'aurais pas vu quelqu'un rôder autour de la maison, par hasard ? s'enquit Jed avant que Tony ne puisse répondre à la première question.

— Non, pourquoi ?

— On demande juste comme ça, répondit Christina. Je sais que c'est bête, mais on est un peu nerveuses, Ana et moi… Et ce thé, alors ? Tu en veux ?

— Ce serait avec plaisir, mais il faut que je retourne chez

moi. Si Llona se réveille et qu'elle ne me trouve pas dans la maison, elle risque de s'inquiéter.

Christina lui adressa un grand sourire.

— Merci encore d'être un si bon voisin, Tony, dit-elle chaleureusement. Et un si bon ami.

— Arrête, tu vas me faire rougir ! Allez, bonne nuit à tous !

— Bonne nuit ! répondirent en chœur Jed, Ana et Christina.

Une fois la porte fermée, ils se retrouvèrent tous les trois dans le vestibule à se regarder en chiens de faïence.

— Je vais y aller, moi aussi, dit Jed, brisant le malaise de sa voix grave et assurée.

Il embrassa sa cousine, puis se tourna vers Christina. Après une infime hésitation — ou l'avait-elle imaginé ? — , il la prit par les épaules et posa un baiser sur chacune de ses joues.

Cela n'avait rien d'ambigu, et pourtant la chaleur de ses lèvres fit monter en elle une fièvre sensuelle. Sexuelle. Elle s'efforça de ne rien laisser paraître de son trouble. Le coup de cœur qu'elle avait éprouvé pour lui aux portes de l'adolescence avait donc survécu aux années ? Bien sûr, elle s'était toujours sentie attirée par lui, par sa présence à la fois douce et masculine, par son côté mystérieux et pourtant curieusement rassurant. Mais elle ne se souvenait pas d'une telle poussée d'adrénaline à son contact. Avec l'âge, l'envie un peu vague de se trouver proche de lui s'était transformée en un désir adulte qu'elle ne pouvait nier tant son corps le clamait haut et fort au plus secret de son intimité. Jed était aujourd'hui bien plus que le bourreau des cœurs du lycée, le héros romantique tout droit sorti des Hauts de Hurlevent et de l'imagination d'une fillette férue de lecture. Façonnée par les joies et les épreuves de la vie, sa beauté était devenue moins parfaite mais plus émouvante : Jed était maintenant un homme. Un homme digne d'être aimé.

— Bonne nuit, Jed, lui dit Ana avec un grand sourire.

— Bonne nuit, murmura Christina, un sourire figé sur les lèvres.

Si seulement Ana avait pu rentrer chez elle et laisser la place à Jed… Mais il fallait cesser de rêver. Une minute plus tard, le beau cousin était déjà parti.

— Assure-toi que la porte est bien fermée, dit Ana.

Christina était déjà en train de tourner la clé dans la serrure. S'il y avait une chose qu'elle ne risquait plus jamais d'oublier, songea-t-elle en donnant un tour supplémentaire, c'était de verrouiller sa porte.

— Allons nous coucher, dit Ana.

— Je vais juste fermer la bonbonne de gaz, dit Christina en songeant à son thé que personne n'avait pris la peine de boire. Vas-y, toi, je te rejoins tout de suite.

— Plutôt mourir ! dit Ana en l'accompagnant dans la cuisine. Je ne te quitte pas d'une semelle.

Une fois à l'étage, elles se glissèrent rapidement sous les draps. Les lumières du couloir et de la salle de bains étaient toujours allumées.

— C'est bizarre quand j'y pense, dit Ana, tu as toujours eu peur du noir…

Christina, déjà à moitié endormie, n'ouvrit même pas les yeux.

— Je n'ai pas peur du noir, s'entendit-elle répliquer, sur la défensive. C'est simplement que je n'aime pas avoir l'impression d'être aveugle. On se cogne partout, on… on n'y voit rien.

— C'est en général le but recherché quand on éteint les lumières, lui fit remarquer Ana.

— Qu'est-ce que tu essaies de me dire ? répliqua Christina qui avait hâte de s'endormir et d'être au lendemain matin. Tu trouves que c'est trop éclairé, c'est ça ?

— Non, non, pas du tout, répondit vivement Ana.

Moins de cinq minutes plus tard, elle dormait à poings fermés. Christina, par contre, avait toujours les yeux grands ouverts, l'esprit occupé par ce que venait de dire son amie.

C'était pourtant vrai qu'elle redoutait l'obscurité complète…

Etait-ce la peur enfantine de l'inconnu ? Ou plutôt celle de la mort, associée aux ténèbres ? Peur d'une mort sans résurrection, peur du néant…

Elle se tourna sur le côté et trouva enfin le sommeil.

Maquilleuse depuis bientôt quatre ans, Ana avait la réputation d'être une excellente professionnelle. Tous les parcs de loisirs lui avaient proposé un salaire et un emploi fixes, mais elle préférait conserver son statut d'indépendante. Elle n'avait aucune envie de se voir imposer des horaires ni de dépendre de l'humeur d'un supérieur. D'autant qu'elle n'avait jamais chômé en travaillant à son compte. Ces jours-ci, elle était même trop sollicitée, avec le mois d'octobre et les festivités d'Halloween qui duraient ici le temps des vacances scolaires, soit une dizaine de jours. Pour Ana, ça voulait dire des maisons hantées à tous les coins de rue ; maisons pleines de vampires, zombies, momies et autres créatures funestes qui réclamaient chaque jour son talent pour émerger des ténèbres et venir semer la terreur dans leur quartier.

— Je suis débordée en ce moment, dit-elle en enfilant sa robe. Qu'est-ce que je peux être bête ! Bête et cupide, par-dessus le marché ! J'ai dit oui à beaucoup trop de monde et maintenant, je ne sais plus où donner de la tête. Je dois aller travailler dans trois parcs, aujourd'hui, tu te rends comptes, Christie ? Trois ! Un ce matin, un cet après-midi, et le New Parc dans la soirée.

— Tu vas peut-être maquiller Dan, dit Christina.

— Non, il fait ça tout seul. Je lui ai donné quelques cours et maintenant, c'est un vrai pro. Et toi, qu'est-ce que tu as prévu pour aujourd'hui ?

— Je vais faire changer les serrures et m'acheter un chien.

— Changer les serrures me paraît assez judicieux, mais je ne suis pas aussi convaincue par cette histoire de chien, déclara Ana. C'est une grande responsabilité, tu sais ? Qui va s'en occuper quand tu voyageras ?

— Toi, ma chère. Tu viendras le nourrir et lui tenir compagnie en mon absence.

— Et si je ne suis pas là ?

— Tony, Dan, Mike, Jed… Ou bien je m'adresserai à une de ces associations qui gardent les animaux de compagnie.

Ana la fixa un instant du regard avant de hausser les épaules.

— Un chien de garde, j'imagine ?

— Oui. Et le plus gros possible.

— Nourrir une bête pareille va te coûter une fortune, Christie. Pourquoi ne pas choisir plutôt un chat ?

— Un chat de garde ? rétorqua Christina.

— Ben quoi ? Mon Fuzzball peut se montrer féroce quand il veut.

Fuzzball partageait sa vie depuis plus de douze ans et faisait encore preuve d'une belle vitalité. Mais de là à mettre un agresseur en fuite…

— Non, dit Christina. Il me faut un chien. Un animal qui impressionne. Un doberman, un rottweiler ou peut-être un gros berger allemand. Je pourrais en acheter un mais j'aimerais autant le prendre dans un refuge animalier. Ils sont si nombreux à être abandonnés… Et puis, de toute façon, j'ai surtout besoin d'une présence.

— Les chats sont de merveilleux compagnons, affirma Ana.

— Je veux un compagnon qui ait l'air féroce et qui aboie si quelqu'un s'introduit chez moi.

— Comme tu voudras, dit Ana en souriant. Après tout, c'est toi qui vas vivre avec ce molosse. Je dois y aller, ajouta-t-elle. Si je commence à prendre du retard dès le matin, je ne m'en sortirai jamais.

Sur le seuil de la chambre, elle se retourna.

— Au fait, dit-elle, je ne sais pas qui a programmé la cafetière, mais il a fait du bon boulot. Le café était juste comme je l'aime.

Un petit clin d'œil, et elle dévala l'escalier, quittant la maison sans se douter de l'effet dévastateur de ces mots sur le moral de son amie. Christina savait bien qu'elle avait elle-même placé le filtre, dosé le café et rempli le réservoir d'eau. Mais elle n'avait pas touché au minuteur.

Ça, elle en était sûre et certaine.

Elle avait prévu d'appeler un serrurier aussitôt qu'Ana serait partie travailler. Au lieu de cela, elle ramassa son sac à main et sortit à son tour.

Arrivée devant sa voiture, elle se retourna vers la vieille

maison. Cette antique demeure représentait tellement pour elle. Il n'était pas question de se mettre à la craindre. D'ailleurs, elle n'en avait pas peur, songea-t-elle. Elle n'avait pas l'impression que la maison elle-même représentait une quelconque menace. Et pourtant… Quelque chose l'inquiétait. Mais quoi ?

Craignait-elle pour son équilibre mental ?

Un peu, sans doute.

Bien sûr, rien ne l'empêchait d'aller habiter ailleurs. Si ce genre de mésaventure arrivait dans un film et que l'actrice refusait de déménager, Christina la jugerait inconsciente et bêtement obstinée.

Mais, dans la réalité, les choses ne se passaient jamais exactement comme au cinéma. Peut-être parce que dans la réalité, on manquait de recul pour prendre la meilleure décision.

Ou peut-être parce que…

… Parce que quitter cette maison serait trahir tout ce à quoi elle tenait, tout ce qui avait fait d'elle la femme qu'elle était aujourd'hui. Oui, quitter cette maison serait renier son passé et par la même, tous ses rêves d'enfants.

Un chien, se dit-elle. Voilà quelle était la solution à ses problèmes.

Sa décision prise, elle monta en voiture et mit le cap sur le refuge animalier.

C'était fou comme les gens se ressemblaient une fois allongés sur la table d'autopsie, songea Jed. Fou et effrayant.

Comme Sherri Manson, Patti Jo Buhler paraissait endormie. Prisonnière d'un rêve dont elle ne reviendrait jamais.

Sur un ton bougon, le Dr Martin expliquait avec force détails qu'une fois de plus, le cadavre de la malheureuse ne leur apprendrait rien. Pas de fluides corporels, pas de fibres textiles, pas de peau sous les ongles, pas d'empreintes digitales, de poils ou de cheveux autres que ceux de la morte… Le néant. Comme Sherri Manson et les cinq victimes de la première vague de meurtres, Patti Jo Buhler avait été étranglée à main nue, ce qui laissait supposer que le meurtrier possédait une certaine force physique. Là encore, des ecchymoses indiquaient que la jeune femme avait été rudoyée.

Jed se tenait aux côtés de Jerry, écoutant en silence les précisions du médecin légiste.

Patti Jo avait été violée juste avant d'être tuée, le meurtre étant sans doute vécu par l'assassin comme le sommet de la jouissance. Un détraqué parfaitement organisé, qui prenait le temps d'enfiler un préservatif et des gants en latex avant de commettre son forfait.

— Elle était belle, hein ? murmura Jerry.

Ravissante, songea Jed, le cœur serré devant ce destin brisé.

Scalpel en main, le Dr Martin continuait à parler dans son Dictaphone tout en s'apprêtant à inciser le corps. Jed préféra quitter la pièce. Il n'avait pas envie d'assister à ça, d'autant qu'il n'apprendrait rien de plus aujourd'hui. Et si, d'aventure, le médecin découvrait quelque chose de pertinent pour l'enquête, il savait pouvoir compter sur Jerry pour lui transmettre l'information.

Mais Jed ne se faisait pas d'illusions. Le meurtrier semblait trop au courant des techniques de la police scientifique pour se laisser démasquer grâce aux investigations d'usage. Il faudrait compter sur la chance, sur un détail, une infime erreur qui le trahirait. Cela signifiait revenir aux fondamentaux, au travail de base de l'enquête de police, à savoir arpenter les rues et poser des questions.

A sa grande surprise, Jerry lui emboîta le pas. Une fois dehors, Jed nota l'extrême pâleur de son ami. Curieux pour un type qui avait assisté à des dizaines d'autopsies.

Le policier inspira une grande bouffée d'air frais, puis alluma une cigarette.

— Je croyais que tu avais arrêté, dit Jed.

— Je m'en accorde parfois une quand je sors de là-dedans, répondit Jerry avant de tirer avidement sur le filtre. Il y a des gars qui s'habituent avec le temps, moi c'est tout le contraire. Plus ça va, plus ça me retourne les boyaux. Pauvre gosse…

Il toussa dans sa main avant de relever ses yeux rougis vers Jed.

— Tu crois que le tueur est un familier des victimes ?

— Je n'en sais rien. Ce qui est sûr, c'est qu'il parvient à les mettre en confiance pour les inciter à le suivre. Soit il les connaît, soit il a trouvé un moyen de les rassurer. Souviens-toi de Ted Bundy. A l'époque, les jeunes femmes savaient qu'un dangereux psychopathe sévissait dans tout le pays. Alors, Bundy s'est affublé d'un faux plâtre pour se donner une apparence inoffensive, voire vulnérable. Combien se sont jetées dans la gueule du loup en croyant venir en aide à un blessé ?

— Tu penses que notre homme s'est inventé une blessure ou un handicap pour endormir la méfiance de ses futures victimes ?

— C'est une possibilité, en tout cas, répondit Jed. S'il ne les connaît pas, il faut bien qu'il trouve une ruse pour qu'elles le suivent sans crainte.

Apercevant Mal O'Donnell qui venait les rejoindre, Jed souleva un sourcil interrogateur. Le Dr Martin ne pouvait en avoir déjà terminé avec Patti Jo Buhler. Mais même Mal, qui aimait pourtant jouer les gros durs, semblait avoir eu sa dose d'épreuves.

— Le doc a dit qu'il nous appellerait plus tard pour nous communiquer les résultats du rapport de toxicologie, annonça-t-il d'un ton bourru.

— Ils ne trouveront aucune trace de drogue, prédit Jed.

O'Donnell lui lança un regard mauvais.

— Au cas où tu l'aurais oublié, tu as rendu ton insigne de flic, Braden. Alors, à moins que tu ne sois en mesure de nous fournir l'identité du tueur, j'aimerais autant que tu gardes tes réflexions pour toi.

Il partit sur ces mots, bousculant Jed au passage.

Jerry secoua la tête en soupirant.

— Ne fais pas attention à lui, vieux. Il est furieux parce que les politiciens viennent de nous balancer les fédéraux dans les pattes. Tu n'imagines pas la pression qu'ils nous mettent, en ce moment.

— Je m'en doutais un peu, répondit Jed.

— Appelle-moi si tu découvres quoi que ce soit, d'accord ?

— Tu peux compter sur moi.

Jerry lui tendit une feuille imprimée avant de s'élancer dans le sillage de son équipier.

— Il ne faut pas en vouloir à Mal ! cria-t-il par-dessus son épaule. De toute façon, on a une réunion officielle cet après-midi et tu n'aurais pas pu y participer.

Une fois Jerry parti, Jed jeta un coup d'œil au papier qu'il tenait à la main. Il s'agissait d'une liste des amis et collègues de Patti Jo Buhler, avec leurs noms, adresses et numéros de téléphone.

Dan McDuff figurait sur cette liste.

Elle était persuadée de trouver le compagnon idéal dans ce refuge pour animaux abandonnés qui venait d'ouvrir en proche banlieue. L'endroit était géré par une association qui vivait grâce aux dons, et Christina avait bien l'intention de se montrer généreuse.

Elle n'était pas encore descendue de sa voiture qu'elle entendit un concert d'aboiements. Ils provenaient d'un parc clôturé où s'ébattaient librement des chiens de toutes sortes. A travers le pare-brise, elle en apercevait déjà deux ou trois qui semblaient correspondre à ce qu'elle recherchait.

Parfait, se dit-elle en pénétrant dans le bâtiment principal où elle vit d'abord une jeune blonde debout derrière un comptoir. L'instant d'après, elle croisait un couple d'une quarantaine d'années qui quittait les lieux en compagnie d'un énorme berger belge. Voilà, songea Christina. C'est exactement le genre de chien qu'il me faut.

— Bonjour, dit la jeune femme.

— Bonjour. Je voudrais adopter un chien.

— Quel genre d'animal recherchez-vous ?

— Eh bien, pour être franche, j'aimerais un chien de garde.

La blonde secoua la tête.

— Comme toutes les femmes d'Orlando et de sa région, dit-elle avec un petit rire amer. Le problème, c'est que nous refusons de confier nos pensionnaires à des gens effrayés qui vont nous les rendre aussitôt que la police aura arrêté le tueur.

Un frisson secoua son corps menu.

— Si la police l'arrête un jour…, ajouta-t-elle.

— Je vous promets de ne pas vous le ramener, dit Christina. J'ai une maison avec un grand jardin et j'adore les animaux.

— Il va falloir remplir un questionnaire et attendre qu'on étudie votre demande. C'est la règle pour tout le monde.

— Pas de problème, répondit Christina, un peu déçue à l'idée qu'elle ne repartirait pas tout de suite avec un chien.

— Nous tenons à prendre des renseignements sur les candidats à l'adoption, madame… Madame ?

— Mlle Hardy. Christina Hardy.

— Ceci dans l'intérêt de nos pensionnaires, bien entendu, poursuivit la jeune femme après avoir hoché la tête. Je vous en prie, asseyez-vous, mademoiselle Hardy. Et soyez assez aimable pour remplir ce formulaire d'inscription, ajouta-t-elle en lui tendant un imprimé.

Christina s'exécuta. Lorsqu'elle vint rendre le formulaire, elle remarqua une pile d'imprimés similaires sur le comptoir, tous estampillés « Approuvé » au tampon encreur.

Alors que la jeune femme s'emparait du document, la porte donnant sur l'un des enclos où couraient les chiens s'ouvrit brusquement et un aboiement sauvage se fit entendre.

— Oh, non ! C'est Terreur ! s'écria la blonde en ouvrant de grands yeux affolés.

*
* *

Jed fit un crochet par chez lui pour se plonger une nouvelle fois dans des dossiers vieux de douze ans. Décidé à faire preuve de méthode, il se concentra essentiellement sur les rapports concernant le mode de vie des victimes.

Janet Major organisait des dîners spectacles, tandis que Grace Garcia chantait et faisait des claquettes entre deux services dans un restaurant touristique. Les trois autres étaient comédiennes, employées à temps complet ou partiel par les parcs à thème de la ville.

D'énormes aires de stationnement se trouvaient chaque fois à proximité de leurs lieux de travail.

Le tueur les attendait-il dans les travées de ces parkings ? Comment s'y prenait-il pour les enlever ? Utilisait-il la force ou la ruse ? Avait-il trouvé le moyen d'inspirer confiance à des jeunes femmes pourtant sur leurs gardes ?

Jed décida de s'intéresser aux CV des deux récentes victimes. Elles aussi avaient travaillé dans l'industrie du spectacle.

Pourtant, il ne pensait pas que le tueur avait une prédilection pour les filles ayant un lien avec le show-business. En bon prédateur, l'assassin choisissait certainement les proies les plus accessibles.

Jed nota sur un calepin le nom de chacune des victimes — les anciennes comme les récentes — , ainsi que le lieu où elles avaient été vues vivantes pour la dernière fois. Tandis qu'il relisait ce qu'il venait d'écrire, il se rendit compte qu'une intime conviction s'était forgée en lui au cours de ces derniers jours.

Beau Kidd n'était pas le Tueur de l'autoroute.

Alors, pourquoi avait-il dégainé son arme quand Larry Atkins l'avait découvert penché sur la cinquième victime ?

Jed sortit de chez lui et mit le cap sur le New Parc. Sans

carte de police, les choses risquaient de se compliquer à partir de maintenant. Mais il avait appris depuis longtemps qu'un air suffisamment assuré avait parfois le même effet qu'un document officiel.

Une fois sur place, il ne tarda pas à se faire ouvrir les portes par l'un des responsables de l'animation. Celui-ci s'apprêtait à faire sa tournée d'inspection et il lui proposa de l'accompagner. Il apprit que Patti Jo avait joué un vampire le jour de sa disparition et que Marcie McDonnagh, l'une de ses meilleures amies, avait discuté avec elle pendant qu'elle se démaquillait et se changeait dans le vestiaire. Après ça, plus personne ne l'avait vue, pas même sur le parking. Elle ne pouvait tout de même pas avoir été enlevée ici même, dans l'enceinte du parc ?

— Cette histoire tombe vraiment très mal, dit Ben Smith, le responsable de l'animation. Octobre est l'un des mois où l'on travaille le plus, et je crains que ces meurtres ne fassent fuir les touristes.

Ils passèrent devant un grand jeune homme qui enfilait un masque de pirate sanguinolent.

— Hank, mets tes cheveux à l'intérieur ! aboya le responsable.

— Oui, monsieur Smith, répondit le pirate.

— L'une de vos employées vient d'être sauvagement assassinée, monsieur Smith, lui rappela durement Jed. Une baisse de la fréquentation du parc ne serait pas une tragédie comparable, il me semble.

— Bien sûr, je me suis mal exprimé, dit l'homme d'un air penaud. Ce drame nous a tous profondément affectés, croyez-le bien. Mais je peux vous assurer que les conditions de travail dans ce parc ne sont en rien responsables de ce qui est arrivé. Nous interdisons toute allusion sexuelle dans nos spectacles et nous veillons à ce que nos visiteurs se comportent décemment dans l'enceinte de notre domaine. Par ailleurs, nous cessons de servir de l'alcool une heure avant la fermeture. Nous nous mettons en quatre pour…

— Pour faire le plus d'argent possible ?

— Je ne plaisante pas, monsieur Braden. Pour ma part, je suis persuadé que Patti Jo n'est pas montée dans la voiture d'un inconnu affublé d'un masque hideux, si vous voyez ce que je veux dire.

Jed voyait d'autant mieux qu'il pensait la même chose.

Ils venaient d'arriver dans la cafétéria des employés, et Ben Smith lui indiqua une jeune fille assise à une table.

— C'est Marcie McDonnagh. Et le gars assis à côté d'elle s'appelle Daniel McDuff. Le clan des Irlandais, en quelque sorte. Je vais vous présenter et vous pourrez dire un mot à Marcie. Si elle accepte de répondre à vos questions, bien entendu. Non seulement la pauvre a été bouleversée par la disparition de son amie, mais la police l'a déjà longuement interrogée.

Jerry et O'Donnell avaient dû commencer leur enquête par là, songea Jed.

— Inutile de faire les présentations, dit-il. Je connais bien Dan. Je vais me débrouiller seul.

Ben Smith hocha distraitement la tête avant de consulter sa montre.

— Parfait. Si vous avez besoin d'autre chose…

Je ne m'adresserai pas à vous, songea Jed.

— Merci pour votre aide, dit-il simplement, tandis que Smith tournait déjà les talons.

La surprise se dessina sur le visage de Dan lorsqu'il aperçut Jed qui approchait.

— Salut, dit-il. Quel bon vent t'amène ?

La jolie rousse assise à côté de lui leva les yeux, et Dan fit les présentations.

— Marcie, voici mon vieil ami Jed Braden.

— Marcie McDonnagh, dit la jeune femme en tendant la main.

— Alors, tu ne m'as pas répondu, dit Dan pendant que Jed serrait la main fine de sa collègue. Qu'est-ce que tu fous ici ?

Il hésita tandis qu'une ombre passait sur son visage.

— Tu... Tu viens enquêter sur le dernier...

Le mot *meurtre* ne fut pas prononcé, mais il n'en résonna pas moins dans toutes les têtes. A commencer par celle de Marcie, qui se décomposa.

— Mais..., poursuivit Dan, perplexe. Tu n'es plus flic, que je sache.

— J'ai une licence de détective privé, dit Jed avant de se tourner vers la jeune femme, dont la pâleur était impressionnante.

— Asseyez-vous, dit-elle. Je vais vous dire exactement ce que j'ai raconté aux policiers.

Jed se laissa tomber sur une chaise en lui adressant un sourire d'encouragement.

— Je suis tombée sur Patti Jo dans le vestiaire, ce soir-là. On venait toutes les deux de terminer notre journée. Elle m'a parlé d'une soirée d'Halloween qui avait lieu dans la nuit du 31, et on a décidé d'y aller ensemble après notre travail. Elle était de bonne humeur, rien ne semblait la tracasser.

Après ça, elle est partie chercher sa voiture dans le parking des employés et je ne l'ai plus jamais revue.

Elle avait prononcé ces derniers mots d'une voix tremblante, tandis que ses yeux s'emplissaient de larmes.

— Merci beaucoup, Marcie, dit Jed d'une voix douce.

— Patti Jo n'avait rien d'une écervelée ! s'écria-t-elle dans un sanglot. Elle n'aurait pas suivi un type qu'elle n'avait jamais vu.

— Ne pleure pas, Marcie, murmura Dan en lui caressant le bras d'un air peiné et impuissant.

Lorsque Dan se tourna vers lui, Jed crut déceler un reproche dans son regard, comme s'il pensait : « Elle a déjà été obligée de répondre aux questions de la police. Pourquoi en remettre une couche ? Tu ne trouves pas qu'elle souffre assez comme ça ? »

— Je vous jure que je ne dis pas ça en l'air, reprit Marcie en reniflant. Jamais de la vie elle ne serait montée dans la voiture d'un inconnu. Ou alors, c'est qu'elle aurait eu une excellente raison de lui faire confiance. Oh, mon Dieu ! s'exclama-t-elle soudain en jetant un coup d'œil sur l'horloge de la cafétéria. Il faut que j'aille travailler !

— Moi aussi, dit Dan. Et ce soir, on se retrouve devant le vestiaire pour que je te raccompagne à ta voiture, d'accord ? Après ça, je te suivrai avec la mienne jusqu'à chez toi.

Elle hocha la tête et lui adressa un petit sourire plein de larmes.

— Tu peux me dire comment on se rend au parking des employés, s'il te plaît ? demanda Jed.

— Je vais faire mieux que ça, répondit Dan. Je vais te conduire à la porte que Patti Jo a empruntée pour sortir, le soir de sa disparition. Je t'indiquerai ensuite l'endroit où on a retrouvé sa voiture.

Marcie serra brièvement Dan dans ses bras avant de s'en aller. Etaient-ils seulement amis ? se demanda Jed. Ou y avait-il quelque chose de plus entre eux ?

Comme dans tous les parcs de ce genre, le couloir faisait partie d'un vaste complexe souterrain conçu de façon à ce que les allées et venues des employés ne brisent jamais la magie qui régnait à l'air libre. Jed avait le sentiment d'avancer dans une galerie sans fin, jalonnée de portes identiques que seules distinguaient les inscriptions dont elles étaient munies : Vestiaire, Salle des costumes, Salle de réunion, Réfectoire, Administration, etc. Les murs, par contre, étaient peints à l'effigie des personnages correspondant à la section du parc sous laquelle on marchait. Ces couloirs étaient tantôt déserts, tantôt envahis d'une foule bigarrée.

Enfin, ils parvinrent à la porte empruntée par Patti Jo le soir où elle s'était mystérieusement volatilisée. Elle s'ouvrait sur un gigantesque parking fermé par une clôture de bois. Au loin, Jed pouvait distinguer un poste de garde et une barrière blanche et rouge. Autour, on distinguait des arbres, rien que des arbres à perte de vue.

— Tu la connaissais bien, Dan ?

— Assez bien, répondit-il d'une voix émue.

— Et ?

— C'était une fille adorable. Patti Jo avait de bons rapports avec tout le monde, Jed. Oui, c'était vraiment quelqu'un de chouette.

Sa voix se fit soudain plus dure.

— Et comme l'a dit Marcie, elle était tout sauf stupide. Jamais elle n'aurait suivi un inconnu.

— Donc, murmura Jed comme pour lui-même, elle quitte le souterrain qui donne sur le parking et disparaît dans la nature… jusqu'au jour où on retrouve son corps en bordure de l'I-4.

— Ça fait froid dans le dos, hein ? dit Dan sans quitter son ami des yeux. Qu'est-ce que tu en penses, toi ? C'est le fantôme de Beau Kidd qui revient pour tuer de nouveau ?

— Je croyais que les fantômes étaient censés pousser des cris lugubres dans les couloirs des vieilles maisons et non commettre des meurtres, répondit Jed. Mais au point où on en est, on peut tout imaginer.

— Si je peux aider d'une manière ou d'une autre…, proposa Dan.

— Merci, vieux.

— Pour moi, ce n'est plus seulement un fait divers, tu comprends ? Cette histoire me touche personnellement.

— Je comprends.

Dan lui indiqua où la voiture de Patti Jo Buhler avait été retrouvée, et les deux hommes se séparèrent en se promettant de se revoir bientôt.

Jed resta un moment immobile devant le grand parking, l'esprit occupé par de sombres images. Il ne pouvait s'empêcher d'imaginer Marcie McDonnagh étendue sur la table d'autopsie, le Dr Martin penché sur elle avec son scalpel… Comme Patti Jo, Sherri et toutes celles qui les avaient précédées, douze ans plus tôt, à la morgue.

Des rousses. Des jolies rousses.

Il n'avait jamais remarqué qu'elles étaient aussi nombreuses dans cette ville.

Etaient-elles donc interchangeables dans l'esprit du dangereux maniaque ?

Un juron étouffé passa le seuil de ses lèvres tandis qu'il tâtait fébrilement les poches de son blouson. Dès qu'il eut son téléphone en main, il composa le numéro de Christina. Ça sonnait dans le vide.

Merde ! Pourquoi n'avait-il pas son numéro de portable ?

Il se mit à courir vers l'endroit où il avait garé sa voiture et quitta le parc sur les chapeaux de roues, en direction de la maison victorienne.

Comportement irrationnel ? Bien sûr que oui. Mais Jed se sentait gagné par un affreux pressentiment, et il n'arrivait pas à se raisonner.

7.

— Voilà ! dit Christina en ouvrant la porte de sa maison.

Terreur se fraya un passage avec un aboiement sonore pour entrer le premier.

— J'ai un chien ! s'exclama-t-elle avec l'enthousiasme d'une fillette. Un chien féroce qui va me protéger !

Personne ne lui répondit. Non qu'elle se soit vraiment attendue à voir un intrus sortir de sa cachette... Mais elle se sentait d'humeur légère, enfin rassurée par la présence de Terreur.

Il la suivit, décidé à explorer sans attendre son nouveau territoire.

Lorsqu'ils eurent fait le tour du propriétaire au pas de course, Christina posa un bol rempli d'eau fraîche sur le carrelage de la cuisine. Un soupir de plaisir lui échappa tandis qu'elle regardait le chien boire avidement. Non seulement elle était désormais accompagnée d'un adorable cerbère, mais elle n'avait rien décelé d'anormal dans la maison.

Terreur s'arrêta de boire pour la regarder fixement, sa queue battant la mesure à un rythme effréné.

— Alors, ça te plaît ici ?

Il remua la queue de plus belle.

Le téléphone se mit à sonner et Terreur émit un aboiement aigu, comme s'il voulait la mettre en garde.

Elle le rassura d'une rapide caresse et décrocha le récepteur accroché au mur de la cuisine.

— Allô ?

Terreur aboya de nouveau.

— Salut, c'est Dan. Qu'est-ce que j'entends derrière toi ?

— Mon chien.

— Quoi ? Depuis quand as-tu un chien ?

— Je viens tout juste de l'adopter. C'est un amour, tu vas voir.

— Un amour, hein ? répéta son cousin d'un ton sceptique. Si j'en crois le rugissement que je viens d'entendre, cette bête doit peser cent kilos, baver comme un dément et réduire en chair à pâté tous ceux qui osent approcher sa maîtresse.

— Mais non ! affirma Christina. Il est doux comme un agneau. Je suis certaine que tu vas l'adorer… Alors, quoi de neuf, cousin ?

— Rien de spécial. J'appelle seulement pour m'assurer que tout va bien. J'ai essayé de te joindre sur ton portable, mais tu n'as pas répondu.

— Désolée, je l'ai laissé dans mon sac et je ne l'ai pas entendu sonner.

Il poussa un long soupir.

— Quelque chose ne va pas, Dan ?

— Je suppose que tu es au courant pour la nouvelle victime, dit-il enfin. Elle travaillait ici, Christie. Je la connaissais bien.

— Oh, mon Dieu, Dan… Tu dois être bouleversé.

— Et fou d'inquiétude quand je pense à toi et à Ana qui vivez seules.

— Il ne faut pas te mettre dans des états pareils, voyons ! Tu sais qu'on fait très attention, toutes les deux. Sans compter que j'ai un chien de garde, maintenant.

— Oui… Après tout, tu as sans doute pris une sage décision. Ecoute, je ne retourne pas travailler avant le début de soirée, alors si tu me présentais à ton molosse ?

— Il t'attend de pied ferme ! Quant à moi, je n'ai pas l'intention de bouger.

— Jed est venu faire un tour au parc.

— Ah bon ?

— J'ai l'impression qu'il se prend de nouveau pour un enquêteur.

— Il est toujours enquêteur, Dan. Même s'il travaille dans le privé. Il se pose sûrement des questions sur la thèse qu'il a défendue dans son livre.

— Ouais, sans doute. Bon, fais gaffe à toi, OK ?

— Bien sûr, cousin. A plus tard.

Elle avait à peine raccroché que le téléphone sonnait de nouveau. Cette fois, c'était Mike.

— Christie ?

— En personne. Quoi de neuf, Mike ?

— Rien. J'appelais juste comme ça. Tout va bien ?

— Impeccable, merci.

— Tant mieux, tant mieux… Et, hum… Dis-moi, tu n'as pas prévu de sortir tard le soir dans les jours qui viennent ?

— Non, je n'ai rien prévu de tel. Et, oui, je sais qu'une autre rousse vient d'être tuée. Mais je vais t'apprendre une grande nouvelle : j'ai un chien, maintenant !

— Un chien ?

— Mais oui, tu sais, ces animaux qui font ouah! ouah!…

Elle pouvait le voir lever les yeux au ciel comme s'il avait été en face d'elle.

— Félicitations. Enfin, je crois… Il est gros?

— Il s'appelle Terreur. Il faut absolument que tu fasses sa connaissance.

— Je ne suis pas sûr d'aimer son nom, Christie. Pourquoi pas Tueur en série, pendant qu'on y est?

— Très drôle. Il se trouve qu'il s'appelait déjà comme ça. Je ne vais quand même pas le débaptiser, au risque de le traumatiser.

— Bon, bon… Je viendrai le voir. Et sois prudente, d'accord?

— Bien sûr. Tu peux me faire confiance. Au fait, Dan doit passer chez moi tout à l'heure. Pourquoi ne pas te joindre à nous?

— Avec plaisir. Si vous me laissez rentrer chez moi à une heure raisonnable. Ecoute, Christina…

Il hésita quelques instants.

— Oui?

— Rien… A tout à l'heure.

— A tout à l'heure, Mike.

Elle coupa la communication et baissa les yeux vers Terreur qui remuait toujours la queue avec un enthousiasme communicatif. Il pencha la tête de côté en lui jetant un regard désarmant. Christina laissa échapper un soupir. Elle avait adopté un chien, mais il était trop tard pour faire venir un serrurier. Tant pis, elle ferait ça demain. De toute façon, ça ne pressait pas. A priori, les deux seules personnes qui avaient un double des clés étaient ses cousins. Ses cousins qui l'aimaient et qui s'inquiétaient pour elle.

Et pour cette nuit, si d'aventure quelqu'un d'autre avait accès à la maison, Terreur était là pour la protéger.

— N'est-ce pas que tu vas me protéger ? murmura-t-elle.

Il la regarda avec le plus grand sérieux, comme s'il s'apprêtait à lui répondre. Mais elle n'eut pas l'occasion d'entendre ce qu'il avait à dire sur la question. Le chien cessa soudain de remuer la queue et se mit à aboyer en se ruant vers la porte d'entrée.

La sonnette retentit tout de suite après, au moment où Christina s'élançait à sa suite.

Essayant vainement de canaliser le tempérament expansif de Terreur avec des « chut » sans effet, elle ouvrit le judas. Son cœur se mit à battre. L'instant d'après, elle s'en voulait d'éprouver un tel plaisir à le voir.

Jed.

Inutile de s'emballer, se dit-elle. Après tout, Jed était le cousin d'Ana. Il venait tout naturellement s'assurer qu'elle n'était pas aux prises avec le fantôme facétieux qui déplaçait les planches Ouija et programmait les cafetières électriques... A cette pensée, elle sentit le rouge lui monter aux joues. Cette histoire de cafetière n'avait ni queue ni tête et Jed s'était certainement retenu de lui rire au nez.

— Tout va bien, Terreur, dit-elle en ouvrant la porte.

Le chien se tint à ses côtés en remuant joyeusement la queue sans pour autant cesser d'aboyer.

— Chut, Terreur, chut... Jed, quelle bonne surprise ! Entre donc.

Jed baissa les yeux vers le chien avant de regarder Christina avec un sourire incrédule.

— Terreur ?

— Alors, tu entres, oui ou non ? dit-elle avant de se diriger vers le petit salon sans attendre la réponse.

Jed la suivit, non sans avoir pris soin de pousser les verrous de la porte d'entrée. Lorsqu'il pénétra à son tour dans la pièce, Christina était assise au piano. Elle pivota sur le tabouret et lui fit signe de s'installer dans un fauteuil.

A peine s'était-il laissé tomber sur la confortable bergère que le chien sautait sur ses genoux.

— Tu as bien dit Terreur ? demanda-t-il en repoussant tant bien que mal les coups de langue de l'animal.

— Oui. C'est son nom.

— Christina, tu as conscience qu'il s'agit d'un jack russell ?

Elle haussa les épaules en posant un regard attendri sur le chien.

— Assis ! dit Jed d'une voix ferme.

Terreur s'exécuta docilement en le fixant comme s'il était la huitième merveille du monde.

— Il est très bien éduqué, fit remarquer Christina.

— Certainement, répondit Jed. Mais sans vouloir offenser personne, le terrier jack russell n'est pas la première race qui vient à l'esprit quand on pense à un chien de garde…

Jed était vraiment beau avec ses cheveux un peu décoiffés et son sourire mélancolique, songea Christina.

— En tout cas, répliqua-t-elle, il aboie aussi fort qu'un molosse.

— C'est vrai, il fait beaucoup de bruit, reconnut Jed.

Il s'éclaircit la voix et caressa la tête tachetée du chien.

— Ils étaient à court de dobermans et de bergers allemands ?

— Oui, répondit Christina avec une moue contrite.

— Je vois.

— Mais je ne l'ai pas choisi faute de mieux, tu sais ? Ils avaient des chiens beaucoup plus grands. Seulement, il est sorti de nulle part, il s'est précipité sur moi et…

— Et c'est lui qui t'a choisie.

— En quelque sorte, oui.

— Sans compter qu'il aboie comme un forcené et qu'il te préviendra en cas d'intrusion, dit Jed, conciliant.

Un sourire se dessina lentement sur les lèvres de la jeune femme.

— Exactement. Et puis, de toute façon, je ne vois pas pourquoi tu t'inquiéterais pour moi. Tu penses que j'imagine des choses, avoue-le. La vérité, c'est que tu me crois un peu folle.

Il éclata de rire.

— Non, c'est faux, dit-il. J'ai juste le sentiment que tu… que tu souffres, voilà tout, conclut-il en retrouvant son sérieux.

Il caressa le chien pendant un moment, si bien que le silence qui s'était installé ne se transforma pas en malaise.

— J'ai appris que tu étais allé faire un tour au New Parc, dit enfin Christie.

— Ouais, répondit-il sans quitter le chien du regard.

— Tu… Tu as décidé de mener l'enquête ?

— On peut dire ça comme ça.

— Qu'est-ce qui t'arrive ? Tu as la nostalgie de tes années dans la police ?

Il leva enfin les yeux et les planta dans ceux de Christina.

— En fait, je travaille pour quelqu'un, dit-il.

— Tu as un client ?

— Une cliente, pour être précis. Figure-toi que Beau Kidd avait une sœur.

Christina se leva d'un bond.

— Tu es en train de me dire que la sœur de Beau Kidd t'a engagé pour mener l'enquête ?

— La vie est pleine de surprises, que veux-tu…

— Mais… Ton livre était plutôt une instruction à charge contre son frère…

Elle avait prononcé ces mots d'une voix à peine audible, comme si elle craignait que Jed ne les prenne pour un reproche, voire une accusation.

— Je sais, répondit-il, toujours aussi laconique.

— Alors, comment est sa sœur ? demanda Christina en essayant de mettre un peu d'entrain dans sa voix pour contrebalancer l'effet de sa précédente remarque.

— Je n'ai pas vraiment eu le temps de faire sa connaissance.

— C'est elle qui t'a appelé ? Comment a-t-elle eu ton numéro ?

— En fait, on s'est rencontrés par hasard au cimetière, dit Jed en se levant, Terreur dans les bras. Félicitations pour ton acquisition. Il est vraiment adorable, ajouta-t-il en posant le chien par terre.

Christina ne parut pas l'entendre, l'esprit entièrement occupé par ce qu'il venait de lui révéler.

— Alors, cette femme a fait appel à tes services pour innocenter son frère ?

— C'est à peu près ça, oui.

— Mais…, commença-t-elle.

La suite resta coincée dans sa gorge.

Le cimetière dont il parlait était certainement celui où était enterrée sa femme. C'était l'un des plus anciens de la ville, mais il restait encore quelques concessions disponibles. C'était d'ailleurs là que reposaient aussi les parents et les grands-parents de Christina.

Jed était forcément venu se recueillir devant la tombe de Margaritte.

Il la fixa du regard, et une curieuse expression passa sur son visage. Lorsqu'il se mit à parler, ce fut d'une voix un peu rauque, comme déformée par une émotion souterraine.

— A vrai dire, Dieu sait pourquoi, je me trouvais devant la tombe de son frère.

— Je vois, murmura Christie, même si elle ne comprenait pas du tout ce qui avait pu le motiver.

Jed lui sembla d'un seul coup très lointain.

Autrefois, elle avait éprouvé une forme de fascination à son égard. Elle avait eu un pincement au cœur lorsqu'il avait épousé Margaritte, mais elle s'était raisonnée, minimisant la profondeur de ses sentiments. Après tout, s'était-elle dit, Jed n'était qu'un amour d'enfance, une de ces toquades typiques de l'adolescence, comme on en a pour ces chanteurs qu'on placarde sur les murs de sa chambre et qu'on trouve bien souvent ridicules, des années plus tard.

N'empêche que… Jed avait toujours eu une place dans son cœur. Une présence discrète mais solide qui se manifestait dans les moments clés de sa vie.

En le regardant là, debout devant elle, elle devait admettre qu'elle aimait beaucoup son visage et l'impression de puissance que dégageait son corps. Mais ce n'était pas pour ça qu'elle n'était jamais parvenue à l'oublier, même durant ces longues périodes où ils ne se voyaient plus. Il s'agissait de quelque chose de plus mystérieux, de quelque chose qu'elle devinait dans ses yeux, dans le son de sa voix, dans ses gestes ou sa démarche si particulière… Quelque chose qu'elle n'aurait su nommer mais qui la touchait profondément.

Quelque chose qui lui donnait envie de le voir, d'être près de lui.

Quelque chose qui la poussait à mettre de la distance entre eux quand, enfin, il était là.

Jed semblait perdu dans ses pensés, mais ce fut pourtant lui qui rompit le silence.

— Il se peut que Beau soit innocent des crimes qu'on lui a imputés. Si c'est le cas, je dois faire tout mon possible pour le réhabiliter. Et, bien entendu, sa sœur souhaite la même chose.

— Ecoute, Jed, tu n'as pas à te sentir coupable. Tu n'as pas enquêté sur cette affaire, que je sache. Pas officiellement en tout cas, et pas au moment des faits. Tu as écrit un roman, et non un rapport de police. Je ne vois pas pourquoi tu te mêlerais de ça aujourd'hui.

— Je suis écrivain, mais aussi détective privé quand ça me chante, dit-il nonchalamment.

— Je sais, mais…

— Mais quoi ?

— C'est juste que… C'est une chose de filer des épouses ou des maris infidèles et une autre de traquer un tueur en série. Ça peut être dangereux, Jed.

Il s'approcha d'elle et, à sa grande surprise, vint lui prendre la main.

— Je ne peux pas m'empêcher de penser qu'il pourrait

s'avérer encore plus dangereux de ne pas s'intéresser à cette affaire, dit-il.

Il lâcha doucement sa main et recula d'un pas.

— Je crois que je ferais mieux d'y aller. Au fait, ajouta-t-il d'un ton gentiment moqueur, ta petite bête, là, tu es sûre que c'est un chien ?

— Absolument. Un chien de garde bien élevé, dit-elle d'un ton indigné.

— Il est surtout adorable ! lança Jed avec un grand sourire.

Aïe..., songea Christina.

Elle était amoureuse.

— Si, grâce à lui, tu cesses de croire que les objets se déplacent tout seuls chez toi, tu n'auras pas à regretter l'argent que tu vas dépenser en Canigou durant les quinze prochaines années de ta vie, ajouta-t-il.

Elle se raidit d'autant plus à l'évocation des étranges phénomènes dont elle avait été témoin que Jed venait de lui faire comprendre qu'il n'y croyait pas une seconde.

— Merci d'être passé me voir, Jed.

— Je te conseille quand même de faire changer tes serrures.

— J'en ai bien l'intention. Je devrais peut-être en profiter pour demander au serrurier de mettre un verrou sur mon imagination, qu'en dis-tu ?

— Christie, je ne voulais pas te...

— Ne t'inquiète pas, coupa-t-elle avec un sourire. J'avais juste envie de te culpabiliser un peu.

— Eh bien, c'est réussi... Ecoute, pour revenir aux serrures de ta maison, j'ai l'impression qu'elles datent de Mathusalem. Non seulement elles sont faciles à forcer mais tes grands-parents avaient très bien pu donner des doubles à n'importe qui. Va savoir qui possède un jeu... Vraiment, je crois que ça ne serait pas du luxe d'en mettre des neuves.

— Je comptais le faire aujourd'hui, mais je n'ai pas eu le temps. Je m'en occuperai dès demain, dit-elle en faisant un pas vers la porte du petit salon.

Il comprit le message et l'embrassa sur les deux joues.

— Prends soin de toi, dit-il en quittant la pièce.

Christina se baissa pour prendre Terreur dans ses bras avant de suivre Jed dans le vestibule. Voyant son nouvel ami s'éloigner, le chien se mit à gémir. Puis il tourna la tête pour regarder sa maîtresse.

— Je sais, je sais, lui dit-elle. Il est beau, il a une belle voix et en plus, il sent bon. Mais je te préviens au cas où tu envisagerais de lui accorder ta confiance : il te trouve ridicule et il pense que ta maîtresse a une case en moins.

Sa maison de production se trouvait sur International Drive, et Michaël McDuff se félicitait chaque jour d'être à bonne distance de la folie qui régnait autour des parcs de loisirs. Son travail consistait à réunir tous les ingrédients qui permettaient à un spectacle de voir le jour : l'argent, la distribution, le metteur en scène, etc. Il s'occupait même parfois des costumes et des effets spéciaux. Mike aimait ce qu'il faisait et, en plus, il gagnait très honorablement sa vie. A ses heures perdues, il mettait sur pied un projet plus personnel — par exemple, une comédie musicale en partie jouée par des enfants — et il était très motivé par le désir de combattre l'injustice dont étaient victimes beaucoup de comédiens.

Tous les parcs de loisirs employaient des acteurs, sans distinction de couleur, de religion ou de préférence sexuelle. Il existait pourtant une forme de discrimination plus sournoise, un ordre hiérarchique fondé non sur le talent mais sur le hasard. Les meilleurs rôles revenaient d'abord à ceux qui étaient passés à la télévision, qui avaient figuré dans une publicité ou dans au moins un spectacle monté par un parc. En queue de peloton se trouvaient les comédiens sans expérience mais souvent pleins de talent.

Combien de fois Mike avait-il dû composer avec les caprices d'une gamine de dix ans qui se prenait pour Sharon Stone parce qu'elle avait décroché une fois le rôle d'une princesse, ou encore ceux d'un adolescent de quinze ans qui imaginait déjà laisser l'empreinte de ses mains sur Hollywood Boulevard parce qu'un réalisateur avait pensé qu'il serait mignon à côté d'une orange de Floride…

Mike voulait créer un spectacle qui offrirait une première expérience à un grand nombre d'enfants talentueux afin de leur permettre de décrocher plus tard les rôles auxquels ils n'auraient pu prétendre autrement.

Mais il en avait assez fait pour aujourd'hui, et il était heureux de quitter son bureau. Lorsque la lassitude le gagnait au terme d'une longue journée de travail, il aimait se rendre au pub pour se détendre devant une bonne bière en regardant un match de foot.

Il referma le tiroir de son bureau et resta un moment immobile, perdu dans ses pensées. Sa fatigue, ce soir teintée d'amertume, avait un nom. Ou plutôt un prénom.

Angie.

Angela McDuff, puisqu'elle se faisait toujours appeler ainsi, arguant que c'était plus facile à prononcer que son vrai patronyme. Lui trouvait que Vladilovskya avait de l'allure pour une actrice, mais là-dessus non plus ils n'étaient pas d'accord.

Voyant ses poings serrés sur le bureau, il se força à étirer ses doigts et à détendre ses muscles affreusement crispés.

Respire… Ne la laisse pas te mettre dans des états pareils…

Angie. Grande fille au corps élancé et à la poitrine trop ronde, trop rebondie pour être naturelle.

Et dire qu'il avait payé pour cette opération.

Tout comme il avait payé pour la liposuccion, pourtant superflue, de l'avis même du chirurgien esthétique.

Mike avait été follement amoureux d'elle. Il l'avait rencontrée alors qu'elle venait passer une audition pour un spectacle qu'il montait, et le coup de foudre avait été réciproque. C'était en tout cas ce qu'il avait cru avant de déchanter. Avant qu'elle ne réclame des rôles en échange de son affection. Et des seins tout neufs. Et un ventre plat.

Grâce aux nombreux coups de pouce de Mike, elle avait fini par se faire une petite réputation dans le métier, et elle avait même décroché un second rôle dans un film.

Et lui s'était retrouvé à la traîne : il la suivait comme un chien qui aurait craint d'être abandonné, tandis qu'elle s'éloignait de plus en plus au fur et à mesure que sa carrière décollait.

Quelqu'un avait mentionné son nom aujourd'hui, au cours d'une réunion de travail. Il s'était fait violence pour ne pas dire du mal d'elle, et il était même allé jusqu'à admettre qu'elle serait parfaite pour le premier rôle d'un spectacle de Noël qu'il produisait.

Alors qu'il s'apprêtait à éteindre la lumière, il entendit quelques coups hésitants frappés contre sa porte.

— Entrez! lança-t-il, agacé qu'on vienne le trouver au moment où il s'apprêtait à partir.

A sa grande surprise, elle entra dans son bureau. Elle, Angie. Son ex. Toujours aussi belle et peut-être même plus que jamais avec le subtil maquillage qui soulignait ses immenses yeux vert pâle, et son épaisse chevelure désormais acajou. Certes, elle n'avait plus grand-chose de naturel, mais Mike devait reconnaître que cette couleur lui allait à merveille.

— Bonjour, Mike, dit-elle d'une voix cajoleuse.

— Salut, Angie. J'étais sur le point de m'en aller.

— Je ne vais pas te retenir longtemps. Je voulais seulement te remercier.

— De quoi?

— J'ai entendu dire qu'on avait cité mon nom pour un rôle important et que tu m'avais soutenue. Tu aurais même dit que…

— Quoi? dit-il sèchement.

— Que j'avais du talent.

— Et alors?

— Et alors rien, répondit Angie, mal à l'aise. Je… Merci, Mike.

Les mains à plat sur son bureau, il se pencha vers celle qui lui avait brisé le cœur.

— C'est du business, Angie. Rien que du business. On me paie pour rassembler toutes les pièces du puzzle, pour faire exister une idée couchée sur le papier. C'est mon intérêt que ça fonctionne bien, que la magie opère… Si tu n'avais pas correspondu au personnage, je ne me serais pas gêné pour le dire. Tu n'as donc pas à me remercier.

Un sourire mi-figue mi-raisin flottait sur les lèvres d'Angie.

— Tu parles comme un mafieux, dit-elle avant d'imiter l'accent italo-américain. C'est du business... Rien que du business...

Il haussa les épaules. Et même si ça lui coûtait, il se força à croiser son regard. L'espace d'un instant, un sentiment de malaise l'envahit. Il crut d'abord que c'était dû au désir, ou plutôt au souvenir du plaisir : Mike ne pouvait voir Angie sans que leurs étreintes passionnées ne lui reviennent à la mémoire.

Mais ce n'était pas ça...

— Merci d'être venue exprimer ta gratitude et bonne chance pour ce rôle et pour la suite de ta carrière, dit-il. Mais ne compte pas sur moi pour te favoriser, d'accord ? J'en ai déjà assez fait pour toi, il me semble. Même pour mon frère qui galère depuis des années, je n'ai jamais osé intervenir directement. De toute façon, je me contente de proposer. Je n'ai pas tant d'influence que ça, à vrai dire.

— Mais si ! Et tu le sais très bien. En tout cas, merci encore, Mike.

— Tant mieux si j'ai pu te donner un nouveau coup de pouce. Je te souhaite beaucoup de succès.

Elle le regarda un moment en silence, tandis qu'un drôle de sourire mettait en valeur sa bouche sensuelle.

— Un jour, tu réussiras peut-être à me pardonner, murmura-t-elle.

— A te pardonner ? répéta-t-il en feignant la perplexité. La plupart du temps, j'oublie même que nous avons été mariés.

Peut-être savait-elle qu'il s'agissait d'un mensonge, mais il la vit néanmoins se raidir.

— Je comprends, dit-elle. Eh bien, au revoir, Mike.

Elle tourna les talons et quitta la pièce tandis qu'il restait là, les yeux fixés sur la porte qui venait de se refermer. Après quelques secondes de stupeur, il sortit à son tour.

Décidément, le pouvoir de la suggestion était un phénomène des plus étonnants, songea Christina après le départ de Dan.

Elle n'avait jamais été du genre à se rendre régulièrement au cimetière. Elle n'avait pas le sentiment de se rapprocher de ceux qu'elle avait aimés en venant se recueillir sur leurs tombes. Pour elle, le plus bel hommage qu'on pouvait rendre aux défunts était de se souvenir d'eux, de prononcer leur nom au détour d'une conversation ou même de se moquer de leurs petits travers… Il s'agissait en quelque sorte de les ressusciter par la force d'un amour bien vivant. Ses visites au cimetière étaient donc assez rares, et surtout destinées à entretenir les trop nombreuses tombes de sa famille.

Pourtant, ce que Jed lui avait raconté au sujet de Beau Kidd et de sa sœur lui avait curieusement donné envie d'y retourner.

Tout se passerait bien avec Terreur à ses côtés, se dit-elle pour se rassurer. Le chien était un peu surexcité mais, au fond, c'était plus un avantage qu'un inconvénient. Avec cette véritable pile électrique qui aboyait à la moindre alerte, elle était certaine de ne pas se faire surprendre par une arrivée inopinée. Tant mieux aussi que Terreur ait déjà deux ans : la jeune femme du refuge lui avait assuré qu'il ne dévorait plus tout ce qui se trouvait à sa portée. Mais ce qui la faisait vraiment craquer chez Terreur, c'était cette frimousse blanche tachetée de marron qui exprimait un tel besoin d'amour.

Il ne protesta pas quand elle attacha une laisse à son collier avant de sortir. Au fait, se demanda-t-elle soudain, les chiens étaient-ils admis dans les cimetières ? Oui, elle se rappelait en avoir déjà vu. A moins que quelqu'un ne décide de faire un scandale à cause d'un pipi ou d'un aboiement intempestif, il n'y aurait pas de problème.

— Coucou ! cria quelqu'un alors qu'elle refermait la porte derrière elle.

Tournant la tête, elle aperçut Tony et Llona qui jouaient au Frisbee dans le jardin voisin. Lorsqu'elle les salua à son tour, Llona lui adressa un petit signe de la main et lança le disque en plastique rouge dans sa direction, par-dessus la haie qui séparait les deux jardins. Surprise, Christina laissa échapper la laisse, et Terreur partit ventre à terre.

Stupéfaite, elle le regarda dévaler les marches de la véranda, traverser la pelouse et bondir dans les airs… pour attraper le Frisbee avant qu'il ne retombe !

— La vache ! s'écria Llona. Tu as vu ça ?

Oui, Tony avait vu. D'ailleurs, il était déjà en train d'applaudir en poussant de grands cris.

Il se glissa entre deux troènes pour aller rejoindre sa voisine, suivi de près par sa chère et tendre.

— Ça par exemple ! dit-il en secouant la tête, le visage illuminé d'un immense sourire. Où as-tu déniché cet animal, Christie ? Dans un cirque ?

Les deux tourtereaux se prirent par la main.

— C'était incroyable ! renchérit Llona avant que Christina ne puisse répondre. Il est à toi ?

— Oui. Depuis quelques heures. Et je dois vous avouer que je n'en reviens pas, moi non plus.

— Tu viens de l'acheter ? demanda encore Llona en jetant un regard admiratif à Terreur qui remuait la queue, le Frisbee toujours dans la gueule.

— Non, je l'ai adopté. Il s'appelle Terreur.

Tony ouvrit de grands yeux.

— Terreur ? répéta-t-il en essayant de conserver son sérieux.

Mais Christina voyait bien qu'il se pinçait les lèvres pour ne pas éclater de rire.

— Arrête de te moquer de lui ! lança-t-elle en mimant la colère, les bras croisés et les sourcils froncés. C'est son nom, je n'y suis pour rien.

— Je doute qu'il fasse peur à quelqu'un, dit Tony, mais c'est le meilleur joueur de Frisbee que j'aie jamais vu. Sérieusement, Christie, tu pourrais te faire une fortune avec cet animal. Son petit numéro ferait courir les foules.

— Pas question de mettre mon chien au boulot, déclara-t-elle fermement. Je veux qu'il ait une vie de pacha. Tout ce que je lui demande en échange, c'est de monter la garde.

Cette idée sembla ravir Tony qui était de nouveau prêt à exploser de rire.

— En tout cas, tu devrais le laisser jouer au Frisbee avec nous de temps en temps, dit Llona. Evidemment, tu es la bienvenue, toi aussi.

— J'ai peur de faire pâle figure à côté de Terreur, répondit Christina.

— Je me montrerai indulgent eu égard à notre longue amitié, dit Tony.

— Tu es trop bon, répondit-elle en riant. En attendant, rends-leur donc ce Frisbee, Terreur !

Nouvelle surprise : le chien se dirigea vers le couple et gémit en levant la tête jusqu'à ce que Tony, visiblement impressionné par les capacités de l'animal, s'accroupisse et retire le jouet de sa gueule.

— Merci, mon vieux.

— Amusez-vous bien ! lança Christina en tirant son chien vers sa voiture.

— Toi aussi ! répondit Llona.

— Heu… Oui, merci, dit la jeune femme en songeant qu'un cimetière n'était pas l'endroit idéal pour s'amuser.

— Et sois vigilante, d'accord ? ajouta Tony.

— Bien sûr.

Même si c'était dit avec les meilleures intentions du monde, Christina commençait à en avoir par-dessus la tête d'entendre tout le monde lui conseiller la prudence.

Assis sur le siège passager, Terreur regardait droit devant lui, toujours aussi sage, tandis qu'elle roulait en direction du cimetière. Il resta dans cette position tout au long du trajet, n'aboyant qu'une seule fois lorsqu'elle s'arrêta devant l'étal d'un fleuriste pour acheter deux grands bouquets.

Elle se gara quelques mètres plus loin, à côté de la grille principale.

Une impression de quiétude régnait dans l'enceinte du cimetière. De la mousse d'Espagne dégoulinait des branches de grands chênes. Le terrain, un peu vallonné, déroulait en courbes douces ses allées étroites et sinueuses. Des sculptures d'anges ou de colombes émergeaient au-dessus des tombes. C'était la première fois qu'elle se rendait compte à quel point cet endroit était beau. Beau et paisible.

Elle se dirigea vers le caveau de famille. C'était triste à dire, mais elle aurait presque pu trouver le chemin les yeux fermés. Son grand-père avait lui-même construit le monument funéraire où étaient gravés les noms des McDuff et des Hardy. Une construction si imposante qu'elle méritait le titre de mausolée. Il s'y était attelé l'année où il avait posé le pied aux Etats-Unis, y travaillant tous les week-ends pendant des mois. Le résultat, avec ses multiples ornements coiffés d'un ange aux ailes déployées, était à la hauteur des efforts consentis.

Le caveau abritait déjà quatre cercueils, et le prochain membre de la famille qui quitterait ce monde se verrait contraint de grimper sur les autres pour se faire une place. Plutôt que de pénétrer dans la crypte, Christina préféra déposer un bouquet dehors. Elle avait accepté la mort de ses grands-parents, mais il n'en serait jamais de même pour celle de ses parents. Leur disparition prématurée lui laissait un goût amer dans le cœur, un goût d'inachevé, un sentiment d'injustice pour elle comme pour eux.

Terreur, qui semblait conscient de la nature solennelle du moment, resta immobile et silencieux pendant que sa nouvelle maîtresse se recueillait. Lorsqu'elle se redressa, elle toucha du bout des doigts les noms de ses parents gravés dans la pierre froide.

— Je vous aime, murmura-t-elle.

Elle ne croyait pas que ces mots leur parviendraient mieux ici que n'importe où ailleurs. Au fond, elle les prononçait plus pour elle que pour eux.

Le second bouquet se trouvait toujours dans sa main, mais elle ne savait pas au juste ce qu'elle comptait en faire.

Elle promena son regard autour d'elle et se figea tandis qu'une brise légère l'enveloppait.

Mais si, elle savait ce qu'elle comptait en faire. La tombe de celui à qui il était destiné n'était qu'à quelques pas.

Juste là.

Soudain, elle se rappela l'enterrement de son grand-père comme si c'était hier. Elle revoyait la petite assemblée venue adresser un ultime au revoir à Seamus McDuff, si nombreuse comparée aux deux personnes — un homme et une femme pleurant à chaudes larmes — qui accompagnaient l'autre défunt jusqu'à sa dernière demeure.

Après leur départ, elle avait déposé une rose sur le cercueil de l'inconnu.

Ce fut à peine si elle remarqua Terreur qui la suivait entre les croix et les anges jusqu'à la tombe qu'elle était vraiment venue voir.

Beauregard Kidd.

Notre fils et frère adoré.

Et deux dates, tristement rapprochées.

Il était mort et avait été enterré le même jour que son grand-père, à quelques mètres de distance.

Et personne n'était venu à son enterrement parce que la rumeur l'avait désigné comme le Tueur de l'autoroute.

La brise se fit plus fraîche, et le chien gémit doucement aux pieds de Christina.

Elle déposa le second bouquet sur la dalle de marbre noir.

— J'espère que justice a vraiment été rendue, Beau Kidd, murmura-t-elle. Je prie pour votre sœur et aussi pour vous, Beau, pour que votre âme puisse trouver le repos éternel.

D'un seul coup, le vent devint froid.

Terreur gémit de nouveau et Christina se baissa pour le prendre dans ses bras.

La nuit tombait à toute allure.

Elle pressa le pas jusqu'à sa voiture, se retenant de courir.

Durant tout le trajet du retour, elle se moqua d'elle-même, se traitant, entre autres amabilités, de trouillarde, de poule mouillée et de pauvre folle. Mais elle ne se sentit vraiment rassurée qu'une fois chez elle.

Avec toutes les lumières allumées et la présence de son chien, elle n'avait plus du tout peur. C'était fou ce qu'un petit jack russell doté d'une très forte personnalité pouvait changer l'atmosphère d'une maison.

Terreur couché sous le piano, elle décida de chercher de nouvelles idées pour le jingle Croq'léger. Soudain, alors qu'elle chantonnait sur la mélodie, le chien se leva d'un bond et commença à aboyer. Le cœur de Christina se mit à tambouriner dans sa poitrine. Mais lorsqu'une ou deux secondes plus tard, la sonnette de la porte d'entrée retentit, un sourire se dessina sur ses lèvres.

— Terreur, tu es le roi des chiens de garde, dit-elle en allant voir qui était là.

— Christie, ouvre, c'est moi !

Dan.

Lorsqu'il apparut sur le seuil, elle lui trouva l'air abattu.

— Je suis vraiment désolée pour ce qui est arrivé à ton amie, murmura-t-elle en le serrant dans ses bras.

Il rompit l'étreinte avec un long soupir.

— On n'était pas si proches que ça, mais je l'aimais vraiment bien, tu sais… D'ordinaire, ce genre de drame ne touche pas des gens qu'on côtoie presque tous les jours. Ça rend les choses plus réelles, tu comprends ?

— Bien sûr, Dan. Entre…

— Et si on sortait, plutôt ? On pourrait aller manger un morceau quelque part ?

— Pour tout te dire, ça m'ennuie de laisser Terreur tout seul alors qu'il ne connaît pas encore bien la maison.

— Ah oui, Terreur… Ton affreux molosse, dit-il tandis que la vue du jack russell lui arrachait un faible sourire.

— N'empêche que c'est un excellent chien de garde. Tu n'avais pas encore pressé la sonnette qu'il aboyait déjà.

— Et si on se faisait un Mc Drive ? proposa Dan. Comme ça, on mangera dans mon carrosse et ton fauve sera de la partie.

— Bonne idée.

Ils montèrent tous les trois dans la voiture. Une demi-heure plus tard, ils n'avaient pas encore vidé le grand sac en papier qui contenait leur commande que Dan était déjà sous le charme de Terreur.

Le chien lorgnait les hamburgers avec envie, mais il attendait sagement qu'on lui propose d'y goûter.

— Je croyais que tu voulais un gros chien, dit Dan.

— C'est ce que je croyais aussi, répondit-elle.

— En tout cas, je le trouve génial.

— Au fait, tu as eu des nouvelles pour le casting du nouveau spectacle ?

— Rien du tout. Ce n'est pas demain la veille qu'on va m'appeler Zeus.

Il enfourna une poignée de frites dans sa bouche et soupira.

— Je me demande si la direction ne va pas décider d'annuler, reprit-il. Avec les meurtres de ces derniers jours et la psychose qui monte, ils doivent craindre que la fréquentation du parc ne s'effondre. J'ai peur qu'ils fassent preuve de prudence et renoncent, du moins pour l'instant, à investir dans ce projet.

— Tu as demandé à ton frère s'il pouvait faire quelque chose pour toi ?

— Oui, je lui ai demandé d'arrêter le tueur… Non, sérieusement, je suis sûr que Mike a fait ce qu'il pouvait. Mais le plus important, c'est que j'aie vraiment assuré pendant l'audition. Les dés sont jetés, maintenant.

Son visage se crispa soudain.

— Qu'est-ce qu'il y a ?

— Je crois que Patti Jo était également pressentie pour un rôle…

Christie secoua tristement la tête et décida de ne rien dire. Dan savait combien elle était désolée de le voir aussi affecté, et triste pour cette pauvre fille qui avait dû subir l'enfer avant de mourir.

— Tu ne veux pas aller dormir chez un ami, ce soir ? lui demanda-t-elle. Parfois, c'est mieux de ne pas être seul quand on a du chagrin.

— Ça ira très bien, ne t'inquiète pas.

Il mordit sans conviction dans son hamburger.

— Toi aussi tu vas être seule dans cette vieille maison, dit-il en relevant les yeux vers sa cousine.

— Je ne suis pas seule, répondit-elle avec un petit rire. Il y a désormais un mâle qui veille sur moi. Pas vrai, Terreur ?

Lorsqu'ils revinrent chez Christina, Dan entra avec elle pour faire une rapide inspection. C'était lui qui avait insisté et elle n'avait accepté que pour lui faire plaisir. Pour sa part, elle faisait confiance à Terreur. Elle était certaine qu'il aurait déjà usé de ses cordes vocales si quelqu'un s'était trouvé dans la maison.

Elle remercia néanmoins son cousin et posa un rapide baiser sur sa joue en guise de bonsoir. Une fois la porte fermée à clé et la toilette du soir expédiée, elle se glissa sans appréhension dans son lit, Terreur à ses côtés.

— Ouais, mon petit gars, tu as le droit de dormir sur le lit, avait-elle dit quand le jack russell, allongé par terre, avait levé vers elle des yeux pleins d'espoir.

Elle enfonça la tête dans l'oreiller, surprise que ses yeux se ferment déjà. Mais c'était normal, au fond : elle avait si peu dormi depuis qu'elle avait emménagé ici.

Elle sombrait dans le sommeil lorsqu'elle sentit Terreur se lever. L'instant d'après, elle l'entendait flairer l'air de la chambre.

Soudain, il sauta sur le sol.

— Terreur ? chuchota-t-elle, trop nerveuse pour élever la voix.

Elle sortit du lit à son tour et descendit l'escalier d'un pas hésitant, impressionnée par l'épais silence qui régnait dans la maison. Elle voulut appeler le chien de nouveau, mais aucun son ne passa le seuil de ses lèvres. Lorsqu'elle parvint au bas des marches, elle se figea et tendit l'oreille, le cœur battant.

Elle perçut un petit gémissement. Ce n'était pas un aboiement ni rien qui puisse laisser penser que Terreur était blessé ou apeuré. Elle avait plutôt le sentiment que le chien exprimait… son affection.

— Terreur ? dit-elle en se dirigeant vers le petit salon d'où provenait le son.

Elle poussa un hurlement.

Mais un hurlement silencieux.

De sa bouche grande ouverte ne sortit qu'un couinement étranglé.

Un homme se trouvait là.

Pas une ombre ni une vague silhouette. Non, un homme bien réel assis sur le tabouret du piano, en train de caresser la tête du chien.

Il leva les yeux vers elle et le cri resté coincé dans la gorge de Christina explosa d'un seul coup à l'air libre.

Une expression peinée assombrit le visage de l'homme, tandis qu'il se levait pour venir vers elle.

— Je vous en prie, dit-il, ne criez pas ! J'ai besoin de votre aide.

Elle secoua la tête comme pour nier l'impossible évidence, puis hurla de plus belle. Parce que l'homme n'était pas un inconnu. C'était Beau Kidd.

Beau Kidd, le policier psychopathe mort et enterré depuis douze ans.

— Je vous en prie, Christie… J'ai besoin d'aide.

Mais c'est à peine si elle entendit ces mots. Le décor du petit salon se mit à tourner autour d'elle, de plus en plus obscur. La dernière chose qu'elle entendit avant de perdre connaissance fut la plainte angoissée de son chien.

8.

Attablé dans sa salle à manger, Jed regardait les notes et rapports étalés devant lui. A gauche était empilé tout ce qui concernait la première vague de meurtres et à droite, celle qui affectait Orlando depuis quelques jours. Au centre, il avait placé les éléments communs aux deux affaires.

Chacune des victimes était liée, de près ou de loin, au monde du spectacle, mais aucune d'entre elles n'avait eu d'emploi à caractère érotique, comme le strip-tease ou le peep-show. Jed restait toutefois persuadé que le — ou les — tueur ne choisissait pas ses proies en fonction de leur activité professionnelle.

Restait les cheveux.

Elles étaient toutes rousses, vraies ou fausses, ou bien elles avaient au moins des mèches de cette couleur.

La dernière victime avait été vue au moment où elle quittait son travail.

Il passa ses notes en revue. Grace Garcia avait été aperçue pour la dernière fois alors qu'elle sortait du centre commercial... Il tourna encore quelques pages de son carnet. Toutes les jeunes femmes avaient disparu dans des parkings, certaines en s'y garant, d'autres en regagnant leur voiture. Aucune d'entre elles — la police avait passé leurs domiciles au peigne fin — n'avait été enlevée chez elle. Le tueur les abordait alors qu'elles devaient se sentir en sécurité, à quelques mètres de leur véhicule.

On pouvait en déduire que les victimes connaissaient leur bourreau ou qu'il avait trouvé un moyen de leur inspirer confiance.

La première hypothèse n'était pas très crédible. On n'avait jamais trouvé de connaissances ou d'amis communs aux cinq femmes assassinées douze ans plus tôt. Idem en incluant Sherri Manson et Patti Jo.

Jed se mit à compulser un rapport sur les circonstances du décès de Beau Kidd. L'inspecteur qui avait mené l'enquête, un certain Bill Grimsby, ne remettait pas en cause la version de Larry Atkins. Il avait toutefois pris la peine de vérifier si Kidd disposait d'un alibi pour le meurtre de Janet Major, l'autre victime avec qui il avait eu une liaison. A l'heure où la jeune femme avait été enlevée, l'inspecteur Beau Kidd se trouvait chez ses parents. Ceux-ci avaient affirmé qu'il était resté avec eux la plus grande partie de la journée — un samedi — et qu'il avait aidé son père à retirer les protections anti-ouragan. Une fois ce travail effectué, il avait dîné en leur compagnie.

Jed avait voulu s'entretenir avec Grimsby, à l'époque où il rédigeait son fameux livre, mais ça s'était avéré impossible : le policier se trouvait alors quelque part dans l'océan Pacifique, en train de jouir de sa récente retraite sur un bateau à voile.

Jed reposa le dossier et composa le numéro de Jerry.

— Tu as trouvé quelque chose? demanda celui-ci d'une voix morose.

— Rien que tu ne saches déjà. Notre homme s'attaque

exclusivement aux rousses, et il endort la méfiance de ses victimes d'une manière ou d'une autre. Soit elles le connaissent...

— Soit elles sont persuadées de suivre un type au-dessus de tout soupçon, termina Jerry. Il doit bien exister un lien entre ces femmes, ajouta-t-il d'un ton qui trahissait sa frustration. Autre que la couleur de leurs cheveux, bien sûr... On est en train de faire un travail de fourmi, tu sais ? On interroge tout le monde, on ne néglige aucune piste, pas même les plus absurdes... Mais les deux dernières victimes étaient des jeunes femmes sans histoires, de jolies filles qui rentraient tranquillement chez elles... Et tu as vu de tes propres yeux ce que cette ordure leur a fait. Bon sang, Jed, ça me fait mal de le dire, mais il faut bien avouer qu'on est complètement dans le brouillard.

— Vous en savez assez pour mettre en garde la population à risque, répliqua Jed. Demande au porte-parole de la police de faire une conférence de presse. Essaie de le convaincre. Qu'il recommande à toutes les jeunes femmes rousses, et en particulier à celles qui dépassent un mètre soixante-dix, de ne jamais suivre un inconnu, même s'il a tout pour inspirer confiance. Sait-on jamais, ça sauvera peut-être quelques vies.

— Ouais, dit Jerry avec un évident manque d'enthousiasme.

— Quoi ? Qu'est-ce qu'il y a ?

Il entendit son ami soupirer à l'autre bout du fil.

— Je ne sais pas... Le problème, c'est que...

— Oui ?

— C'est horrible à dire, mais si ce salaud s'en tient là, on risque fort de ne jamais le coincer. Notre seule chance, c'est qu'il recommence à tuer et qu'il commette une erreur.

Jed resta silencieux.

— Je sais, je sais ! s'écria Jerry. Ce n'est pas un raisonnement acceptable. Je suis tellement frustré que je finis par dire des âneries.

Jed préféra changer de sujet.

— Dis-moi, vieux, tu n'aurais pas eu de nouvelles de Bill Grimsby, récemment ? Il est toujours en train de sillonner les mers ou il s'est décidé à regagner la terre ferme ?

— Pas la moindre idée. Tu devrais appeler Larry Atkins pour lui poser la question.

— Pourquoi en saurait-il plus que toi ?

— Quoi ? Personne ne t'a mis au courant quand tu écrivais ton bouquin ?

— Au courant de quoi, Jerry ?

— Grimsby et Atkins étaient inséparables à l'époque où ils travaillaient tous les deux dans la police. Je crois même qu'ils sont cousins éloignés, ou un truc comme ça. Appelle Larry, je te dis ! Lui saura peut-être où se trouve Grimsby.

Comment avait-il pu passer à côté d'une information aussi importante ? se demanda Jed. Et comment se pouvait-il que le policier chargé d'enquêter sur la mort de Beau Kidd ait été un ami, voire un parent de celui qui l'avait abattu ? Il n'en revenait pas.

Choqué et passablement remonté, y compris contre lui-même, Jed parvint néanmoins à donner le change et à souhaiter une bonne soirée à Jerry sans montrer sa colère.

Une fois le téléphone raccroché, il se demanda pourquoi diable il avait arrêté de fumer.

Grimsby et Atkins étaient inséparables… Je crois même qu'ils sont cousins éloignés…

Et la hiérarchie avait trouvé ça parfaitement normal ! La vérité, songea Jed, c'est que personne n'avait eu envie de creuser davantage. Les conclusions du rapport de Grimsby arrangeaient tout le monde : la police, la justice, la population… Les gens voulaient retrouver le sommeil, croire à tout prix que le Tueur de l'autoroute ne frapperait plus jamais.

Jed consulta sa montre. Il n'était pas si tard. De toute façon, il ne dormirait pas avant plusieurs heures. S'il arrivait à trouver le sommeil, bien sûr. Autant faire un peu de route plutôt que rester chez lui à compulser de vieux rapports qu'il avait déjà lus cent fois.

Elle sentit le nez froid de Terreur contre sa joue et fit la grimace en s'efforçant d'ouvrir les yeux.

Lorsqu'elle y parvint, elle poussa un cri étouffé, essayant tant bien que mal de se lever pour fuir l'homme accroupi à côté d'elle, une expression inquiète sur le visage.

Il ne pouvait s'agir que d'un rêve, ou peut-être d'une hallucination, preuve qu'elle avait définitivement perdu la raison. Et un chien, aussi adorable soit-il, ne pouvait rien contre ça. Pauvre Terreur, qui avait cru se trouver une gentille maîtresse en la personne d'une folle furieuse qui voyait des macchabées se balader sous son toit.

Ou plutôt *un* macchabée. Mais c'était largement suffisant pour se poser de sérieuses questions sur sa santé mentale.

Christina se força à regarder le revenant.

— Partez ! lui dit-elle d'une voix tremblante. Je ne vous vois pas.

Il s'agissait plus d'une supplique que d'un ordre.

— Je sais que vous me voyez et que vous connaissez mon visage, dit l'homme d'une voix douce.

— Je ne sais pas qui vous êtes. Je ne vous vois pas et je ne vous ai jamais vu.

— Mais si, rappelez-vous... C'était il y a de nombreuses années.

— Qu'est-ce que vous faites là ? Non ! Ne me répondez pas. Vous n'existez pas ! Je suis en train de rêver et je vais me réveiller. Sinon, je monte dans ma voiture et me rends directement dans un hôpital psychiatrique.

Il tendit la main vers elle, comme pour l'aider à se relever.

— Non..., gémit-elle d'une voix à peine audible.

Terreur les regarda alternativement et émit un aboiement joyeux, comme s'il s'agissait d'un jeu.

Mais ce n'était ni un jeu ni un rêve.

C'était... Une chose impossible.

Pourtant, elle reconnaissait parfaitement cet homme.

Beau Kidd.

Pourquoi n'avait-elle aucun doute sur son identité ? Elle avait dû voir sa photo dans les journaux. C'était forcément ça, parce qu'elle ne l'avait jamais rencontré.

Sauf...

Sauf tout récemment, au pied de son lit. Sauf sur la terrasse de ce café. Sauf dans son jardin, avant de perdre connaissance. C'était Jed qui l'avait retrouvée là. Jed qui la prenait pour une folle...

— Partez tout de suite ! cria-t-elle. Vous êtes mort et je n'ai pas encore perdu la raison. Je sais que je suis encore évanouie et que vous n'existez que dans mon imagination.

— Vous êtes parfaitement éveillée et vous me connaissez très bien, répliqua-t-il d'une voix calme mais décidée. Et puis, vous savez mieux que quiconque qu'on peut voir les morts, n'est-ce pas ?

— Pardon ?

Un sourire dessina des fossettes sur les joues de Beau Kidd. Il était vraiment bel homme, songea Christina.

Un homme beau mais mort, se rappela-t-elle en se traitant de nouveau de pauvre folle.

— Vous m'avez offert une rose, le jour de mon enterrement, dit-il. Vous ne l'avez pas oublié, quand même ? Votre grand-père vous est apparu et vous êtes ensuite venue jeter cette fleur sur mon cercueil.

Elle secoua vivement la tête.

— Je n'ai pas vu mon grand-père après sa mort.

Beau soupira.

— Mais si, Christina. Pourquoi le nier ?

— Je vous en supplie, partez ! Laissez-moi en paix.

Il sembla soudain en proie à un grand abattement, à une immense lassitude.

— Je ne veux pas vous faire peur, Christie. Mais j'ai besoin de votre aide.

Il avait prononcé ces mots d'une voix si ténue qu'elle avait tendu l'oreille malgré elle pour les entendre.

— Ecoutez, dit-elle, voilà ce qu'on va faire : je vais fermer les yeux quelques secondes et quand je les rouvrirai, vous ne serez plus là.

Elle abaissa les paupières et compta lentement jusqu'à cinq.

A sa grande surprise, il n'était plus là lorsqu'elle rouvrit les yeux.

Elle déglutit et se releva, les jambes en coton. Elle s'adossa au mur sans plus oser bouger, craignant de s'écrouler et de perdre de nouveau connaissance.

Terreur était toujours dans la pièce, ses yeux marron pleins de confiance posés sur elle. Il aboya, puis gémit doucement en s'approchant de sa nouvelle maîtresse.

— Dis donc, toi, lança-t-elle en fronçant les sourcils. Tu ne lui as même pas aboyé dessus. Tu as... pactisé avec l'ennemi.

Mais il aurait fallu que cet homme existe pour mériter d'être appelé son ennemi, songea-t-elle. Or, il n'avait de réalité que dans son cerveau perturbé. Pauvre Terreur... Comment lui reprocher de ne pas avoir aboyé sur une hallucination ?

Ce n'était pas un chien de garde qu'il lui fallait, mais une camisole de force.

Un regard sur sa montre lui apprit qu'il était 11 h 30. Peu lui importait que la ville entière soit endormie, il n'était pas question pour elle de rester seule cette nuit dans cette maison.

— Viens là-haut avec moi ! dit-elle à son fidèle compagnon. Je m'habille et on fiche le camp.

Le chien la suivit docilement et s'installa sur le lit pendant qu'elle enfilait une robe et des sandales. Une fois vêtue, Christina prit son sac à main et vérifia que son téléphone portable se trouvait bien à l'intérieur. Elle s'aperçut alors que la télévision fonctionnait.

L'avait-elle laissée allumée ?

Elle ne s'en souvenait pas et elle s'en fichait. Au point où elle en était... Sa folie était désormais avérée. Si elle racontait à un psy qu'elle avait discuté avec un fantôme, nul doute qu'il la ferait interner sur-le-champ.

La main sur la télécommande, elle hésita à éteindre le poste. Le présentateur d'une chaîne d'informations en continu rapportait la toute récente mise en garde du porte-parole de la police d'Orlando : à travers sa voix, les autorités de la ville demandaient expressément aux femmes — aux rousses en particulier — de ne pas se promener seules et d'éviter tout contact avec des inconnus, même s'ils leur paraissaient tout à fait respectables.

Elle appuya sur le bouton rouge.

— J'ai un chien, maintenant! dit-elle à l'écran noir d'une voix mal assurée avant de dégringoler l'escalier en compagnie de Terreur.

Elle venait de pénétrer dans le vestibule et s'apprêtait à introduire la clé dans la serrure quand le jack russell se mit à aboyer.

Christina poussa un hurlement.

Quelqu'un se trouvait là, juste derrière la porte.

A 23 h 30, tous les matchs étaient terminés. Mais Michaël McDuff ne se plaignait pas de son sort. Juché sur un haut tabouret au bar de O'Reilly, il regardait une chaîne sportive qui rediffusait les moments forts de la journée de championnat. Sa famille avait toujours fréquenté cet établissement et il estimait avoir le droit de s'asseoir au comptoir, même s'il n'était pas lui-même un client régulier. Il en était à sa troisième Guinness, une grosse erreur si l'on songeait à son rendez-vous matinal du lendemain.

— Salut, beau gosse! Tu ne crois pas que tu devrais manger quelque chose avec ça?

Michaël quitta l'écran du regard et vit la jolie serveuse irlandaise qui lui souriait. Avec ses taches de rousseur, ses cheveux couleur carotte et ses grands yeux verts, Mary Donahoe était une publicité vivante pour son pays d'origine.

Il lui rendit son sourire.

— Tu as sans doute raison, Mary. Je ne vais pas tarder à rouler dans le caniveau si je n'ai rien dans le ventre.

— A la bonne heure ! Qu'est-ce qui te ferait plaisir ?

— Ben… le hachis maison, pour changer.

Mary pencha légèrement la tête de côté et le dévisagea en plissant les yeux.

— Une jeune femme a commandé la même chose, hier soir, et je viens de me rendre compte que tu avais un air de famille avec elle.

— Une grande rousse ?

Mary hocha la tête.

— Ça devait être ma cousine Christina.

— Ah, j'étais sûre que vous étiez parents ! Moi, je ne travaille pas ici depuis très longtemps, mais M. O'Reilly m'a dit que le clan McDuff appréciait ce pub depuis des années.

— C'est vrai, dit Mike. Sauf que le clan a été décimé au cours des dernières années. En fait, il ne reste que Christina, mon frère Dan et ton serviteur. Christie vient tout juste d'emménager en ville. Elle s'est installée dans la maison de nos grands-parents, là où la famille s'est toujours retrouvée.

— C'est bien, dit Mary avec une certaine gravité. Il faut prendre soin des lieux empreints de mémoire familiale.

— Et toi ? demanda Mike. Tu as de la famille ?

— Oui, mais ils sont tous de l'autre côté de l'Océan, répondit-elle avec un sourire nostalgique et un petit haussement d'épaules. Ils me manquent souvent.

— Alors, tu vis seule ?

— Avec mon chat, répondit la jeune femme en riant. On se tient chaud la nuit.

Elle tourna les talons pour repartir vers les cuisines, mais Mike la saisit doucement par le bras avant qu'elle ne se soit éloignée.

— Mary, fais-toi accompagner jusqu'à ta voiture quand tu auras terminé ton service, d'accord ?

La jolie serveuse posa la main sur sa crinière aussi orange que frisée.

— Je suis bien consciente d'être en première ligne, dit-elle. Mais je fais très attention.

Mike secoua la tête.

— Je t'en prie, ne rentre pas seule chez toi. Je ne voudrais pas qu'il t'arrive quelque chose.

Elle le regarda avec un peu de surprise et lui adressa un sourire.

— Eh bien, si tu es encore là quand je partirai, tu n'auras qu'à me servir de garde du corps jusqu'à ma voiture, OK ?

— J'attendrai la fin de ton service, répondit Mike.

Il eut droit à un nouveau sourire.

— Alors on fait comme ça, dit-elle en s'éloignant. Et un hachis Parmentier anglais, un !

— Qu'est-ce qui se passe, nom d'un chien ? s'écria une voix énervée derrière la porte.

Christina laissa échapper un immense soupir de soulagement. Pendant quelques secondes, elle resta sans parler ni esquisser un geste, toute au bonheur de se sentir en sécurité. Les violents coups frappés à la porte la sortirent de sa torpeur et elle ouvrit avant que son visiteur ne décide d'employer les grands moyens.

— Jed, murmura-t-elle.

— J'ai failli enfoncer la porte ! s'exclama-t-il d'une voix pleine de reproches. J'ai entendu un cri suivi d'un long silence.

Puis il posa des yeux incrédules sur le sac à main et les clés de voiture.

— Tu n'étais pas sur le point de sortir, quand même ?

— Heu… Si.

— Où diable comptais-tu aller à une heure pareille ?

Elle ouvrit la bouche pour répondre, puis s'aperçut qu'elle n'en savait rien.

Jed la regardait hésiter, le front de plus en plus soucieux.

— Christie, dis-moi où tu comptais aller.

Elle secoua la tête d'un air désolé et s'effaça pour le laisser entrer. Terreur, ravi de cette visite, se mit à faire des bonds. Mais Jed resta où il était, fixant Christina d'un air interrogateur.

— Je comptais aller… dehors, bredouilla-t-elle enfin.

— Où ça, dehors ?

— Quelque part, n'importe où…

— Mais voyons, Christina… Tu as perdu la tête, ou quoi ?

— Ça se pourrait bien, murmura-t-elle, les larmes aux yeux.

— Si tu dois absolument sortir, dis-moi où tu veux aller et je t'y conduirai, suggéra-t-il d'une voix plus douce.

— Non, ce n'est pas nécessaire. Heu… Ne reste pas là, Jed… Entre et ferme la porte derrière toi, s'il te plaît. Après tout, je n'ai pas vraiment besoin de sortir.

— Christina, que se passe-t-il ? Tu me fais peur, tu sais ?

— Je suis désolée.

Elle avait commencé à marcher en direction du petit salon quand les larges mains de Jed la saisirent par les épaules, l'obligeant à se retourner. Leurs visages étaient proches l'un de l'autre. Tout en lui la troublait. Pas seulement son odeur, à la fois propre et si masculine, mais aussi sa taille qui allait si bien avec la sienne. Et cette chaleur, cette vitalité qui émanaient de lui…

Décidément, l'attirance qu'elle avait toujours éprouvée à son égard s'était transformée en quelque chose de plus profond. De plus adulte aussi.

Elle se surprit en train de contempler son torse, sa chemise en coton rayée, chic et décontractée. Puis elle releva lentement la tête jusqu'à croiser son regard. Il avait des yeux magnifiques. Sombres. Des puits sans fond, à la fois doux et mystérieux. Ses traits taillés à coups de serpe ajoutaient à son côté viril. Il n'était pas sexy : il était sexuel.

Elle voyait bien que Jed s'inquiétait pour elle. Nulle trace de moquerie dans son regard.

La croyait-il folle à lier ? Elle entrouvrit les lèvres, décidée à lui prouver qu'il n'en était rien, ou du moins qu'il lui restait des moments de lucidité entre deux visions. Mais cette façon qu'il avait de la dévisager, comme si… comme si…

Lorsqu'il posa les mains sur son visage, elle sut instantanément que son monde venait de basculer.

A peine la bouche de Jed avait-elle effleuré la sienne que des ondes de chaleur parcouraient son corps jusque dans son intimité. Elle s'étira sur la pointe des pieds tandis que Jed continuait à explorer ses lèvres, à les goûter avec la pointe de sa langue…

Elle se pressa contre lui, écrasant ses seins sur son torse, s'émerveillant de sentir leurs cœurs se répondre. Jed glissa un bras autour de sa taille, son autre main enveloppant sa nuque, les doigts écartés dans la masse épaisse de ses cheveux roux. Il dévorait maintenant sa bouche comme un affamé, et ses baisers voraces éveillaient en elle un désir comme elle n'en avait jamais connu.

Etait-ce encore une hallucination ? C'était trop bon, trop excitant pour être réel… Ces choses-là n'arrivaient que dans les rêves érotiques, dans les fantasmes les plus secrets.

S'il s'agissait d'une nouvelle manifestation de sa folie, elle… Mais non, c'était bien réel, songea-t-elle alors que la main de Jed glissait vers ses fesses. A cet instant, Christina eut le sentiment que tous les événements de sa vie n'avaient été qu'un long prélude à ce moment de plénitude. Elle le touchait enfin, dessinait du bout des doigts les contours de son beau visage, se réchauffait à la chaleur de son haleine, de sa peau. A la chaleur de leur désir commun. La barrière que formaient leurs vêtements lui parut soudain incongrue, et même scandaleuse. C'était comme une séparation alors que leurs corps venaient à peine de se rencontrer.

Tout ça était aussi magique qu'étrange, songea-t-elle avant de s'abandonner aux caresses de Jed, emportée par une nouvelle lame de fond, une impérieuse envie de faire l'amour. Ses mains tremblantes d'émotion exécutaient ces gestes dont elle avait si souvent rêvé — elle se l'avouait à présent — , parcourant son visage en aveugle, se collant à lui sans fausse pudeur, à la fois plus faible et plus forte que jamais, comme si elle renaissait dans les bras de cet homme.

La chemise de Jed atterrit sur le parquet, et Christina fit glisser sa paume, encore et encore, sur son torse doux et ferme. Quelques secondes plus tard, elle était pieds nus et sa robe gisait à son tour au sol.

D'un accord tacite, ils quittèrent soudain le couloir où ils s'embrassaient debout, et s'élancèrent dans l'escalier, Christina ouvrant la marche. Elle se sentit soulevée dans les airs et ils ne se quittèrent pas des yeux jusqu'à ce qu'il la dépose sur le lit, se laissant aussitôt tomber sur elle.

Aspirée par le regard de Jed, elle n'avait plus qu'une idée vague de l'endroit où elle se trouvait. Peu lui importait : elle aurait pu être n'importe où, sur la lune ou dans un jardin public, rien ne comptait plus que leurs corps qui se réclamaient. Elle attendait ce moment depuis si longtemps… Toutes ces années, elle était parvenue à étouffer ses sentiments pour Jed. Par amour-propre, par crainte d'être rejetée, par nécessité aussi quand il avait épousé Margaritte.

Et tandis que la bouche de l'homme dont elle était amoureuse depuis l'enfance se promenait sur sa peau, Christina constata que ses sous-vêtements s'étaient volatilisés, elle n'aurait su dire ni quand ni comment.

La chambre baignait dans des flots de lumière, mais elle s'en moquait. Seuls existaient le feu de ses baisers, l'exquise indécence de ses caresses, la pression de son corps, de ses bras, de son bassin… De son sexe tendu et chaud contre sa peau nue.

Elle mourait d'envie de lui rendre chacune de ses caresses, mais Jed était plus expérimenté qu'elle. Par moments, elle se laissait complètement faire, livrée corps et âme aux sensations que faisaient naître en elle le sillon humide de sa langue, la dextérité de ses doigts.

Mon Dieu, comme c'était bon…

Comme il savait s'y prendre…

Le moindre contact avec cet homme aurait suffi à la mettre dans un état second. Le simple fait de se sentir si proche de lui, son odeur, ses cheveux effleurant sa poitrine… Mais il y avait plus, tellement plus : les frottements de son corps contre le sien, la force et l'assurance qui se dégageaient de chacun de ses mouvements, sa langue qui s'aventurait partout, joyeuse et obstinée, sans aucun tabou. Un moment, il lui léchait le creux de l'épaule et l'instant d'après, il goûtait ses seins, suçant le mamelon avant de descendre le long de son ventre, déviant in extremis vers le haut de ses cuisses, chutant soudain jusqu'à ses chevilles qu'il embrassait avec dévotion pour remonter dans la foulée jusqu'à son sexe où se perdait son beau visage, ainsi que le peu de raison qu'il restait à Christina.

Elle était ailleurs. Dans un monde de volupté, un monde affranchi des lois de la gravité, un monde sans limites.

Lorsque Jed remonta à sa hauteur, en sueur, un sourire d'enfant heureux aux lèvres, elle parcourut à son tour, des mains et de la bouche, ce corps étranger et pourtant déjà curieusement familier, rendant à son bel amant les plaisirs qu'il venait tout juste de lui prodiguer. Les gémissements de Jed décuplaient l'excitation de Christina tandis que l'action de ses doigts l'amenait aux portes de l'orgasme. Soudain, il s'assit, l'agrippa fermement par les fesses et la souleva légèrement au-dessus de son membre. Elle s'en saisit pour le guider en elle, et il la laissa redescendre, lentement, très lentement, jusqu'à ce qu'enfin, ils ne fassent plus qu'un.

Ils ne s'étaient pas quittés des yeux, la sombre énigme de son regard la clouant sur place aussi sûrement que le sexe qui la pénétrait. L'espace d'un instant, elle se demanda si cet homme ne resterait pas à jamais un mystère pour elle. Mais déjà, ils s'accrochaient l'un à l'autre comme si leurs vies en dépendaient, et elle eut de nouveau le sentiment de le connaître mieux que quiconque.

Christina ondulait, se tortillait sur Jed, ivre de la joie de le sentir aller et venir en elle, de se frotter contre lui, de sentir ses mains fermées sur ses fesses, sa bouche sur ses seins… Soudain, la sensation devint si aiguë qu'elle en fut presque insupportable. Elle se cambra, criant de plus en plus fort, la tête renversée, tandis qu'il redoublait d'ardeur. Une boule de feu irradia alors son corps de la tête aux pieds : un soulagement, une implosion qui la laissa toute tremblante. Elle enfouit son visage dans le cou de Jed, frissonnante de plaisir et de…

Froid.

Elle venait seulement de se rendre compte qu'il faisait froid dans sa chambre.

Elle avait chaud là où il la touchait et tellement froid partout ailleurs.

Et cette lumière… Elle était bien trop crue. Nul recoin un peu sombre où se cacher. Elle se posait soudain mille questions : se montrer à lui sans complexe ou se couvrir aussi vite que possible ? Avait-elle été à la hauteur ? Et maintenant, qu'allait-il se passer ? Voudrait-il en rester là, ou…

Il changea de position et l'attira à lui, interrompant le cours de ses pensées. Du bout des doigts, il écarta ses cheveux et caressa délicatement son visage.

Oh, mon Dieu… Qu'était-elle censée dire, maintenant ?

— Ta chambre est bien éclairée, dis donc !

La voix de Jed était douce, et son regard amusé exprimait une grande tendresse.

— C'est trop ? demanda-t-elle comme s'ils prenaient le thé et qu'elle venait de lui verser du lait.

— Disons que j'ai plus l'impression d'être sur une scène de théâtre que dans l'intimité d'une chambre, répondit Jed en riant. Remarque, il n'y a pas de raison de rougir de notre prestation, ajouta-t-il en l'embrassant. Il faut reconnaître que le spectacle était exceptionnel… Pour dormir, par contre, je crois que je baisserais l'intensité lumineuse de quelques kilowatts.

Pas si tu perdais la boule, songea-t-elle. Pas si tu pensais qu'un fantôme se promène chez toi. Le fantôme d'un tueur en série, par-dessus le marché. Mais Beau Kidd était-il bien le psychopathe qui avait terrorisé la ville douze ans plus tôt ? interrogea aussitôt une petite voix en elle.

D'un seul coup, elle se dégagea de l'étreinte de Jed et alla s'asseoir dans un coin du lit. Lui resta étendu, une main derrière la nuque, une expression un peu perplexe sur le visage.

— J'ai complètement oublié Terreur, dit-elle. Où est-il passé ?

— J'ai fermé la porte de la chambre avant qu'il ne puisse y entrer, avoua Jed. J'adore ton chien, mais il y a des moments où… Enfin, tu me comprends.

Elle esquissa un sourire avant de déglutir, visiblement mal à l'aise.

— Je… Heu…

— Oui ?

Elle décida de dire à Jed… une partie de la vérité.

— Ecoute, si je m'apprêtais à sortir au moment où tu es arrivé, c'est que… je ne voulais pas rester seule ici.

Parce que j'ai eu la visite d'un revenant et que j'étais terrifiée, ajouta-t-elle en pensée.

Il se releva sur un coude et lui adressa un sourire compatissant.

— C'est une chose que je peux comprendre, murmura-t-il en lui prenant la main.

Non, il ne comprenait pas. Lui avait souffert de vivre seul dans sa maison remplie du souvenir de Margaritte. Mais Christina ne souffrait pas. Elle avait peur.

Jed leva un sourcil soupçonneux face à son manque de réaction.

— Dis-moi, Christie, tu n'as pas fait l'amour avec moi juste parce que tu avais besoin de te changer les idées et que j'ai eu la chance de passer par là, j'espère ?

— Quoi ? s'écria-t-elle, horrifiée. Bien sûr que non, voyons !

Il avait une fossette sur chaque joue. Ça rendait son sourire encore plus charmant, se dit-elle, de nouveau effrayée mais pour une tout autre raison.

— Jed… Tu pourrais… Tu veux bien rester dormir ici, s'il te plaît ?

— Si tu as besoin de moi, dit-il en la regardant dans les yeux.

Cette fois-ci, son regard n'était pas amusé.

— Et si j'avais simplement envie de toi ? répliqua-t-elle, un peu surprise de son audace.

— Je resterais aussi, répondit Jed. Mais j'ai le sentiment que c'est d'une présence dont tu as besoin ce soir. Et ça me convient très bien.

Elle se lova contre lui, n'osant plus dire un mot. Elle ne pouvait raconter à personne ce qu'elle avait vécu juste avant l'arrivée de Jed. Et surtout pas à lui. Pas ce soir.

D'autant que la peur s'effaçait comme par enchantement quand sa main, aussi large que douce, se posait sur elle. Quand ses bras lui offraient un refuge, un bastion imprenable.

Elle garda le silence, pelotonnée comme un petit chat dans un immense fauteuil. Lorsqu'il la vit frissonner, il la serra plus fort encore avant de tendre le bras vers les couvertures.

Comme c'était curieux, songea-t-elle. S'il passait la nuit dans ce lit, elle ne tarderait pas à avoir de nouveau envie de lui. Mais pour le moment, les mots qu'il prononçait lui parvenaient comme un lointain murmure. Comme s'ils faisaient chambre à part.

— Mon pauvre cœur, disait-il. Tu es vraiment épuisée.

Elle acquiesça d'un léger signe de tête. C'était la vérité. Il y avait longtemps qu'elle n'avait pas dormi tout son soûl. Il y avait aussi longtemps qu'elle n'avait plus fait l'amour… Mais elle venait de combler son retard dans ce domaine, et de quelle manière ! A présent, elle se sentait écrasée de fatigue. Elle chercha la meilleure position dans les bras de Jed, et ferma les yeux.

Quelques secondes plus tard, elle sentit son souffle sur ses cheveux.

— Christie…, murmura-t-il. Les lumières… Tu veux bien que j'en éteigne quelques-unes ?

Elle sourit et réussit à hocher la tête malgré le sommeil qui l'engourdissait déjà. Elle n'avait pas peur du noir. Elle n'avait pas peur des fantômes.

Avec Jed à ses côtés, elle n'avait peur de rien.

9.

Quand Christina ouvrit les yeux, Jed était parti.

Sur l'oreiller qui conservait encore son odeur et l'empreinte de sa tête se trouvait une fleur, un hibiscus qu'il avait dû couper dans le jardin, ainsi qu'un petit mot :

« Tu dormais à poings fermés et je n'ai pas voulu te réveiller. P.-S. : ne t'inquiète pas, c'est moi qui ai programmé la cafetière sur 8 heures. »

Elle se mordit la lèvre et enfonça le visage dans l'oreiller de Jed. Pas de C'était merveilleux, de Appelle-moi vite ou de Merci pour ces moments inoubliables.

Mais il avait laissé une fleur sur le lit. Et il était resté jusqu'au matin.

Un petit aboiement lui fit relever la tête. Jed avait dû laisser la porte de la chambre entrouverte. Terreur la regardait, assis au pied du lit, la tête légèrement penchée de côté avec cet air de savoir des choses qu'elle ignorait.

Une expression qui commençait à lui devenir familière.

— Est-ce qu'il t'a nourri, au moins ? demanda-t-elle. Bon, écoute, moi je vais prendre une douche, boire une tasse de café et… Ma foi, si je ne veux pas me retrouver au chômage, j'ai intérêt à me mettre au boulot et à dénicher de nouvelles idées.

Elle sauta sous la douche, tout en se répétant : Tu vas t'en remettre. Mais son cœur s'affolait au souvenir de la nuit qu'elle venait de passer. Faire l'amour était au fond une activité banale que pratiquaient à un moment ou à un autre la plupart des habitants de cette planète. Inutile d'en faire tout un plat et d'en tirer des conclusions pour l'avenir.

Même si Jed l'attirait depuis toujours. Même si elle vibrait encore au souvenir de sa peau, de son odeur, de…

Aimait-il encore sa femme ? se demanda-t-elle soudain. Oui, bien sûr. Mais… Etait-il encore amoureux d'elle ? Autrement dit, y avait-il de la place dans son cœur pour une autre ?

Certaines personnes estimaient qu'il n'existait sur cette terre qu'une seule personne pour laquelle on était fait. Une âme sœur qui vous marquait au fer rouge et qu'on aimait toute sa vie.

Et si Jed était cette personne pour elle, alors que lui avait déjà trouvé son âme sœur en Margaritte ?

En sortant de la salle de bains, elle remarqua que Terreur n'était pas resté à l'attendre devant la porte. Tandis qu'elle enfilait son jean, elle l'entendit aboyer, en bas. Ou plutôt japper joyeusement comme s'il faisait la fête à quelqu'un dont il appréciait particulièrement la compagnie.

Un frisson glacé la parcourut soudain, et elle ressentit le besoin impérieux de descendre au rez-de-chaussée.

Alors qu'elle arrivait sur le palier, elle entendit jouer du piano. Ainsi, Jed n'était pas encore parti… Et il interprétait du Bach dans le petit salon pour lui faire une surprise.

Jed était donc musicien ? Pourquoi n'en avait-elle jamais rien su ? En plus, il ne manquait pas de talent.

Elle dévala l'escalier et se précipita vers le petit salon. Arrivée à la porte, elle s'arrêta net.

Terreur était assis au pied du tabouret, la tête levée vers l'homme qui laissait habilement courir ses doigts sur le clavier.

Beau Kidd.

Il tourna son visage vers Christina et elle sentit qu'elle perdait pied, submergée par une immense vague d'effroi semblable à celle qui l'avait emportée la première fois que le revenant s'était matérialisé devant elle.

Non ! s'écria une voix en elle.

Les jambes flageolantes, elle s'adossa au mur pour essayer de retrouver un semblant d'équilibre.

— Qui êtes-vous vraiment ? murmura-t-elle d'une voix déformée par l'angoisse.

Terreur se mit à remuer la queue. Décidément, on avait déjà vu des chiens de garde plus efficaces !

— Vous savez qui je suis, dit l'homme qui avait cessé de jouer du piano. Je vous en prie…

Il avait commencé à se lever en prononçant ces paroles, mais elle leva la main pour l'en dissuader.

— Non… Restez où vous êtes.

Il se rassit sans chercher à argumenter, et elle trouva en elle les ressources nécessaires pour ne pas s'évanouir.

— Que faites-vous dans ma maison ?

— Vous m'avez ouvert la porte de chez vous, répondit-il de sa voix douce.

Elle secoua vivement la tête.

— Ça non, certainement pas !

— Mais si !

— Quoi ? Avec le Ouija ?

Un sourire se dessina sur les lèvres de Beau Kidd.

— Il s'agit d'un peu plus que ça, vous ne croyez pas ?

— Personne ne peut voir les morts, dit-elle en fermant les yeux.

Lorsqu'elle les rouvrit, il souriait toujours, et elle ne put s'empêcher de penser de nouveau qu'il était bel homme. Qu'il *avait été* bel homme, corrigea-t-elle aussitôt.

— Je n'ai jamais oublié cette rose que vous avez déposée sur mon cercueil, dit-il. C'était un geste si délicat…

— C'est pour ça que vous êtes ici ?

— Qui sait au juste pourquoi je suis ici, murmura-t-il en caressant les touches du piano.

Quelques notes s'élevèrent dans la pièce, saluées par l'aboiement ravi de Terreur.

Christina ferma une nouvelle fois les yeux, dans l'espoir que l'apparition se volatilise comme la dernière fois.

Peine perdue.

— Vous n'êtes pas là. Vous ne pouvez pas être là, dit-elle d'une voix étranglée.

Il quitta le tabouret du piano et, cette fois, Christina ne chercha pas à l'en empêcher.

— J'ai besoin de votre aide, dit-il.

Elle inspira profondément et planta son regard dans le sien.

— A cause de cette nouvelle vague de meurtres, dit-elle.

— Au moins, personne ne m'accuse de ceux-là.

Sa voix était plus triste qu'amère, nota Christina.

— Et en quoi cela explique-t-il votre présence chez moi ?

— Vous… Vous avez quelque chose que les autres n'ont pas. Vous êtes unique, Christie.

— Ah oui ? Eh bien, je n'ai aucune envie d'être unique.

— Vous avez un don.

— Je n'en veux pas.

— Désolé, mais vous n'y pouvez rien.

— Qu'attendez-vous de moi, au juste ?

— Je suis innocent, dit-il simplement, tournant ses paumes vers elle comme pour lui montrer qu'il n'avait pas de sang sur les mains.

Un frisson la parcourut.

— Alors, qui est le Tueur de l'autoroute ?

Il la regarda longuement, les traits un peu crispés.

— Je l'ignore. Mais je vous assure que celui qui a perpétré ces deux nouveaux crimes n'est pas un type qui copie les méthodes d'un autre. L'homme qui a violé et tué il y a douze ans a décidé de recommencer.

— Je suis en train de devenir folle, murmura Christie. Il n'y a pas d'autre explication.

— Mais non, voyons... Vous n'êtes pas folle du tout, et vous le savez très bien.

— Ah bon ? Parce que les gens normaux voient des fantômes, peut-être ?

— C'est quoi pour vous, être normale ?

Elle laissa échapper un petit soupir excédé. Beau Kidd n'était pas là. L'homme qu'elle croyait voir n'était que le fruit de son imagination, tout comme son grand-père lorsqu'il lui était apparu, juste après sa mort.

Puisqu'il ne s'agissait que d'une vision, le mieux était encore de l'ignorer, songea-t-elle en se dirigeant vers la cuisine.

L'appareil programmé par Jed s'était bien mis en route. Elle se versa une grande tasse de café qu'elle décida de boire sans lait ni sucre, comme si ça pouvait l'aider à se réveiller et à chasser les rêves qui s'attardaient dans la réalité.

Elle se tourna vers le comptoir où elle avait l'intention de s'installer, et faillit renverser le breuvage fumant. Beau Kidd était déjà là, nonchalamment accoudé au panneau de bois.

— Si j'ai bien compris, dit-elle, vous comptez sur moi pour faire reconnaître votre innocence d'une manière ou d'une autre.

Il hocha la tête en silence.

— Eh bien, vous avez sonné à la mauvaise porte, monsieur le fantôme, poursuivit-elle de la même voix dure et déterminée. Je ne suis pas en mesure de vous aider. Mon métier est de composer des jingles publicitaires. Je ne suis ni flic ni avocate et je refuse de parler aux morts ! Nous ne sommes qu'à une cinquantaine de kilomètres de Cassadega, vous savez ? C'est une charmante petite ville qui s'est autoproclamée « Capitale mondiale des phénomènes paranormaux ». Vous seriez reçu à bras ouverts, là-bas. Si vous allez y faire un tour, ils vont se bousculer pour avoir le privilège d'échanger quelques mots avec un revenant.

Il secoua la tête, un sourire désolé sur les lèvres.

— Je ne peux pas.

— Pourquoi ?

— Je l'ignore. Ce que je sais, c'est que vous seule pouvez me voir et m'entendre. Grâce à ce don extrêmement rare que vous possédez, Christie. A moins que ce ne soit parce que vous avez déposé une rose sur mon cercueil... Les deux, sans doute. Ce qui est certain, c'est que vous êtes capable de voir les morts. Après tout, vous avez aussi parlé avec votre grand-père alors qu'il venait de mourir, n'est-ce pas ? J'avais beaucoup d'affection pour lui, vous savez ?

— Vous connaissiez papy ? demanda-t-elle d'un ton sceptique.

Il sourit en entendant Christina appeler « papy » ce bon vieux Seamus.

— On se retrouvait de temps à autre dans un café pour déguster des beignets à la crème, dit-il. Seamus et moi, on partageait la même passion pour les douceurs.

Elle l'examina attentivement. Il avait l'air bien réel. Un être de chair et de sang.

Un esprit ne pouvait être ainsi. D'un autre côté, imaginer que Beau Kidd avait un sosie parfait et que celui-ci s'était introduit chez elle pour lui faire une mauvaise blague était tout aussi improbable.

Bien sûr, on était au mois d'octobre. La saison des costumes et des grimages. Orlando était sans doute l'endroit au monde où l'on trouvait le plus de gens déguisés au mètre carré. Mais même un transformiste professionnel n'aurait pu arriver à un résultat aussi parfait.

Elle lui adressa un sourire.

— Je dois sortir, maintenant. Quand je reviendrai, vous ne serez plus là.

Elle se demanda si elle prenait un risque en lui parlant comme ça. En général, quand on avait affaire à un dangereux maniaque, on s'efforçait de le ménager pour ne pas provoquer sa colère… D'un autre côté, pouvait-on craindre quoi que ce soit d'un mort ? Ecoute-toi, songea-t-elle, complètement déboussolée par ce qui lui arrivait, tu es bonne à enfermer.

— Vous ne comprenez donc pas ? dit-il, l'air soudain abattu. Je ne peux pas m'en aller. Et j'ai besoin de votre aide.

— Vous, ce que vous refusez de comprendre, c'est que je ne peux pas vous aider ! s'écria-t-elle, à bout de nerfs.

— Je vous assure que vous le pouvez.

— Je vais brûler cette foutue planche Ouija, voilà ce que je vais faire !

— Ça ne vous avancera à rien, murmura Beau Kidd avec un petit sourire triste. A votre avis, suis-je un intrus d'un genre un peu particulier, grimé pour ressembler comme deux gouttes d'eau à Beau Kidd et envoyé par l'un de vos cousins amateur de blagues douteuses ? Ou bien suis-je un fantôme, coincé dans cette maison parce que vous y vivez, et incapable de m'en aller, quand bien même je le souhaiterais ?

— Ni l'un ni l'autre. Vous êtes un pur produit de mon imagination.

— Allons… Vous savez pertinemment que ce n'est pas le cas.

— De toute façon, je ne peux rien faire pour vous. Allez donc hanter la maison d'un policier ou celle d'un journaliste.

Il ne répondit pas tout de suite, se contentant de la regarder fixement.

— Vous n'êtes pas policier, dit-il enfin, mais vous venez tout juste de coucher avec un écrivain doublé d'un ancien flic. Un monsieur qui m'a cassé pas mal de sucre sur le dos, si je ne m'abuse.

— Adieu ! dit-elle. Je m'en vais et je ne veux plus jamais vous revoir.

— Fuir ne sert à rien, dit-il. Vous savez bien que la réalité finit toujours par nous rattraper.

— La réalité ? Ça, c'est la meilleure ! Allez, je vous laisse.

— Passez une bonne journée, dit-il. Et toutes mes félicitations !

Elle ne put s'empêcher de se retourner et de lui lancer un regard interrogateur.

— Pourquoi des félicitations ?

— Vous avez cessé de prétendre que je n'existe pas, et c'est un premier pas dans la bonne direction. J'ai toujours su que ça finirait par fonctionner entre nous, parce qu'au plus profond de vous, vous savez depuis longtemps que les revenants ne sont pas juste un fantasme d'écrivains, de réalisateurs ou de farfelus férus d'ésotérisme. Enfant, ça vous intriguait, mais vous n'aviez pas peur. Vous ne vous en souvenez pas ? Il va falloir cesser de refouler ces souvenirs, Christina.

— Adieu ! répéta-t-elle d'une voix ferme avant de se tourner vers son chien, assis juste à l'entrée de la cuisine.

— Viens, Terreur. On s'en va !

Au lieu d'obéir, le jack russell se leva et alla se poster à côté du fantôme en poussant de petits cris plaintifs.

— Terreur, au pied !

Comme il refusait de bouger, elle vint le chercher et partit avec lui d'un pas décidé. Elle ne jeta pas un regard vers la cuisine, contrairement au chien qui se dévissait le cou pour apercevoir Beau Kidd.

Une fois sortie, elle claqua la porte d'entrée derrière elle, mettant un point d'honneur à fermer à clé.

Puis elle grimpa dans sa voiture et se rendit directement dans un café. Avant même de commander le remontant dont elle avait le plus grand besoin, elle sortit son portable et appela un serrurier qui accepta de la retrouver chez elle une heure plus tard. Elle avait toute confiance en ses cousins, mais Jed avait raison : les serrures du manoir dataient quasiment de l'époque victorienne, et il fallait de toute façon les faire changer, ne serait-ce que pour répondre aux exigences des assurances.

L'homme aux cheveux grisonnants se tenait droit et digne sur le pas de sa porte, toisant son visiteur d'un regard glacé.

Jed ne fut pas vraiment surpris par cet accueil. Le père de Beau Kidd n'allait tout de même pas lui souhaiter la bienvenue et lui faire les honneurs de sa maison.

— Je sais parfaitement qui vous êtes, dit Forest Kidd.

— Je suis navré si je vous ai fait du tort, monsieur. Je…

— Le tissu de mensonges que vous avez publié m'a fait bien plus que du tort, jeune homme, coupa-t-il.

— Il s'agit d'une œuvre de fiction, dit Jed.

— La belle excuse !

— La vérité, c'est que…

— La vérité, c'est qu'on a maintenant la preuve que mon fils est innocent ! coupa Forest d'une voix forte.

Jed laissa échapper un soupir. L'entretien s'annonçait difficile.

— Ecoutez, monsieur Kidd, je comprends votre colère et votre chagrin, mais nombre de policiers sont convaincus qu'un homme reproduit les méthodes du Tueur de l'autoroute. Il pourrait s'agir d'un jeu pervers visant à défier les autorités, d'un désir de défrayer la chronique ou encore de l'expression d'une admiration pathologique pour l'auteur de la première vague de meurtres.

Forest Kidd étouffa un juron et tourna les talons, disparaissant dans la grande maison sans étage. Mais il ne lui avait pas claqué la porte au nez, songea Jed. Mieux, il l'avait même laissée ouverte. Après quelques secondes d'hésitation, Jed haussa les épaules et entra à son tour.

Il longea le couloir où s'enfonçait la haute silhouette du maître de maison, et déboucha sur une lumineuse pièce à vivre. Un comptoir de bois délimitait l'espace réservé dans la cuisine, tandis que de larges portes vitrées s'ouvraient sur une piscine bordée d'une terrasse en teck.

— Monsieur Kidd, dit Jed en s'asseyant face au père de Beau. Vous avez affirmé que votre fils se trouvait avec vous au moment où l'une des victimes du Tueur de l'autoroute a disparu. L'homme qui a enlevé ces cinq femmes, il y a douze ans, prenait tout son temps pour tuer. A l'instar de celui qui tue de nouveau aujourd'hui, il les violait plusieurs fois avant de les étrangler.

— Vous croyez m'apprendre quelque chose ? Je connais cette affaire sur le bout des doigts, figurez-vous.

— Je ne doute pas que vous en sachiez autant que moi, monsieur Kidd.

Le père de Beau haussa imperceptiblement les épaules, le visage tourné vers les portes vitrées. Son regard bleu semblait se diluer dans l'eau scintillante de la piscine.

— Ma famille habite la région depuis des générations, dit-il. Mes arrière-grands-parents vivaient déjà à Jacksonville au temps de la guerre de Sécession.

Ses yeux revinrent soudain se poser sur Jed. Son regard, encore vague et mélancolique l'instant d'avant, était devenu particulièrement perçant.

— C'est pour ça que je n'ai pas déménagé, dit-il. Dieu merci, Orlando est devenue une ville de passage. Les gens viennent travailler quelque temps dans les parcs d'attractions, puis ils repartent. Sinon, notre vie aurait été encore plus difficile. Même si personne n'a jamais prouvé que mon fils était coupable de quoi que ce soit, le fait de s'appeler Kidd se paie chaque jour que Dieu fait. Quand je pense que des salopards sont allés jusqu'à profaner la tombe de Beau pendant des années…

Le silence s'installa dans la pièce. Jed remarqua que la surface de l'eau frémissait sous la caresse du vent. La brise venait seulement de se lever, songea-t-il en reportant son attention sur l'expression douloureuse de son hôte.

— Mon fils a été abattu sans autre forme de procès et personne n'a voulu se poser la moindre question, reprit Forest. L'affaire a été enterrée avec lui, et tout le monde y a trouvé son compte. Sauf ses proches, bien sûr… Je dois dire que Atkins a eu le courage de venir nous voir. Je me rappelle qu'il semblait bouleversé. Oui, il est venu nous voir, et une enquête interne a été diligentée, mais au fond, ça n'a rien changé. Beau était mort et, à partir de ce jour, tout le monde l'a considéré comme un monstre. D'autant que les meurtres ont cessé après son décès. Du coup, clamer son innocence est devenu une cause perdue. Dieu sait, pourtant, que nous avons essayé de réhabiliter notre fils, ma femme et moi, mais en vain…

— Vous avez dit que Beau se trouvait avec vous le jour où Janet Major a été enlevée, dit Jed en espérant que son interlocuteur était maintenant prêt à aborder ce sujet.

Forest Kidd se pencha en avant et joignit les mains, les yeux rivés sur Jed.

— Si nous avons dit ça, ma femme, ma fille et moi, c'est parce que c'était la vérité. Sur le moment, personne n'a osé nous traiter de menteurs. Les policiers se sont contentés de nous lancer des regards empreints de commisération. Des regards qui, au fond, ne disaient pas autre chose… D'ailleurs, personne n'a tenu compte de notre témoignage.

Il se redressa dans son fauteuil.

— Alors, que comptez-vous faire, maintenant ? demanda-t-il. Ecrire un autre livre sur cette affaire ?

— J'essaie seulement de découvrir la vérité, répondit Jed.

— Vous espérez m'intéresser à votre démarche, monsieur Braden ?

Jed se leva.

— Je crois que vous vous intéressez déjà à ma démarche, monsieur Kidd, ou tout au moins à cette nouvelle vague de meurtres. Vous n'avez pas le choix. D'une part, vous voulez laver la réputation de votre fils et d'autre part, vous avez une fille. Une jolie jeune femme rousse… Pourquoi m'auriez-vous laissé entrer chez vous si tout cela vous laissait indifférent ?

L'homme se leva à son tour, lissant ses cheveux gris du plat de la main.

— Bien sûr que non, ça ne me laisse pas indifférent. Mais je vous ai déjà dit tout ce que je savais. Mon fils est innocent. La vérité, c'est que la police n'avait pas la moindre piste et que la population était terrifiée. Les autorités étaient aux abois, monsieur Braden, et voilà qu'ils ont trouvé Beau, le coupable idéal. Mon fils avait eu des relations avec deux des victimes, et il était penché sur le corps de cette pauvre fille quand Atkins l'a abattu comme un chien. Pour ma part, je ne crois pas que Beau l'ait mis en joue. Je me fous que Larry Atkins ait eu l'air dévasté lorsqu'il est venu nous voir. Cette pourriture a tiré sur mon garçon sans la moindre raison valable.

Forest Kidd se tut, le visage fermé.

— Vous vous dites que même si votre fils avait tué cette fille, rien ne l'empêchait de prétendre qu'il venait de découvrir son corps, c'est ça ?

— Bingo. Je vois que vous êtes un peu moins borné que les abrutis qui sont venus m'interroger, à l'époque. Même en imaginant l'impensable, à savoir que Beau soit vraiment le tueur en série, la version d'Atkins ne tient pas debout.

— Vous avez fait cette remarque aux abrutis en question ? demanda Jed.

En tout cas, elle ne se trouvait dans aucun des rapports qu'il avait consultés, et il pensait les avoir tous en sa possession. Lui-même n'avait pas demandé d'entrevue à la famille de Beau Kidd lorsqu'il avait écrit son livre. D'une part parce qu'il s'agissait d'un roman, et d'autre part parce qu'il n'avait pas imaginé que le père ou la mère d'un tueur en série puisse être disposé à parler de son enfant à un écrivain.

— Y a-t-il autre chose que vous aimeriez que je sache ? demanda Jed lorsque Forest Kidd se contenta de hausser les épaules d'un air las.

L'homme resta silencieux pendant de longues secondes, sondant Jed du regard.

— Demandez donc à ma fille Kitty, murmura-t-il enfin. Elle éclairera votre lanterne. Je sais que vous l'avez rencontrée devant la tombe de Beau.

— En effet, j'ai échangé quelques mots avec elle, au cimetière.

— Katherine semble croire que… Eh bien… elle pense que vous n'êtes pas un mauvais bougre.

— Je suis seulement un homme qui essaie de découvrir la vérité, monsieur Kidd.

— Je vais vous la dire, moi, la vérité : interrogez n'importe quel membre de notre famille, il vous répondra que Beau ne pouvait pas être un assassin. Mon fils vivait dans un petit appartement, monsieur Braden. Et croyez-moi, la police l'a fouillé de fond en comble. Ils ont cherché sans relâche pendant des mois et des mois après sa mort un hôtel ou un motel où il aurait pu séquestrer une femme et la violer en attendant de lui régler définitivement son compte. Mais ils n'ont rien trouvé. Et vous savez pourquoi ? Parce qu'il n'y avait rien à trouver. Mon fils est innocent !

— Merci de m'avoir accordé un peu de votre temps, monsieur Kidd.

— Réhabilitez-le ! Vous lui devez bien ça, dit Forest Kidd alors que Jed quittait déjà la pièce. Si vous arrivez à prouver son innocence, vous pourrez de nouveau vous regarder dans une glace.

Jed continua à marcher dans le couloir sans répondre.

— Je sais que votre femme est morte d'un cancer, poursuivit néanmoins Forest Kidd. Ni vous ni personne ne pouvez changer ça. Pas plus que je ne peux rendre la vie à mon enfant… Par contre, l'occasion vous est offerte de réparer une terrible erreur en prouvant qu'un homme a été abattu à tort et que sa mémoire a été salie par des allégations odieuses et infondées. Je vous en prie, monsieur Braden, faites-le au nom de la justice !

Jed atteignit la porte d'entrée et fit brusquement volte-face. Mais le père de l'inspecteur Kidd n'était plus là.

Il referma doucement la porte derrière lui.

*
* *

Dan s'apprêtait à appuyer sur la sonnette de la vieille maison de famille lorsqu'il vit Llona quitter le ranch voisin. Elle l'aperçut à son tour et agita la main.

— Salut, Llona !

— Salut ! répondit-elle sans toutefois venir le rejoindre.

L'espace d'un instant, il se demanda si elle ne le regardait pas d'un air soupçonneux. Mais non, qu'allait-il donc s'imaginer ?

— Christie est là ? demanda-t-il.

— Non, elle est partie il y a déjà un moment.

— Elle a dit où elle allait ?

Llona secoua la tête.

— Je ne lui ai pas posé la question. J'ai simplement vu sa voiture quitter la propriété… Mais au fait, Dan, comment se fait-il que tu n'aies pas la clé de cette maison ?

— Je suis certain d'en avoir eu un jeu à un moment ou à un autre, répondit-il. De là à savoir ce que j'en ai fait…

Il haussa les épaules.

— De toute façon, il n'y avait rien d'urgent. J'avais simplement une heure à tuer avant d'aller travailler, et je voulais en profiter pour faire un petit coucou à ma cousine.

— Je vois, dit Llona.

Dan eut de nouveau la curieuse impression qu'elle le regardait de travers. Les habitants de cette ville étaient-ils en train de devenir paranoïaques ? se demanda-t-il, terriblement mal à l'aise.

— Bon, eh bien, je crois que je vais y aller, dit-il.

— A bientôt, Dan ! Ça m'a fait plaisir de te voir.

Il hocha la tête.

— Dis bonjour à Tony de ma part, d'accord ?

— Je n'y manquerai pas.

Alors qu'il venait de s'asseoir dans sa voiture, il vit celle de Christina qui pénétrait dans la propriété. Elle lui adressa un joyeux signe de la main en se garant juste derrière lui.

Llona les observait toujours. Quelques secondes plus tard, Christina claquait sa portière, un gobelet de café à la main.

Son petit chien, descendu de voiture en même temps qu'elle, se mit à aboyer gaiement en direction de Dan.

— Qu'est-ce qui me vaut l'honneur de ta visite ? demanda-t-elle en venant embrasser son cousin.

— Rien de spécial. J'avais un peu de temps libre et je voulais le passer avec toi.

— C'est gentil. J'attends le serrurier. Il ne devrait pas tarder.

— Tiens donc ! Tu t'imagines peut-être que Mike ou moi avons l'intention de nous introduire chez toi en ton absence pour voler l'argenterie ?

— Bien entendu, répondit la jeune femme sur le même ton. D'ailleurs, j'ai remarqué qu'il manquait des petites cuillères en argent après chacune de tes visites. Sérieusement, reprit-elle, j'ignore combien de doubles ont été faits depuis que ces serrures existent. Dans le contexte actuel, je préfère savoir qui possède les clés de chez moi.

— Tu as raison, dit Dan.

Une fois dans la maison, il trouva que Christina avait un comportement étrange. Elle allait de pièce en pièce, inspectant chaque recoin comme si elle s'attendait à trouver quelqu'un planqué sous le canapé ou derrière les rideaux.

— Ça va, Christie ?

— Oui, bien sûr. Pourquoi cette question ?

— Non, c'est juste que tu as l'air… Heu…

Bizarre, songea-t-il.

— Que tu sembles inquiète, dit-il. Mais, au fond, c'est peut-être moi le plus inquiet des deux. Tu es sûre que le chien et les nouvelles serrures seront suffisants ?

— Comment ça, suffisants ?

Il haussa les épaules.

— Ne fais pas attention à ce que je dis, Christie : je suis sur les nerfs en ce moment. Il faut reconnaître qu'il règne une drôle d'atmosphère en ville. Impossible de faire un pas sans entendre parler de ces horribles crimes. Quand ce ne sont pas les discussions dans les vestiaires du parc ou les gros titres des journaux, ce sont les chaînes de télé qui reprennent en chœur la mise en garde du porte-parole de la police. Comme si je n'y pensais pas assez souvent… La vérité, c'est que la mort de Patti Jo a été un sacré choc pour moi. Je la croisais presque tous les jours, tu comprends ?

Christina vint passer le bras autour de son épaule.

— Je sais à quel point sa disparition t'a bouleversé, Dan. Et je ne veux pas être un facteur d'angoisse supplémentaire pour toi. Je t'assure que je vais bien, d'accord ? Je suis plus vigilante que jamais, et puis Tony et Llona habitent juste à côté.

Terreur se mit alors à aboyer de façon impressionnante, comme pour apporter sa participation.

Le serrurier venait d'arriver.

Tandis qu'il se mettait au travail, Christina joua pour Dan ses plus récentes compositions. Il lui était arrivé de mettre ses talents de chanteur au service des jingles de sa cousine, qui elle-même possédait un joli brin de voix. Tous les deux adoraient chanter avec leur grand-père lorsqu'ils étaient enfants.

Une heure plus tard, ils se trouvaient encore autour du piano à fredonner de vieilles ballades irlandaises.

— Merde ! s'écria Dan brusquement.

— Quoi ?

— Le boulot. Il faut que je parte. La Grande Fâcheuse doit être sur scène dans trois quarts d'heure.

Elle le raccompagna jusqu'à la porte d'entrée dont la serrure venait tout juste d'être changée.

— Ça a l'air solide, dit Dan en contemplant la nouvelle installation. Avec ça et ton alarme sur pattes, tu ne devrais pas avoir de mauvaises surprises. Bon, je m'en vais l'esprit tranquille, ajouta-t-il après avoir posé un rapide baiser sur la joue de Christina. Au fait, n'oublie pas que tu as promis de venir me voir au parc !

— J'en ai déjà parlé à Ana et elle est partante pour m'accompagner. Je vais l'appeler pour lui proposer de faire ça demain soir. Ça te conviendrait ?

— Oui, pas de problème. Mais ne venez pas samedi : je suis de repos.

— Samedi ? On pourrait peut-être en profiter pour se faire une soirée pizza chez moi avec les mêmes que la dernière fois, qu'en dis-tu ?

— Avec plaisir, répondit Dan en s'éloignant vers sa voiture.

Il s'était déjà glissé derrière le volant quand Christina frappa au carreau avec un petit objet métallique.

— C'est pour moi ? demanda-t-il après avoir baissé sa vitre.

— Bien sûr ! Le serrurier vient de m'en donner trois, et je t'ai déjà dit que cette maison serait toujours la vôtre, à toi et à Mike. Ce n'était pas des paroles en l'air, tu sais ?

Il prit la clé et la soupesa, l'air indécis.

Sans pouvoir se l'expliquer, il avait le sentiment qu'il ferait mieux de ne pas accepter.

— Christie..., commença-t-il.

— Prends-laà et file. Tu vas être en retard.

Il hocha la tête.

— D'accord, dit-il en mettant le contact. Merci de ta confiance, petite cousine.

Jerry poussa la porte du café où Jed lui avait demandé de le rejoindre, et balaya la salle du regard. Il repéra le bras qui se levait dans un angle de la salle et s'approcha à grandes foulées, visiblement impatient de savoir pourquoi son ami lui avait donné rendez-vous.

— Alors? demanda-t-il avant même de s'asseoir. Tu as du nouveau?

— Non. Sauf que je suis désormais convaincu de l'innocence de Kidd. Si on regarde les rapports sans parti pris, il faut bien admettre qu'il n'y a pas l'ombre d'une preuve contre lui. J'ai l'impression qu'un coupable est né le jour où Beau est mort. Un coupable bien pratique pour tout le monde, ajouta-t-il avant d'avaler une gorgée de café.

Jerry hocha lentement la tête avec une moue incertaine.

— Bon, très bien, dit-il. Supposons que tu aies raison. Ça voudrait dire que notre homme a tué cinq femmes, puis qu'il a hiberné pendant douze ans. Et voilà qu'il ressort un jour de son trou et décide de reprendre là où il s'était arrêté... Mais alors, qu'est-ce qu'on fait?

— C'est à toi de répondre à cette question, dit Jed.

Jerry poussa un grognement.

— Arrête ton cinéma, tu veux bien ? Ne me dis pas que la police ne travaille pas déjà sur cette hypothèse. Et non, je ne pense pas qu'un psychopathe puisse mettre ses pulsions meurtrières entre parenthèses pendant plus d'une décennie. Peut-être a-t-il passé les douze dernières années en prison ? Peut-être est-il allé semer la terreur dans un autre Etat ou dans un autre pays ? Peut-être a-t-il même changé ses méthodes… est-ce que je sais, moi ? La seule chose dont je sois certain, c'est que Beau Kidd n'a pas commis les crimes qu'on lui a collés sur le dos.

— Dis donc, fit remarquer Jerry, je te signale que tu as écrit un bouquin qui dit exactement le contraire.

— Une œuvre de fiction, oui. Pardon si tu me trouves pompeux, Jerry, mais dans un roman, seule compte la vérité artistique. Et puis, le massacre a cessé après la mort de Beau, ajouta-t-il en soupirant. Je dois admettre que ça a beaucoup influencé ma perception des faits.

Jerry se renversa sur sa chaise.

— Qu'est-ce qui t'arrive ? demanda-t-il. Tu as été recruté par la famille de Kidd, ou quoi ? A moins qu'il ne s'agisse d'autre chose… Il paraît que sa sœur est canon.

— C'est vrai qu'elle est superbe, dit Jed sans entrer dans le jeu de son ami. Je l'ai rencontrée une fois. Katherine Kidd est une très jolie rousse.

— Tout s'explique ! s'écria Jerry. C'est ce qui a conduit Kidd à s'attaquer exclusivement aux rousses. Ça doit être un truc freudien.

Jed lui jeta un regard consterné.

— Jerry, sa sœur devait avoir une douzaine d'années, à l'époque des faits.

L'inspecteur de police prit la tasse de café que la serveuse venait de poser devant lui et y trempa les lèvres.

— Tu sais que ma gamine a douze ans, elle aussi, dit-il avec une grimace dégoûtée. Si tu la voyais minauder… Et je ne te parle pas de la façon dont elle s'habille.

Jed laissa échapper un soupir impatient.

— Arrête de noyer le poisson, Jerry. Je sais que de ton côté, tu te poses beaucoup de questions. C'est pour ça que tu me donnes des tuyaux et c'est pour ça que tu me laisses accéder à la salle d'autopsie et aux scènes de crime.

Pour toute réponse, Dwyer se contenta de hausser les épaules.

— J'ai besoin de toutes les infos que tu pourras dégoter, poursuivit Jed. Appelle les fédéraux et essaie d'établir un lien avec des jeunes femmes assassinées dans d'autres Etats, des rousses peut-être… Il faut que tu me rapportes tout ce que tu découvres, d'accord ?

Jerry acquiesça d'un signe de tête, les yeux rivés sur sa tasse.

— Tu sais que le FBI estime qu'il y a sans doute des centaines de tueurs en série actifs aux Etats-Unis ? demanda-t-il d'un air découragé.

— Oui, je le sais.

— Et tu sais aussi qu'un grand nombre de ces dingues ne sont jamais arrêtés ?

— Jerry, on va mettre la main sur celui-là.

— Au fait, j'ai rendez-vous demain avec un spécialiste de l'analyse comportementale. Si ça te dit de m'accompagner…

— Et Tiggs ?

— Il n'y voit pas d'inconvénient.

— Parfait. Alors, je viens.

*
* *

Le serrurier était parti presque une heure après Dan. Une fois la serrure de l'entrée changée, il avait également remplacé celles du portail, du garage et de l'accès au grand jardin situé derrière la maison. Christina venait de se servir de sa nouvelle clé, appréciant avec un soupir d'aise le mécanisme bien huilé. Pourtant, à peine s'était-elle tournée en direction du couloir qu'elle se sentit tétanisée par la peur.

Ressaisis-toi ! s'écria en elle une voix impérieuse, lui donnant l'impulsion nécessaire pour franchir les quelques mètres qui la séparaient du petit salon.

Lorsqu'elle jeta un œil dans la pièce, il était là.

Une fois de plus, Beau Kidd se trouvait assis au piano, en train de caresser Terreur qui semblait aux anges.

Le désespoir de le trouver là lui arracha un gémissement.

— Oh, non…

Beau se tourna vers elle et lui sourit d'un air penaud.

— Je suis navré, dit-il doucement.

— Vous ne pourriez pas aller hanter une autre maison ? demanda Christina. La maison de quelqu'un qui pourrait vraiment vous aider, contrairement à moi.

Il secoua tristement la tête.

— Je ne peux pas. J'ai… J'ai un lien avec vous.

— Quoi ? Simplement parce que j'ai posé une fleur sur votre cercueil quand j'étais petite ?

— Ça et le Ouija, dit-il, une expression perplexe sur le visage. La rose, le Ouija et… et quelque chose d'autre, ajouta-t-il. Un autre lien que je ne saurais nommer.

— Si nous parvenons à découvrir ce lien, est-ce que vous me laisserez en paix ? demanda-t-elle.

Mais son espoir fut de courte durée.

— Si seulement vous acceptiez de m'aider…

— Je ne peux pas. Combien de fois faut-il que je vous le répète ? Si je pouvais faire quelque chose pour vous, je le ferais. Mais je ne suis pas de la police.

— Jed Braden pourrait vous aider, dit Beau Kidd. Vous aider… à m'aider.

Elle ignora cette remarque et approcha une chaise du tabouret de piano.

— C'est curieux, murmura-t-elle. On dirait que Terreur sait que vous êtes ici.

— Les chiens ont un sixième sens. Je dois dire que le vôtre est vraiment très mignon.

— Ouais, il est plutôt craquant pour un rottweiler, dit-elle sur le ton de la plaisanterie.

Un large sourire éclaira le visage de Beau.

— Au fond, vous avez toujours su que personne ne s'introduisait chez vous par effraction, n'est-ce pas ? J'essayais juste d'être un bon invité, de me rendre utile en programmant la cafetière électrique, par exemple…

— A cause de vous, j'ai failli avoir une crise cardiaque.

— Mais vous n'en avez pas eu, dit-il doucement. Parce que vous saviez.

Elle se passa une main sur le visage.

— Ce que je savais, maugréa-t-elle, c'est qu'il ne fallait pas jouer avec cette satanée planche Ouija.

— Vous devriez peut-être la ressortir de sa boîte, dit Beau.

Elle le fusilla du regard.

— Mais si, insista-t-il en esquissant un sourire amusé. Une séance de spiritisme, ça ne vous tente pas ?

— Pardon ?

— C'est votre turban qui vous empêche de bien m'entendre, madame Irma ?

— Vous…, commença-t-elle en pointant sur lui un doigt accusateur. Vous allez me faire le plaisir de quitter cette maison illico. Déjà que mon entourage me croit un peu toquée, je n'ai pas besoin qu'un fantôme me rende folle pour de bon !

Elle se leva et se dirigea vers la cuisine, mais il la suivit. Appuyé contre le cadre de la porte, il la regarda d'un air songeur.

— Impossible de faire comme si je n'existais pas.

— Ah, vous croyez ça ? riposta-t-elle. Eh bien, vous allez voir !

Elle se mit à chanter en faisant un peu de rangement. Après quelques secondes, elle sentit les mains de Beau sur ses épaules.

Elle fit volte-face, les yeux plissés et les dents serrées.

— Quoi ?

— Vous ne pouvez pas faire comme si je n'étais pas là parce que ma réputation n'est pas seule en jeu, dit-il d'une voix très douce.

— Ah non ? murmura-t-elle.

— Non. Il s'agit aussi de sauver les autres femmes que ce monstre s'apprête à tuer.

10.

Rapports et notes étaient éparpillés sous les yeux de Jed quand le téléphone sonna.

— Allô ?

— Jed Braden ?

Il ne reconnut pas la voix féminine à l'autre bout du fil.

— Lui-même.

La femme resta muette pendant quelques secondes. Jed fronça les sourcils : il n'était pas sur liste rouge et il lui arrivait de recevoir des appels de dingues ou de plaisantins.

— Qui est à l'appareil ? demanda-t-il d'un ton sec.

— Katherine.

— Katherine ?

— Katherine Kidd, la sœur de Beau.

— Bien sûr, dit-il en se demandant pourquoi il n'avait pas tout de suite compris de qui il s'agissait. Comment allez-vous ?

— Bien, merci. J'aurais voulu savoir si... si vos investigations progressaient.

— Eh bien, ma foi... Ça suit son cours, dit Jed après une hésitation. Vous savez sans doute que j'ai rendu visite à votre père... Ecoutez, Katherine, je crois désormais en l'innocence de Beau. Mais ça ne me dit pas qui est le vrai coupable. Et sur ce terrain-là, je ne suis pas plus avancé que la police.

— Merci d'avoir eu le courage de reconnaître votre erreur. Ça me touche énormément que vous ne considériez plus mon frère comme un violeur et un assassin.

Il la sentit hésiter.

— Je peux vous offrir un café, Jed ? demanda-t-elle d'une voix timide.

— Je ne sais pas si…

— Je comprends, coupa-t-elle. Vous ne souhaitez pas mélanger travail et vie privée. Alors, je vais vous mettre à l'aise tout de suite, monsieur Braden. Je ne vous propose pas un rendez-vous galant. J'aimerais seulement avoir une petite conversation avec vous. Qui sait ? Ça pourrait peut-être vous aider à découvrir la vérité.

— Où voulez-vous qu'on se retrouve ?

Il ne pouvait pas distinguer grand-chose de ce qui se passait à l'intérieur du manoir. Les vieux rideaux en dentelle victorienne masquaient presque entièrement la vue, ne laissant entrevoir que sa silhouette qui se déplaçait de pièce en pièce.

Il aurait dû entrer quand l'occasion se présentait. Trop tard. A présent, il devait se contenter de l'espionner, tapi dans l'ombre. Mais il avait toujours aimé voir sans être vu. La chasse commençait par là. Une bonne partie du plaisir se nichait dans ces moments d'excitation qui précédaient l'action.

Elle était si jolie. Exactement le genre de fille qu'il aimait. Grande et mince avec une épaisse chevelure rousse. Il pouvait presque sentir leur odeur et leur texture soyeuse. Et ses yeux… Puisqu'il ne pouvait distinguer aucun de ces détails ce soir, il devait faire appel à son imagination. Et il n'en manquait pas dans ce domaine. Ce qu'il parvenait à voir malgré les délicats rideaux, c'était les courbes féminines de son corps et l'élégance de ses mouvements.

Un violent désir le saisit, une douleur presque insoutenable, un manque… Si seulement il pouvait…

Non, pas ce soir. Pas ce soir.

Mais la douleur revint de plus belle, comme si une lame dentelée lui déchiquetait le ventre. Il fallait absolument qu'il assouvisse son désir, qu'il trouve quelque chose, quelqu'un pour calmer les affres du manque.

Le mieux serait de rentrer à la maison, songea-t-il, et de prendre une décision, une fois là-bas.

Il parvint à se calmer en se disant que ce n'était que partie remise. Il fallait seulement faire preuve d'un peu de patience.

Assise par terre au milieu du petit salon, la main plongée dans un carton ouvert, Christina jeta un regard circonspect autour d'elle. Pas de Beau Kidd en vue. Elle ne l'avait pas revu depuis qu'il l'avait suivie dans la cuisine. Et si elle doutait de sa raison lorsqu'il apparaissait devant elle, son absence lui semblait une preuve supplémentaire de sa folie.

Elle se remit à fouiller dans le carton, heureuse que sa grand-mère ait eu, comme elle, la manie de tout conserver. Le carton était rempli de coupures de presse et il y avait même le journal entier du jour où papy avait été enterré. Elle prit son temps pour lire sa nécrologie en une du quotidien.

Malheureusement, l'hommage consacré à son grand-père avait été raccourci pour laisser place à un long article sur le Tueur de l'autoroute qui venait d'être identifié. Christina le parcourut attentivement, à la recherche de réponses.

Toutes les jeunes femmes avaient disparu au moment où elles quittaient ou regagnaient leurs voitures. Voitures systématiquement retrouvées dans le parking où elles avaient été laissées par les victimes. A part cela et le fait que les malheureuses étaient sans exception de jeunes et jolies rousses, il n'y avait rien à se mettre sous la dent.

Elle reposa le journal et laissa échapper un soupir. Pas étonnant que tout le monde ait été si prompt à considérer Beau Kidd comme le coupable. Même si les indices qui le désignaient étaient loin d'être graves et concordants, la police n'avait pas d'autre suspect.

Découragée de ne trouver aucun élément propre à l'éclairer sur cette affaire, elle décida d'ouvrir quelques-uns de ses propres cartons pour faire un peu de tri. Au bout de cinq minutes, elle tomba sur un grand article d'un journal de Miami relatant la découverte d'un trésor sous-marin. L'un des plongeurs qui avaient réussi à localiser l'épave du navire n'était autre que Geneviève Wallace, l'une de ses bonnes amies. Christina se rappela alors avoir rencontré, à l'occasion du mariage de Geneviève dans l'archipel des Keys, des gens qui travaillaient pour une organisation spécialisée dans les recherches paranormales.

Harrison Investigations.

Pourquoi diable n'y avait-elle pas songé plus tôt ?

Elle se leva d'un bond et alla s'asseoir devant son ordinateur portable, posé sur la table basse de la salle de séjour. Une fois connectée, elle inscrivit « Harrison Investigations » dans le moteur de recherche.

Leur site valait le détour. A les lire, ils n'étaient rien moins que de véritables chasseurs de fantômes.

Elle cliqua sur le lien « Contactez-nous », et hésita quelques secondes devant les numéros de téléphone et les adresses électroniques qui s'affichaient à l'écran. Elle préféra finalement demander à son amie de jouer les intermédiaires. Et puis, ce serait l'occasion de prendre de ses nouvelles, songea-t-elle en s'emparant du téléphone.

— Christina ! s'exclama joyeusement Geneviève. Comment ça se passe à Orlando ? Tu es bien installée ? Et le boulot, ça marche ?

— Ça va, merci, répondit Christina en se demandant comment elle allait aborder le sujet qui l'intéressait. Avec tous les parcs de loisirs, cette ville est un paradis publicitaire, tu sais ? J'ai l'intention de les démarcher très bientôt.

— Tu n'as pas peur, au moins ? s'enquit Geneviève, soudain grave. A cause de ces meurtres, je veux dire. A Miami, on n'entend parler que de ça.

Christina inspira profondément.

— A vrai dire, c'est un peu la raison de mon appel.

— Comment ça ?

— Eh bien… J'ai rencontré des gens, à ton mariage. Tu sais, tes amis de Harrison Investigations.

Il y eut un bref silence, comme si chacune attendait que l'autre parle. La première fut Geneviève.

— Oui, et alors ? dit-elle.

— Geneviève, j'ai besoin d'aide.

— Explique-toi, enfin ! Tu commences à m'inquiéter avec tes mystères.

— Ma maison est hantée. Il y a… un fantôme chez moi.

Christina fit la grimace et rentra la tête dans les épaules, persuadée que son amie allait éclater de rire à l'autre bout du fil.

— Tu me fais marcher, c'est ça ?

— Non.

Encore un silence. Quand Geneviève reprit la parole, son ton n'avait rien de moqueur.

— C'est le fantôme de qui, Christie ? Tu le connais ?

— Oui… C'est Beau Kidd, l'homme qui est considéré comme le Tueur de l'autoroute.

— Je me souviens de son nom, murmura Geneviève. Il avait été tué par un de ses collègues, c'est ça ?

— C'est bien ça.

— Tu es sûre que ce n'est pas une blague, Christina ?

— Oui, c'est malheureusement très sérieux. Dis-moi… tu crois que tu pourrais les appeler pour moi ? Dans la mesure où tu les connais bien…

— Je m'en occupe, répondit Geneviève sans hésiter. En attendant qu'ils t'appellent, sois extrêmement prudente, d'accord ? Ne fais confiance à personne. A personne, tu m'entends ? Pas même aux membres de ta famille ou à ceux que tu considères comme tes proches.

Christina frissonna et se mordit la lèvre. L'image de sa serrure toute neuve lui vint à l'esprit. Elle aurait tant voulu se sentir en sécurité…

— Je vais redoubler de vigilance, promit-elle.

*
* *

Ils se retrouvèrent dans l'un des nombreux cafés situés sur International Drive. Quand Jed pénétra dans la salle bondée, Katherine Kidd s'y trouvait déjà attablée, un grand verre de thé glacé posé devant elle. Il lui fit un signe de la main, puis alla se chercher un espresso avant de la rejoindre. Cette ville était vraiment un nid à touristes, songea-t-il en se frayant un chemin à travers la foule des clients. Derrière les larges vitres du café, les voitures défilaient sans discontinuer au milieu des affiches et des néons publicitaires. Là, la façade d'un restaurant annonçait en lettres clignotantes les promesses de son dîner spectacle. Ici, un gigantesque panneau en forme de pur-sang arabe vantait les mérites d'un numéro équestre. Juste à côté, l'œil du chaland était irrésistiblement attiré par les posters aux couleurs vives des parcs de loisirs.

Et dire qu'à une époque pas si lointaine, on ne trouvait que des orangeraies dans cette ville…

— C'est fou, non ? dit Katherine, tandis que Jed s'asseyait en face d'elle. Un tueur vient de frapper deux fois de suite et tout le monde fait comme si de rien n'était. Les habitants vaquent à leurs occupations et les touristes se divertissent, tout ça dans une joyeuse confusion. Si nous étions dans une petite ville, la vie se serait arrêtée dès le premier meurtre. Mais ici…

Il posa les coudes sur la table et se pencha vers elle.

— Etes-vous consciente d'avoir le profil type de la victime, Katherine ?

Elle but une gorgée de thé glacé en hochant la tête.

— Bien sûr. Certaines personnes se sont même imaginé que mon frère était une sorte de dingue qui cherchait à me tuer à travers chacune de ses victimes. Si vous saviez les bêtises qu'on peut lire dans les journaux ou sur internet…

Elle se passa la main sur le visage, comme pour effacer ces sombres pensées.

— Alors comme ça, vous pensez que Beau est innocent ? demanda-t-elle.

— En effet.

— Saviez-vous que les meurtres avaient déjà commencé quand mon frère s'est mis à fréquenter Janet Major et Grace Garcia ? Non, n'est-ce pas ? Ce genre d'information ne figure pas dans vos dossiers… Je crois que c'est ma faute si Beau a pris cette enquête tellement à cœur. Je lui ai dit un jour que j'avais peur parce que les femmes assassinées étaient rousses, comme moi. A partir de ce jour, il s'est mis en tête de prévenir toutes les femmes ayant le même physique que les premières victimes. Voilà comment il a connu Janet et Grace.

Elle jeta un regard autour d'elle et secoua la tête d'un air écœuré en voyant l'affiche d'un parc sur le thème d'Halloween.

— Il y a quand même un psychopathe qui viole et tue dans cette ville, dit-elle en grimaçant devant les personnages sanguinolents présentés sur l'affiche. La moindre des choses serait de faire preuve de décence, le temps qu'on lui mette la main dessus, vous ne croyez pas ?

— Difficile d'arrêter une machine à faire de l'argent, répondit Jed.

Il aperçut à ce moment-là une femme qui venait d'entrer dans le café et qui lui rappelait vaguement quelqu'un.

Grande, avec de longs cheveux acajou. Oui, il la connaissait. Sans doute quelqu'un qu'il n'avait pas vu depuis des années.

— Si je comprends bien, reprit-il, vous m'expliquez que votre frère a connu la quatrième et la cinquième victime alors qu'il s'efforçait de les mettre en garde contre le tueur en série ?

Katherine Kidd hocha la tête.

— Et à cause de ça, quelqu'un s'est dit qu'il ferait un coupable idéal.

— Vous pensez que Larry Atkins a pu commettre ces meurtres ? demanda Jed.

Elle laissa échapper un long soupir.

— Possible.

Jed songea un moment à cette hypothèse. La ferme isolée où vivait Atkins était un endroit bien pratique pour torturer des malheureuses loin des regards indiscrets. Mais où habitait-il, douze ans plus tôt ? Jed se creusa la cervelle pour se le rappeler. Si, il s'en souvenait : il était allé chez lui, dans un appartement situé en ville, pour l'interroger avant d'écrire son livre. Ça ne le lavait pas de tout soupçon, mais…

La femme aux cheveux acajou quitta le comptoir, un gobelet fumant à la main, et s'arrêta devant la table de Jed et Katherine.

— Salut, Jed. Ça fait un bail…

La tuile. Qui pouvait-elle bien être ?

Katherine lui sauva la mise en se levant lentement, un sourire aux lèvres et la main tendue.

— Vous êtes Angie McDuff, n'est-ce pas ? Vous étiez à la télévision avant-hier soir.

Angie. L'ex-femme de Mike. Comment avait-il pu l'oublier ? Cela dit, ça faisait un bon moment qu'il ne l'avait pas vue. Sans compter que la dernière fois, elle n'avait pas les cheveux de cette couleur.

— Oui, c'est un téléfilm que j'ai tourné il y a deux ans, dit-elle, visiblement ravie d'avoir été reconnue.

— Salut, Angie, comment vas-tu ? demanda Jed.

— Bien, merci. Mais pas aussi bien que toi, apparemment.

— Je te demande pardon ?

Elle lui décocha un sourire de star.

— J'aimerais bien bénéficier du traitement que les médias t'ont réservé pour la sortie de ce bouquin, dit-elle. On ne voyait plus que toi dans les journaux. Ce livre s'est vendu comme des petits pains, paraît-il. Il s'agit d'un roman, bien sûr, mais tu sais comment sont les gens. Le moindre parfum de scandale les attire comme des mouches… Je parie que la presse ne va pas tarder à te solliciter. Les journalistes vont vouloir ton avis sur ces nouveaux meurtres : Beau Kidd a-t-il été tué à la place d'un autre ? A-t-il été désigné par erreur comme le Tueur de l'autoroute pendant que le véritable assassin s'en tirait sans être inquiété ? Ou Kidd était-il bien coupable, auquel cas le psychopathe qui sévit en ce moment ne serait qu'un imitateur ?

— Angie, intervint poliment Jed, laisse-moi te présenter Katherine, la sœur de Beau Kidd.

Angie faillit s'étrangler et devint rouge comme une tomate.

— Oh, mon Dieu… Je suis désolée… Je ne voulais pas réveiller de mauvais souvenirs.

Katherine haussa les épaules.

— Ne vous en faites pas, j'ai l'habitude.

— Eh bien, mademoiselle Kidd, j'ai été ravie de faire votre connaissance. Et toi de te revoir, Jed, ajouta-t-elle en se tournant vers lui. J'ai croisé ta cousine Ana, il y a quelques mois. Elle ne t'en a pas parlé ? Et j'ai entendu dire que la cousine de Mike s'était installée dans la maison de ses grands-parents, poursuivit-elle sans laisser à Jed le temps de répondre. J'ai eu l'occasion d'y aller plusieurs fois avant mon divorce, et je dois dire que c'est une superbe propriété. Je crois d'ailleurs qu'il faut parler de « manoir ». Je me rappelle que la grand-mère de Mike m'avait reprise, une fois, quand j'avais dit que sa maison était magnifique. « Oui, avait-elle répondu un peu sèchement, nous nous plaisons beaucoup dans notre *manoir victorien.* » Je m'en souviens encore! Je crois que la grand-mère de Mike ne m'appréciait pas beaucoup... Enfin, tout ça c'est du passé. Paix à son âme...

Jed s'efforçait de dissimuler son impatience sous un air captivé. Angie était un véritable moulin à paroles.

— Tu sais que Christina compose des jingles publicitaires? reprit-elle au moment où il ouvrait la bouche pour placer un mot. Je parie qu'elle va être débordée de travail à Orlando. Elle aura forcément besoin d'une bonne chanteuse à un moment ou à un autre...

Elle le gratifia du sourire qu'elle devait perfectionner depuis des années pour la remise des oscars.

— Parle-lui de moi si tu la croises, d'accord? Tu te souviens sûrement que j'ai un joli brin de voix... C'est vrai que je suis très prise en ce moment, entre la scène et les tournages, mais je trouverai bien un moment pour lui rendre service.

Elle n'avait vraiment honte de rien, songea Jed, fasciné par son culot. La réussite dans le monde du spectacle était peut-être à ce prix.

— Tu peux compter sur moi, dit-il, pressé de reprendre sa conversation avec Katherine Kidd. A un de ces jours, Angie!

Jamais elle ne voudrait travailler avec l'ex de son cousin, se dit-il tandis que la comédienne agitait les doigts en s'éloignant enfin. Christina Hardy était d'une grande loyauté, et pour rien au monde elle ne prendrait le risque de blesser Mike. Tout le monde savait dans quelles conditions il avait divorcé.

Une fois Angie partie, Katherine reprit la conversation comme s'ils n'avaient jamais été interrompus.

— Mon frère et Larry Atkins s'entendaient bien, mais je suis obligée de me poser des questions… Parce que, même si Beau était innocent, ça n'a pas empêché Atkins de lui tirer une balle en plein cœur.

— D'après lui, votre frère était penché sur le cadavre de Grace Garcia, comme s'il s'apprêtait à le transporter ailleurs. Atkins assure qu'il s'est approché et que Beau a alors dégainé son arme.

— Peut-être devriez-vous discuter avec lui, suggéra Katherine.

— Pourquoi pas ? répondit Jed sans préciser qu'il avait récemment rendu visite à l'ancien équipier de Beau.

Après tout, ça pourrait être intéressant d'y retourner. Avec cette grande ferme et le vaste terrain qui l'entourait, il y avait de quoi aménager une cachette. Le tueur disposait forcément d'un endroit pour séquestrer et violer ses victimes. Un local qui servait à la fois de cellule et de salle de torture.

Katherine posa la main sur la sienne, interrompant ses lugubres pensées.

— Ça vous dirait de venir chez moi ? lui proposa-t-elle d'une voix douce et suggestive. Mes parents ne rentreront que tard dans la soirée.

Il jeta un regard sur la main blanche et fine qui couvrait la sienne. Si cette invitation était intervenue une semaine plus tôt… Mais à présent, les choses étaient différentes.

— Je vais vous suivre pour m'assurer que vous rentrez sans encombre, répondit-il. Mais je ne pourrai pas rester.

Elle retira sa main.

— Il y a quelqu'un dans votre vie ? demanda-t-elle.

Depuis la mort de sa femme, il y avait eu un certain nombre de « quelqu'un » dans sa vie. Des aventures d'un soir. Mais c'était différent avec Christina.

— Oui, il y a quelqu'un dans ma vie, dit-il d'une voix rauque, surpris par l'émotion que suscitait en lui cet aveu. Mais je me ferai un plaisir de vous raccompagner chez vous.

Elle se leva, hésitante, puis secoua la tête.

— En fait, je crois que je ne vais pas rentrer tout de suite. J'ai plutôt envie d'aller au cinéma. Ils passent toujours de bons films dans le multiplex qui se trouve en bas de la rue. Mais merci. Merci pour tout. Je suis heureuse que vous ayez changé d'avis sur mon frère. Et surtout, n'oubliez pas de me passer un coup de fil après avoir vu Larry Atkins.

— Je n'oublierai pas, promit Jed.

— Appelez-moi, même si ça n'a rien donné, d'accord ?

— C'est entendu.

Un signe de la main et elle était partie.

Beau Kidd était de retour dans la maison. Il s'était assis par terre avec elle, fouillant parmi les coupures de presse, tandis que Terreur somnolait sur le canapé.

— Il y a forcément un moyen de découvrir l'identité de ce salaud, murmura-t-il comme pour lui-même.

Elle leva les yeux vers lui. Il s'était volatilisé… et voilà qu'il réapparaissait sans crier gare.

— Après tout, vous étiez l'un des enquêteurs principaux sur cette affaire, si je ne m'abuse.

— Oui, dit-il tristement. Et dès que je cherchais à protéger une fille, elle se faisait tuer.

— Beau, avez-vous dégainé votre arme et visé votre équipier ?

Il resta quelques instants sans répondre, le regard perdu dans le vague.

— J'ai dégainé mon arme, répondit-il enfin, mais je n'ai pas visé Larry.

— Que voulez-vous dire ?

— Le tueur se trouvait encore là.

— Qui était-ce ?

— Vous savez bien que je l'ignore, Christina.

Elle lui jeta un regard perplexe.

— Mais vous venez juste de dire que…

— Il faisait nuit noire. Quelqu'un avait téléphoné pour signaler un mouvement suspect en bordure de l'autoroute. J'ai appelé Larry et je lui ai demandé de me retrouver à l'endroit indiqué, mais je suis arrivé le premier. J'ai d'abord cru que…

Il se tut un moment. Fantôme ou pas, l'expression de son visage trahissait une terrible souffrance.

— Quand j'ai vu Grace, reprit-il, j'ai d'abord cru qu'elle était encore vivante. Je me suis mis à courir vers elle. C'est alors que j'ai entendu un bruit suspect et que j'ai dégainé mon arme. J'étais certain que le tueur se trouvait encore là. Grace était… Elle était encore chaude, vous comprenez ?

Il avait prononcé ces mots d'une voix si douce et si triste que Christina sentit son cœur se serrer.

Mais elle n'eut pas le loisir de lui poser une autre question.

Un aboiement sonore la fit sursauter. Terreur s'était levé d'un bond, sa queue battant la mesure.

L'instant d'après, la sonnette retentissait.

Christie se mit debout, tandis que le chien courait déjà vers le vestibule avec des jappements excités.

— C'est sûrement quelqu'un que je connais, dit-elle en quittant le petit salon.

Mais lorsqu'elle se retourna pour voir si Beau l'avait entendue, il s'était envolé.

Terreur aboya encore.

— Quand je pense qu'ils osent se moquer de toi ! dit-elle d'une voix attendrie. Tu es un excellent chien de garde.

Arrivée devant la porte, elle hésita. L'attitude du chien l'avait convaincue que son visiteur n'était autre que Jed. Son cœur se mit à battre plus fort tandis qu'elle se penchait vers le judas.

C'était bien lui.

Le temps de faire coulisser les cinq pênes de sa nouvelle serrure, et il apparaissait dans le cadre de la porte.

— Salut ! dit-elle en s'efforçant d'adopter un ton dégagé.

— Salut, toi-même ! répondit-il alors qu'elle s'effaçait pour le laisser entrer.

Il se baissa aussitôt pour caresser Terreur qui se tortilla de plaisir. Le cœur du chien semblait balancer entre Jed et le fantôme. Christina en profita pour jeter un coup d'œil discret en direction du couloir. Beau Kidd se trouvait-il encore dans les parages ou avait-il regagné… l'au-delà ?

Elle se sentit soudain terriblement gênée à l'idée qu'un homme, même mort depuis douze ans, puisse écouter ses conversations, la regarder faire sa toilette ou même des choses encore plus intimes…

D'un autre côté, elle se voyait mal dire à Jed qu'elle ne pouvait pas faire l'amour parce qu'un revenant risquait de jouer les voyeurs.

Pourtant, ce fantôme n'était pas le fruit de son imagination. Elle était désormais convaincue qu'il existait bel et bien.

— J'allais t'appeler, dit-elle en entraînant Jed vers le petit salon. J'ai promis à Dan de venir voir son spectacle pour enfants, et je voulais demander à Ana si elle m'accompagnerait demain.

— Tu vas au New Parc ? demanda Jed d'un ton désapprobateur.

— Je viens de te dire que j'avais promis à Dan d'assister à son numéro de Grande Fâcheuse.

Jed posa les yeux sur la multitude de cartons qui jonchaient le sol.

— Quand je pense qu'ils poursuivent leurs animations d'Halloween malgré le danger ! maugréa-t-il.

— Que veux-tu qu'ils fassent ? Ils ne peuvent pas se permettre de perdre des clients. Il y a énormément d'emplois en jeu, tu sais ?

Jed s'assit sur le tabouret du piano, promenant son regard acéré sur tout ce qui l'entourait. Il se figea en apercevant un vieil article sur le Tueur de l'autoroute.

— Qu'est-ce que tu étais en train de faire, Christie ?

— Un peu de tri, c'est tout.

— Dis-moi que tu n'as pas décidé de mener ta propre enquête !

— Qu'est-ce que tu vas chercher là ? J'étais seulement en train de classer de vieilles coupures de presse.

— Je te demande de rester aussi éloignée que possible de cette affaire, dit-il sèchement.

Surprise par le ton de sa voix, elle croisa les bras et fronça les sourcils.

— Et toi, tu ne mènes pas l'enquête, peut-être ?

— Ça n'a rien à voir. J'ai été flic et j'ai une licence de détective privé.

— Alors, tu devrais savoir que les flics et les privés ne refusent jamais l'aide que les simples citoyens peuvent leur fournir. Si quelqu'un pouvait apporter sa pierre à...

— Cette personne s'exposerait à un grand danger !

Durant le court silence qui suivit cette remarque, Christina crut entendre bruisser les coupures de presse, comme si une main invisible les manipulait.

— Tout le monde est en danger tant que le tueur n'est pas derrière les barreaux, dit-elle.

Jed pivota sur le tabouret afin de pouvoir la regarder droit dans les yeux.

— Christie, ton métier est de composer des jingles publicitaires, pas de traquer les psychopathes.

— Tu oublies que je suis jeune, grande et rousse, et que je me sens directement concernée par ces meurtres. Je suis en première ligne, moi ! Je ne me sentirai pas tranquille tant que ce monstre sera en liberté.

Jed se leva et se mit à arpenter la pièce de long en large.

— Ecoute...

— Beau Kidd n'a pas commis ces crimes, déclara-t-elle soudain.

— Ah oui ? Et qu'est-ce qui te fait croire ça ?

— Eh bien, je... Tu vois bien ce qui se passe en ce

moment, enfin ! Les deux récentes victimes sont la preuve qu'on a tué un innocent.

Voyant que Jed ne protestait pas, elle ajouta d'une voix douce :

— Tu es d'accord, n'est-ce pas ?

— D'accord avec quoi ?

— D'accord pour dire qu'il était innocent ! s'écria-t-elle.

Il ouvrit de grands yeux, surpris par sa véhémence.

— Oui, c'est ce que je crois aussi, dit-il.

Elle se détendit, et un sourire vint éclairer son visage.

— La police est forcément arrivée aux mêmes conclusions, pas vrai ? Ils doivent penser que le Tueur de l'autoroute et celui qui sévit aujourd'hui ne font qu'un.

— Sans doute, dit Jed. Mais je ne suis pas dans le secret des dieux.

— Tu devrais essayer de découvrir s'il existe un lien entre les victimes d'hier et celles d'aujourd'hui, insista-t-elle.

Il poussa un grognement impatient.

— Christina… Tous les flics d'Orlando sont sur cette affaire. Tu imagines bien qu'ils y ont déjà pensé.

Elle se sentit rougir.

— Qu'est-ce qui t'arrive ? demanda-t-il d'une voix plus conciliante. J'ai le sentiment que tu as pris fait et cause pour Beau Kidd et que tu tiens à tout prix à ce qu'il soit innocenté. Comme si tu en faisais une affaire personnelle…

Ne sachant comment répondre sans passer pour une folle, elle préféra changer de sujet.

— Tu dînes avec moi, Jed ? On pourrait se faire livrer une pizza. Ou bien, tu préfères que je te prépare un frichti ? J'ai encore de quoi faire une omelette, si ça te dit.

Il se contenta de hausser les épaules avec une moue indifférente.

— Tu as l'air crevé, dit-elle.

Jed laissa échapper un soupir.

— Je viens de boire un café en compagnie de Katherine Kidd, maugréa-t-il.

— A la buvette du cimetière ? demanda Christina, qui se rappelait la façon dont il avait rencontré la sœur du revenant.

Il ne releva pas cette remarque ironique.

— Tu sais que Beau Kidd a été enterré le même jour que mon grand-père, dit-elle. Je me rappelle les larmes de sa mère, le visage fermé de son père... Mais Katherine, elle, n'était pas à l'enterrement.

— Peut-être que ses parents ont préféré qu'elle reste à la maison, avança Jed. Il y avait une atmosphère tellement haineuse, à l'époque... Tout le monde était persuadé qu'il avait violé et tué toutes ces filles.

— Tu n'as pas été très clair quand tu as évoqué votre première rencontre, l'autre jour. Elle a fait appel à tes services pour réhabiliter son frère, oui ou non ?

— Je n'ai pas besoin qu'on m'embauche pour avoir envie de découvrir la vérité, répondit-il en allant tapoter distraitement les touches du piano. Au fait, tu n'avais pas parlé de nous faire quelque chose à manger ?

— Une omelette campagnarde vous conviendrait, Monsieur l'auteur à succès ? demanda-t-elle avec une petite courbette.

Il hocha la tête avec un sourire.

Elle partit en direction de la cuisine, le laissant à ses pensées.

Une minute plus tard, elle se figeait en étouffant un cri. Des mains venaient de se poser sur ses épaules.

Beau ou Jed ?

Elle vit volte-face et rencontra les yeux d'encre de Jed.

— Je n'ai pas envie qu'on parle de ça tout le temps, dit-il. Je ne voudrais pas que ça devienne une obsession, tu comprends ?

— Bien sûr, dit-elle. Heu… Tu veux du vin rouge avec l'omelette ?

— Si tu en prends aussi.

— Ça t'ennuierait d'aller chercher une bouteille en bas ? demanda Christina en ouvrant la porte qui menait au sous-sol. La cave à vin se trouve juste derrière l'espace qui sert de buanderie.

— Je m'en souviens, dit-il en s'engageant aussitôt dans l'escalier. Tu me laisses choisir ?

— Bien sûr. De toute façon, je n'y connais rien, répondit-elle en s'emparant d'une spatule.

L'instant d'après, elle faisait un bond en sentant une main sur son bras.

Cette fois-ci, il s'agissait de Beau Kidd.

— Qu'est-ce que vous foutez là ? demanda-t-elle sèchement.

— Je voulais juste vous remercier, dit-il.

— Ce n'était pas la peine de venir hanter ma maison. De toute façon, Jed était décidé à faire toute la lumière sur cette affaire.

Il resta un long moment silencieux, l'air un peu perdu.

— Je n'ai pas décidé de venir vous voir, murmura-t-il enfin. Ça s'est fait tout seul… La fleur sur mon cercueil, le

Ouija… Il existe un lien secret entre nous, Christina. Un lien que j'avoue ne pas comprendre moi-même.

— Au cas où vous ne l'auriez pas remarqué, nous ne sommes pas seuls, ce soir. Alors, on y réfléchira une autre fois, si vous le voulez bien. Partez vite : j'entends Jed qui remonte.

— Vous l'avez dans la peau, pas vrai ? dit Beau avec un petit clin d'œil.

— Partez ! répéta Christina.

Le ton autoritaire avait cédé la place à une voix suppliante.

— S'il vous plaît, ajouta-t-elle, tandis que le bruit des pas se rapprochait dangereusement.

Il laissa échapper un soupir.

— J'aimerais tellement revoir Katherine et mes parents…

— Pourquoi ne pas aller hanter les lieux où ils se trouvent ?

Un sourire se dessina sur les lèvres du fantôme.

— A qui tu parles ? demanda Jed qui émergeait du sous-sol, une bouteille à la main.

— Au chien, répondit-elle en faisant les gros yeux à Beau.

Elle se tourna vers Jed qui refermait la porte derrière lui, puis de nouveau vers le revenant, sous prétexte d'attraper une poêle. Il n'était plus là.

Jed ouvrit la bouteille et leur servit du vin pendant qu'elle préparait l'omelette.

— J'ai croisé une de tes vieilles connaissances, tout à l'heure, dit-il.

— Ah oui ? Qui ça ?

— L'ancienne femme de Mike.

— Vraiment ?

Christina sentit qu'elle se raidissait. C'était plus fort qu'elle. Angie avait fait du mal à son cousin. Non seulement elle l'avait trompé, mais elle n'avait pas cru bon d'exprimer le moindre remords. A croire que la souffrance de son mari lui était indifférente. Elle s'était servie de lui de manière éhontée. Pauvre Mike… Dire qu'il était sur un petit nuage quand il avait rencontré cette prédatrice. Et, à présent, il devait lui verser une pension alimentaire alors qu'ils n'avaient même pas eu d'enfant.

— Tu lui as parlé ?

— En fait, c'est elle qui est venue me voir, répondit Jed. Elle m'a demandé de la pistonner auprès de toi.

Christina le regarda avec curiosité.

— De la pistonner auprès de moi ? Je ne comprends pas.

— Elle pense que tu vas avoir besoin de chanteuses pour tes jingles…

Christie éclata de rire.

— Dis donc, elle ne manque pas d'air, celle-là ! Je ne me considère pas comme une fille particulièrement rancunière, mais elle peut toujours s'accrocher pour que je la fasse travailler !

— C'est bien ce que je me disais.

— Je crois que Mike n'a pas encore complètement tourné la page, dit Christina en faisant glisser la plus grande part de l'omelette sur une assiette.

Le morceau qui restait dans la poêle était pour Terreur.

Tandis qu'ils s'attablaient dans le grand salon, elle se sentit gagnée par la nervosité.

Comment fallait-il qualifier ce qui s'était passé entre eux, la veille ? De moment d'égarement ? De conclusion logique à des années et des années d'attirance et de désir refoulé, du moins en ce qui la concernait ?

Ou était-ce plus profond : le début de quelque chose de nouveau et d'excitant qu'ils allaient vivre main dans la main ?

Elle vit alors que la page d'accueil du site internet d'Harrison Investigations était restée sur l'écran de son ordinateur, et elle se leva pour aller l'éteindre. Si Jed voyait ça, nul doute qu'il choisirait l'option « moment d'égarement ». Mais avant qu'elle puisse atteindre la table basse, un bandeau d'informations en ligne se superposa à la page des chasseurs de fantômes.

Elle poussa un cri étouffé.

— Qu'y a-t-il ? demanda Jed alors que son téléphone se mettait à sonner. Une nouvelle victime ?

Elle secoua la tête.

— Non…, dit-elle en relisant l'information qui défilait au bas de l'écran. Mais une autre femme est portée disparue.

Une femme qu'elle connaissait.

— O.K., Jerry, dit Jed qui venait de décrocher. Oui, je te remercie… Je viens juste de l'apprendre.

Aussitôt refermé le clapet de son téléphone, il se leva pour aller allumer la télévision. Il appuya plusieurs fois sur le clavier de la télécommande jusqu'à ce que le visage de la disparue s'affiche à l'écran.

Elle était belle. Jeune.

Elle avait de longs cheveux roux.

Et une voix de rossignol.

— Je la connais, balbutia Christina. Elle s'appelle Allison

Chesney. J'étais censée enregistrer un jingle avec elle mardi matin.

— Elle ne sera pas au rendez-vous, dit Jed d'une voix sombre.

— Mais elle n'est que portée disparue, pour l'instant…

— Désolé, Christie. Son corps vient tout juste d'être retrouvé.

11.

Il observait. Il attendait le moment propice. Il analysait le langage de leurs corps amoureux.

Ils étaient jeunes et séduisants tous les deux, lui visiblement pressé, elle nerveuse. L'homme parlait, une expression de fermeté sur le visage. Il s'exprimait avec autorité. Sûrement quelqu'un qui avait l'habitude qu'on l'écoute. Quand la femme répondit, il put voir qu'elle était justement du genre à défier l'autorité. Rebelle. Et jolie, tellement jolie…

Soudain, ils s'embrassèrent. Ce n'était pas un de ces baisers rapides que les maris pressés déposent sur le front de leur femme. Pas un de ces baisers qu'on donne par habitude quand le cœur n'y est plus depuis longtemps.

Non.

C'était un baiser plein de promesses, bref mais gorgé de désir et d'espoir.

La poitrine de la femme se gonfla lorsque son amant lui jeta un dernier regard avant de s'en aller.

De son poste d'observation, il entendit la porte claquer et le verrou s'enclencher avec un bruit sec.

Il inspira profondément tandis qu'un lent sourire se dessinait sur ses lèvres. Elle était seule.

Mais le moment n'était pas venu. Pas encore… Ça ne tarderait pas.

Il quitta sa cachette et descendit la rue pour se rendre chez la jolie rousse, saluant les rares passants d'un signe de la main.

La jolie rousse qu'il connaissait bien.

Il avait le sentiment que sa patience était récompensée et que l'avenir lui souriait enfin. Après toutes ces années… Il se sentait joyeux, pris d'une irrésistible envie de rire. Ils étaient tellement loin de se douter de sa vraie nature.

Oh ! oui, tellement loin…

Les victimes étaient si semblables, une fois allongées sur la table d'autopsie. Mais Jed était persuadé que ce n'était pas la ressemblance de ces visages figés dans la mort qui excitait le tueur. Soumettre les malheureuses à son bon vouloir, les humilier, voir la terreur au fond de leurs yeux écarquillés au moment où, privées d'air, elles sentaient que la vie les quittait lentement… Voilà comment ce malade prenait son plaisir.

Et ensuite, il les abandonnait nues en bordure de l'autoroute, toujours avec la même mise en scène. Mais cette fois-ci, le sinistre rituel n'avait pas été respecté à la lettre.

Pour commencer, le corps avait été déposé beaucoup plus près de la glissière de sécurité.

— Allez, docteur Martin, dit Jerry. Dites-nous quelque chose !

Le médecin légiste fit la grimace. Tristesse ? Frustration ? Jed n'aurait su le dire.

— Des contusions… Là, sur le bras. Mais aussi des traces sur les poignets et les chevilles, vraisemblablement causées par une corde. Là ! Vous voyez ? C'est un changement de *modus operandi*. Peut-être s'est-elle échappée ou a-t-elle opposé plus de résistance que les autres... Contrairement aux précédentes victimes, elle a également été bâillonnée. On peut voir les marques aux commissures de ses lèvres, ici et là. Et il lui manque aussi un bon paquet de cheveux sur le sommet du crâne. Sans doute sont-ils restés dans la main de son agresseur. Quant à la cause du décès, c'est toujours la même : strangulation manuelle. On n'a rien trouvé à proximité du corps. Elle a été tuée ailleurs et abandonnée au bord de l'I-4.

— Elle vivait avec sa sœur, déclara Mal O'Donnell, lisant les notes inscrites sur son calepin. Ça faisait deux nuits qu'elle n'était pas rentrée chez elle, mais la sœur en question ne s'est pas inquiétée tout de suite, pensant qu'elle dormait chez son petit ami. Elle n'est venue signaler sa disparition qu'hier après-midi et...

— Et son corps a été découvert par une famille qui a fait une halte sur la bande d'arrêt d'urgence parce qu'un des enfants voulait faire pipi, termina Jerry. Tu imagines le traumatisme pour ce petit garçon ? Les collègues qui sont intervenus en premier m'ont dit que le pauvre gosse n'arrêtait pas de pleurer. En voilà un qui va avoir besoin d'un psy !

— Vous avez remarqué quelque chose ? demanda Jed en voyant le Dr Martin froncer les sourcils et s'emparer d'une pince à épiler.

— Un brin d'herbe, dit le médecin en le retirant doucement de la chevelure de la morte. Un long brin d'herbe.

Mal O'Donnell lui tendit un sac hermétique sur lequel on pouvait lire « Pièces à conviction. Ne pas ouvrir », et dans lequel Martin déposa sa trouvaille.

— On le fera analyser, dit O'Donnell d'une voix morose.

— Qui sait ? fit le médecin légiste. Les collègues arriveront peut-être à le faire parler.

— Ça m'étonnerait ! maugréa Jerry, qui semblait aussi découragé que son équipier. Que voulez-vous qu'ils trouvent ? De l'herbe, il n'y a que ça, en Floride.

— On l'a trouvée allongée dans l'herbe, murmura O'Donnell comme s'il se parlait à lui-même. Mais ce brin peut aussi bien provenir d'ailleurs.

— C'est déjà la troisième victime. Cette affaire est en train de virer au carnage, dit le médecin légiste avant de se mettre à parler dans son Dictaphone.

Toujours la même rengaine, songea Jed en l'écoutant confier ses premières conclusions au petit magnétophone. Le problème, c'est qu'il ne s'y faisait pas. Au contraire, ça l'affectait un peu plus chaque fois.

Terreur avait besoin de sortir.

Christina était restée chez elle après le départ de Jed, lisant tout ce qu'elle pouvait trouver sur Harrison Investigations. Mais au bout d'un moment, les gémissements du chien eurent raison de sa patience.

Il fallait voir le bon côté des choses, songea-t-elle en se levant. Au moins, il était propre.

— D'accord, d'accord, mon pépère, dit Christina en ouvrant la porte. Va faire ce que tu as à faire : je t'attends sous la véranda.

Elle le laissa détaler en direction de la pelouse, qu'il parcourut de long en large avant de choisir l'endroit idéal.

Octobre pouvait être un mois si curieux, songea-t-elle. Durant la journée, il faisait presque aussi chaud qu'en été, mais dès la nuit tombée, un petit vent froid rafraîchissait l'atmosphère au point qu'on ne pouvait plus sortir sans un pull. C'était cette même fraîcheur qui l'enveloppait à présent, tandis qu'elle attendait le retour de Terreur.

La température baissa d'un seul coup et un froid sibérien la fit grelotter. Cette fois, les caprices d'octobre prenaient un tour quasi surnaturel.

— Terreur ! cria-t-elle. Viens, mon chien ! On rentre !

Elle s'aperçut alors que l'animal s'était figé, la truffe en l'air, comme s'il flairait quelque chose. On aurait cru une statue posée au milieu du gazon.

— Terreur ! appela-t-elle de nouveau d'une voix beaucoup moins ferme.

Elle regarda autour d'elle pour essayer de comprendre ce qui avait pu retenir l'attention du chien, mais ne vit rien d'anormal. Pourtant, elle était transie et avait l'étrange impression d'être épiée.

— Terreur, au pied !

Devant l'absence complète de réaction du chien, elle décida d'aller le chercher. Une fois le jack russell dans ses bras, Christina se mit à courir vers la maison comme si on la poursuivait. Aussitôt arrivée dans le vestibule, elle claqua la porte derrière elle et tourna la clé d'une main tremblante.

Elle resta ainsi quelques secondes, pantelante, avant de reprendre ses esprits, puis fit volte-face pour voir si Beau Kidd avait réapparu. Peut-être était-ce sa présence qui provoquait en elle cette curieuse sensation de malaise, comme si quelqu'un l'observait à son insu… Mais elle venait à peine de s'engager dans le couloir que la sonnette faisait entendre son timbre vieillot et métallique. Retenant un cri, elle revint sur ses pas pour aller voir qui c'était.

Michaël.

Elle souffla, soulagée, et ouvrit la porte.

Le sourire de Mike s'effaça lentement lorsqu'il découvrit le visage livide de sa cousine.

— Ça va, Christie ?

— Très bien, merci.

— Je te trouve pâlichonne pour quelqu'un qui va très bien, répliqua Mike en fronçant les sourcils.

— Tu es au courant ? demanda-t-elle abruptement.

— Au courant de quoi ?

— Le Tueur de l'autoroute a remis ça. On a retrouvé une nouvelle victime au bord de l'I-4.

— Oh, mon Dieu, c'est affreux !

Alors qu'elle le laissait entrer, Terreur se mit à aboyer.

— Terreur, je te présente mon cousin Michaël, dit Christina.

— Alors, c'est lui, Terreur ? demanda Mike en esquissant un sourire incrédule.

— Oh, épargne-moi tes sarcasmes et referme cette porte ! Il s'appelait déjà comme ça quand je l'ai adopté… Je peux t'offrir quelque chose à boire ou à manger ? Tu sors seulement maintenant du boulot ?

— Ouais. J'ai travaillé tard, ce soir. J'ai eu Dan au téléphone tout à l'heure, et il m'a dit que tu allais venir le voir demain au parc avec Ana. En fait, je suis passé te demander si je pouvais vous accompagner.

— On serait ravies que tu viennes, Mike. Mais je me demande si ça ne va pas être annulé.

— Pourquoi ce serait annulé ?

— Tu ne m'écoutes pas ou quoi ? Je viens de te dire qu'ils ont découvert une nouvelle victime.

— Elle travaillait au New Parc ?

— Non... En fait, elle était sur le point de travailler pour moi. Allison était chanteuse et je venais de l'engager pour mon prochain jingle.

Sa voix s'étrangla en prononçant ces derniers mots, et ses yeux se mouillèrent de larmes.

— Oh, Christie ! s'écria Mike en l'attirant à lui. Je suis désolé...

Elle se réfugia quelques secondes dans les bras de son cousin, jusqu'à ce que Terreur se mette à aboyer nerveusement.

— On se calme, mon pépère ! dit-elle sur un ton d'affectueuse réprimande. C'est ton cousin Michaël.

— Je refuse d'être le cousin d'un chien, aussi mignon soit-il ! lança Mike en affectant un air indigné.

— Pas si fort, voyons ! dit Christina, un doigt sur ses lèvres. Tu vas le vexer.

Tandis que Mike levait les yeux au ciel, elle quitta le vestibule en direction de la cuisine. Une fois de plus, elle eut l'étrange sensation d'être épiée, et s'arrêta au milieu du couloir.

La sonnerie du téléphone la fit sursauter. Bon sang, songea-t-elle, une main sur le cœur pour s'assurer qu'il battait encore. Il fallait absolument qu'elle règle le volume de cette satanée sonnerie.

Une sonnerie à réveiller les morts, se dit-elle encore. Mais même la dérision ne parvenait pas à faire taire l'angoisse qui l'étreignait depuis qu'un fantôme avait décidé de hanter sa maison.

— J'arrive tout de suite ! lança-t-elle à Mike par-dessus

son épaule avant de presser le pas en direction de la salle de séjour.

Son cousin la suivit et elle nota qu'il portait un trench-coat. Il avait l'air si sérieux, songea-t-elle vaguement en décrochant le combiné.

— Allô ?

— Tout va bien ?

C'était Dan.

Terreur se mit alors à aboyer, et ce fut au tour de la sonnette de la porte d'entrée de faire retentir son timbre métallique. Christina fronça les sourcils. Que se passait-il, ce soir ?

— Je vais ouvrir, dit Mike.

Elle le remercia d'un sourire et reporta son attention sur le téléphone.

— J'ai appris par les infos qu'on venait de découvrir un nouveau corps, dit Dan. Encore une rousse. Je commence à m'inquiéter sérieusement pour toi, Christie.

— Je suis en sécurité, répondit-elle.

— Tu te crois en sécurité parce que tu as un chien de la taille d'un gros chat ?

— Et de nouvelles serrures ! lui rappela-t-elle.

Elle leva les yeux en entendant Mike revenir. Il était accompagné de Llona Nelson. Christina sourit à sa voisine tout en continuant à écouter Dan qui lui répétait ses sempiternelles mises en garde.

— Où est Tony ? demanda-t-elle tout bas à Llona.

— A la maison.

— Il y a du monde chez toi ? demanda Dan.

— Ton grand frère et Llona qui vient d'arriver à l'instant.

— Dis-leur bonjour de ma part.

— Dan vous dit bonjour ! lança Christina en regardant ses hôtes. Mike a envie de nous accompagner demain soir, reprit-elle en s'adressant de nouveau à Dan.

— Vraiment ? C'est cool.

— Où allez-vous ? interrogea Llona.

— Voir Dan faire son numéro, répondit Mike.

— Vous croyez qu'on pourrait venir aussi, Tony et moi ?

— Bien sûr qu'ils peuvent venir ! s'écria Dan qui entendait manifestement tout ce qui se disait dans la pièce.

— Dan serait ravi de vous avoir, transmit Christina avant de regarder Llona en fronçant les sourcils. Vous ne travaillez pas demain, Tony et toi ?

Llona secoua la tête.

— Eh non ! C'est notre jour de repos.

— On sera tous là demain, Dan, dit Christina dans le combiné. Tu as intérêt à assurer !

En s'écoutant parler d'un ton léger, elle eut soudain envie de hurler. Le tueur en série venait d'assassiner une jeune femme avec qui elle avait passé une bonne heure à discuter et à chanter, une gentille fille pleine de rêves et d'enthousiasme, et elle ne pensait qu'à se divertir avec ses amis.

D'un autre côté, elle était soulagée d'avoir un peu de compagnie en attendant le retour de Jed. Avant de partir voir son ancien collègue, Jerry Dwyer, il lui avait demandé de s'enfermer à triple tour et de n'ouvrir à personne. Mais Terreur ne pouvait quand même pas faire ses besoins dans la maison, n'est-ce pas ? Quant à Mike et Llona, ils étaient tout sauf des inconnus.

Mike lui prit le téléphone des mains.

— Salut, frangin ! C'est pas marrant pour notre petite

cousine, ce soir. Tu es au courant… Ah, d'accord… Eh bien, figure-toi que Christie connaissait la victime.

Christina reprit le combiné.

— Ça va, Dan. Je ne veux pas que tu t'en fasses pour moi.

— Oh, Christie, je suis désolé ! dit Dan. Je sais ce que tu ressens. Ma copine Patti Jo, et maintenant cette fille que tu connaissais… C'était une amie proche ?

— Non, une relation de travail. Elle était chanteuse et je devais enregistrer un jingle avec elle.

— Mon Dieu, murmura Dan, ça commence à devenir effrayant !

— Ecoute, ne t'inquiète pas pour moi, dit-elle. On se voit demain au parc avec toute la bande, d'accord ?

— D'accord. Je t'embrasse très fort, Christie.

— Moi aussi, je t'embrasse. A demain, Dan.

Elle raccrocha et se tourna vers Mike et Llona, qui la regardaient avec un sourire compatissant.

— Ça doit être terrible pour toi, dit Llona d'une voix douce. Je ne sais pas quoi dire…

— Merci, mais ça va aller, je t'assure. Après tout, je n'ai rencontré Allison qu'une seule fois, même si c'est tout récent.

— Bon, je crois que je ferais mieux d'y aller, dit la jeune femme. Tony doit m'attendre et…

— Et ? dit Christina d'un ton involontairement sec.

Llona accusa le coup et jeta un regard vers Mike.

— Eh bien, je sais que tu n'es pas seule…, bredouilla-t-elle. En fait, Tony m'a demandé de passer voir si tu allais bien. Il se fait du souci pour toi, tu comprends ? J'espère que tu sais qu'on est là en cas de besoin.

— Oui, merci beaucoup, répondit Christina.

Elle avait un début de migraine et, soudain, elle ne souhaitait justement qu'une chose : être seule.

— Mike, tu veux bien raccompagner Llona ? demanda-t-elle à son cousin. Je crois que j'ai besoin de me reposer un peu.

— Bien sûr, dit-il. On se retrouve tous chez toi demain soir ?

— Bonne idée.

Christina venait à peine de refermer la porte derrière eux qu'elle sentit une présence dans son dos. Elle se retourna brusquement et se trouva nez à nez avec Beau Kidd.

— Arrêtez de faire ça ! dit-elle.

— De quoi parlez-vous ?

— Arrêtez d'apparaître sans crier gare. Je vais finir par avoir une crise cardiaque.

— Comment voulez-vous que je m'annonce ? répliqua-t-il. En secouant mes chaînes ? En poussant de sinistres hurlements dans les couloirs ?

— Pourquoi pas ?

L'instant d'après, ils entendirent une portière qui claquait dans l'allée. Christina tourna le dos à Beau Kidd pour regarder à travers le judas grillagé.

Jed était de retour.

Elle le regarda sortir de sa voiture tandis qu'elle sentait Beau qui se rapprochait d'elle.

— Il revient de la morgue, murmura-t-il à son oreille.

— Comment le savez-vous ?

— N'oubliez pas que j'étais flic, moi aussi. Je sais reconnaître la tête d'un type qui a passé une heure dans une salle d'autopsie.

— Il faut que vous partiez, dit-elle.

— Je ne pense pas qu'il puisse me voir.

— Justement. Si je me mets à vous parler, il va me prendre pour une folle.

Beau souriait, mais c'était un sourire un peu triste.

— Vous avez fini par accepter votre don, n'est-ce pas ? Vous savez maintenant que vous pouvez communiquer avec les morts.

— Allez-vous-en, Beau. S'il vous plaît !

— Je ne serai plus là dans une seconde.

Elle lui fit confiance et se tourna pour ouvrir au moment où Jed arrivait devant la porte. Lorsqu'il pénétra dans la maison et qu'elle voulut le toucher, il leva la main pour l'en dissuader.

— Tu permets que je prenne une douche ? demanda-t-il.

— Bien sûr.

Puisqu'il connaissait les lieux, elle le laissa se débrouiller seul et partit dans la cuisine pour aller lui verser un large verre de whiskey.

La potion magique des Irlandais, songea-t-elle.

Le verre à la main, elle monta dans sa chambre, puis entra sans frapper par la porte entrouverte de la salle de bains. Jed était assis sur le sol de la cabine de douche ; l'eau ruisselait sur son corps ramassé.

— Jed ?

Il sembla ne pas l'entendre.

Elle ouvrit la porte de verre dépoli et alla se presser contre lui. Tandis que l'eau leur tombait dessus comme une averse d'été, Christina sentit la puissante odeur de savon que dégageait le corps de Jed. Forte de ce que lui avait dit Beau Kidd, elle comprenait qu'il avait dû se savonner et se savonner encore pour faire disparaître l'odeur affreuse de la mort.

— Salut ! dit-elle doucement.

Il se tourna alors vers elle, la regardant comme s'il venait seulement de s'apercevoir qu'elle était là avec ses vêtements trempés.

— Christie, murmura-t-il. Je suis vraiment désolé. Je n'aurais pas dû venir chez toi ce soir.

— Je suis heureuse que tu sois là, dit-elle. Et maintenant, viens te sécher, d'accord ?

Elle se leva la première et ferma le robinet d'eau avant de sortir de la cabine. Elle lui tendit ensuite un drap de bain qu'il enroula autour de sa taille. Il était dans son monde, silencieux et masculin. Se saisissant d'une autre serviette, il se mit à la sécher au fur et à mesure qu'il la déshabillait. Elle qui était venue le réconforter, elle se retrouva soulevée de terre et portée jusqu'à sa chambre, puis délicatement déposée sur le large fauteuil proche de son lit. Il dénicha ensuite quelques bûches dans le panier à bois et les disposa dans le foyer de la cheminée. Moins de cinq minutes plus tard, un feu la réchauffait. Elle trouva Jed particulièrement beau dans la lueur des flammes qui ciselait avec bonheur ses traits anguleux. Beau et grave. Quelles sombres pensées se bousculaient donc sous son crâne ? Il avait pourtant dû en voir d'autres, à l'époque où il était flic.

Mais on ne s'habituait jamais vraiment à l'horreur.

— Je t'ai servi un whiskey, dit-elle. Là, sur la table de nuit.

Il posa les yeux sur elle, son regard sombre se teintant d'un soupçon d'amusement.

— Du whiskey, hein ?

Elle haussa une épaule avec un timide sourire.

— Merci, dit-il avant d'avaler d'un trait le breuvage ambré.

Il reposa le verre vide en grimaçant, puis remit une bûche dans la cheminée. Ne sachant que dire, Christina préféra se lever et ouvrir les bras en silence. Ils restèrent un moment serrés l'un contre l'autre, les yeux fermés, se réchauffant plus sûrement que tous les feux du monde n'auraient su le faire. Puis Jed s'assit sur le lit, l'entraînant avec lui.

Elle se cala sur ses cuisses, et leurs regards se croisèrent. Le visage de Jed touchait presque le sien, son haleine parfumée au whiskey la caressant d'un souffle tiède. Elle eut le sentiment qu'ils étaient là depuis longtemps, immobiles et hébétés comme deux animaux pelotonnés, se protégeant dans la chaleur de l'autre des rigueurs de l'hiver. L'hiver qu'elle devinait sous le masque douloureux de Jed, c'était le cadavre d'Allison sur la table d'autopsie, les années qui passaient, sa femme, si jeune, emportée par la maladie.

Il avait dû se sentir impuissant devant le corps sans vie de la jeune chanteuse comme il s'était senti impuissant face au cancer qui lui avait enlevé Margaritte.

Elle aurait aimé trouver les mots pour apaiser sa souffrance.

La vie n'est pas juste, Jed.

C'était un tel cliché qu'elle n'osait pas le dire. Et pourtant, c'était tellement vrai…

Elle n'eut pas besoin de parler parce qu'il se décida enfin à l'embrasser. Lorsque ses lèvres touchèrent les siennes, Christina eut l'impression de s'enfoncer dans un liquide chaud et bouillonnant.

La bouche de Jed s'écrasait sur sa peau avec la violence de

la passion, tandis que ses mains l'agrippaient si fermement qu'elle s'abandonna, comme une noyée, au bonheur de se rendre.

Mais le tourbillon se calma soudain et les mouvements de Jed se firent doux, attentionnés… Puis de nouveau sauvages et voraces. La première fois qu'ils avaient fait l'amour, l'excitation de la découverte avait suffi à leur plaisir. Ce soir, c'était comme si toutes les vannes étaient ouvertes. Elle avait une telle soif de lui, de sa chair, de son sexe… Elle le chevauchait comme une possédée, balançant son bassin d'avant en arrière tandis qu'il accompagnait le mouvement, agrippant ses fesses et donnant de puissants coups de reins. Jamais auparavant elle n'avait éprouvé ce sentiment de fusion, comme si leurs corps ne faisaient qu'un.

Un premier orgasme, aussi soudain que violent, lui arracha un long cri, la laissant un moment tremblante, accrochée à Jed comme à une bouée de sauvetage. Elle retrouvait à peine ses esprits qu'il la renversait déjà sur le dos et la couvrait de baisers. Ses yeux étaient d'un noir abyssal, ses traits tendus et concentrés. Mais cette fois, sa bouche était douce et patiente, tout comme sa langue qui s'attardait sur la pointe de ses seins.

Il la pénétra de nouveau, puis se retira. Ses lèvres se mirent à explorer, à sucer, à mordiller tout doucement les endroits les plus intimes. Exquise torture. Christina referma les doigts sur le sexe tendu de son amant, le faisant soupirer à son tour. Elle embrassait tout ce qu'elle pouvait atteindre avec sa bouche, s'émerveillant du goût de sa peau, de son désir qu'elle sentait gonfler dans sa main avec les pulsations d'un cœur amoureux.

Aucune parole ne vint troubler leur volupté. Après que

le plaisir les eut réunis dans un cri pour la seconde fois, il passa simplement son bras autour de ses épaules et elle vint se blottir contre lui. Tout était si parfait qu'elle craignait de briser la magie du moment en disant quelque chose. Alors, elle ferma les yeux et se laissa gagner par le sommeil, rassurée et heureuse de le savoir à ses côtés.

Elle dormit comme un bébé.

Jed se réveilla le premier. Il se souleva sur un coude pour mieux la regarder dormir. Un rayon de soleil mettait le feu à ses cheveux auburn éparpillés sur l'oreiller. L'ombre de ses longs cils flottait sur ses pommettes, donnant à son visage une touche de mystère. Il sentit une boule se former dans sa gorge tandis que son corps se réveillait à son tour. Emotion et désir mêlés, songea-t-il, conscient de sa chance et pourtant inquiet. Qu'est-ce que tout ça voulait dire ?

Il sortit du lit, soudain nerveux.

Il connaissait Christina depuis qu'elle était haute comme trois pommes, et il avait toujours eu de l'affection pour elle. Comment aurait-il pu en être autrement ? Pour lui, elle était la petite copine d'Ana. La petite copine d'Ana, devenue cette grande femme belle et élégante qui venait de se donner à lui pour la seconde fois. Plus il y songeait, plus il se disait qu'il était amoureux d'elle depuis qu'il la connaissait.

Mais Margaritte ? Il l'avait aimée, elle aussi, se dit-il, en proie à un affreux sentiment de culpabilité. Et il l'aimait encore… Etait-il un de ces hommes déloyaux qu'il avait toujours méprisés ?

Il décida d'aller prendre une douche, comme si l'eau

pouvait l'aider à se débarrasser de ces encombrantes interrogations.

Oui, il avait aimé sa femme, cela ne faisait aucun doute. Et la voir mourir à petit feu avait été pour lui une torture, une épreuve dont il resterait marqué à jamais. Déloyal, lui ? Il avait au contraire été le plus dévoué des maris, à son chevet jour et nuit. Il s'était battu avec elle, avait espéré jusqu'à son dernier soupir… Mais au bout du compte, se battre et espérer n'avait rien changé du tout.

Bien sûr, il avait connu d'autres femmes après Margaritte. Il n'avait pas mené une vie monacale. Mais il ne s'était agi que de rencontres sans lendemain. Rien qui puisse le faire souffrir. C'était différent avec Christina. Très différent.

Et il se sentait incapable de mettre un terme à cette histoire. Christina l'attirait beaucoup trop pour qu'il renonce à elle. Dès qu'il s'éloignait d'elle, il se sentait en état de manque.

Merde. Il n'avait plus envie de penser à ça.

Il sortit de la douche et s'habilla. Le chien le suivit au rez-de-chaussée où il alluma la télévision. Après avoir consulté sa montre, il appela Jerry qui lui proposa d'assister à une réunion de travail avec le FBI. Jed se mit ensuite à la recherche de nourriture pour chien, et servit à Terreur un copieux petit déjeuner. Ce toutou avait un nom absurde, mais il fallait reconnaître qu'il était à croquer.

Jed quitta la belle maison victorienne, s'assurant que la porte se verrouillait automatiquement. Il aurait préféré posséder une clé pour actionner tous les pênes, mais il se rassura en songeant qu'il faisait déjà jour depuis un moment. Et puis, le chien de Christina aboyait comme un démon dès que quelqu'un approchait du manoir.

*
* *

Un silence de mort salua l'arrivée de Jed dans la salle de réunion du poste de police. Manifestement, bon nombre des enquêteurs présents estimaient qu'il n'avait rien à faire là. Mais Tiggs prit aussitôt les choses en main avec son efficacité et son autorité habituelles.

— Pour tous ceux qui ne connaîtraient pas ce sémillant jeune homme, il s'agit de Jed Braden, l'ancien flic le plus célèbre de Floride. Il est désormais écrivain mais aussi détective privé, et il travaille pour le compte de la famille de Beau Kidd.

Un murmure parcourut l'assistance.

— C'est une blague ou quoi ? murmura quelqu'un. Après avoir écrit ce bouquin ?

— Quelle ironie du sort, n'est-ce pas ? répliqua Jed en allant s'asseoir au fond de la salle d'où il pouvait embrasser l'assemblée tout entière d'un seul regard.

Mal O'Donnell et Jerry se trouvaient au premier rang. Le Dr Martin était là, lui aussi, ainsi qu'une bonne vingtaine de policiers. La plupart étaient des flics du coin, mais Jed en dénombra cinq ou six qui devaient appartenir à la police d'Etat.

Le voisin de Jed, un tout jeune inspecteur, se pencha vers lui pour le mettre au parfum.

— Celui qui parle s'appelle Gil Barron. Il est du FBI, mais j'ai l'impression qu'il a les pieds sur terre.

Jed n'était pas sûr de ce que son voisin voulait dire par là, mais il hocha la tête d'un air entendu et tendit l'oreille.

— Même les moins perspicaces d'entre vous auront remarqué que notre homme s'attaque toujours à un type de femme bien particulier, disait Barron. Qu'il s'agisse du même gars qu'il y a douze ans ou d'un nouveau tueur qui copie son mode opératoire et sa signature, la victime est toujours rousse et son âge se situe aux alentours de vingt-cinq ans. Il ne s'agit jamais d'une prostituée ou d'une fille travaillant pour l'industrie du sexe. Par contre, elle a dans tous les cas un lien, direct ou indirect, avec le monde du spectacle. Le plus souvent, elle est artiste : chanteuse, danseuse, comédienne, etc.

— Nous voilà bien avancés ! maugréa quelqu'un. On ne leur a pas dit, au FBI, qu'Orlando était le paradis des saltimbanques ?

La remarque avait été faite suffisamment fort pour être entendue par l'orateur, mais Gil Barron ne sembla pas perturbé pour autant.

— C'est la galère, pas vrai, les gars ? dit-il en esquissant un sourire. J'aimerais pouvoir vous apprendre quelque chose de nouveau, mais je ne peux que répéter ce que nous savons déjà. On a fait l'analyse comportementale du tueur et on estime qu'on a affaire à un type inséré socialement. Un homme qui travaille et gagne honorablement sa vie. Il n'est pas vieux, mais si c'est bien lui qui a frappé il y a douze ans, il doit avoir au moins trente ans. A moins d'imaginer qu'il ait débuté sa carrière d'assassin à l'adolescence, ce qui est très improbable. A mon avis, les trois récents meurtres portent la signature du Tueur de l'autoroute, ce qui voudrait dire que Beau Kidd était innocent. Notre homme enlève ses victimes et les séquestre, ce qui veut dire qu'il dispose d'un endroit où les détenir sans que leurs cris alertent le voisinage. Il se peut aussi qu'il les drogue pour les empêcher de faire du bruit. Je vous rappelle au passage que, contrairement aux autres, la dernière victime portait des traces de bâillon. Mais je laisse au Dr Martin le soin de vous en parler tout à l'heure. Dans la majorité des cas, les jeunes femmes sont enlevées dans un endroit public. Ça signifie qu'elles suivent sans doute leur bourreau de leur plein gré, sans imaginer une seconde qu'il puisse représenter un danger. Ça m'ennuie de le dire, mais l'homme qu'on recherche est un M. Tout-le-monde.

— J'ai entendu dire que Beau Kidd correspondait parfaitement à cette description, intervint un jeune inspecteur.

— Le profilage comportemental n'est pas une science exacte, répliqua Gil Barron.

Difficile d'imaginer que cet homme élancé au visage poupon passait sa vie à traquer des psychopathes, songea Jed.

— Le tueur est peut-être marié, et pourquoi pas père de famille, poursuivit Barron. Et au risque de me répéter, je pense que nous avons affaire au même homme qui sévissait à Orlando il y a douze ans.

Oubliant qu'il n'était plus de la maison et que ses anciens collègues ne faisaient que le tolérer ici, Jed posa une question :

— Qu'est-ce que ce mec a bien pu faire pendant la dernière décennie ?

Gil Barron hocha la tête pour indiquer que la question lui semblait pertinente.

— J'y venais justement, dit-il. On a fait fonctionner l'ordinateur à plein régime, et le Fichier National nous a sorti quelques cas très similaires. Il y a huit ans de cela, trois jeunes femmes rousses ont été retrouvées mortes au bord d'une portion d'autoroute située en Géorgie, tout près de la frontière avec la Floride. Allez savoir pourquoi, on n'a jamais fait le rapprochement avec le Tueur en série d'Orlando.

Sans doute à cause de la mort de Beau Kidd : c'était une affaire classée pour tout le monde… Interpol a également découvert une histoire identique en Jamaïque, celle-ci plus récente puisqu'elle remonte à deux ans seulement. Encore trois femmes retrouvées étranglées au bord d'une autoroute. Les victimes étaient noires, mais elles avaient les cheveux teints en roux. Aucun de ces six meurtres n'a été élucidé, bien que les victimes aient eu un lien entre elles. En Géorgie, elles prenaient toutes des leçons de piano avec le même professeur, et en Jamaïque, elles travaillaient ensemble dans un restaurant de Montego Bay. Depuis cette découverte, on a mis tous les moyens dont on dispose pour tenter d'établir un lien entre les victimes de Floride, de Géorgie et de Jamaïque.

Barron poursuivit encore quelques minutes, puis céda la place au Dr Martin qui détailla le résultat des autopsies et évoqua le changement de mode opératoire pour ce qui concernait le meurtre d'Allison Chesney, la dernière victime en date. La réunion se termina sur l'intervention du médecin légiste, et Jed vit Gil Barron se diriger vers lui.

— Vous avez écrit un sacré bon bouquin, dit-il.

— Je n'en suis plus si sûr, répondit Jed.

Il savait que l'agent du FBI faisait allusion au livre qui lui avait valu les honneurs de la presse. Pourquoi les gens ne s'intéressaient-ils pas plutôt à celui qu'il venait tout juste de publier ?

Barron haussa les épaules.

— Il ne faut pas vous faire de reproches. Il s'agissait d'un roman, après tout.

— Ouais, dit Jed avec un sourire amère. Une œuvre de pure fiction.

Gil Barron sourit à son tour.

— Vous avez hâte de lui mettre la main dessus et de tourner la page, pas vrai ? Personnellement, je me réjouis de votre détermination. Et Tiggs semble penser comme moi. Plus il y a de cerveaux bien faits qui planchent sur la question, plus on aura de chances de coincer le tueur. Bon, ajouta-t-il, la main tendue, eh bien, je nous souhaite de réussir là où nos collègues ont échoué il y a douze ans.

— Ouais, on va le coincer, répondit Jed en répondant à sa poignée de main.

Mais il n'était pas sûr d'y croire lui-même.

Quand elle se réveilla, elle était seule.

Enfin, pas tout à fait.

Dès qu'elle eut ouvert les yeux, elle fit un bond en arrière et faillit se cogner à la tête du lit. L'instant d'après, elle remontait le drap sur ses seins en regardant Beau Kidd d'un air outré.

Assis sur le large fauteuil où Jed l'avait déposée la veille au soir, il la dévisageait d'un air soucieux.

— C'est très intéressant, dit-il sans préambule. D'abord une victime qui travaillait dans le même parc que votre cousin, et maintenant une autre qui travaillait avec vous…

— Qu'est-ce que vous faites dans ma chambre ? lança Christina, furieuse. J'ai droit à un peu d'intimité, quand même !

Beau balaya sa remarque d'un geste de la main.

— Vous êtes très belle, mais malheureusement, ces choses-là ne me font plus aucun effet.

Elle inspira profondément et ferma les yeux, le temps de se calmer. Après tout, il avait raison. Faire preuve de pudeur devant un fantôme était sans doute parfaitement ridicule.

— Sortez de ma chambre, dit-elle néanmoins, incapable de se montrer nue devant lui.

Il avait l'air tellement réel…

— J'aimerais prendre une douche et m'habiller, si ça ne vous fait rien, ajouta-t-elle.

— Vous ne semblez pas vous rendre compte de l'importance de ce que je viens de dire, Christina. N'oubliez pas que cette jeune femme est morte juste après que vous vous êtes vues.

— Je ne risque pas de l'oublier, répondit-elle d'une voix étranglée. Mais je ne vois pas pourquoi sa mort aurait un rapport avec notre rencontre.

— Ça vaut la peine d'y réfléchir, dit Beau, songeur. Vous allez vous rendre à l'enterrement ?

Elle hésita.

— Vous savez quand ça aura lieu ?

— Pas avant quelques jours.

— Et d'où tenez-vous cette information ?

— Braden a allumé la télévision un peu avant de partir. Oh ! j'oubliais : il a nourri le chien.

— Il m'a aussi préparé du café ? demanda-t-elle d'une voix ironique.

— Oui, mais je l'ai jeté pour en faire un autre, répondit Beau avec un petit sourire. Moi, je sais comment vous l'aimez.

— On nage en plein délire ! grommela Christie. Bon, soyez gentil de sortir, maintenant.

Il disparut aussitôt.

Restait à espérer qu'il soit vraiment parti, songea la jeune femme, résistant à l'envie de se couvrir de ses mains tandis qu'elle sortait du lit.

Une fois douchée et habillée, elle alla prendre son café dans la cuisine. Le pire, c'est qu'il était exactement comme elle l'aimait.

Une minute plus tard, le téléphone sonnait.

— Allô ?

C'était Jed.

— Christie, ton grand-père jouait de la guitare, n'est-ce pas ? Il chantait à l'occasion pour les habitués du pub, si je me souviens bien. Il me semble l'avoir entendu improviser quelques ballades irlandaises, environ un an avant sa mort.

— Oui, il avait une vieille guitare sèche avec laquelle il s'accompagnait parfois quand il chantait dans son restaurant ou chez O'Reilly. C'était un vrai repère d'Irlandais, à l'époque. Il y en a un peu moins aujourd'hui, mais le pub existe toujours.

— Merci pour l'info.

— De rien, mais pourquoi cette question ?

— Ça ne sert à rien d'en parler maintenant, répondit-il. D'autant que c'est sûrement un coup d'épée dans l'eau. J'explore toutes sortes de possibilités, c'est tout. Tu n'oublies pas de bien fermer ta porte, d'accord ?

— Je n'oublie jamais, Jed.

La fin de sa phrase fut couverte par un aboiement, bientôt suivi par le son métallique de la sonnette d'entrée. C'était fou comme Terreur parvenait à anticiper l'arrivée des visiteurs !

— Attends, dit-elle à Jed. On sonne. Je te reprends tout de suite.

— N'ouvre pas avant de savoir qui c'est !

Mais elle avait déjà posé le combiné sur le guéridon.

12.

— Je n'arrive pas à y croire, murmura Dan.

Il était en face du tableau d'affichage, les yeux rivés sur la liste des comédiens choisis pour interpréter la nouvelle comédie musicale. Il toucha l'imprimé d'un doigt tremblant, comme pour s'assurer qu'il ne rêvait pas.

Rôle principal, Zeus : Daniel McDuff.

Doublure Zeus : …

Il ne vit pas qui serait sa doublure. A cet instant, il s'en fichait éperdument. Il n'en revenait pas. Il lisait et relisait la première ligne où figurait son nom, incapable de réfléchir au-delà de ces mots magiques : *Rôle principal, Zeus : Daniel McDuff.*

— Félicitations ! s'écria quelqu'un derrière lui.

Lorsqu'il se retourna, le visage de son collègue était flou. Quoi ? Il n'était quand même pas en train de pleurer ? Mais si ! Avec un sourire embarrassé et heureux, il essuya les larmes qui mouillaient ses joues.

— Merci, dit-il d'une voix étranglée par l'émotion.

D'autres collègues de travail se pressèrent autour de lui, l'embrassant, lui tapant dans le dos, lui ébouriffant les cheveux. C'était merveilleux. Sa vie était merveilleuse. Il était fou de joie.

— Patti Jo aurait dû figurer sur cette liste, elle aussi, dit une voix dont la tristesse tranchait durement avec la liesse générale.

Dan déglutit et son visage se crispa. Comment avait-il pu oublier ? Faire preuve d'un tel égoïsme ?

Mais rien ne pouvait le faire redescendre de son petit nuage. Il avait enfin décroché le rôle qui allait peut-être lui ouvrir les portes du succès…

— Christie ?

Jed savait qu'elle n'avait pas raccroché parce qu'il entendait le chien aboyer, ainsi qu'un bruit lointain et indistinct.

— Christina ! s'écria-t-il dans le combiné.

Mais elle ne répondit pas. Au bout d'un moment, c'est lui qui raccrocha avec un juron. Il était en proie à un sentiment de panique qu'il ne pouvait contrôler.

— Geneviève ? s'exclama la jeune femme, aussi surprise que ravie de voir son amie. Qu'est-ce que tu fais là ?

— Christie !

Elles tombèrent dans les bras l'une de l'autre.

Geneviève n'était pas venue seule. A ses côtés se trouvaient Thor, son mari, ainsi qu'un homme âgé que Christina reconnut avant même que Geneviève ne fasse les présentations.

Il s'agissait d'Adam Harrison, le fondateur et président d'Harrison Investigations. Grâce à internet, Christina savait déjà pas mal de choses sur ce personnage singulier. A en croire ses déclarations à la presse, ce spécialiste des phénomènes paranormaux avait un don certain pour mener les journalistes en bateau. Il était particulièrement doué pour donner l'impression de parler à cœur ouvert sans jamais admettre clairement qu'il croyait aux fantômes.

Malgré son âge — il devait avoir au moins soixante-dix ans — , Adam Harrison se tenait droit comme un I. Il y avait quelque chose d'impressionnant chez cet homme à la haute stature et aux longs cheveux d'un blanc immaculé. Son regard, à la fois chaleureux et pénétrant, semblait voir bien au-delà des apparences.

Christina les conduisit jusqu'au petit salon où ils parlèrent d'abord de tout et de rien. Puis, comme si on leur avait confisqué le scénario où étaient inscrits leurs dialogues, la conversation s'arrêta d'un seul coup. Ils se dévisagèrent sans rien dire pendant quelques secondes avant que Christina ne rompe le silence.

— Il y a un fantôme chez moi.

— Geneviève nous en a parlé, dit Thor.

Le mari de son amie, qui s'exprimait d'une voix douce et rassurante, était une sorte de géant blond. Son prénom lui allait vraiment comme un gant. Christina l'avait rencontré pour la première fois lors du mariage, et elle l'avait aussitôt trouvé sympathique.

— Alors… Tu ne me prends pas pour une folle ? demanda-t-elle en levant les yeux vers lui. Tu penses que je dis la vérité ?

Il échangea un regard amusé avec Adam Harrison.

— Disons que je garde l'esprit ouvert sur le sujet, répondit-il.

— Tu m'as expliqué que le fantôme de Beau Kidd hantait ta maison, dit Geneviève pour inciter son amie à en dire plus.

— C'est le cas.

— Qu'est-ce qui te fait croire ça ?

— Ce qui me fait croire ça, c'est que je l'ai vu !

Un petit sourire se dessina sur les lèvres de Geneviève. Un sourire incrédule ? s'interrogea Christina.

— Pourquoi hanterait-il cette maison plutôt qu'une autre ? demanda Thor.

— A-t-il déjà vécu ici ? intervint Adam Harrison.

Christina, un peu désemparée, secoua la tête.

— Non.

Geneviève vint poser la main sur son bras.

— Est-ce qu'il t'a… menacée d'une façon ou d'une autre ?

— Non. Mais il m'a fait douter de ma santé mentale en déplaçant des objets dans le petit salon ou encore en programmant la cafetière électrique. A un moment, j'ai même soupçonné mes cousins de me faire une mauvaise blague.

Geneviève fronça les sourcils, visiblement mal à l'aise.

— Christina, tu ne penses pas que Dan ou Mike voudrait te faire peur pour t'inciter à quitter cette maison ?

— Ce manoir doit valoir une fortune, ajouta Thor. Peut-être ont-ils été jaloux que tu en hérites ? Peut-être ont-ils mis sur pied un stratagème pour que tu leur cèdes la propriété à un prix défiant toute concurrence ?

Christina se sentit parcourue d'un long frisson à l'idée que ses cousins puissent lui vouloir du mal.

Comme s'il était sensible à sa détresse, Terreur se mit à aboyer avant de s'asseoir à ses pieds, montrant les dents aux visiteurs.

— Sans aller aussi loin, dit Geneviève qui avait dû sentir

qu'il fallait calmer le jeu, je me souviens que Dan était plutôt farceur.

— C'est vrai, mais il n'est plus un gamin, répliqua Christina. Et mes cousins ne sont pas jaloux de mon héritage. Je sais qu'ils n'ont rien à voir là-dedans, ajouta-t-elle fermement. Ils ne se déguisent pas en Beau Kidd pour apparaître et disparaître comme par enchantement à n'importe quelle heure du jour et de la nuit !

Une fois ces mots prononcés, elle se tourna vivement vers Adam, comme pour le mettre au défi de la contredire.

— Je vous crois, dit-il simplement.

Sous ses airs dignes, presque distants, sa voix calme et profonde révélait une douceur inattendue. Quant à son sourire, il vous donnait le sentiment de le connaître depuis toujours.

— Geneviève, dit Christina, je sais que vous préférez rester discrets sur la façon dont vous avez découvert ce trésor. Tu as failli y laisser la vie, même si tu n'aimes pas en parler… Mais il s'est passé quelque chose que vous avez gardé secret, n'est-ce pas ?

Elle regarda son amie dans le blanc des yeux.

— Des fantômes vous ont aidés à localiser l'épave, c'est ça ?

Un sourire énigmatique éclaira le visage de Geneviève.

— Les fantômes sont parfois bons, tu sais ?

— Alors, tu peux voir Beau Kidd, toi aussi ? demanda Christina.

— Non. Est-ce qu'il est là ?

Christina secoua la tête.

— Pas en ce moment.

— Il vient vous voir parce qu'il espère être réhabilité, n'est-ce pas ? avança Adam Harrison.

— Oui, mais... J'aimerais tant que vous puissiez lui parler, le convaincre de hanter la maison de quelqu'un d'autre... Quelqu'un qui pourrait vraiment l'aider. Pouvez-vous au moins sentir sa présence ?

Adam lui sourit gentiment.

— J'ai rarement eu un contact direct avec l'au-delà, dit-il, mais j'ai passé une bonne partie de ma vie à rechercher ceux qui ont cette faculté. Et j'en ai trouvé, croyez-moi.

— Il te parle ? demanda Thor. As-tu déjà eu une véritable conversation avec lui ?

Christie acquiesça d'un signe de tête.

— Quand s'est-il manifesté pour la première fois ? demanda Adam.

— Il y a quelques jours. Il est apparu au pied de mon lit et j'ai d'abord cru que j'étais en train de rêver. Pourtant, l'impression de réalité était si forte que j'ai été prise de panique et que je me suis enfuie dans le jardin. Mais à peine m'étais-je arrêtée pour reprendre mon souffle qu'il se matérialisait dans mon dos et me tapait sur l'épaule. J'ai eu tellement peur que j'ai perdu connaissance. Je n'ai rouvert les yeux que le lendemain matin : j'étais allongée sur l'herbe, en chemise de nuit.

— Tu es restée toute la nuit dans ton jardin ? demanda Thor que cette pensée semblait inquiéter rétrospectivement.

— Oui, je sais, dit Christina d'un ton un peu impatient. Mieux vaut se calfeutrer chez soi par les temps qui courent. En tout cas, après avoir sérieusement douté de ma santé mentale, j'ai fini par accepter le fait qu'un revenant habitait chez moi, et que Beau Kidd n'existait pas seulement dans mon imagination.

Geneviève l'écoutait attentivement.

— Alors, tu ne te souviens pas? demanda-t-elle en lui prenant la main.

— Me souvenir de quoi?

— Quand on était enfants, tu nous racontais toujours des choses que personne ne pouvait savoir et qui se révélaient pourtant exactes, par la suite. Tu avais déjà un lien avec l'au-delà, Christie. Souviens-toi quand ton grand-père est mort... Nous avons parlé, toi et moi, quelques jours après son enterrement. Je t'ai dit à quel point j'étais triste pour toi et tu m'as répondu qu'il ne fallait pas avoir de peine parce qu'il était en paix, qu'il te l'avait dit lui-même... Christie, ta faculté de voir les morts ne date pas d'aujourd'hui.

Christina secoua la tête d'un air buté.

— Non, je ne suis pas d'accord. Je n'ai aucun don ni rien du tout. Si je pouvais entrer en contact avec les morts, je verrais mes parents. Et si les fantômes existent vraiment, pourquoi ma famille ne hante-t-elle pas cette maison?

Thor s'éclaircit la gorge.

— Peut-être parce que, contrairement à Beau Kidd, ceux que tu aimais sont en paix.

Un sourire songeur détendit un instant les traits crispés de Christina.

Bien sûr, c'était une interprétation rassurante, mais ça n'expliquait pas pourquoi Beau Kidd l'avait choisie, elle.

— Il aurait dû se tourner vers sa propre famille, dit-elle. Pas vers une inconnue.

— C'est avec vous qu'il a un lien post mortem, expliqua Adam. Avec vous et personne d'autre. Il nous permettra peut-être d'entrer en contact avec lui, mais ça ne pourra se faire qu'en votre présence. A travers vous, en quelque sorte.

Christina soupira ostensiblement.

— Lui-même n'est pas certain de la nature du lien qui nous unit. Il pourrait s'agir de quelque chose d'aussi anecdotique qu'une rose que j'ai posée sur son cercueil.

— Tu as posé une fleur sur son cercueil ? s'étonna Geneviève.

— Beau Kidd a été enterré le même jour et à la même heure que papy, expliqua Christina. Et dans le même cimetière, par-dessus le marché. Sans pouvoir vraiment me l'expliquer, je suis allée déposer une rose sur son cercueil.

— Ce geste n'est peut-être pas si anecdotique, intervint Adam, l'air pensif. Je pense même qu'il s'agit d'un geste fort.

— Et puis, il y a eu l'épisode de la planche Ouija, poursuivit Christina.

— La planche Ouija ? répéta le vieil homme en plissant son front étonnamment lisse pour quelqu'un de son âge.

— Une amie a retrouvé ce jeu dans un carton. Elle a absolument tenu à organiser une séance de spiritisme, comme on le faisait autrefois, quand on était gamines. On a posé des questions qui n'avaient rien à voir avec le Tueur de l'autoroute et… c'est Beau Kidd qui a répondu. Il a dit « Aidez-moi », et ensuite il nous a révélé son nom.

— Une planche Ouija, murmura Adam Harrison.

Il resta un moment perdu dans ses pensées.

— Adam, demanda Geneviève, vous pensez qu'on devrait aller chercher le Ouija ?

— Non…, répondit Adam en secouant lentement la

tête. Pas pour l'instant. Je crois qu'on aurait plus de chance d'obtenir un résultat en…

— Je suis d'accord avec vous, dit Thor avant même qu'il ne termine sa phrase.

— Tu es d'accord avec quoi ? lança Christina d'un air agacé.

Elle ne se sentait pas d'humeur à jouer aux devinettes.

— D'accord pour organiser une séance de spiritisme, répondit Adam. Une séance exécutée dans les règles de l'art.

A en juger par son expression et le ton de sa voix, il était parfaitement sérieux.

Après cette déclaration, le silence s'abattit sur la pièce. Terreur le brisa en se dressant sur ses pattes avec des aboiements toujours aussi disproportionnés par rapport à sa taille. Presque aussitôt après, Christina et ses invités entendirent de violents coups frappés à la porte.

Il n'aimait pas ça. Mais alors pas du tout ! Il y avait beaucoup trop d'allées et venues à son goût.

Il inspira profondément. C'était le moment de faire une pause. De se faire oublier. Ce ne serait pas la première fois. Bien sûr, il pouvait également partir quelque temps, changer de décor.

Non.

Il était assez malin pour se permettre de rester. Ces crétins n'arriveraient jamais à lui mettre la main dessus. Une fois de plus, il se débrouillerait pour faire accuser quelqu'un d'autre à sa place. C'était tellement simple à organiser. Tellement simple.

Il suffisait de conserver son calme, cette capacité de réflexion et de maîtrise de soi qui le plaçait au-dessus du commun des mortels. Il ne pouvait laisser des broutilles se mettre en travers de son brillant parcours. Il fallait considérer ces anicroches comme des défis qui pimentaient le jeu.

Il sursauta légèrement. Quelqu'un venait de lui dire bonjour.

Composant son gentil sourire, celui qui les rassurait tous, il répondit par un salut.

— Tu as l'air en pleine forme!

Dan McDuff se retourna. Adossée au mur qui longeait le vestiaire des femmes, Marcie McDonnagh lui adressait son plus beau sourire.

— Et toi, tu es resplendissante! répliqua-t-il.

— Plutôt paradoxal pour une créature de la nuit, dit-elle en touchant les mèches grises et blanches de sa sombre perruque de vampire.

Sensuelle aurait peut-être été un adjectif plus juste, songea Dan. Mais il n'avait pas osé le dire. Pourtant, ce maquillage exagéré donnait à Marcie un air un peu cruel qui la rendait furieusement sexy.

Elle se jeta dans ses bras, puis recula aussitôt, soudain embarrassée par la spontanéité de son geste.

— On a réussi, Dan! On a réussi tous les deux. On va gagner de l'argent et notre carrière va enfin décoller… Attention : voilà Zeus et Héra!

— On en avait tellement envie, murmura-t-il en lui rendant son sourire. J'ai encore du mal à y croire.

— Moi aussi, avoua-t-elle en secouant la tête d'un air incrédule.

— Il faut qu'on fête ça, dit Dan.

— Cent pour cent d'accord avec toi !

— Mon frère, ma cousine et quelques amis viennent me voir jouer, ce soir. On pourrait tous aller boire un verre après le spectacle, qu'est-ce que tu en dis ?

— J'aimerais beaucoup, mais je ne vais pas pouvoir. J'ai un cours de théâtre très tôt demain matin. Tu veux bien qu'on remette ça à plus tard ?

Est-ce qu'il venait de se prendre une veste ? Il ne savait pas trop comment interpréter la réponse de Marcie et, au fond, ce n'était pas si grave. Pour subir un revers, encore aurait-il fallu qu'il ait des vues sur elle. Or, ce n'était pas le cas. Il voulait seulement célébrer leur victoire.

— Pas de problème, dit-il.

A ce moment-là, un cri les fit sursauter tous les deux. Il provenait de l'extérieur, mais il était si perçant qu'il avait pénétré jusqu'au cœur du réseau souterrain où se trouvaient les coulisses du parc.

Dan se mit à rire.

— On dirait qu'ils font du bon boulot, là-haut !

Marcie frissonna.

— Ouais, dit-elle sans conviction. Ça me paraît toujours un peu étrange que les gens paient pour avoir peur. Surtout dans une ville où il suffit d'aller chercher sa voiture au parking pour avoir la trouille.

— Tu sais que je suis là si tu as besoin de moi, déclara Dan gravement, en lui prenant la main.

Il était furieux contre elle. Elle lui avait fait une de ces peurs… Il aurait pu la gifler.

Devant chez elle était garé un gros 4x4, une Volvo rutilante. Exactement le genre de voiture que pouvait posséder un tueur en série au profil lisse, ce M. Tout-le-monde qui ressemblait comme deux gouttes d'eau à votre gentil voisin. Sauf que celui-là violait et étranglait des filles au lieu d'aller jouer au golf.

Voilà ce que Jed pensait tout en courant vers la maison de Christina.

Il avait entendu le chien aboyer, puis un bruit indistinct, et elle n'avait pas repris le combiné du téléphone. Quant à son portable, il devait être éteint puisqu'il était tombé dix fois de suite sur sa messagerie. Et maintenant, il y avait cette voiture inconnue devant son garage.

Mais, bien sûr, Christina se portait comme un charme. Elle ouvrit la porte et le regarda un moment, les yeux écarquillés, avant de comprendre qu'elle avait oublié de le reprendre au téléphone.

— Oh, mon Dieu… Jed, je suis désolée !

— Ouais, tu es désolée, dit-il sèchement.

Elle se mordit la lèvre et fit la grimace.

— Je… Je ne sais pas quoi dire. J'ai tellement de choses en tête en ce moment…, commença-t-elle avant de renoncer à se trouver une excuse.

Terreur se mit à aboyer joyeusement, et Jed le caressa distraitement pour le faire taire.

— Entre, dit Christina. Mon amie Geneviève est là avec son mari. Mais tu l'as peut-être déjà rencontrée ? Elle a grandi à Key West, mais on est copines depuis toujours. Je me souviens comme je l'enviais d'habiter Key West, quand j'étais gamine.

Consciente de parler à tort et à travers, elle se força à arrêter son bavardage.

— Jed, je suis vraiment désolée, d'accord ?

— Mais oui, bien sûr ! Après tout, on ne va pas faire toute une histoire parce qu'un tueur en série avec un penchant pour les jeunes et jolies rousses sème la terreur dans la ville ! Non, vraiment, je me demande pourquoi je me suis inquiété.

Elle se sentit rougir.

— Jed…

Il soupira avec un semblant de sourire et elle vit que le soulagement l'emportait enfin sur la colère.

— C'est bon, dit-t-il, n'en parlons plus.

Christina le prit par le bras.

— Viens, j'aimerais te présenter.

Dès qu'il aperçut la silhouette élancée et le visage bronzé de Geneviève, Jed fut certain de ne l'avoir jamais rencontrée. On n'oubliait pas une femme aussi belle. Elle et Christie avaient dû faire des ravages quand elles se baladaient ensemble sur les plages de Key West. Par contre, il fut surpris de reconnaître le grand blond que Christina lui présenta comme le mari de son amie.

— Thor Thompson, dit Jed avec un sourire.

— Jed Braden ! lança le géant aux airs de Viking.

Les autres les regardèrent avec de grands yeux.

— J'ai travaillé quelque temps dans le pool plongeurs des forces spéciales, expliqua Jed.

— En d'autres termes, on s'est croisés à l'époque où il était flic, dit Thor en se tournant vers sa femme.

— Jed Braden, le fameux écrivain, dit le vieil homme en tendant la main. Adam Harrison.

— Oncle Adam, précisa Christie.

— Oncle Adam ? répéta Jed sans cacher son étonnement.

Il savait qu'elle n'avait plus de famille, à l'exception de ses deux cousins.

— *Mon* oncle Adam, précisa vivement Geneviève.

Il sut instinctivement que ce n'était pas vrai. Mais pourquoi lui mentaient-ils ?

— Oui, je suis bien écrivain, monsieur Harrison, répondit Jed en reportant son attention sur l'homme à la chevelure blanche. Mais pas si fameux que ça.

— Vous pouvez m'appeler Adam. Et je vais être obligé de vous contredire en ce qui concerne la qualité de votre plume, monsieur Braden. J'ai lu deux de vos livres d'un trait, et en particulier celui qui relatait le sombre parcours du Tueur de l'autoroute.

— Le parcours romancé, précisa Jed avec un brin de lassitude.

Christina s'éclaircit la voix et consulta sa montre d'un air absorbé.

— Eh bien… Il est encore un peu tôt, mais que diriez-vous d'aller déjeuner ? Vous pouvez vous installer ici, tous les trois, ajouta-t-elle à l'attention de Geneviève, Thor et Adam. Ce n'est pas la place qui manque dans cette maison… Allez donc chercher vos affaires et ensuite, on ira manger un morceau. Ce soir, on est plusieurs à aller voir mon cousin au New Parc. Il donne un petit spectacle pour enfants dans le cadre des festivités d'Halloween.

Jed nota à quel point elle semblait nerveuse.

— Je suis partante pour déjeuner, dit Geneviève. On s'est levés tôt ce matin, et mon ventre commence à crier famine !

— Merci pour l'invitation à rester chez vous, dit poliment Adam Harrison, mais nous ne voulons surtout pas nous imposer…

— Au contraire, assura Christina, je serais ravie de vous recevoir.

— Je vais vous donner un coup de main pour porter vos valises, dit Jed.

Ils sortirent tous de la maison, et Terreur suivit le mouvement avec des bonds ravis. Alors qu'il arrivait à la hauteur du 4x4, Jed aperçut Llona qui garait son minibus dans l'allée voisine.

Elle agita la main et sortit du véhicule.

— On va toujours voir Dan ce soir ? cria-t-elle par-dessus la haie.

— Bien sûr ! répondit Christina. Viens, que je te présente à mes amis.

Llona traversa la haie et serra les mains qui se tendaient vers elle.

— On partait déjeuner, dit Geneviève.

— Tony est au Mainstay, dit Llona : il surveille la mise au point d'un nouveau menu. Tu sais où se trouve le restaurant, Christina ? C'est juste en face du fief des McDuff : le O'Reilly. Pourquoi n'iriez-vous pas manger là-bas ? Tony serait ravi. Il a ajouté toute une gamme de plats minceur. Des trucs à la fois bons et diététiques. Non que vous ayez besoin de perdre du poids, ajouta-t-elle en riant.

— C'est une excellente idée, dit Christina. Ça vous dit ? ajouta-t-elle en regardant les autres.

Ils approuvèrent tous, et Jed décida de les accompagner.

Tout au long du repas, Christina se sentit nerveuse.

La présence de Geneviève et de son mari était facile à expliquer. Une amie d'enfance et son époux qui venaient lui rendre visite, quoi de plus normal ? D'ailleurs, Jed connaissait Thor. Mais il en allait autrement pour Adam. A la façon dont les yeux noirs de Jed scrutaient le vieil homme, elle devinait qu'il se posait des questions.

Tony les accueillit à la porte du restaurant et ils eurent droit à la meilleure table. Christina se félicita d'avoir suivi la suggestion de Llona, mais elle se sentit gênée que Tony tienne absolument à leur offrir le repas.

— Tout ce que je vous demande, c'est de me donner un avis sincère sur la nouvelle carte, dit-il.

— Bien entendu, on te dira ce qu'on en pense, répondit Christina.

Une fois la commande passée, Jed se tourna vers Adam.

— Vous n'êtes pas originaire de Floride, n'est-ce pas ?

Renversé sur sa chaise, grignotant nonchalamment un morceau de pain, Jed semblait parfaitement détendu. Mais Christina voyait bien qu'il n'en était rien. Il était comme un fauve à l'affût, guettant de son regard pointu la réaction du vieil homme aux allures de patriarche.

— Non, en effet. Je suis virginien de naissance, de cœur et de droit divin, répondit Adam avec un sourire.

Il leva sa chope de bière en direction de Jed.

— Mais je n'en admire pas moins votre bel Etat. Il est chargé d'Histoire. D'histoires de fantômes, notamment.

— C'est vrai, dit Jed. Nous ne sommes pas loin d'Ocklawaha où Ma Barker et son fils Fred ont péri sous les balles du FBI en 1935. La légende veut qu'on ait retrouvé un lustre intact au milieu des ruines de leur cottage, réduit en pièces par des milliers d'impacts. Depuis ce jour, on murmure que ces lieux sont hantés, ajouta-t-il en prenant une voix exagérément grave.

— Le fantôme que je préfère en Floride se trouve à Tallahassee, dit Geneviève. Plus précisément dans le vieux cimetière de la ville.

— Je le connais, dit Christina. C'est un endroit beau et impressionnant à la fois. Les tombes sont cernées de grands arbres d'où pendent des guirlandes de mousse d'Espagne.

— Et le spectre d'Elizabeth Budd Graham s'y promène, c'est bien ça ? dit Jed.

Tony, qui passait par là, s'était arrêté à leur table pour écouter la conversation.

— Elizabeth Budd Graham ? répéta-t-il. Jamais entendu parler.

— C'est pourtant une célébrité dans l'univers des fantômes, dit Jed en gratifiant Christina d'un regard appuyé.

— Elle est née aux alentours de 1886, expliqua Geneviève. On dit qu'elle était un peu sorcière, un peu fée. Elle s'est mariée, elle a eu un enfant et elle a mené une vie heureuse avant de mourir prématurément à l'âge de vingt-trois ans. Sa tombe, située plein ouest, est ornée d'une belle épitaphe : « Deux fois morte d'avoir quitté ce monde si tôt. » Triste, n'est-ce pas ? Tu n'es jamais allé dans ce cimetière, Tony ?

— Non, pas que je me souvienne. Comment se manifeste son fantôme ?

— Elle ne cherche pas à faire peur aux visiteurs. Les gens posent des fleurs sur sa tombe et sont censés éprouver en retour une sensation de paix qui les aide à voir plus clair en eux-mêmes.

— La Floride est décidément pleine de revenants, dit Jed sur le ton de la conversation polie.

— Surtout pleine de touristes, Dieu merci, dit Tony avant de se tourner vers Christina, le front plissé. Christie... Avec tout ce qui se passe en ce moment... Tu sais que Llona et moi sommes toujours là pour toi, n'est-ce pas ? Tu peux sonner chez nous à n'importe quelle heure du jour ou de la nuit.

— Merci, Tony. C'est très rassurant de vous savoir juste à côté.

Il lui répondit d'un sourire, puis s'adressa à l'ensemble de la tablée.

— Bon, je ferais bien de retourner en cuisine, moi. Je vous laisse avec vos fantômes. Bon appétit à tous !

Après le déjeuner, ils revinrent chez Christina. Avant même qu'ils n'entrent dans la maison, Jed voulut prendre congé. Mais Christie s'interposa en se plaçant devant lui, comme pour créer un paravent, une zone d'intimité entre eux et les autres.

— Tu ne vas pas nous faire faux bond, ce soir ? lui demanda-t-elle, agacée que sa voix trahisse son anxiété.

— Mais non, dit-il. Je reviendrai à temps.

— Et où vas-tu comme ça ?

— Rendre visite à Larry Atkins, l'ancien équipier de Beau Kidd. Il habite une immense ferme, à un peu plus d'une heure d'ici.

— Pourquoi ? Tu le soupçonnes d'être le véritable tueur ?

Jed haussa les épaules.

— Il y a quelque chose qui me chiffonne dans sa version des faits. Ce n'est quand même pas banal de tuer son propre équipier. Il affirme que Kidd l'a visé avec son arme et qu'il a tiré en état de légitime défense. Mais je ne comprends pas pourquoi Beau n'a pas jeté son pistolet quand il a vu que Atkins allait riposter. Et puis, qu'est-ce qui aurait pu pousser Beau à dégainer en premier lieu ?

— Beau a dégainé parce que le corps de cette fille était encore chaud quand il l'a découvert. Il s'est dit que le tueur se trouvait encore dans les parages. Alors, quand il a entendu un bruit derrière lui, il a pensé que c'était le psychopathe qui revenait sur ses pas. N'oublie pas qu'il faisait très sombre et que…

Elle rougit, et s'éclaircit la voix avant de reprendre :

— Enfin, je me laisse emporter par mon imagination. Mais c'est une hypothèse crédible, tu ne crois pas ?

— Si, si, admit Jed en plissant légèrement les yeux comme s'il essayait de voir ce qui se cachait derrière le sourire figé et les rougeurs de Christina.

— Si je comprends bien, tu t'intéresses de près à la nouvelle vague de meurtres qui touche la ville ? demanda Thor en s'approchant de Jed.

— Ouais… Je ne peux pas faire autrement.

— Tu as des projets pour le reste de la journée ?

Christina observa la façon dont Jed étudiait le mari de Geneviève. Haussant finalement les épaules, il baissa les yeux un instant avant de croiser de nouveau le regard de Thor.

— Je dois aller voir quelqu'un, dit-il.

— Ça te dirait d'avoir un peu de compagnie ?

L'espace de deux ou trois secondes, Jed sembla peser le pour et le contre.

— Bien sûr, dit-il. Si tu as envie de faire un tour à la campagne…

— A quoi tu penses ? demanda Geneviève, quelques

minutes plus tard, tandis qu'elles regardaient la voiture de Jed s'éloigner, emportant les deux hommes.

— J'essaie d'imaginer la tête qu'il ferait si je lui expliquais que le fantôme de Beau Kidd a pris ses quartiers chez moi, répondit Christie. Il ne me croira jamais.

Elle jeta un regard anxieux à Geneviève et Adam Harrison.

— Il est dans la maison, murmura-t-elle. Je le sens.

Elle entendit Terreur qui grattait à la porte, et ouvrit pour le laisser sortir. Le chien déboula comme une fusée et se figea au milieu de la pelouse, le nez en l'air, comme s'il flairait quelque chose. C'était la deuxième fois qu'il faisait ça, songea Christina. Mais cette fois-ci, il se mit à tourner en rond sur le gazon.

— Qu'est-ce qui lui prend, encore ? s'interrogea-t-elle à voix haute.

— Il cherche à vous protéger contre une nuée de moustiques, dit Adam en souriant.

Elle sourit à son tour et se détendit un peu.

— Et si on défaisait nos valises ? proposa Harrison. Au fait, on va voir un spectacle, ce soir ?

— Oui, tous les parcs fêtent Halloween en proposant des animations censées faire peur, en octobre, expliqua Christina. Et mon cousin Dan donne presque chaque soir une petite représentation pour les enfants. Je ne suis pas sûre que ce sera passionnant pour vous, mais ça lui fait plaisir qu'on vienne le voir.

— Octobre…, murmura Adam d'une voix songeuse. Le mois le plus propice aux manifestations surnaturelles. Et tout s'apaise à la Toussaint.

Une fois les chambres attribuées et les valises vidées,

Christina se mit au piano et leur fit écouter quelques jingles qu'elle avait composés. Soudain, au beau milieu d'un morceau aux sonorités joyeuses, elle cessa de jouer.

— J'étais censée enregistrer celui-là mardi, dit-elle d'une voix blanche. La chanteuse que j'avais engagée est la troisième victime du Tueur de l'autoroute.

Confortablement installé dans un fauteuil, Adam avait fermé les yeux depuis un moment. Christina pensait qu'il somnolait, mais le vieil homme réagit aussitôt aux propos qu'elle venait de tenir, prouvant que son esprit était resté en alerte, malgré les apparences.

— Peut-être que Beau Kidd n'est pas revenu uniquement pour vous demander de l'aide, dit-il.

— Qu'entendez-vous par là ?

— Peut-être est-il aussi là pour vous protéger, répondit Adam d'une voix douce.

Christina sentit son corps se contracter au passage d'un frisson.

— On va organiser une séance de spiritisme, dit-il. On y verra sans doute plus clair après.

— Maintenant ?

— Non, répondit Adam en secouant lentement sa crinière blanche. Il faudra réunir tous ceux qui étaient présents quand Beau Kidd s'est manifesté la première fois par le biais de la planche Ouija. Que diriez-vous de samedi soir ?

Christina acquiesça d'un signe de tête, bien qu'elle se sente terrifiée.

Elle n'avait aucune raison d'avoir peur, pourtant. Adam, Geneviève et Thor allaient s'installer à l'étage, à portée de voix de sa chambre. Il y avait de quoi être rassurée.

Et Jed ? Allait-il de nouveau passer la nuit avec elle ? Dans le refuge de ses bras, la peur n'existait plus.

Elle jeta un coup d'œil à Geneviève. Son amie paraissait si sûre d'elle, si sereine… L'idée de dormir dans un manoir hanté, de surcroît situé dans une ville où sévissait un tueur en série, ne semblait pas lui poser de problème.

Christie en était là de ses pensées lorsqu'elle se rendit compte qu'Adam la regardait.

— Pouvoir parler aux morts est un don, dit-il de sa voix suave. Il ne vous reste plus qu'à l'accepter.

Un don ? songea-t-elle. Peut-être bien.

Mais alors, un don très dangereux.

13.

— Je vous l'ai déjà dit, Jed : vous avez besoin d'un cheval. Cessez donc de ressasser de vieilles histoires. Pourquoi vouloir transformer un honnête homme en monstre ? Je n'ai jamais eu la gâchette facile et vous le savez très bien. C'est la tension de la vie urbaine qui vous égare. Un cheval vous enseignera à y voir plus clair sur vous et sur les autres.

Larry Atkins se balançait dans son rocking-chair, posté sur sa véranda comme s'il s'attendait à cette visite.

Il ne prêta aucune attention à Thor qui sortit à son tour de la voiture. Pourtant, le géant blond n'était pas du genre à passer inaperçu.

— Bonjour, Larry ! lança Jed, les mains sur les hanches.

Atkins quitta son fauteuil à bascule pour aller s'accouder à la rambarde.

— Je sais ce que vous pensez, Jed. Vous croyez avoir un coup d'avance sur les flics. Mais faites comme chez vous, dit-il en désignant son domaine d'un large geste de la main. Allez-y, fouillez la ferme. Je comprends, vous savez ? Ces nouveaux meurtres font de moi un suspect. Pensez donc ! J'ai abattu mon équipier.

— Belle propriété, dit Thor d'un air admiratif.

— Ben voyons ! rétorqua Larry avec un rire amer. Belle propriété, loin de tout. En d'autres termes, la résidence idéale pour un tueur en série. J'ai toute la place qu'il faut pour séquestrer des femmes, faire d'elles mes esclaves sexuelles, puis les étrangler. Elles peuvent gueuler tout leur soûl, personne ne les entend… Allez-y, les gars, fouillez tout !

— Je n'ai pas de mandat de perquisition, Larry.

— Je sais bien que vous n'en avez pas. Bon sang, Jed, vous faites fausse route en vous focalisant sur moi. Je n'ai commis aucun crime. Venez, je vais vous montrer.

— Larry, personne ne vous accuse de quoi que ce soit, dit Jed.

— Pourtant, vous êtes là ! Avec cette espèce de malabar scandinave.

Jed jeta un rapide coup d'œil en direction de Thor. Nullement vexé, celui-ci souriait d'un air amusé.

— Entrez ! leur dit Larry.

Pourquoi refuser ? Après tout, c'était pour ça qu'ils avaient fait une heure de route.

Ouvrant la marche, Larry leur fit visiter la propriété de fond en comble en commençant par la maison, sous-sol compris, et en terminant par l'écurie.

Atkins referma la porte du dernier box visité et donna une petite tape sur la croupe du cheval qui l'habitait.

— Alors, vous êtes satisfait ? demanda-t-il à Jed.

Il n'avait pas adressé un seul mot à Thor.

— Je voudrais vous poser une question, répliqua Jed.

— Dites toujours.

— Aujourd'hui, avec le recul, vous pensez vraiment que c'est vous que Beau visait avec son arme ? Vous ne croyez pas qu'il vous a pris pour quelqu'un d'autre ?

Larry Atkins le regarda un long moment en silence, comme s'il avait le souffle coupé par un uppercut au foie.

— Il a pointé son pistolet sur moi, dit-il finalement d'une voix mal assurée.

— Mais il faisait très sombre, n'est-ce pas ?

— Les meurtres ont cessé aussitôt après la mort de Beau, rétorqua Larry.

— En effet. Cela dit, vous n'avez pas répondu à ma question.

— J'ai agi en état de légitime défense. A ma place, n'importe qui en aurait fait autant.

— Si vous le dites ! Merci, Larry.

Ils regagnèrent la voiture en silence. Ce n'est qu'après avoir mis le contact que Jed se tourna vers Thor.

— Alors ? Tu en penses quoi ?

— Il a l'air sincère… Beau Kidd a certainement dégainé et comme tu dis qu'il faisait sombre… Le problème, c'est que Atkins n'a pas dû s'identifier. Peut-être a-t-il tiré sous l'emprise de la peur. Un réflexe de survie… Je ne sais pas trop quoi te dire d'autre, sauf que…

— Quoi ?

Thor haussa les épaules.

— Comme tu le sais, mon truc, c'est plutôt les mystères sous-marins. C'est juste une impression, mais je ne pense pas qu'un psychopathe se dissimule sous les airs bonhommes de ce M. Atkins.

— Je suis d'accord avec toi. Larry n'est pas le Tueur de l'autoroute. Ce qui m'embête, c'est…

— Oui ? dit Thor en voyant Jed hésiter.

Jed secoua la tête.

— Il y a quelque chose qui m'échappe. Quelque chose

qui doit être là, sous mes yeux, et que je ne vois pas. Un lien…

— Un lien entre quoi et quoi ?

— Je ne sais pas, et c'est bien ça le problème. Je n'arrive même pas à comprendre pourquoi je suis tellement certain que quelque chose m'échappe. C'est comme si j'avais un mot sur le bout de la langue. Je suis incapable de le prononcer, et pourtant je sais qu'il est là, tout près.

Jed éteignit brusquement le moteur.

— Et si tu me disais ce que tu fous ici, Thor ? Qu'est-ce que tu as à voir avec toute cette histoire ?

Le brouillard artificiel qui enveloppait l'allée était si dense qu'on n'y voyait pas à deux mètres.

Mais on était en octobre dans l'un des plus grands parcs d'Orlando, et les visiteurs en voulaient pour leur argent. Ils avaient payé pour avoir des sensations fortes et le client était roi.

— Christie ? appela Ana d'une petite voix.

— Je suis là !

— Tu ne trouves pas qu'ils ont eu la main un peu lourde avec le brouillard ? dit-elle avec un rire de petite fille. Et tu as vu le monstre dans le lagon ? Il est super bien fait !

— Tu as maquillé certains des comédiens ? demanda Christina.

— J'ai animé un atelier pour les vampires. Tiens ! dit-elle en pointant le doigt vers un Nosferatu au féminin. Si tu arrives à y voir quelque chose… C'est l'une de mes créations.

— Impressionnant, dit Christina.

— Merci. Et les zombies que tu vois là… Ils sont également signés Mlle Ana.

— Aussi réussi que terrifiant, déclara Christina.

Et c'était la pure vérité.

Elles marchaient le long d'une allée rebaptisée « Chemin de l'épouvante », le temps des animations d'Halloween. Elle menait à un vaste chapiteau où la Grande Fâcheuse s'en prenait à des gamins ravis de se faire gronder. Le brouillard n'était pas seulement épais, il tourbillonnait autour d'elles. Les effets spéciaux et les déguisements réussissaient à créer une atmosphère à la fois festive et inquiétante. C'était vraiment bien fait, songea Christina qui aurait aimé retrouver son âme d'enfant.

Malheureusement, elle ne parvenait pas à ressentir le frisson de l'angoisse, si délicieux lorsque la peur n'était qu'un jeu. Elle avait le sentiment qu'aucune mise en scène ne pourrait jamais plus lui faire froid dans le dos.

Quand on avait un vrai fantôme chez soi…

— Où sont les autres ? demanda-t-elle lorsque Ana émergea du brouillard.

— Derrière nous. Du moins, je crois, ajouta-t-elle en pouffant de rire. J'ai l'impression que c'est Thor qui effraie les vampires !

— Il n'a rien d'effrayant, pourtant, fit remarquer Christina. Moi, je le trouve très beau.

— Je ne dis pas le contraire, mais il est tellement grand… Reconnais que ça fait une drôle d'impression de le voir soudain surgir de la brume.

Ana passa le bras sous celui de son amie, et frissonna.

— Tu ne trouves pas ça bizarre ? demanda-t-elle en baissant la voix. Quand je pense que l'une des victimes travaillait ici… Et pourtant, ceux qui la connaissaient font encore tout leur possible pour créer une atmosphère lugubre.

— La vie continue et c'est très bien comme ça, répondit Christina en essayant de se convaincre elle-même. Et puis, si c'est ce qui t'inquiète, je suis certaine que le parc est parfaitement sécurisé.

— Tu as sans doute raison.

A peine Ana terminait-elle de parler qu'un cri affreux se faisait entendre. Christina eut un instant de panique pour la première fois de la soirée.

Mais le cri fut presque aussitôt suivi par de grands éclats de rire, et Tony apparut dans le brouillard, Llona à ses côtés.

— Llona s'est mise à hurler comme une chochotte ! dit-il en riant.

— Mais je suis une chochotte ! dit Llona. Et quand cet arbre sur pattes a surgi du brouillard en agitant ses branches, j'ai cru que j'allais avoir une crise cardiaque.

Quelques minutes plus tard, les autres les rejoignirent. Mike s'était lancé dans un débat philosophique avec Adam, et Geneviève marchait entre Jed et son mari.

— Il y a beaucoup trop de brouillard, dit Jed.

— Je crois que c'est un nouveau procédé, répondit Tony. Les réglages ne sont peut-être pas encore au point.

— Dan m'a dit que son spectacle se tenait sous un chapiteau, dit Mike. Vous voyez les spots lumineux orange ? Ça devrait être là.

— Je suis impatiente de le voir faire son numéro, dit Ana. Oh ! Regardez les goules, là-bas. C'est moi qui les ai créées, et j'en suis assez fière.

— Des goules ? dit Mike. Qu'est-ce que c'est ?

— Des créatures démoniaques du folklore arabe et perse.

Tu n'as jamais lu les Mille et une nuits ? Admire leurs jolis pieds fourchus ! Elles se nourrissent essentiellement des cadavres qu'elles vont déterrer dans les cimetières.

— Charmant ! murmura Mike.

Le brouillard se mit à tourbillonner autour de Christina tandis qu'elle s'arrêtait pour regarder les goules d'Ana. Lorsqu'elle se tourna vers les autres, ils avaient disparu.

— Vous êtes là ? demanda-t-elle sans oser élever la voix.

Aucune réponse. Impossible de percer les nappes de brume artificielle qui l'enveloppaient comme un linceul.

C'est alors qu'elle sentit… quelque chose. Comme des doigts qui touchaient ses cheveux. Les caressaient.

— Hé ! cria-t-elle en faisant volte-face.

Personne.

Elle se sentit de nouveau gagnée par la panique.

Pourtant, elle n'était pas au milieu d'une sombre forêt, mais dans un parc de loisirs truffé de caméras et d'agents de sécurité.

Christina se remit en marche, sans quitter des yeux les spots orange. Les autres étaient forcément tout près. Elle n'avait pas fait deux pas qu'elle se sentit poussée dans le dos. L'instant d'après, elle butait sur un obstacle et poussa un cri, tandis qu'elle perdait l'équilibre et tombait à la renverse.

Prise de terreur, elle envoya un coup à l'aveugle et toucha quelqu'un. Elle entendit un bruit étouffé et se mit à tâtonner fébrilement autour d'elle, à la recherche d'un point d'appui pour se relever. C'est alors qu'elle posa la main sur… un corps.

Profitant du fait que le brouillard se faisait un peu moins dense, elle plissa les yeux pour mieux distinguer la femme allongée sur le sol. Ses yeux étaient clos, son visage d'une blancheur cadavérique. Christina ravala le cri qui montait en elle, comprenant *in extremis* que cette pâleur était due à un savant maquillage. De même, la chevelure noire de l'inconnue, striée de mèches grises et blanches, n'était en réalité qu'une perruque.

C'était une comédienne. L'un des vampires qu'Ana avait pointés du doigt.

— Est-ce que ça va ? demanda-t-elle d'une voix anxieuse lorsqu'elle se rendit compte que la jeune femme ne bougeait pas. Ohé ! Vous m'entendez ? insista-t-elle en lui prenant la main.

Elle était froide.

Et de la commissure de ses lèvres s'écoulait un filet de sang…

— La Grande Fâcheuse vous souhaite bien le bonsoir, mes vilains ! lança Dan de sa voix d'outre-tombe. Revenez vite me voir pour vous faire gronder comme vous le méritez… Demain, nous lirons des extraits de la prose funèbre et morbide de notre grand écrivain Edgar Allan Poe. Et gare à ceux que j'interrogerai et qui ne sauront pas me réciter quelques-uns de ses vers…

Mon Dieu, comme c'était bon d'être applaudi ! songea Dan, tandis que les bravos résonnaient sous le chapiteau. Plus qu'un encouragement, les mains qui battaient pour lui avaient l'effet d'une drogue. Il adorait être sur les planches.

Il quitta le trône sur lequel il était juché, et son sourire se fit plus large encore. Un sourire que les spectateurs ne voyaient sûrement pas : le maquillage créé par Ana était si bien fait que, même hilare, Dan semblait en colère.

Il venait de l'apercevoir, adorable et toute menue, en train d'applaudir, debout au premier rang, tandis que la petite foule se dispersait déjà.

— Salut, beauté ! dit-il.

Il était tellement sur son petit nuage qu'il s'agenouilla devant Ana et planta un baiser sur ses lèvres.

Un éclairagiste qui passait par là observa la scène d'un air stupéfait.

— C'était génial ! s'exclama-t-elle tandis qu'il l'aidait à se hisser sur l'estrade.

— Ouais, c'était super, dit Mike en grimpant à son tour. Félicitations, petit frère. Et un grand bravo pour le rôle que tu as décroché !

— Tu es déjà au courant ?

Mike leva les yeux au ciel.

— Et dire qu'on va bientôt devoir supporter tes caprices de star ! dit-il avant de désigner la jeune femme qui attendait au bas de la scène. Tu te souviens de Geneviève, l'amie de Christie ?

— Bien sûr ! répondit Dan en sautant de l'estrade pour aller l'embrasser.

— On s'est bien amusés. Tu es vraiment doué, Dan, dit-elle en prenant le bras de son mari. Je te présente Thor, l'homme de ma vie.

Dan se tourna vers le géant blond. Il était rarement obligé de lever les yeux pour regarder quelqu'un, mais ce type était vraiment immense, songea-t-il en serrant la main qui se tendait vers lui.

— Et voici Adam Harrison, dit Mike, tandis que le vieil homme s'avançait, le sourire aux lèvres.

— Et nous, tu nous connais ! dit Llona en lui faisant un signe de la main.

— Bravo pour ton spectacle, dit Tony. Une étoile est née !

Dan fronça les sourcils.

— Christie n'est pas venue ?

Ils eurent tous un moment d'hésitation avant de balayer le chapiteau du regard.

— Merde ! maugréa Michaël.

— C'est pas vrai…, grogna Jed, qui n'avait pas dit un mot jusque-là.

L'instant d'après, il s'éloignait vers la sortie.

Alors qu'ils le regardaient tous disparaître dans le brouillard artificiel, un hurlement à vous glacer le sang résonna dans la nuit.

Ana poussa un cri étouffé.

— Qu'est-ce que c'est ?

Une adolescente passa en courant devant l'entrée du chapiteau, hurlant et riant à la fois.

Mike secoua la tête avec une moue de reproche.

— Je n'arrive pas à croire qu'on ait laissé Christie derrière nous, dit-il, visiblement furieux contre lui-même.

— Au secours ! A l'aide !

Christina avait trouvé le poignet de la jeune femme étendue au sol pour vérifier son pouls. Dieu merci, elle vivait encore. Mais elle était inconsciente, et Christina ne parvenait pas à la réanimer.

— J'ai besoin d'aide ! cria-t-elle de nouveau, essayant de se faire entendre malgré le brouhaha qui régnait dans le parc.

Son appel sembla d'abord se noyer dans les cris et les rires qui fusaient autour d'elle. Mais alors qu'elle commençait à désespérer, elle entendit quelqu'un qui l'appelait.

Jed.

— Je suis là ! Viens vite, j'ai besoin d'aide !

Une silhouette sombre se dessina dans la brume argentée, et bientôt, les traits de Jed se précisèrent, crispés par l'inquiétude.

— Elle est blessée ! cria Christina.

— De qui parles-tu ? demanda-t-il, une expression perplexe sur le visage.

— Là, regarde ! L'une des comédiennes qui jouent les vampires est blessée.

Il s'accroupit aussitôt près de la jeune femme et s'employa à déterminer la gravité de son état. On voyait à ses gestes sûrs et précis qu'il avait été policier.

Christina le regardait faire lorsqu'elle entendit Ana l'appeler, suivie de Tony, Mike, Geneviève…

— Par ici ! cria Jed. Appelez une ambulance et la sécurité du parc !

Le faisceau lumineux d'une lampe torche déchira alors le brouillard. Un employé du parc qui se présenta comme le Dr Saryn s'agenouilla à son tour près de la comédienne. Il posa quelques questions rapides à Jed, le remercia et prit la relève. Le reste de la bande avait maintenant pénétré le nuage opaque, formant un cercle autour de la jeune femme, tandis que deux infirmiers arrivaient avec un brancard à roulettes.

Une pensée terrifiante traversa soudain l'esprit de Christina. Bon nombre des gens présents dans ce parc étaient déguisés. Et si ces deux types ne faisaient pas réellement partie du personnel médical ? S'ils étaient sur le point d'emmener la malheureuse et de... Elle tenta de se raisonner, et reporta son attention sur ce qui était en train de se passer.

— Oh non ! s'exclama Dan, les yeux rivés sur la jeune femme que les infirmiers allongeaient sur le brancard. Qu'est-il arrivé ?

Il semblait tout retourné, nota Christina.

— Allez savoir, avec ce satané brouillard ! répondit l'un des infirmiers avec humeur.

— Je... Je la connais, dit Dan d'une voix bouleversée. Elle s'appelle Marcie... Marcie McDonnagh. C'est mon amie... Mon Héra...

— Et maintenant, c'est ma patiente, intervint le Dr Saryn. Une ambulance du parc va l'emmener vers l'hôpital le plus proche. Son pouls est normal et apparemment, elle n'a rien de cassé. Au vu du bel hématome qu'elle a derrière le crâne, je dirais qu'elle a trébuché.

Il se tourna vers Christina.

— C'est vous qui l'avez trouvée ?

— Oui.

— Eh bien, elle vous doit une fière chandelle. Avec cette purée de pois, elle aurait pu rester longtemps comme ça sans que personne ne la remarque, dit-il en indiquant d'un geste vague le brouillard tourbillonnant, encore plus surréaliste dans la lumière de sa lampe torche.

Des bras surgirent derrière Christina et lui entourèrent la taille. Les bras de Jed. Elle fut stupéfaite de sentir sa peur disparaître, aussitôt remplacée par la colère.

— Il faut prévenir la police, dit-elle d'une voix ferme. L'amie de Dan n'a pas trébuché. Quelqu'un l'a frappée.

Elle croisa les bras sous le feu des regards interrogateurs.

— Ecoutez, dit le médecin, moi je fais mon boulot. Cette

femme doit être hospitalisée le plus vite possible. Libre à vous de prévenir la police si vous pensez que c'est utile.

Il partit sur ces mots, suivi des infirmiers qui poussaient le brancard où reposait Marcie. Dan jeta un regard inquiet à Christina avant de s'élancer à leur suite.

— Quelle soirée ! murmura Adam Harrison.

— Pourquoi as-tu dit qu'on l'avait agressée ? demanda Jed à l'oreille de Christina.

— Je... Je ne sais pas. J'ai eu moi-même l'impression qu'on me poussait dans le dos.

— Ces stupides adolescents ! lança Llona. Ils sont intenables !

Et pourquoi pas, après tout ? songea Christina. Si on l'avait réellement poussée, ça pouvait être le geste d'un jeune imbécile qui voulait faire le malin, ou peut-être même le résultat d'une bousculade involontaire.

— Allons dîner ! dit-elle. J'ai l'impression que la Grande Fâcheuse ne grondera plus personne, ce soir.

Jed n'avait pas prévu de passer la nuit chez Christina, mais cette histoire d'« Oncle » Adam le tracassait. Non qu'il s'inquiète de savoir cet homme étrange sous son toit : Geneviève et Thor dormaient eux aussi au manoir, sans oublier Terreur, bien entendu.

Non, c'était autre chose qui le chiffonnait. Quelque chose qu'il n'arrivait pas à cerner, comme si Christina lui faisait des cachotteries.

Elle semblait si sûre d'elle-même en décrivant ce qui avait dû se passer entre Larry Atkins et son équipier, le soir où Kidd avait trouvé la mort... Et son hypothèse tenait parfaitement la route. Larry n'avait pas l'air d'un homme hanté par le ou les meurtres qu'il avait commis. Il se comportait plutôt comme un type rongé par le doute, terrifié à l'idée d'avoir pu tuer son collègue et ami par erreur. Au fond, il n'y avait qu'une seule explication plausible : dans l'obscurité, Beau avait pris Atkins pour le tueur.

Mais comment Christina avait-elle pu voir aussi juste ? Et comment savait-elle qu'il faisait particulièrement sombre, ce soir-là, à l'endroit où le drame s'était noué ?

Llona et Tony avaient décidé de poursuivre leur soirée dans le parc, laissant le reste de la troupe aller dîner sans eux.

Pendant le repas, Christina reçut un appel de Dan qui lui donnait des nouvelles de Marcie McDonnagh. Dieu merci, la jeune femme n'avait rien de grave et elle se rétablirait vite. Par contre, elle ne se rappelait pas les circonstances de sa chute. Il y avait un grand vide dans sa mémoire entre le moment où elle marchait dans la brume artificielle et celui où elle s'était réveillée sur un lit d'hôpital.

Malgré les informations rassurantes sur l'état de santé de Marcie, Christina faisait grise mine quand elle raccrocha.

— Qu'est-ce qui ne va pas ? lui demanda Mike. L'amie de Dan n'est pourtant pas sérieusement blessée, si j'ai bien compris.

Elle haussa les épaules.

— C'est juste que ton frère s'inquiète… Il a peur qu'avec les problèmes qui s'accumulent pour la direction du parc, la comédie musicale finisse par être annulée. Imagine si quelqu'un portait plainte à cause de ce brouillard beaucoup trop dense…

— Vous dites que les problèmes s'accumulent ? intervint Adam. Que s'est-il passé avant ce soir ?

— L'une des victimes du tueur en série travaillait au New Parc, expliqua Christina.

— Ne t'inquiète pas, dit Mike. D'une part, les grands parcs de loisirs sont couverts par une tonne d'assurances en béton armé, et d'autre part la seule personne qui pourrait porter plainte à cause du brouillard serait Marcie elle-même. Ce qu'elle ne fera pas, parce que cela irait contre son intérêt. Non seulement ce parc est son gagne-pain, mais elle a été choisie pour jouer la femme de Zeus dans la comédie musicale. Jamais elle ne prendrait le risque de compromettre la tenue d'un spectacle qui représente une chance unique pour elle.

Le dîner terminé, Mike et Ana partirent de leur côté tandis que les autres regagnaient la maison de Christina.

Une fois arrivé au manoir, Jed entra avec les autres sans attendre d'y être invité. Si quelqu'un s'étonna de sa présence, personne ne le fit sentir.

Christina alla aussitôt préparer du thé. Jed comprit qu'elle ne faisait que perpétuer une tradition : reproduire ce qui avait toujours été fait dans cette maison, du temps où sa grand-mère était en vie. On entrait et on préparait du thé. Une tradition des plus sympathiques, se dit-il.

Tandis qu'ils buvaient un Darjeeling en grignotant des sablés, la conversation porta sur la chasse aux trésors sous-marins. Geneviève et son mari reconnurent qu'ils avaient de la chance de vivre de leur passion. Jed mentionna alors des grottes sous-marines que Thor n'avait jamais visitées, et ils décidèrent d'organiser une plongée commune.

— Mieux vaut ne pas trop attendre, dit Christina. Plus on approche de la fin de l'année, plus l'eau devient froide.

— C'est loin d'ici ? demanda Thor.

— A une heure et demie de route environ, répondit Jed.

Tout en parlant, il visualisait mentalement la carte de Floride, traçant une croix virtuelle à l'emplacement où les corps avaient été retrouvés.

Douze ans plus tôt, la première et la dernière victime avaient été découvertes le long de l'autoroute I-4, au niveau de la sortie vers International Drive qu'empruntaient les touristes. Un autre cadavre avait été déposé à proximité du péage, deux à hauteur de l'embranchement avec la voie rapide de Beeline.

Et cette fois-ci…

La première victime gisait au bord de l'I-4, au niveau de la sortie vers International Drive, et les deux autres à proximité du péage.

Le tueur poussait le vice jusqu'à choisir les mêmes portions d'autoroute pour abandonner le corps de ses victimes.

— J'ai décidé de faire une soirée samedi, dit Christina, l'arrachant à ses pensées.

— Ah bon, tu organises une fête ? demanda Jed.

— Non, pas une fête, juste une petite réunion entre amis. Je compte inviter Tony et Llona, Mike et Dan, toi et Ana, ainsi qu'Adam, Geneviève et Thor, bien entendu.

Jed eut le sentiment qu'elle avait dit ça pour connaître sa réaction. Mais pourquoi ?

— Bonne idée ! répondit-il. Dan ne joue pas, samedi soir ?

— Non, le samedi, il ne travaille que l'après-midi, et un autre comédien reprend le personnage de la Grande Fâcheuse. Sans compter qu'il va bientôt commencer les répétitions pour la comédie musicale. De toute façon, la frénésie d'Halloween ne va pas tarder à se calmer.

Une explication, longue, confuse et en partie hors sujet, songea Jed. Qu'est-ce qui rendait Christina si nerveuse ?

— Et quel est le but de cette petite réunion ? demanda-t-il.

— Eh bien… de se réunir, répondit-elle.

Geneviève se mit alors à bâiller ostensiblement, et les trois invités de Christina se levèrent comme un seul homme en invoquant la fatigue du voyage. Christina et Jed suivirent le mouvement.

Ils venaient tout juste d'atteindre le haut de l'escalier quand le portable de l'écrivain fit entendre sa discrète mélodie.

C'était Jerry Dwyer.

L'appréhension le saisit au moment de décrocher. Son ami allait-il lui annoncer la découverte d'une nouvelle victime ?

— Salut, vieux ! dit Jerry. Il y a une veillée funèbre à la mémoire d'Allison Chesney, demain soir. De 7 à 9. Tu viens ?

— Merci de m'avoir prévenu. J'y serai.

— Ouais. On ne sait jamais qui risque de se pointer.

Aussitôt après avoir raccroché, Jed se tourna vers Christina. Elle le dévisageait intensément.

— Une veillée funèbre est organisée à la mémoire d'Allison Chesney, dit-il.

— Demain soir, je sais.

— Je me disais que ce serait sans doute une bonne idée d'y assister.

— J'ai également l'intention de m'y rendre, dit-elle d'une

voix sombre. Mais moi, c'est parce que je la connaissais, pas par curiosité morbide.

Il soupira.

— Ecoute, Christie, il arrive qu'un assassin vienne à la veillée funèbre ou à l'enterrement de sa victime. Prendre plaisir à voir la douleur des proches peut faire partie de la pathologie du psychopathe. C'est pour ça que je souhaite y aller. D'autre part…

Jed hésita.

— D'autre part, je préférerais que tu renonces à t'y rendre.

— Désolée, mais ma décision est prise.

— Christina… On ne peut pas prendre le risque que le tueur te repère et fasse de toi sa prochaine cible. Tu es la proie idéale pour ce fumier. Jeune, grande, rousse… et tellement belle.

Elle lui jeta un regard fiévreux et tourna les talons.

— Il faut que ces meurtres cessent ! s'écria-t-elle d'une voix vibrante.

Jed vint la rejoindre à la porte de sa chambre, et lui prit les mains.

— Je comprends ce que tu ressens. Et je comprends que tu sois nerveuse en ce moment. Mais j'ai l'impression que tu me caches quelque chose, Christie. Y a-t-il quelque chose que tu souhaiterais me dire ?

Le regard de Christina sembla se fixer sur un point invisible, au-delà de lui. Lorsqu'il revint se poser sur Jed, il exprimait une franche irritation.

— Non, dit-elle enfin.

— Alors ? Qu'est-ce qui te met dans un état pareil ?

Elle secoua la tête, le visage fermé.

— Ça t'ennuie que je passe la nuit ici ?

— Non. Mais je suis épuisée.

— Je vois.

Etait-ce sa version de « Pas ce soir, chéri, j'ai la migraine » ? Dans ce cas, il fallait craindre que leur vie sexuelle ait connu son apogée le premier soir.

Il pénétra le premier dans la chambre, retira sa chemise et son jean, et se glissa sans un mot sous les draps. Lorsqu'il tourna la tête vers Christina, il vit qu'elle regardait en direction de la porte.

— Du balai ! murmura-t-elle d'une voix à peine audible.

Jed se redressa et s'assit en tailleur dans le lit.

— Pardon ?

Elle lui jeta un regard paniqué.

— Hein ? dit-elle avec l'expression d'un lapin pris dans les phares d'une voiture.

— Tu veux que je m'en aille ?

— Non !

— Tu ne viens pas de dire : « Du balai » ?

— Non ! Enfin, si… Mais je ne m'adressais pas à toi, Jed. Je te le jure.

Elle se déshabilla à toute vitesse et vint se coller à lui, bien trop nue pour qu'il puisse penser à autre chose qu'à la prendre dans ses bras. C'est précisément ce qu'il fit, remettant à plus tard la question qui lui brûlait les lèvres : Si ce n'était pas à moi que ça s'adressait, alors à qui parlais-tu ?

Christina se pressa contre Jed, comme si elle cherchait à ne faire plus qu'un avec lui. La pointe durcie de ses seins s'écrasait contre le torse de son amant. Ses mains se mirent à parcourir, à découvrir celui qu'elle désirait depuis toujours.

Devant son absence de réaction, le frôlement de ses doigts se fit plus insistant, plus érotique.

Il s'était fait violence pour rester immobile, se rappelant la réserve de Christina quelques minutes plus tôt, mais les caresses qu'elle lui prodiguait à présent ne laissaient plus aucun doute sur ses intentions.

A son tour il se pressa contre elle et déposa mille baisers sur son visage. Le corps de Christina semblait vouloir se fondre dans le sien, son bas-ventre ondulant lascivement contre son sexe dur. Le souffle court, il cessa de l'embrasser pour la regarder : le désir faisait briller ses grands yeux bleus, et il pouvait entendre le galop de son cœur.

Ses lèvres étaient humides, ouvertes…

— Je ne me sens plus fatiguée du tout, murmura-t-elle.

Il eut à peine le temps de se demander ce qui avait provoqué ce regain d'énergie que, déjà, Christina lapait sa peau comme un chat boit du lait, déclenchant en lui une série de frissons. Quelques secondes plus tard, il réunissait les longs cheveux roux de Christina dans sa main et regardait sa bouche rose se refermer sur son sexe.

Ils firent l'amour jusqu'à ce que leurs corps rassasiés et pantelants ne demandent plus qu'à se reposer dans la chaleur de l'autre.

Pourtant, alors qu'elle s'endormait dans le creux de son épaule, une question vint briser la sérénité du moment. Pourquoi diable Christina avait-elle passé son temps à jeter des coups d'œil vers la porte, comme si elle s'attendait à ce que quelqu'un surgisse dans la chambre ?

*
* *

Elle faisait un rêve. Elle le savait, mais cela ne suffisait pas à la réveiller.

Elle se trouvait dans une pièce qu'elle ne pouvait voir parce qu'elle avait les yeux bandés. Tout son corps lui faisait mal. Impossible de bouger malgré ses efforts désespérés : elle était ligotée à une chaise, chevilles et poignets entravés. Folle de terreur, elle voulait crier, mais un bâillon refoulait ses hurlements.

Soudain, elle entendit du bruit. Quelqu'un approchait d'un pas tranquille.

Sa peur était d'autant plus insupportable qu'elle savait ce qui allait se passer. Elle savait que…

Elle devait s'échapper. A tout prix.

Christina!

Beau Kidd l'appelait. Elle reconnaissait sa voix.

Aidez-moi! supplia-t-elle. Par pitié, sortez-moi d'ici!

Ma main… Prenez ma main…

— Christina?

Elle ouvrit les yeux et vit Jed penché sur elle, une expression inquiète sur le visage.

La veilleuse était allumée, comme toujours, et elle put distinguer son visage. Elle sentit aussi la chaleur de son corps, la puissance que dégageait le moindre de ses mouvements. Son extraordinaire vitalité.

— Salut! dit-il en caressant sa joue du revers de la main. Tu as fait un cauchemar.

— Oui… Enfin, je crois…, répondit-elle, tandis que les images du rêve se dissipaient dans les brumes de son inconscient.

L'instant d'après, elle ne se souvenait déjà plus de rien. Seul surnageait une désagréable sensation d'angoisse. Elle se blottit dans les bras de Jed, espérant y laver sa peur et retrouver le sommeil.

— Ça arrive à tout le monde, dit-il en la caressant tendrement.

— Et toi, demanda-t-elle, tu fais souvent des cauchemars ?

Il hésita.

— Parfois, les miens me poursuivent longtemps après le réveil, répondit-il du bout des lèvres.

Elle soupira et leva la tête vers lui. Les ombres de la chambre jouaient avec ses traits anguleux, comme si son visage s'inventait sous le pinceau d'un maître du clair-obscur.

— Les cauchemars appartiennent à la nuit, dit-elle d'une voix douce. Il faut parfois savoir les rendre aux ténèbres et poursuivre sa route.

Il lui répondit d'un sourire et lissa tendrement ses cheveux.

— Ça va, Christie ?

Elle le rassura d'un petit signe de tête. Bien sûr que ça allait ! Elle était dans les bras de Jed, et puis les cauchemars n'étaient que des rêves un peu désagréables. Ils ne rejoignaient jamais la réalité.

Alors, pourquoi la peur ne la quittait-elle pas ? Pourquoi ce sentiment d'un danger imminent qui la guettait quelque part dans l'obscurité ?

14.

Christina se réveilla et fut soulagée de constater que Jed s'était levé tôt pour aller rejoindre Jerry Dwyer en ville. C'était en tout cas ce qu'il avait écrit sur le petit mot laissé sur la table de nuit.

Elle se doucha et s'habilla en deux temps trois mouvements, l'esprit occupé par l'image de son bel amant. Dire qu'elle venait de passer une nouvelle nuit dans les bras de Jedidiah Braden, le garçon dont elle était amoureuse depuis l'enfance… Parfois, cette idée lui semblait un peu surréaliste.

Sa présence la rassurait tellement, même s'il y avait des choses contre lesquelles il ne pouvait rien.

Il ne pouvait l'empêcher d'avoir des cauchemars.

Ni forcer le fantôme de Beau Kidd à regagner l'au-delà. Soudain elle se revit, l'espace d'un instant, attachée, bâillonnée et aveuglée, folle de terreur.

Etait-ce cela dont elle avait rêvé cette nuit ? Avait-elle vécu, au moins en partie, le calvaire des victimes du Tueur de l'autoroute ?

Cette réminiscence la plongea dans un état d'angoisse et de malaise.

Elle descendit l'escalier et se rendit dans le petit salon où elle trouva Adam Harrison installé dans la bergère, une tasse de café à la main. A ses pieds était posé le carton rempli de coupures de presse.

— Bonjour, Christina.

Elle promena un regard inquiet sur la pièce, oubliant de le saluer à son tour.

— Avez-vous vu… Beau Kidd ? demanda-t-elle.

— Non, désolé. Geneviève parviendra peut-être à le voir, mais parfois… En fait, ça dépend vraiment de son bon vouloir à lui. C'est pour ça que nous devons absolument organiser cette séance de spiritisme. Il arrive que des revenants apparaissent à une personne en particulier et pour une raison bien précise. D'autres se montrent à tous ceux qui croisent leur chemin.

Il eut un sourire embarrassé.

— Désolé d'être aussi vague, dit-il, mais ce n'est pas une science exacte. Beau Kidd se sent peut-être mal à l'aise, maintenant que vous n'êtes plus seule chez vous.

En tout cas, il ne s'était pas gêné, la veille au soir, pour se rappeler à son bon souvenir, songea Christina. Assis dans le fauteuil de sa chambre, il lui avait demandé avec insistance de communiquer à Jed toutes les informations qu'il lui avait fournies. Mais quand elle lui avait adressé un regard implorant, tout en murmurant « Du balai ! », excédée qu'il reste là alors qu'elle s'apprêtait à faire l'amour avec Jed, il avait fini par s'en aller.

Plus elle y pensait, plus elle était remontée contre lui. Beau Kidd venait hanter sa maison, apparaissait sans crier gare et sans se soucier de son intimité, lui demandait de l'aide alors qu'elle ne pouvait rien pour lui… Sans compter que par sa faute, elle se mettait à parler seule, du moins aux yeux de Jed qui devait la croire fortement déséquilibrée.

Et n'était-ce pas lui qui était à l'origine de ce terrible cauchemar ? Mais bien entendu, il la laissait avec son angoisse sans lui fournir la moindre explication.

Geneviève et Thor arrivèrent ensemble dans le petit salon.

— Bonjour, dit Thor.

— Quelle belle journée, n'est-ce pas ? lança sa femme. Regardez un peu ce soleil qui entre par la baie vitrée !

— Je vais aller me chercher du café dans la cuisine, annonça Thor en quittant la pièce.

Cela aurait pu ressembler à une visite ordinaire… Des amis de passage… Jusqu'au moment où Geneviève avança au centre du salon et se figea, immobile et concentrée.

— Tu perçois quelque chose ? murmura Christina.

Ça lui avait échappé, tout comme le ton plein d'espoir de sa question.

Geneviève laissa échapper un soupir.

— Oui… et non. Je perçois quelque chose, mais…

Elle s'interrompit avec un sourire.

— Allons faire un tour au cimetière, tu veux bien ?

— Si tu y tiens.

— Quelque chose ne va pas ? demanda Geneviève qui connaissait suffisamment son amie pour savoir quand elle n'était pas dans son assiette.

Christina haussa les épaules, ne sachant trop comment expliquer ce qu'il lui arrivait.

— J'ai fait un cauchemar, cette nuit, dit-elle enfin. J'étais attachée à une chaise, bâillonnée et les yeux bandés.

— Le Tueur de l'autoroute fait-il subir ce traitement à ses victimes ? demanda Geneviève.

— Je… Je l'ignore.

— Bon, et que s'est-il passé ensuite ?

— Ensuite, je me suis réveillée. Sur le moment, j'ai oublié mon rêve, mais il m'est revenu il y a quelques minutes.

Geneviève la regarda, l'air pensif, tandis qu'Adam Harrison s'approchait.

— Il se peut que…, commença-t-il avant de faire une pause.

— Que quoi ? demanda Christina, pas vraiment certaine d'avoir envie d'entendre la réponse.

— Comme Beau Kidd est déjà entré en contact avec vous, il se peut qu'il ait ouvert une porte, un passage par lequel l'une des victimes se serait engouffrée afin d'établir un lien avec vous.

— Oh, mon Dieu…, murmura Christina, une main sur la bouche. Alors, je me suis retrouvée à la place de l'une d'entre elles ? D'Allison, peut-être ? J'ai ressenti sa terreur avant que son tortionnaire ne la…

Bouleversée, elle ne put terminer sa phrase.

— Calmez-vous, Christina, dit Adam de sa voix posée et rassurante. Vous vous êtes réveillée, n'est-ce pas ? Et puis, ce type de rêve est loin d'être négatif, croyez-moi. Qui sait si ce n'est pas grâce à l'un de ces cauchemars que la police parviendra à confondre le coupable ? Les morts ont des choses à dire, vous savez ?

Jerry revint dans la petite pièce où l'attendait Jed, et laissa tomber un dossier sur son bureau.

— Tu as là-dedans tout ce que j'ai découvert sur cette organisation.

Jed souleva un sourcil.

— Tes recherches ont été fructueuses ?

Jerry s'assit derrière le bureau.

— Pas vraiment. Ces gens-là sont très discrets en ce qui concerne leurs activités. Le moins qu'on puisse dire, c'est qu'ils ne recherchent pas la publicité. Mais j'ai réuni quelques articles concernant des collectivités locales ayant fait appel à leurs services. Harrison Investigations intervient quand il se passe des choses que personne d'autre ne sait gérer.

— Des histoires de soucoupes volantes, c'est ça ?

— Non. Eux, ils sont plutôt branchés sur les trucs qui vous filent la chair de poule, genre spectres et ectoplasmes, si tu vois ce que je veux dire.

Jerry ouvrit le dossier cartonné.

— Tiens, par exemple, dit-il en sélectionnant une coupure de presse qu'il se mit à parcourir du regard. Voilà une histoire qui s'est déroulée ici même, en Floride, près de Old Dixie Highway, l'autoroute qui longe St Augustine. Il s'est produit il y a trois ans une succession d'enlèvements, les victimes étant toujours des adolescents. Les gens du coin affirmaient qu'on pouvait observer d'étranges lueurs dans les arbres qui bordaient l'autoroute. Ils étaient persuadés que les gamins étaient kidnappés par les fantômes de trois femmes pendues à cet emplacement juste après que la Floride fut devenue un Etat. Le maire a appelé le gouverneur au secours, et le gouverneur s'est tourné vers Harrison Investigations.

Jed lança un regard moqueur à Jerry.

— Laisse-moi deviner ce qui s'est passé ensuite. Adam Harrison est venu sur place exécuter une sorte de rite vaudou, et tout est rentré dans l'ordre.

Jerry secoua la tête avec un petit sourire.

— Tu ne crois pas si bien dire. Il n'a peut-être pas saigné

des poulets, mais il a quand même retrouvé les gamins. Ils étaient séquestrés au cœur de la forêt, dans une ancienne cabane de braconnier. Le père de l'un d'entre eux était un grand industriel et le ravisseur, un ex-employé furieux d'avoir été viré de la boîte. On ignore à ce jour s'il avait l'intention de demander une rançon ou s'il voulait seulement faire souffrir son ancien patron.

— Si je comprends bien, dit Jed en posant les pieds sur le bureau de Jerry, Harrison Investigations a réussi là où la police avait échoué. Et on peut savoir comment ils ont fait pour localiser les ados ?

— Comment *il* a fait, rectifia Jerry. Le père Harrison a trouvé la cachette tout seul. Il a prétendu qu'il avait eu de la chance, qu'il avait entendu des bruits alors qu'il marchait dans les bois.

Jed secoua la tête, visiblement peu convaincu par cette explication.

— Le gars que nous a envoyé le FBI m'a affirmé que Harrison était un type parfaitement sérieux, poursuivit Jerry. Baron n'a pas travaillé avec lui, mais il connaît des gens qui ont fait appel à ses services. Et il répond de lui.

Jed jeta un regard irrité à son ami. Sans trop savoir pourquoi, il n'avait aucune envie qu'on lui dise du bien de ce type. Surtout maintenant qu'il connaissait la nature de ses activités. Un gars qui se disait chasseur de fantômes ne pouvait être qu'un charlatan, pas vrai ?

— Ce que j'aimerais savoir, dit encore Jerry, c'est ce que Harrison vient faire chez ta petite amie.

Petite amie ? songea Jed avec un brin d'amusement. Mais il ne chercha pas à corriger Jerry. A sa grande surprise, il devait même reconnaître que ça lui faisait plaisir d'entendre Jerry officialiser sa relation avec Christina.

— Je ne pense pas que cela ait un rapport avec notre affaire, Jerry, dit-il, conscient de proférer un mensonge.

— Il vient juste de se pointer ?

— Il est arrivé hier avec Geneviève et Thor, des amis de Christina. Christie connaît Geneviève depuis des années.

— Geneviève Wallace et Thor Thomson ?

Jed fronça les sourcils.

— Ouais. Comment le sais-tu ?

Jerry lui répondit d'abord d'une moue satisfaite.

— C'est mon métier de tout savoir.

— Sérieusement, Jerry.

— Tu avoueras que Thor n'est pas un prénom très commun, dit Jerry. Et je me rappelle avoir lu un article dans lequel on les citait, lui et sa femme. Ils ont participé à la découverte d'un trésor sous-marin enfoui depuis des siècles dans l'archipel des Keys. Tous les journaux en ont parlé, à l'époque. Je me demande comment tu as fait pour passer à côté.

Jed se leva sans faire de commentaire et ramassa le dossier que Jerry avait préparé pour lui.

— Merci, vieux.

— Hé ! cria Jerry alors que Jed quittait déjà son bureau. J'aimerais bien le rencontrer, cet Adam Harrison.

— Je ne sais pas s'il compte rester longtemps chez Christina, répondit Jed, mais si tu y tiens vraiment, j'essaierai d'organiser un déjeuner dans les jours qui viennent.

— Super ! Tiens-moi au courant.

Jed serra la mâchoire. Jerry n'avait pas dit ça pour rire.

Mais en quittant le poste de police, il songea que tout n'était pas négatif dans ce qu'il venait d'apprendre sur l'invité de Christina. Harrison était peut-être barjo de croire aux fantômes, mais au moins il était connu pour son sérieux. Un barjo sérieux, en quelque sorte.

Et puis, ça le rassurait que Christina ne soit pas seule chez elle. Parce qu'il y avait un fait indéniable contre lequel on ne pouvait pas grand-chose : Christina était l'exemple même d'une belle rousse.

Tout en marchant vers sa voiture, Jed continuait à se creuser la cervelle pour trouver quelque chose qui pourrait relier les victimes entre elles. Ou bien fallait-il admettre que le tueur frappait au hasard, avec l'apparence physique pour seul critère de choix ? Mais comment repérait-il ses proies ? Comment parvenait-il à les enlever sans jamais attirer l'attention ? Il avait forcément trouvé un moyen infaillible pour inspirer confiance malgré le climat de suspicion qui régnait désormais en ville.

Ils achetèrent des fleurs. Plusieurs bouquets.

Christina se tourna vers Geneviève qui marchait à ses côtés dans une allée du vieux cimetière.

— Je ne comprends toujours pas ce qu'on fait ici, dit-elle. J'ai du mal à croire que l'âme des gens qui m'étaient chers se trouve toujours à l'endroit où on les a enterrés, sous la terre ou dans un caveau… Ni que d'autres errent entre deux mondes en attendant qu'on rende justice à la femme ou à l'homme qu'elles ont été.

Geneviève ne répondit pas tout de suite.

— Et pourtant…, dit-elle après un moment. Certaines âmes restent en contact avec le monde des vivants.

— Alors, comment se fait-il que je ne puisse pas parler à

ma mère ? Je préférerais lui dire combien je l'aime et combien elle me manque plutôt que de discuter avec un type que je n'avais jamais rencontré avant sa mort.

— Le mystère reste entier, répondit Geneviève, mais j'imagine que tes parents sont partis en paix avec eux-mêmes et avec le monde terrestre. Ils savent que tu les aimais… Que tu les aimes, corrigea-t-elle. J'ignore en quoi consiste ce qu'on appelle le paradis, mais je suis certaine que c'est là qu'ils se trouvent. D'autres n'ont pas cette chance et certains d'entre nous sont capables de les voir. C'est comme les sifflets à ultrasons qu'on utilise pour les chiens. L'animal l'entend très bien alors que nous ne percevons rien du tout.

— A propos de chien…, dit Christina en se baissant pour prendre Terreur dans ses bras. Je ne tiens pas à ce qu'il nous attire des réflexions en faisant le fou.

— On va d'abord à ton caveau de famille ? proposa Geneviève.

Christina vit que Thor et Adam avaient pris de l'avance et se trouvaient déjà devant le monument funéraire construit par son grand-père. Les deux amies les rejoignirent et Christina disposa des fleurs au pied de la pierre où étaient gravés les noms de ceux qui lui manquaient tant. Elle recula ensuite de quelques pas et pointa le doigt en direction d'une tombe toute proche. Elle ferma doucement les yeux tandis qu'une brise fraîche soufflait dans ses cheveux, et se remémora ce qui s'était passé ici même, douze ans plus tôt.

La mère éplorée de Beau Kidd.

Le prêtre qui essayait de la réconforter.

Lorsqu'elle rouvrit les yeux, les autres s'étaient approchés de la tombe du fantôme qui hantait sa maison.

— Geneviève ? dit Adam d'une voix douce.

Christina vit son amie hocher lentement la tête. L'instant d'après, elle marchait jusqu'à la tombe de Beau Kidd, s'agenouillait, déposait un bouquet de fleurs avant d'ouvrir la main pour caresser la pierre froide.

Il fallait à tout prix réhabiliter son frère, que tout le monde sache qu'il était innocent des crimes odieux qu'on lui avait imputés. Katherine Kidd se répétait ces mots pour la énième fois en longeant le cimetière, plus déterminée que jamais malgré le terrible sentiment de tristesse qui l'étreignait. Elle n'aurait de cesse de défendre la mémoire de Beau jusqu'à ce que son nom soit définitivement lavé de tout soupçon. Une bouffée de colère la submergea tandis qu'elle se demandait si les autorités allaient finir par abattre un autre innocent avant de prétendre que cette nouvelle vague de meurtres était l'œuvre d'un imitateur.

Et pendant ce temps, le vrai tueur se frotterait les mains et irait semer la terreur dans un autre Etat en attendant de revenir en Floride quand plus personne ne l'y attendrait.

Quant à la mémoire de son frère, elle resterait salie encore de longues années, voire à jamais. Et ses parents quitteraient ce monde le cœur brisé par cette terrible injustice.

Non, ça ne pouvait pas se passer comme ça.

La vérité devait éclater au grand jour.

La mort de Beau et le fait que la police ait jeté son nom en pâture aux médias, qui l'avaient unanimement présenté comme le Tueur de l'autoroute, avaient détruit sa famille. Sa mère n'était plus que l'ombre d'elle-même depuis le drame, et ils n'avaient pu rester vivre à Orlando que grâce au soutien d'amis proches qui avaient suffisamment fréquenté Beau pour savoir que les accusations portées à son encontre relevaient de la diffamation.

Quant à Katherine, elle avait connu des moments très difficiles, notamment à l'adolescence. A cet âge, les enfants pouvaient se montrer cruels, et ses camarades de classe ne s'étaient pas privés de la montrer du doigt. Combien de fois avait-elle entendu des conversations s'arrêter net à son approche ? Combien de fois avait-elle trouvé d'ignobles dessins glissés dans son cartable, des gribouillages maladroits représentant son frère, la bave aux lèvres, en train de violer ou d'étrangler une fille ? Elle avait appris à garder ses distances avec les autres, à faire profil bas pour désamorcer les provocations.

Dieu merci, son chemin de croix avait pris fin à l'Université de Floride où elle s'était inscrite en section « Arts du théâtre et du spectacle vivant ». Bien que proche d'Orlando — elle avait choisi d'étudier à Gainesville pour ne pas s'éloigner de sa mère qui faisait de fréquentes dépressions — , l'université était un monde à part où personne n'était venu lui reprocher sa parenté avec le Tueur de l'autoroute.

Elle avait obtenu son diplôme après une thèse sur les décors de théâtre. Décors qu'elle concevait à présent avec un succès grandissant. A vingt-cinq ans, elle pouvait s'enorgueillir de s'être fait un nom dans le monde du spectacle et de gagner décemment sa vie.

Sauf qu'elle vivait chez ses parents et n'avait pas de petit ami, songea-t-elle.

Elle s'arrêta devant les grilles du cimetière et jeta un coup d'œil à travers les barreaux métalliques. Cet endroit était décidément très beau avec ses chênes centenaires bardés de mousse d'Espagne. Un sourire se dessina sur ses lèvres tandis qu'elle pensait à tous ces gens venus s'installer à Orlando pour trouver du travail dans les parcs de loisirs. Tous ces New-Yorkais avec qui elle collaborait chaque jour. Eux s'imaginaient que la Floride était née hier. Ils ne se doutaient pas qu'il existait encore de vieux quartiers en périphérie de la ville, et bon nombre de villages anciens à quelques kilomètres seulement des gratte-ciels et des attractions.

Elle poussa la grille et pénétra dans le cimetière. Après une courte hésitation, elle s'engagea sur une petite allée qui cheminait à l'ombre de la mousse d'Espagne dont les fils bleu-gris, accrochés aux branches basses, coulaient comme des larmes.

La plupart des monuments funéraires étaient vieux, souvent brisés, parfois couverts de lichen, ce qui donnait au cimetière un air désolé. Le visiteur, selon son humeur, trouvait les lieux romantiques ou inquiétants. Même les allées étaient défoncées, les racines des arbres perçant par endroits le bitume qui les recouvrait. Trop souvent, la municipalité entretenait le neuf et oubliait l'ancien.

Lorsqu'elle sortit du cimetière, quelques minutes plus tard, un bruit de portière attira son attention. L'instant d'après, elle eut le sentiment qu'une automobile roulait au pas à quelques mètres derrière elle, comme si on la suivait. Elle se tourna vivement pour voir ce qu'il en était, mais le soleil l'aveuglait.

Soudain, un moteur rugit dans son dos et une voiture se porta à sa hauteur, déclenchant en elle une violente montée d'adrénaline.

Quelqu'un cherchait-il à la renverser ? A l'agresser ? Ou était-ce la proximité de la tombe de son frère qui mettait ses nerfs à rude épreuve et l'amenait à imaginer le pire ?

Sans cesser de marcher, elle se tourna de nouveau et vit une femme sortir du véhicule, maintenant à l'arrêt. Il s'agissait d'une grande rousse avec de magnifiques yeux bleus et un jack russell dans les bras. Bientôt, deux hommes et une autre femme l'imitèrent.

Qui étaient ces gens ? Drôle de quatuor, songea Katherine en fixant du regard le curieux personnage aux longs cheveux blancs, la jolie jeune femme au visage halé et le géant blond qui marchaient maintenant juste derrière la grande rousse.

— Bonjour ! Vous êtes Katherine, n'est-ce pas ? Katherine Kidd ?

— Oui. Puis-je savoir à qui j'ai affaire ?

— Je m'appelle Christina Hardy. Je… Ecoutez, je sais que tout ça semble un peu étrange, mais mon grand-père a été enterré le même jour que votre frère. Je… Je suis venue fleurir sa tombe.

— La tombe de votre grand-père ou celle de mon frère ? demanda Katherine, sur la défensive.

— Les deux, à vrai dire, répondit Christina avec un sourire rassurant.

— Comment avez-vous su qui j'étais ?

— Vous ressemblez beaucoup à votre frère.

— Vous connaissiez Beau ?

— Non, mais j'ai vu des photos de lui, expliqua vivement Christina en se tournant vers les autres qui venaient de la rejoindre.

— Enchantée de faire votre connaissance, dit poliment Katherine, une fois les présentations faites.

Devait-elle se méfier ? Etaient-ils les passagers de la voiture qui avait roulé au pas derrière elle ou avaient-ils au contraire fait fuir un autre véhicule ? Impossible à savoir.

— Mon frère n'a jamais tué personne ! lança-t-elle sans réfléchir.

Elle aurait dû graver ces mots sur un disque et le jouer en boucle pour ses interlocuteurs. Ça lui aurait épargné de répéter la même chose depuis une bonne décennie.

— Nous en sommes également persuadés, répondit Christina. Je suppose que vous êtes venue vous recueillir sur sa tombe ?

Lorsque la grande rousse enchaîna aussitôt sans se départir de son sourire rassurant, Katherine comprit que son visage devait trahir son anxiété.

— Je… Je suis une amie de Jed Braden, dit encore Christina qui voyait en effet que la sœur de Beau ne semblait pas rassurée. Je sais que vous lui avez demandé de vous aider à prouver l'innocence de votre frère.

— Oui, répondit Katherine. Oui, j'ai demandé de l'aide à Jed et oui, je suis venue me recueillir sur la tombe de mon frère. Je venais de quitter le cimetière pour acheter des fleurs, expliqua-t-elle.

— Vous permettez qu'on vienne avec vous ? demanda Christina de sa voix la plus douce. Et ensuite, on vous raccompagnera à votre voiture. C'est plus prudent.

Katherine sentit la main glacée de la peur lui broyer le ventre. Elle était en danger. Pourquoi n'en avait-elle pas vraiment eu conscience avant aujourd'hui ? s'interrogea-t-elle, tâchant de faire bonne figure devant ces inconnus, malgré l'angoisse qui surpassait maintenant sa tristesse.

— Entrez, dit distraitement Michaël McDuff, occupé à mettre en place un spectacle pour la St Patrick.

Il espérait pouvoir démarrer le show juste après la St Valentin et le laisser courir pendant un mois entier.

Comme pour Halloween, il fallait capitaliser sur cet événement et prolonger l'enthousiasme qu'il suscitait le plus longtemps possible.

— Salut, Mike !

Il aurait dû sentir que c'était elle. Mais il était trop absorbé par son projet pour que son alarme interne fonctionne. Il leva les yeux, résigné.

Angela était revenue le voir. Il l'avait vue plus souvent ces derniers jours qu'au cours des deux dernières années. Et ça incluait une période au cours de laquelle ils étaient encore mariés.

— Bonjour, Angie.

Elle traversa le bureau de sa démarche étudiée et alla se jucher sur le bord du bureau.

Mike se renversa sur son fauteuil pivotant et lui adressa un regard dénué de tendresse.

— Qu'est-ce que tu veux ?

— Rien de spécial. Je viens simplement voir comment tu vas.

— Ne me raconte pas de salades, s'il te plaît. Tu ne fais jamais rien sans arrière-pensées.

Elle croisa les bras, jouant l'offensée, avant de décider qu'il valait mieux aller droit au but.

— J'ai entendu dire que la fille qui doit jouer Héra s'est blessée.

— Oui, et alors ?

— Dan et moi on s'est toujours assez bien entendus, et comme je sais qu'on lui a donné le rôle de Zeus…

Elle gratifia Mike de son plus beau sourire. Celui qui l'avait poussé à commettre la plus grande erreur de sa vie.

— Si la production a besoin d'une nouvelle Héra, poursuivit-elle, je suis toute désignée pour reprendre le rôle.

Il secoua la tête, incrédule. Après toutes ces années, elle parvenait encore à l'étonner par son culot.

— Angie, tu sais bien que je ne suis pas responsable du casting. Si j'avais eu mon mot à dire, je n'aurais pas laissé mon pauvre frère attendre une réponse pendant des semaines. Quant à Marcy McDonnagh, elle sera sur pieds pour le début des répétitions. Sinon, de toute façon, sa doublure a déjà été choisie.

Angela se laissa glisser du bureau de Mike.

— Je voulais juste que tu saches qu'en cas de pépin, je suis disponible pour épouser Zeus.

Il haussa les épaules.

— Message reçu, dit-il d'une voix lasse.

Elle eut une nouvelle fois recours à son sourire de femme fatale et, considérant sans doute qu'il valait mieux ne pas insister, elle tourna les talons après avoir salué Mike en agitant les doigts.

Il regarda malgré lui les fesses de son ex tanguer gracieusement tandis qu'elle quittait la pièce en roulant des hanches.

Quand elle eut disparu de sa vue, il se rendit compte qu'il serrait les poings et les dents.

— J'aurais mieux fait de me casser une jambe le jour où je l'ai rencontrée, dit-il à voix haute.

Il se leva et enfila sa veste. Pour lui, la journée de travail était terminée.

*
* *

Lorsqu'ils retournèrent avec Katherine Kidd près de la tombe de son frère, Beau était là. Christina vit ses yeux briller lorsqu'ils se posèrent sur sa sœur.

Puis elle les vit se noyer de larmes.

— N'est-ce pas qu'elle est belle ? dit-il.

— Très belle, répondit Christina, oubliant qu'elle n'était pas seule.

Katherine la regarda d'un air étonné.

— Pardon ?

— Il est là ? chuchota Adam.

Mais Katherine l'entendit tout de même et jeta aussitôt un regard méfiant à Christina.

— Vous n'êtes pas une de ces dingues qui prétendent communiquer avec les morts, j'espère ?

— Dites-lui que je l'aime, murmura Beau d'une voix étranglée par l'émotion. Dites-lui que je suis désolé qu'elle ait eu à subir toutes ces médisances pendant des années.

Christina resta pétrifiée et muette, n'osant répéter les mots du fantôme.

Beau avait du mal à retenir ses larmes tant il était ému de voir sa sœur et frustré de ne pouvoir communiquer directement avec elle, de ne pouvoir la prendre dans ses bras.

— Christina, je vous en prie... Dites-lui que c'est ma faute si son chien en peluche a été imbibé de bière et si l'on a dû le jeter à la poubelle. Ma petite sœur l'appelait Calliope... On le lui avait emprunté un soir de beuverie, avec des copains de fac. Dites-le-lui, s'il vous plaît. Je n'ai jamais osé lui avouer ce forfait.

Katherine tourna le dos à Christina, un air à la fois furieux et dégoûté sur le visage, tandis que les autres restaient muets, attendant qu'elle parle, sans montrer de signes d'impatience.

— Dites-le-lui, Christie… Pour l'amour de Dieu, transmettez mes propos !

— Votre frère dit que… Beau me demande de vous dire que vous aviez un chien en peluche nommé Calliope, murmura Christina, au supplice. Il m'explique qu'il vous l'avait emprunté pour rire, un soir où lui et ses amis avaient trop bu… Que vous avez dû le jeter parce qu'il était imbibé de bière quand vous l'avez retrouvé.

Terreur aboya comme pour donner plus de force aux propos de sa maîtresse.

Katherine fit volte-face, folle de rage.

— Vous êtes ignoble ! s'écria-t-elle. Je ne sais pas comment vous avez fait pour connaître ces détails, mais… C'est tellement méchant de faire ça ! Comment pouvez-vous être aussi cruelle ? Je ne veux plus jamais entendre parler de vous !

Sur ces mots, elle s'éloigna à grands pas.

Un lourd silence s'installa après son départ, uniquement rompu par les sanglots de Beau Kidd. Mais seule Christina les entendait.

— Suivez-la ! dit-il soudain. Je vous en prie, il ne faut pas la laisser seule maintenant !

— Beau demande qu'on la suive, répéta Christina d'une voix tendue.

— La suivre ? s'étonna Geneviève. Si elle s'en rend compte, elle risque d'appeler la police !

— Et si tu passais un coup de fil à Jed ? suggéra Thor. Demande-lui de joindre Katherine. Qu'il lui propose de le retrouver quelque part.

— Où ? demanda Christina.

— Je ne sais pas, moi. Dans un café, par exemple.

— O'Reilly ? proposa Geneviève.

— Bonne idée, dit Christina en sortant son portable. Comme ça, on pourra la suivre discrètement et s'assurer qu'elle ne fait pas de mauvaise rencontre, tout en évitant de l'effrayer encore plus.

Au téléphone, Jed écouta en silence les explications de Christina. Le premier moment de surprise passé, il ne sembla guère enthousiaste à l'idée de faire ce qu'elle lui demandait.

— Jed, j'ai peur pour elle, dit Christina, à bout d'arguments.

Il n'en fallut pas plus pour le convaincre. Oubliant la réticence qu'il exprimait quelques secondes plus tôt, il raccrocha après avoir promis d'appeler Katherine sur-le-champ.

— Alors ? demanda Beau d'une voix anxieuse. Il va protéger Kitty ?

— Oui, répondit Christina.

Il laissa échapper un soupir de soulagement.

— Pourquoi ne pas la suivre vous-même ? demanda-t-elle. Pourquoi ne pas laisser quelqu'un d'autre vous voir ?

— Vous ne pensez pas que je le ferais si je le pouvais ? répliqua-t-il vivement.

Il n'était pas agressif. Seulement triste et frustré de ne pouvoir lui-même protéger sa petite sœur. Une frustration qui devait durer depuis douze longues années.

Terreur poussa un gémissement. Christina le laissa sauter à terre, et le chien alla se frotter affectueusement contre Beau.

— Ton chien peut le voir, nota Geneviève.

— Génial ! maugréa Christina. Pour ce que ça nous

aide… Allons-y! ajouta-t-elle en tapant des mains. Il faut rattraper Katherine avant qu'elle ne nous distance. Une fois arrivés chez O'Reilly, on pourra en profiter pour manger un morceau.

Sans pouvoir se l'expliquer, Jed se sentait animé par un sentiment d'urgence. Il roula bien au-dessus de la vitesse autorisée et arriva au pub quelques minutes seulement après l'appel de Christina, soulagé que Katherine ait accepté de l'y retrouver.

Cinq minutes plus tard, la sœur de Beau poussait à son tour la porte de O'Reilly. Dieu merci, tout semblait aller bien.

— Vous avez du nouveau? demanda-t-elle à Jed en s'asseyant face à lui. Quelque chose qui pourrait nous aider à innocenter Beau?

— Vous avez bien conscience que tout ce que je vous dis n'est que l'expression d'une opinion personnelle, dit Jed. La mienne, en l'occurrence. Ça n'a rien d'officiel.

— Bien sûr, voyons! répondit-elle, dissimulant mal son impatience. Je sais que vous avez quitté la police depuis longtemps. Alors?

— Alors, je suis certain qu'il existe un lien entre les victimes.

— Lequel?

— C'est ça le problème, avoua-t-il avec une moue embarrassée. Il me reste encore à le découvrir.

— Si c'est ça que vous appelez du nouveau, marmonna-t-elle, l'air dépité.

— J'ai pourtant le sentiment d'en savoir un peu plus et de me rapprocher de la vérité.

— Un peu plus sur quoi?

— Sur la façon dont votre frère a trouvé la mort, par exemple.

— La façon dont il a été abattu comme un chien, vous voulez dire, répliqua Katherine, les traits durcis par la colère.

Jed décida de ne pas relever.

— Larry Atkins a tiré trop vite, sans doute sous l'emprise de la peur, mais je ne pense pas qu'il soit un assassin.

— Si, c'est un assassin! lança la jeune femme, les mâchoires serrées. C'est un assassin parce qu'il a assassiné mon frère. Ce qui ne l'empêche pas de couler une paisible retraite pendant que Beau est six pieds sous terre et que sa famille souffre depuis douze ans, ajouta-t-elle d'un ton amer.

— Il lui a tiré dessus, dit Jed d'une voix douce. Mais il s'est cru en légitime défense. Je pense qu'il a commis une terrible erreur, pas un meurtre.

Elle agita une main impatiente.

— Epargnez-moi vos sophismes, monsieur l'écrivain. Meurtre ou erreur, il a tué mon frère. Non seulement ça, mais en tirant sur Beau, Atkins a prononcé la peine capitale sans autre forme de procès tout en exécutant lui-même la sentence! Ce salaud s'est érigé en juge et en bourreau! Et aujourd'hui encore, malgré les nouvelles victimes qui s'accumulent au bord de cette foutue autoroute, les gens considèrent mon frère comme un ignoble psychopathe qui n'a eu que ce qu'il méritait. Quant à Atkins, on lui a versé une confortable pension pour bons et loyaux services rendus à la communauté, et il vit tranquillement à la campagne avec ses chevaux. Alors, excusez-moi si je suis en colère!

Elle avait considérablement élevé la voix en prononçant

cette dernière phrase, et plusieurs têtes se tournèrent dans leur direction.

— Ecoutez, Katherine, dit Jed, je ne demande qu'à laver le nom de votre frère et à mettre la main sur le véritable meurtrier. Mais il ne faut pas confondre vengeance et justice.

La mine sombre, le regard ailleurs, Katherine ne semblait plus l'écouter. Il jeta un coup d'œil par la fenêtre pour voir ce qui détournait son attention, et vit que Christina s'était installée en terrasse avec Geneviève, Thor et Adam Harrison. Terreur était là, lui aussi, ce qui expliquait sans doute qu'ils aient choisi de déjeuner à l'extérieur.

Christina ne lui avait sans doute pas tout dit au téléphone, parce que Katherine Kidd semblait furieuse de la voir.

— Est-ce que quelqu'un vous a demandé de m'appeler ? demanda la jeune femme en le fusillant du regard. De me donner rendez-vous ici ?

Il ne chercha pas à tergiverser.

— Oui.

— Christina Hardy ?

Il acquiesça d'un signe de tête.

— C'est votre petite amie, hein ? Eh bien, désolée d'être franche, mais elle est complètement cinglée.

Il resta silencieux, parce qu'il ne savait que répondre à la question. Quant à l'affirmation… Force était de reconnaître que lui-même s'était parfois interrogé sur la santé mentale de Christina.

De grosses larmes inondèrent les yeux de Katherine.

— Vous savez, les gens me disent qu'il faut tourner la page, que je n'étais qu'une gamine à l'époque des faits. Ils répètent que Beau est mort depuis douze ans et qu'on ne peut pas passer sa vie à pleurer les disparus. Qu'est-ce qu'ils s'imaginent ? Qu'on oublie ceux qu'on a aimés ? Qu'on peut décider d'arrêter de souffrir ? Tout ça, c'est des conneries ! Et je vous conseille de dire à cette… à cette folle de me foutre la paix !

De nouveau, quelques têtes se tournèrent dans leur direction, quelques regards furtifs.

— Katherine, quoi que vous ayez à reprocher à Christina, sachez qu'elle ne vous veut aucun mal.

Il laissa échapper un soupir exaspéré.

— Ecoutez, j'ignore ce qui s'est passé entre elle et vous au cimetière, mais je sais que vous avez un problème en commun, toutes les deux. Vous correspondez l'une comme l'autre au portrait type de la jeune femme à laquelle s'attaque le tueur en série. Je vous ai déjà demandé de faire preuve de la plus grande prudence, Katherine, et voilà que j'apprends que vous vous promenez seule dans un endroit désert. Oui, Christina m'a appelé et je crois qu'elle a bien fait. Elle s'inquiétait pour vous.

La jeune femme s'adossa à la banquette en skaï vert et posa sur lui ses yeux brillant de larmes.

— Que suis-je censée faire ? Cesser de me recueillir sur la tombe de mon frère ? Cesser de me rendre au boulot, tant qu'on y est ? Désolée, mais je n'ai pas les moyens de me payer un garde du corps.

— Vous devez aller travailler, cet après-midi ?

Elle secoua la tête.

— Non, pas avant lundi.

— Alors permettez-moi de vous suivre en voiture jusqu'à votre domicile, dit-il. Et je vous demande de ne pas sortir ce week-end, à moins d'être accompagnée. Je suis certain que beaucoup d'hommes se porteraient volontaires pour vous servir de garde du corps, ajouta-t-il avec un sourire.

— Mais pas vous parce que vous avez déjà une grande rousse un peu timbrée dans votre vie et qu'elle aussi a besoin d'être protégée, répliqua-t-elle en lui rendant son sourire. C'est bien ça ?

Il hocha doucement la tête et prit le menu.

— Et si on goûtait aux spécialités de la maison ?

— Il ne faut pas vous sentir obligé de déjeuner avec moi, vous savez ? Je peux aller chez mes parents.

— Je ne me sens obligé à rien, Katherine. La vérité, c'est que je meurs de faim. C'est moi qui invite, d'accord ? dit-il en faisant signe à la serveuse.

Une fois la commande prise, elle se pencha vers lui.

— Je veux bien vous promettre d'être vigilante, dit-elle, mais en échange, vous devez me promettre de ne m'appeler que s'il y a du nouveau, à l'avenir. Je me plais un peu trop en votre compagnie, si vous voyez ce que je veux dire.

Jed se tourna vers la fenêtre sans répondre. Christina croisa son regard et rougit légèrement avant de baisser les yeux.

Intrigué par son attitude, il observa plus attentivement ce qui se passait autour d'elle et fronça les sourcils. Le petit chien était assis sur le même banc que sa maîtresse, mais à un bon mètre d'elle. On aurait dit qu'il laissait un espace pour une tierce personne. Sauf que la place était vide. L'instant d'après, Terreur se mit à bouger la tête comme si quelqu'un le caressait derrière les oreilles.

Jed cessa brusquement de regarder au-dehors. Pas question de se laisser entraîner sur le terrain d'Adam Harrison. Il avait mieux à faire que poursuivre des chimères. Un tueur bien réel se promenait en ville et il fallait garder les pieds sur terre si l'on voulait avoir une chance de le coincer.

Dan s'apprêtait à quitter la galerie souterraine pour aller donner sa représentation sous le chapiteau lorsqu'il entendit quelqu'un l'appeler.

— McDuff, viens par ici !

Pourquoi Smith le convoquait-il maintenant ? Il savait bien, pourtant, que les enfants et leurs parents attendaient la Grande Fâcheuse.

L'explication ne se fit pas attendre.

— Dan, on vient juste de me prévenir. La plupart des spectacles de ce soir sont annulés.

Dan fronça les sourcils et son cœur se mit à battre plus vite. Ça n'avait rien à voir avec lui, au moins ? La direction du parc ou la police ne pouvaient quand même pas le soupçonner…

— Désolé, Dan. Ils auraient dû me prévenir plus tôt, ça t'aurait évité de venir pour rien. La plupart des attractions restent ouvertes, mais le fond du parc doit être fermé à cause de ce satané brouillard artificiel. Les choses devraient être rentrées dans l'ordre demain, pour l'ouverture.

— Espérons, dit Dan. D'autant que je suis de la première équipe.

— Je veillerai à ce qu'on t'appelle à temps, en cas de souci. Au fait, félicitations pour le rôle de Zeus ! Je suis persuadé que cette comédie musicale va remporter un succès phénoménal.

— Touchons du bois… Dites-moi, monsieur Smith, vous avez des nouvelles de Marcie ?

— Ne t'inquiète pas, elle va bien.

— Elle ne va pas être remplacée dans le rôle de Héra, n'est-ce pas ?

— Mais non ! Les médecins ont préféré la garder en observation pour la nuit, mais ils ont dit qu'elle ne souffrait que d'une légère commotion. Avec ce qui se passe en ce moment, on a tendance à tout de suite imaginer le pire, mais tout le monde semble s'accorder pour dire qu'elle a trébuché et s'est cogné l'arrière de la tête sur le bitume.

Smith souffla pour exprimer son soulagement et fit le geste de s'éponger le front.

— Je ne voudrais pas que l'on ait à déplorer d'autres victimes, ajouta-t-il.

— Moi non plus, affirma Dan avant d'adresser un sourire forcé à son responsable. En tout cas, je suis content de savoir que Marcie sera bientôt sur pieds... Alors bonsoir, monsieur Smith ; je crois que je vais me démaquiller et rentrer chez moi

— Chez toi ? Allons, ne me raconte pas d'histoires, McDuff! Avec toutes les fêtes d'Halloween qui se donnent en ce moment aux quatre coins de la ville, je suis sûr que tu vas trouver un endroit où t'amuser.

— Pas de problème, répondit Dan.

Il faisait nuit.

A peine sortie du salon de coiffure, Angela McDuff remarqua à quel point la rue était sombre. La lumière des néons vert pâle allumés sur la façade d'O'Reilly creusait les ombres et inventait des formes plus mystérieuses encore. Elle avait sans doute eu tort de prendre rendez-vous aussi tard, mais elle ne pouvait se permettre d'apparaître mal coiffée. Dans son métier, l'image qu'on projetait était au moins aussi importante que les qualités artistiques. Et Angela tenait à être toujours à son avantage car le destin pouvait la surprendre n'importe quand.

Parce qu'il ne fallait pas s'imaginer qu'elle allait faire de vieux os à Orlando.

Il n'existait au monde qu'un seul endroit à la mesure de son talent et de son ambition : Hollywood.

New York, à la rigueur.

Elle étouffa un juron en se demandant ce qui la rendait si nerveuse. Etait-ce parce qu'elle avait vu Mike aujourd'hui ? Il fallait reconnaître que la haine qu'elle avait lue dans son regard était effrayante.

Et puis, il y avait ces viols et ces meurtres, bien sûr. Les femmes étaient décidément beaucoup trop vulnérables.

Pressant le pas, Angela se dirigea vers le parking. Il lui semblait voir partout des ombres menaçantes. Pourquoi avait-il fallu que le centre commercial plante tous ces foutus arbres ? C'était peut-être joli durant la journée, mais le soir, on ne pouvait s'empêcher d'imaginer que quelqu'un se cachait derrière l'un d'entre eux.

C'était juste parce qu'elle était seule, se dit-elle pour se rassurer. Parce qu'elle était seule et qu'il faisait nuit. Et c'était probablement l'obscurité qui soulevait cette brise soudaine, ce petit vent frais qui faisait bruisser les feuilles comme un murmure sur son passage.

Soudain, elle se rendit compte que quelqu'un la suivait. Un homme. Elle risqua un rapide coup d'œil par-dessus son épaule. Malgré l'obscurité, elle vit qu'il portait un sweat-shirt sombre et une casquette de base-ball. Il avait la tête rentrée dans les épaules et se rapprochait de plus en plus.

Une casquette pour masquer son visage et des vêtements sombres pour se fondre dans la nuit…

Qu'est-ce que tu vas imaginer là ? Ne sois pas ridicule, voyons ! Tout va bien.

Avec ce qu'on entendait à la télévision, on finissait par avoir peur de son ombre, songea-t-elle encore en plongeant la main dans son sac. Son trousseau de clés fit un bruit métallique dans le silence de la nuit. Sa voiture n'était plus qu'à quelques mètres et elle pourrait bientôt s'y enfermer ou même en déclencher l'alarme, si nécessaire.

Elle accéléra encore l'allure mais se retint de courir malgré son envie.

Soudain, elle fut aveuglée par des phares.

— Tout va bien ? cria une voix d'homme.

Angela laissa échapper un immense soupir de soulagement et jeta un nouveau coup d'œil par-dessus son épaule. Le type qui la suivait était parti. La sensation d'avoir échappé au pire la plongea dans une sorte d'euphorie. Elle passa devant le véhicule de son sauveur, ralentissant le pas pour lui adresser un large sourire. Elle eut tout juste le temps de remarquer que la portière arrière était ouverte.

L'instant d'après, elle se trouvait dans l'habitacle.

Puis, très vite, elle comprit… qu'elle allait bientôt mourir.

15.

Jerry Dwyer et Mal O'Donnell étaient venus assister à la veillée funèbre organisée à la mémoire d'Allison Chesney, en tant que représentants des autorités de la ville. Ils restèrent discrètement debout au fond de la salle où Jed et Christina les rejoignirent.

Jed et Jerry s'entretinrent à voix basse tout en parcourant l'assemblée du regard. La famille de la défunte n'était composée que d'une tante et de quelques cousins. La tante, une femme aux cheveux d'un roux flamboyant, les avait accueillis à la porte en les remerciant d'être venus.

Lorsque Christina alla lui présenter ses condoléances, Jed vit qu'elle savait trouver les mots justes. Elle parla longuement, prenant les mains de Mme Chesney dans les siennes. Le visage de la tante d'Allison exprimait gratitude et émotion. Quelques minutes plus tard, lorsque le banc situé en face du cercueil fut vide, Christina alla s'agenouiller devant la dépouille mortelle de la jeune chanteuse.

En l'observant, Jed ne put réprimer un sentiment de malaise. Elle en faisait vraiment trop ! On aurait dit qu'elle voulait communiquer avec la défunte. Que s'imaginait-elle, au juste ? Qu'Allison Chesney allait s'asseoir dans son cercueil pour discuter avec elle ?

Lui-même préféra rester à bonne distance du corps. Après avoir assisté à cette nouvelle autopsie, il avait plus que sa dose de morbide pour les semaines, les mois, voire les années à venir.

Pendant que Christina faisait… Dieu sait quoi, il songea à la pression à laquelle était soumise la police. Bien qu'on ne puisse ni les voir ni les entendre de l'intérieur du bâtiment, il savait que plusieurs centaines de personnes s'étaient massées devant la porte du funérarium. Elles manifestaient en silence par respect pour la famille de la défunte, mais la plupart portaient des pancartes réclamant que les forces de l'ordre mettent la main sur le tueur.

Au bout d'un moment, Jed décida qu'il était temps d'attirer l'attention de Christina et de l'entraîner loin du cercueil. Lorsqu'il arriva à sa hauteur, il ne put s'empêcher de jeter un regard à Allison. L'équipe de thanatopraxie avait fait du bon boulot, mais on ne pouvait se voiler la face : elle avait quand même l'air de ce qu'elle était : une morte.

Ceci dit, il avait vu des gens qui paraissaient encore plus morts. Comme si on pouvait être plus ou moins mort…, songea-t-il en se moquant de lui-même.

Mais il fallait reconnaître que cette malheureuse jeune femme semblait sur le point de se redresser pour remercier l'assemblée venue la pleurer.

Margaritte paraissait vraiment morte, elle, lorsqu'elle reposait dans cette horrible boîte de bois luisant, sa robe blanche se détachant nettement de la garniture en satin mauve. Il revit avec une douloureuse précision les traits creusés et cireux de sa femme. Et si Margaritte revenait d'entre les morts comme ces fantômes auxquels croyait Adam Harrison ? Et si…

Il posa la main sur le bras de Christina.

— Il faut qu'on y aille, dit-il d'un ton sec lorsqu'elle leva les yeux vers lui.

Quelques secondes plus tard, ils quittaient la pièce sans échanger un mot.

Jed avait passé en revue les gens présents dans le funérarium. Au-dehors, il s'était posté en hauteur, sur un muret, pour chercher parmi la foule des citoyens inquiets. Mais le déclic espéré ne s'était pas produit. Il savait que Jerry et O'Donnell avaient fait la même chose dans l'espoir que le tueur se montrerait et qu'ils parviendraient à l'identifier d'une manière ou d'une autre.

Le pire, c'est qu'il était probablement là. Un de ces honnêtes citoyens brandissant des pancartes. Sauf que lui réclamait sa propre capture.

Après s'être garé devant chez Christina, Jed éteignit le moteur et resta immobile. Elle ne semblait pas s'être aperçue qu'ils venaient d'arriver. Elle était dans sa bulle, hermétique au monde extérieur.

Il savait qu'elle venait de vivre une épreuve, mais il n'était pas d'humeur à la consoler. D'autant qu'elle lui mentait au sujet du soi-disant « Oncle Adam », qu'elle lui dissimulait certaines choses. Bon sang, se pouvait-il vraiment qu'elle croie voir des fantômes ?

— J'entre avec toi, dit-il finalement.

Elle se tourna vers lui, ses grands yeux bleus exprimant une certaine perplexité. Perplexité qui céda le pas à la résignation, aussitôt suivie par une colère froide.

— Ne te donne pas cette peine ! lança-t-elle d'une voix tranchante. Je suis capable de faire trois mètres toute seule.

Il lui saisit le bras juste avant qu'elle ne quitte la voiture, et elle se retourna, lui jetant un regard furibond.

— Je suis désolée si je t'ai mis dans une position délicate avec Katherine Kidd, dit-elle d'une voix dure. Je n'aurais pas dû te demander de l'appeler pour lui donner rendez-vous. Là, tu es content ?

— Mettons les choses au clair, tu veux bien ? répondit Jed sur le même ton. Chacun est libre de penser ce qu'il veut, et tu as sûrement de bonnes raisons pour t'imaginer que les morts ont des choses à te raconter. Mais moi, je ne crois pas aux fantômes.

— Je te demande pardon ?

— Tu as l'impression de voir des fantômes, n'est-ce pas ?

— Je n'en vois qu'un seul, répliqua-t-elle vivement. Et ça me suffit amplement.

— Le fantôme de Beau Kidd, c'est ça ?

— Ecoute, je ne veux blesser personne, et surtout pas Katherine Kidd. Crois-moi, je n'ai aucune envie de voir apparaître son frère. Mais il se trouve que je le vois et je n'y peux rien. Je sais que c'est un truc de dingue, Jed, et je suis désolée si tu as l'impression d'avoir couché avec une folle. Mais ne t'inquiète pas : tu peux me dire que tu ne veux plus de moi. Je comprendrai. Ana et moi serons toujours amies et toi et moi, on en restera là.

Elle lui lança un dernier regard, si noir que ses yeux semblèrent changer de couleur, et dégagea son bras d'un coup sec. Il lâcha prise à contrecœur, ne pouvant la retenir de force. L'instant d'après, elle quittait la voiture, claquant violemment la portière derrière elle.

— Christie ! s'écria-t-il en sortant à son tour.

Il s'élança derrière elle et la saisit de nouveau par le bras. Des phares trouèrent alors la nuit, et le minibus de Tony

Lowell passa le portail de la maison voisine. Jed étouffa un juron. Pourquoi fallait-il qu'ils arrivent maintenant ? D'autant qu'à en juger par les mines sombres qu'il apercevait derrière la vitre du véhicule, Tony et Llona se posaient des questions sur ce qui se passait chez leur voisine.

— Salut, vous deux ! cria Christina avec un sourire forcé.

Le minibus ralentit un instant, puis poursuivit son chemin vers le garage. Si ses occupants avaient été rassurés par le sourire de Christina, ils cachaient bien leur jeu, songea Jed tandis que le Mercedes Vito s'engouffrait dans le garage. Peut-être Tony et Llona s'étaient-ils disputés, eux aussi…

— Ecoute, Christina…

— Laisse-moi, s'il te plaît. J'ai des amis à la maison et d'autres qui habitent juste à côté. Je ne cours aucun danger, Jed. Va plutôt protéger Katherine Kidd. Je suis sûre qu'elle a besoin de toi.

Pensait-elle sincèrement qu'il valait mieux s'occuper d'une autre victime en puissance, ou ces mots avaient-ils été dictés par la jalousie ? Il n'aurait su le dire. Et lui ? songea-t-il en s'efforçant d'être honnête avec lui-même. N'avait-il pas envie qu'elle soit un peu jalouse ?

— Pourquoi dis-tu ça, Christie ?

Elle haussa les épaules.

Quand leurs regards se croisèrent de nouveau, il fut ému de la sentir si perdue.

— Je ne sais pas. Je n'ai pas les idées claires, en ce moment. Bonne nuit, Jed.

La porte de la maison s'ouvrit avant qu'elle ne l'atteigne, et Geneviève apparut dans la lumière du vestibule.

Encore un témoin de leur explication ! songea Jed. Sans doute avait-elle observé toute la scène par le judas ?

Terreur sortit en trombe de la maison pour aller rejoindre sa maîtresse. Il fit des sauts de cabri autour d'elle, heureux de la revoir, puis fonça droit sur Jed qui se baissa pour le caresser.

— Terreur, rentre dans la maison ! lança Christina.

Le petit chien s'exécuta. Geneviève dit alors quelque chose à son amie, trop bas pour que Jed puisse l'entendre. L'instant d'après, Christina se tournait vers lui.

— On peut compter sur toi demain soir ?

— Pourquoi ? Que se passe-t-il de si important, demain soir ? répliqua-t-il, décidé à mettre les pieds dans le plat pour qu'elle lui dise la vérité.

— Adam pense que…

Elle laissa sa phrase en suspens et détourna les yeux.

— Quoi ? insista-t-il d'une voix sèche. Qu'est-ce qu'il pense, Adam ?

Christina se tourna de nouveau vers Jed.

— Eh bien… Il voudrait qu'on organise une séance de spiritisme, dit-elle précipitamment. Il pense que ça pourrait nous aider à identifier le tueur.

Comme Jed restait silencieux, elle posa sur lui des yeux suppliants.

— S'il te plaît, dis-moi que tu vas venir !

— Je ne sais pas.

— Alors, fais comme bon te semble ! conclut-elle d'un ton soudain léger. Mais sache que je serais heureuse si tu venais.

Sur ces mots, elle entra dans la maison et referma la porte derrière elle. Il attendit d'entendre le bruit sec des pênes qui s'ancraient dans les gâches pour tourner le dos et regagner sa voiture.

— Vous croyez qu'il était là ? demanda Adam.

Elle sursauta, l'esprit complètement ailleurs. Elle ne voulait pas laisser deviner à quel point ce qui venait de se passer avec Jed l'avait affectée, d'autant plus que personne ne savait quel type de relation elle entretenait avec lui. D'ailleurs, elle n'était pas sûre de le savoir elle-même… Pour donner le change devant ses hôtes, elle avait parlé de la veillée funèbre avant que Jed n'accapare de nouveau ses pensées.

— Ça ne m'étonnerait pas qu'il soit venu, murmura Adam, répondant à sa propre question.

— J'ai eu l'impression que la moitié de la Floride s'était donné rendez-vous devant le funérarium, dit Christina.

— Et Beau ? demanda Adam. Il est là ?

Ils se trouvaient tous réunis dans le petit salon, en train de siroter le thé préparé par Geneviève.

Christina secoua la tête. Non, elle n'avait pas vu Beau depuis qu'elle était rentrée. Sans Jed et maintenant sans Beau, la séance de spiritisme risquait de perdre beaucoup de son intérêt. De toute façon, songea-t-elle encore, avec ou sans eux, cette séance ne servirait à rien. Parce que Beau ignorait l'identité du psychopathe qui avait commis les crimes dont on l'accusait encore aujourd'hui.

— Il n'est pas là, dit-elle. Mais ça ne change rien au problème. Beau n'en sait pas plus que nous au sujet du tueur. Il pense qu'il se tenait dans l'obscurité, juste derrière Larry Atkins, le soir où il a retrouvé la cinquième victime. C'est pour ça qu'il a dégainé son arme. Mais Larry s'est cru visé et il a abattu son équipier. Comme Beau ne pouvait plus s'expliquer, ses collègues ont imaginé une version qui arrangeait tout le monde. Une version dans laquelle Beau Kidd avait le mauvais rôle. Les absents ont toujours tort, n'est-ce pas ? Résultat : la police a laissé filer le vrai coupable qui récidive aujourd'hui, et moi je me retrouve avec un fantôme sur les bras. Un fantôme qui veut que je l'aide mais qui, de son côté, ne peut rien pour nous.

Adam l'écoutait calmement, l'air pensif.

— Et la veillée funèbre ? demanda-t-il après un moment.

— C'était triste.

— Oui, bien sûr, mais…

— Adam veut savoir si Allison Chesney hantait le funérarium, expliqua Geneviève.

— Non… En tout cas, elle ne m'est pas apparue.

— Je continue à penser que la séance de spiritisme de demain peut s'avérer déterminante pour la suite des événements, déclara Adam.

— Que va-t-il se passer ? demanda Christina. D'autres que moi vont voir Beau ?

— Peut-être que oui, peut-être que non, répondit le vieil homme en passant la main dans sa crinière blanche.

— Alors, qu'attendez-vous de cette réunion ?

Thor vint s'asseoir sur le canapé et prit les mains de Christina dans les siennes.

— Ecoute, Christie… Tu ne peux pas imaginer plus grand sceptique que moi.

Oh, que si, je peux ! songea-t-elle en souriant. J'ai justement eu envie de l'étrangler, tout à l'heure.

— On va découvrir quelque chose demain soir, promit Thor.

— Je ne sais pas si Jed sera des nôtres, dit Christina en essayant de dissimuler ses sentiments.

Mais elle était certaine que son dépit se voyait comme le nez au milieu du visage.

— Il va venir, vous verrez ! dit Adam, une lueur malicieuse dans les yeux. Il va venir.

La vie était parfois une vraie garce, songea Christina. Elle avait dormi seule la plus grande partie de sa vie et elle ne s'en était pas si mal portée. Mais il suffisait qu'elle passe deux nuits avec Jed Braden pour trouver le lit trop grand, trop froid, trop… trop sans lui ! Quelle idiote elle faisait. Elle n'aurait pas dû coucher avec lui aussi vite. Aussi vite ? Elle attendait de faire l'amour avec ce garçon depuis l'âge où on commence à penser à ce genre de choses !

— Tout va bien, Christina ?

Alors qu'elle se brossait les cheveux devant la psyché de sa coiffeuse, le miroir se mit à réfléchir l'image de Beau qui s'installait confortablement dans le fauteuil près du lit.

— Je croyais que les fantômes n'avaient pas de reflet, dit-elle.

Il haussa les épaules avec une moue qui semblait dire qu'il n'en savait pas plus qu'elle sur la question.

— Je vous ai demandé quelque chose, Christina.

— Ça va très bien, merci.

— Je suis désolé si j'ai fait fuir Jed.

— Vous n'y êtes pour rien. Tout le mérite m'en revient, déclara-t-elle tristement.

Il lui adressa un sourire compatissant, puis passa au sujet qui le préoccupait vraiment.

— J'aimerais tant que Kitty puisse croire, comme vous le lui dites, que je suis vraiment là, tout près d'elle...

Christina ne débordait pas de sympathie pour Katherine Kidd, mais elle fit un effort pour ne pas faire sentir sa réserve — sa jalousie ? — à son frère.

— C'est justement parce qu'elle vous aime qu'elle se méfie de quelqu'un qui prétend parler en votre nom. Elle ne cesse de clamer votre innocence depuis douze ans, Beau, et je suis sûre que ça n'a pas dû être facile tous les jours.

— Oui, vous avez raison. Mais pourquoi refuse-t-elle d'admettre que je suis là ?

Christina se retourna pour lui faire face.

— Pourquoi ? Parce que vous êtes ce qu'on appelle un fantôme, figurez-vous ! Mettez-vous un peu à sa place ! Du temps où vous viviez encore en ce bas monde, comment auriez-vous qualifié quelqu'un qui prétendait discuter avec un revenant ?

— De farfelu, reconnut-il. Ou pire.

— Ecoutez, ce qui importe, c'est que vous n'êtes pas là par hasard. Il faut qu'on découvre ce tueur au plus vite. Savez-vous que je me suis rendue ce soir à la veillée funèbre organisée à la mémoire d'Allison Chesney ? Le type qui l'a tuée est la dernière des ordures et nous devons mettre un terme à ses agissements. A mon tour de vous demander de l'aide, Beau. Vous savez forcément quelque chose qui pourrait nous permettre de démasquer ce dangereux malade.

— Je vous ai déjà dit tout ce que je savais, affirma-t-il avec humeur.

Elle alla s'asseoir sur le bord de son lit et posa la main sur le genou de Beau. Ses doigts ne passèrent pas à travers lui, comme on le voyait parfois dans les films. Au contraire, la sensation était la même que si elle avait touché le genou de n'importe quel être humain bien vivant.

— Nous allons faire une séance de spiritisme, demain soir, dit-elle. Adam Harrison semble persuadé que ça nous aidera à découvrir des choses importantes.

— Espérons-le, dit-il sans grande conviction. Alors, comme ça, Jed a préféré rentrer chez lui ?

— Je lui ai suggéré d'aller veiller sur votre sœur, dit-elle avec une pointe d'ironie que Beau sembla percevoir.

— Je ne veux surtout pas compromettre votre relation, dit-il en souriant d'un air embarrassé. Et à ce propos, je tiens à vous informer que… que je m'en vais quand… Eh bien, au moment où…

Il s'éclaircit la voix.

— Pour faire simple, disons que je ne suis pas un voyeur.

— Je suppose que ça n'a plus d'importance, maintenant que vous êtes mort, dit-elle en se levant. Je vais aller me brosser les dents et ensuite, au dodo.

Tandis qu'elle se dirigeait vers la salle de bains, elle entendit Terreur aboyer derrière la porte de sa chambre.

— Vous voulez bien le laisser entrer, s'il vous plaît ?

La porte s'ouvrit avec un léger grincement et Terreur se rua dans la pièce. Ce n'est que quelques minutes plus tard, alors qu'elle avait du dentifrice plein la bouche, qu'elle songea à ce qu'elle venait de faire : elle venait de demander à un fantôme d'ouvrir une porte pour elle. Et le pire, c'est qu'il l'avait fait.

Elle se rinça la bouche et revint dans la chambre.

— Vous avez ouvert la porte, dit-elle en pointant sur Beau un doigt accusateur.

— En effet. Et je programme aussi la machine à café, au cas où vous l'auriez oublié.

— C'est que…

Elle secoua doucement la tête, le sourire aux lèvres.

— On se représente toujours les fantômes comme des êtres immatériels, capables de traverser les murs ou de faire ce genre de trucs.

Il haussa les épaules.

— Parfois, je sais où vous êtes et je peux vous rejoindre. Il suffit que je le veuille. Et à d'autres moments, c'est impossible. De même, il arrive que je puisse attraper des objets, mais ce n'est pas toujours le cas. Je n'avais pas prévu d'être un fantôme, vous savez ? Personne ne m'a donné le mode d'emploi.

— Tout cela est tellement étrange, murmura-t-elle.

— Allez vous coucher, dit-il avec un sourire attendri.

Le sourire du grand frère qu'elle n'avait jamais eu, songea-t-elle.

— A cause de moi, vous allez dormir sans l'homme de vos rêves, poursuivit Beau. Mais pour me rattraper, je vais veiller sur votre sommeil. Ce n'est qu'une maigre compensation, je sais…

Elle contourna le fauteuil et vint poser un baiser sur sa joue. Sa peau semblait parfaitement réelle, et même chaude.

— Merci, Beau. Bonne nuit.

Terreur s'installa au bout du lit. L'absence de Jed était une souffrance, mais c'était quand même bon de sentir le chien blotti contre ses pieds. Et rassurant d'avoir un fantôme qui montait la garde dans sa chambre…

Encore le même cauchemar. La même sensation d'être

séquestrée, contrainte, entravée. La même impression d'étouffement. Et cette affreuse obscurité.

Elle essayait de crier, de produire un son, mais un bâillon l'en empêchait. Le pire était de savoir ce qui l'attendait. Quelque part dans les ténèbres, son bourreau se rapprochait.

Elle tendit l'oreille, cherchant à discerner les pas qui annonceraient l'horreur. Un cri intérieur résonna dans sa tête, un épouvantable cri silencieux. Elle allait mourir. Lorsqu'il se serait lassé de martyriser son corps, il allait…

Christina s'efforça de combattre l'épouvante qui la submergeait, de regagner la surface de la conscience, palier par palier, comme si elle gisait dans la noirceur des fonds marins. Une voix lui murmurait qu'elle était dans son lit, qu'elle devait se réveiller, se réveiller…

Avec un cri, elle parvint finalement à remonter à l'air libre où l'attendait le moelleux de son oreiller, la douceur de ses draps… Il lui fallut un moment pour récupérer complètement ses esprits et une respiration régulière. La veilleuse était comme toujours allumée, et Terreur se trouvait à côté d'elle, en train de la regarder en gémissant.

— Beau ? Vous êtes là ?

Elle le vit avant qu'il ne réponde. Il était assis dans le fauteuil, la tête dans les mains, levant vers elle des yeux pleins de détresse.

— Je suis vraiment désolé, dit-il.

— Non, répondit Christina. Il ne faut pas vous en vouloir, Beau. Ce n'est pas votre faute. Ma grand-mère m'avait prévenue qu'il était dangereux de voir les morts, de leur parler… Mais à présent, il faut que je domine ma peur pour découvrir la vérité.

Beau secoua la tête.

— Je ne sais pas…

— Il suffirait que je reste suffisamment longtemps dans ce rêve pour…

— Non !

— Mais…

— Qui sait si un rêve ne peut pas vous tuer ?

Jed était agacé de devoir l'admettre, mais il ne se sentait pas le cœur à boycotter la soirée de Christina. Même s'il trouvait ridicule qu'elle organise une séance de spiritisme chez elle — ridicule et agaçant — , il devait y participer. D'abord parce qu'il s'inquiétait pour Christina. Et il ne pouvait s'empêcher de s'inquiéter également pour Katherine Kidd.

A vrai dire, il se faisait du souci pour toutes les jolies rousses de cette ville. Il se demandait sérieusement s'il ne devait pas convaincre les autorités de lancer une campagne pour les inciter à se teindre les cheveux. Pourtant, il sentait bien que ce n'était pas une solution miracle. La couleur des cheveux était sans aucun doute un facteur important, mais Jed était convaincu que ce n'était pas le seul élément qui guidait le tueur dans le choix de ses victimes.

De la musique et de bonnes odeurs de cuisine s'échappaient de la grande maison victorienne dont la porte était ouverte. Jed décida de fermer les yeux sur cette entorse aux règles élémentaires de sécurité, mais il prit tout de même soin de réparer la négligence de Christina en verrouillant derrière lui. Il resta un moment dans le vestibule sans s'annoncer, observant Mike et Thor en grande conversation dans le couloir. Mike s'exprimait à l'italienne, avec des gestes brusques et désordonnés, réussissant Dieu sait comment à ne pas renverser la chope de bière qu'il tenait à la main. Jed s'avança et les salua d'un signe de tête avant d'entrer dans la salle de séjour.

La première personne qu'il vit fut Dan, accroupi devant le lecteur de CD. Puis il aperçut Adam, enfoncé dans un large fauteuil, les yeux mi-clos et l'air parfaitement détendu, sans doute en train d'écouter la musique. Debout près de la fenêtre, Tony et Geneviève échangeaient leurs points de vue sur la meilleure façon de cuisiner une dinde.

Après avoir dit bonjour à tout le monde, Jed partit à la recherche d'Ana et Christina. Il les trouva dans la cuisine, en train de sortir des plateaux et des assiettes.

— Les olives ? demandait Ana au moment où il arriva.

— Ici, répondit Christina en lui tendant un large bocal.

— J'ai déjà sorti le céleri, les carottes et le concombre.

— Super. Tu peux attraper la salade de pommes de terre qui est sur le comptoir, s'il te plaît ? Hé, Mike ! cria-t-elle. Sois gentil d'aller jeter un œil au barbecue !

— Tu veux que je le fasse ? proposa Jed.

Elle s'arrêta net et posa sur lui des yeux d'un bleu très froid.

— Pourquoi pas ? dit-elle après une seconde d'hésitation. Mais dépêche-toi, j'ai peur que les steaks hachés soient déjà carbonisés.

— J'ai l'affaire en main, répondit Jed d'un ton léger, tandis qu'Ana posait un baiser sur sa joue.

Il se dirigea vers l'arrière de la maison où une porte s'ouvrait sur la galerie couverte qui entourait la maison. De là, des marches menaient à un patio couvert. Derrière se trouvait la piscine en forme de haricot. Elle n'était pas bien grande, mais ils s'y étaient amusés comme des fous quand ils étaient petits. Les enfants avaient toujours été les bienvenus chez les McDuff.

Jed se pencha sur le large gril et vit que tout allait bien. Il retourna rapidement les steaks hachés, puis les côtelettes et le poulet. Une minute plus tard, il sentit que Christina arrivait.

Il la *sentit* réellement. Et pas seulement grâce à son eau de toilette. C'était aussi la façon dont elle se déplaçait, la façon dont l'air changeait soudain à son approche. Il s'agissait d'une sensation intime qu'il n'aurait su décrire avec précision. Simplement, il savait quand elle était près de lui.

— J'ai apporté une assiette pour les steaks hachés, dit-elle.

— Bonne idée.

— Tu as besoin de moi ? demanda Thor dont l'immense silhouette émergeait derrière Christina.

— Je rentre aider Ana, dit Christina. Thor va te donner un coup de main, Jed.

Il baissa les yeux vers le grill pour dissimuler son sourire narquois. Bien joué, Christie. Envoie-moi M. Propre version Viking pour me convaincre du bien-fondé de votre démarche. Si un type comme lui croit aux fantômes…

— Tu ne t'inquiètes pas trop pour Katherine Kidd ? demanda Thor.

Jed haussa les épaules.

— Si, bien sûr. Je l'ai suivie en voiture jusqu'à son domicile, après le déjeuner chez O'Reilly. Mais je ne peux pas faire ça vingt-quatre heures sur vingt-quatre. J'ai bien pensé lui proposer de venir ici ce soir, mais…

Le front de Thor se plissa.

— Tu aurais peut-être dû.

— Je ne suis pas chez moi, ici.

— Je suis sûr que Christie ne verrait aucun inconvénient à ce que tu lui demandes de passer. Appelle-la tout de suite.

Jed se tourna vers Thor.

— Ecoute, je ne crois pas que votre petite cérémonie l'amusera.

— Ce n'est pas censé être amusant.

— Quelle cuisson pour les steaks hachés ?

— Tu n'as qu'à en faire la moitié saignants et l'autre moitié à point. Sérieusement, Jed, pourquoi ne l'appellerais-tu pas ? Je te signale qu'on est samedi soir… Si elle est avec nous, elle ne sera pas tentée de sortir, avec tous les risques que ça comporte.

Et tu t'imagines que sa présence pourrait inciter son frère à se manifester, pas vrai ? songea Jed.

Mais il garda sa réflexion pour lui.

La première fournée de steaks hachés était prête. Jed les fit glisser sur l'assiette apportée par Christina, et la tendit à Thor.

— Je peux te laisser t'occuper des côtelettes et du poulet ?

Le géant blond acquiesça d'un signe de tête et d'un sourire. A cet instant, Ana et Christina sortirent de la maison. La première avait les bras chargés d'assiettes, de tasses, de serviettes en papier et de couverts, tandis que la seconde portait deux grands plats : l'un était garni de petits pains à hamburgers, de cornichons et de Ketchup et l'autre, divisé en trois sections, contenait des haricots blancs à la sauce tomate, de la salade de pommes de terre et de la salade de choux.

Thor alla retrouver les deux jeunes femmes devant la table en teck gris.

— J'ai dit à Jed qu'il devrait convaincre Katherine Kidd de se joindre à nous, dit-il en posant les steaks.

— Quoi ? s'écria Christina, prise au dépourvu.

— J'ai dit que…

— J'ai entendu, merci, coupa-t-elle sèchement, incapable de dissimuler sa nervosité.

Elle jeta un coup d'œil en direction de Jed avant de reporter son attention sur Thor.

— Tu as oublié sa réaction au cimetière, ou quoi ? Katherine nous considère comme des cinglés. De cinglés cruels par-dessus le marché. Elle n'acceptera jamais de venir.

Thor, peu susceptible de nature, semblait plus intrigué qu'irrité par la virulence de Christina.

— Je suis persuadé du contraire, dit-il calmement.

— Allons chez elle, Jed ! lança Geneviève qui avait suivi la conversation depuis la petite véranda couverte. Tu auras plus de chances de la convaincre si tu lui poses la question de vive voix. Viens, je t'accompagne.

Christina eut envie de se frotter les yeux quand Geneviève et Jed revinrent, une bonne demi-heure plus tard, accompagnés de Katherine Kidd.

Elle se demanda ce que Jed avait bien pu lui dire pour qu'elle change à ce point d'attitude. La sœur de Beau salua tout le monde avec entrain et légèreté, embrassant même Mike avec qui elle avait eu l'occasion de travailler.

Lorsqu'elle se présenta devant la maîtresse de maison, ce fut sans la moindre trace d'hostilité. Christina la trouva même un peu penaude, tandis qu'elle lui serrait la main.

— Merci beaucoup de me recevoir chez vous, dit-elle.

— Nous sommes ravis de vous avoir parmi nous, répondit Christina en s'efforçant de paraître sincère.

Terreur, qui était à ses pieds, aboya gaiement avant de jeter un regard implorant vers l'assiette de restes qu'elle tenait à la main.

— Pas question, le chien : tu as déjà beaucoup trop mangé. Je ne veux pas que tu exploses, tu comprends ? ajouta-t-elle d'une voix plus douce, alors que le chien penchait la tête d'un air dépité.

Katherine n'avait pas bougé, et affichait un sourire emprunté.

Christina s'éclaircit la voix.

— Nous avons prévu de faire une séance de spiritisme, ce soir.

— Jed m'a prévenue.

— Mais je croyais que…

Katherine inspira profondément.

— Ecoutez, Christina, je passé une bonne partie de la nuit à me demander comment vous pouviez connaître cette histoire de chien en peluche du nom de Calliope… J'avoue que je suis assez perturbée par tout ça et que je ne sais plus que penser. Je ne crois pas aux fantômes, mais… J'ai décidé de garder l'esprit ouvert. S'il existe une chance, aussi petite soit-elle, d'entrer en contact avec Beau, je ne veux pas passer à côté.

Christina ne savait que répondre à cela, mais elle fut heureusement sauvée par le gong. Ou plus exactement par Ana qui vint annoncer que les desserts attendaient les gourmands dans la cuisine.

— Chacun pour soi ! s'écria Christina. Une fois servis, on se retrouve tous dans le petit salon, d'accord ?

Dans la matinée, Adam et Thor y avaient apporté une longue table et suffisamment de chaises pour que tout le monde puisse s'asseoir. Il n'y avait plus qu'à en rajouter une pour Katherine et la cérémonie pourrait commencer.

— On va vraiment communiquer avec les esprits ? demanda Dan en promenant le regard sur le nouveau décor de la pièce. Tu tiens tellement à ce que mamie revienne nous engueuler ?

— Mamie ne nous engueulait pas ! répliqua Christina. N'est-ce pas, Mike ?

— Elle nous criait dessus du matin au soir, lui rappela Mike, sérieux comme un pape.

— Vous êtes impossibles, tous les deux ! J'espère qu'elle va vraiment se manifester et qu'elle parviendra à vous tirer les oreilles depuis l'au-delà.

— Pourquoi avoir organisé tout ça ? demanda Ana qui cachait mal son excitation. On va essayer de contacter quelqu'un en particulier ?

— C'est juste pour s'amuser, répondit Geneviève. Halloween est propice à ce genre de divertissement, tu ne trouves pas ?

Llona entra dans le petit salon.

— Quoi ? Pas de bougies ? lança-t-elle tout en mâchant un morceau de gâteau. Je me demande si tout ça est bien sérieux.

— Tu as raison ! s'exclama Geneviève. Il nous faut des bougies.

Joignant le geste à la parole, elle partit en chercher.

— Si ça donne quelque chose d'intéressant, on devrait faire payer l'entrée, la prochaine fois, proposa Dan. Je me demande même si ce genre de truc existe dans les parcs d'attractions. Dis donc, Mike, un producteur est aussi censé suggérer de nouvelles idées, non ? Pourquoi ne pas leur soumettre celle-ci ?

— Ouais…, répondit Mike, l'air pensif. C'est pas bête.

Christina observa Geneviève qui était revenue avec de longues bougies rouges. Elle les disposa sur la table et les alluma. Tout le monde semblait se mettre dans l'ambiance. Même Jed ne trouvait rien à redire. Quelques commentaires sarcastiques lui traversaient sans doute l'esprit, mais il les gardait pour lui.

Dan se baissa pour jeter un coup d'œil sous la table.

— Petite vérification, murmura-t-il.

— Relève-toi, homme de peu de foi ! s'exclama Christina. Il n'y a aucun trucage.

— Si j'ai bien compris, nous allons essayer de contacter mon frère, dit Katherine tandis que chacun prenait place autour de la grande table.

Elle se tourna vers Christina et esquissa un sourire.

— Je croyais que vous parveniez déjà à communiquer avec lui ?

— On éteint les lumières ! dit Geneviève, intervenant pour la seconde fois de la soirée au moment où Christina ne savait que répondre.

— Est-ce qu'il va faire vraiment noir ? demanda Llona en ouvrant de grands yeux inquiets.

— Regarde, il y a des bougies, lui fit remarquer Tony. Et puis, je suis juste à côté de toi, mon amour.

Dan commença à fredonner la chanson de *La Quatrième Dimension.*

— On n'a pas besoin d'encens ou d'une musique d'ambiance ? demanda Mike.

— Parfaitement inutile, déclara Adam qui était resté très discret, jusque-là.

Il se mit ensuite à étudier le plan de table, tandis que Thor allait éteindre la lumière.

— Voyons voir, dit-il. Nous sommes ici chez vous, Christina, mais c'est aussi un peu la maison de vos cousins qui y ont passé beaucoup de temps. Donc, vous pouvez rester où vous êtes tous les trois : Christine entre Dan et Mike. Ensuite… Ana, allez vous asseoir à côté de Dan, s'il vous plaît, et Katherine à côté de Mike… Voilà… Quant à Tony et Llona, mettez-vous donc ensemble à côté d'Ana. Geneviève, installe-toi en bout de table avec Thor, et moi je vais m'asseoir face à vous, également en bout de table.

— Quels signes sommes-nous censés guetter ? demanda Katherine. Trois coups frappés, comme au théâtre ?

— On ne sait jamais à quoi s'attendre lors d'une séance de spiritisme, répondit Adam.

En plus des bougies, la lumière du couloir filtrait par la porte entrouverte. Christina serra les poings sous la table, déjà pleine d'appréhension. La dernière fois, après qu'elles avaient joué avec la planche Ouija, Beau lui était apparu. Et maintenant, qu'allait-il se passer ? Un nouveau revenant viendrait-il hanter sa maison ? Beau pourrait-il être vu de tous ?

— Tenez-vous les mains, dit Adam.

Dès que ce fut fait, le vieil homme se mit à parler :

— La vie est traversée de lignes invisibles qui s'entrecroisent, reliant entre elles ses différentes dimensions. La mort n'est sans doute qu'une autre ligne, une autre dimension de notre existence. Nous savons qu'il existe de mystérieuses passerelles entre ces dimensions, entre ces mondes parallèles… Et nous savons aussi qu'il arrive qu'une âme reste bloquée entre deux mondes, soit parce qu'il lui reste une tâche à accomplir dans celui qu'elle a quitté, soit parce que quelqu'un a besoin de son aide.

Sa voix chaude et profonde avait quelque chose d'hypnotique, songea Christina. En tout cas, personne ne pipait mot.

— Et puis, poursuivit Adam, il y a ces êtres dotés de pouvoirs rarissimes, ces êtres d'exception qui quittent notre monde et devraient trouver le repos éternel, en finir pour toujours avec les souffrances de la vie terrestre, mais qui restent parce qu'ils ont une mission : aider les vivants à communiquer avec les morts. Ce sont les médiateurs de l'au-delà.

Il n'avait jamais incité les participants à fermer les yeux, il n'avait rien demandé sauf qu'ils se tiennent par la main. Mais quand Christina regarda le maître de cérémonie, elle ne reconnut plus le petit salon.

Une brume légère emplissait la pièce, tourbillonnant lentement avec une sorte de douceur. Quant à Adam, son visage exprimait quelque chose qu'elle n'avait jamais vu en lui, comme s'il était un autre. Et lorsqu'il reprit la parole, sa voix n'était plus du tout la même.

— Je m'appelle Josh et je suis là pour vous aider.

— Josh ? murmura Christina.

La brume s'était faite brouillard, et elle ne voyait plus qu'Adam dont le corps servait d'enveloppe à Josh. Par contre, elle sentait toujours la pression des mains de ses cousins.

Curieusement, elle n'éprouvait aucune peur.

— Beau Kidd, veux-tu te montrer ? demanda Josh.

— Je suis là, dit Beau.

Christina le vit alors, debout derrière Josh.

— Pourquoi ton âme ne trouve-t-elle pas le repos ? lui demanda Josh.

— Parce que j'ai été accusé à tort, dit Beau. Et aussi…

— Aussi ?

— Et aussi parce que je sens un danger autour de cette maison.

— Quel danger ? demanda Josh.

— Je l'ignore. Mais je sais qu'il rôde tout près d'ici.

Une plainte funèbre s'éleva soudain dans l'obscurité, et Beau se volatilisa.

Le brouillard se dissipa tandis que toutes les têtes se tournaient vers Katherine qui avait bondi de sa chaise sans cesser de gémir.

— Je l'ai vu ! dit-elle entre deux sanglots. Oh, mon Dieu… J'ai vu mon frère.

16.

Le silence régnait dans le petit salon.

Un silence de mort.

Adam Harrison ralluma les lumières, rendant à la pièce son aspect initial.

Les McDuff avaient toujours eu le sens du spectacle, songea Jed. Ce n'était pas un hasard si Dan était chanteur et comédien, Mike producteur, et Christina compositrice. Et pourtant… C'était Katherine Kidd qui avait poussé un hurlement, et on ne pouvait pas la soupçonner d'être de mèche avec la famille et les amis de Christie.

Avait-elle été abusée par la brillante mise en scène ? Par la non moins brillante performance d'Adam Harrison ? Lui-même avait été impressionné, il devait bien l'admettre. C'était du beau travail. Harrison avait un vrai talent pour changer de voix et d'expression, c'était à vous faire froid dans le dos.

Mais pourquoi faisaient-ils ce numéro ? La blague aurait pu être drôle si la sœur de Beau Kidd n'avait pas été présente. Mais en sa présence, c'était de très mauvais goût. Pire, c'était cruel. Et il n'imaginait pas que Christina puisse faire preuve de cruauté.

Katherine était encore sous le choc, bouleversée d'avoir

vu son frère. L'expression de son visage oscillait entre joie et douleur.

— Je l'ai vu, répétait-elle, je l'ai vu...

Puis, comme le silence se prolongeait, elle se tourna vers Adam.

— Je n'aurais pas dû crier, n'est-ce pas ? J'ai tout fait capoter...

— Non, non, répondit Adam.

Mais on sentait qu'il cherchait surtout à la déculpabiliser.

— C'est tellement... réel, bredouilla Katherine.

Mike s'éclaircit la voix.

— Pour toi, peut-être, dit-il, optant pour le tutoiement. Moi, je n'ai rien vu du tout.

— C'est que tu n'as pas bien regardé, déclara Katherine.

— Ça m'a donné la chair de poule, avoua Llona.

— Il y avait du brouillard, dit Mike qui semblait passablement perturbé. Plein de brouillard.

— Oui, je l'ai vu, moi aussi, murmura Ana. Et ça tourbillonnait.

Jed remarqua qu'Adam chancelait, l'air un peu hagard.

— Monsieur Harrison, lui dit-il, vous devriez vous asseoir. Vous êtes pâle comme un linge.

Ce type était peut-être un habile manipulateur, mais on ne devenait pas livide sur commande. Et à son âge, il valait mieux faire attention.

— En fait, vous feriez bien de vous allonger, reprit Jed. Laissez-moi vous aider à monter dans votre chambre.

Adam acquiesça d'un signe de tête.

Christina sortit alors de son hébétude et prit les choses en main.

— Je vais vous chercher de l'eau, Adam. Et je ferai aussi du thé, ajouta-t-elle en quittant précipitamment la pièce.

— Adam ? dit Thor, l'air soucieux, tandis que le vieil homme s'appuyait sur Jed.

Harrison leva la main sans le regarder.

— Ça va aller.

Avec l'aide de Jed, il parvint jusqu'à sa chambre où Christina vint les rejoindre presque aussitôt, un grand verre d'eau fraîche à la main.

— Vous êtes un ange, dit-il en la regardant poser le verre sur sa table de nuit.

— Le thé sera bientôt prêt, répondit Christina avec un sourire.

— Les Irlandais s'imaginent qu'ils peuvent tout guérir avec du thé, dit Jed avec un clin d'œil. Ou mieux encore avec du whiskey.

— Et le pire, c'est que ça fonctionne, la plupart du temps.

— Quoi, le thé ou le whiskey ?

— Les deux, dit Adam en s'asseyant au bord du lit. Certains vont même jusqu'à les mélanger, vous savez ?

Jed se laissa tomber sur un fauteuil en osier.

— Alors… Vous êtes quoi, au juste ? Un prestidigitateur ?

— Qu'avez-vous vu, tout à l'heure ? demanda Adam en guise de réponse.

— Une espèce de brume. C'était quoi ? Une hallucination collective ?

Un sourire amusé se dessina sur les lèvres d'Adam.

— Vous pensez que j'ai hypnotisé une dizaine de personnes à la fois ?

— Et votre voix… On aurait vraiment dit que quelqu'un d'autre parlait à travers vous.

— Je vous rappelle que Katherine Kidd a vu son frère. Dommage qu'elle n'ait pas pu retenir ce cri. On était sur le bon chemin.

— Le bon chemin pour aller où ? demanda Jed, conscient du ton sceptique de sa voix.

— On aurait peut-être pu trouver le lien… Cela dit, je me demande si on ne l'a pas trouvé, après tout, ajouta Adam, l'air pensif.

Jed fit une grimace comme si tout cela n'était pour lui que du charabia.

— Monsieur Harrison, je vais vous poser une question à laquelle j'aimerais que vous apportiez une réponse claire et nette : pensez-vous vraiment que le fantôme de Beau Kidd hante cette maison ?

— Je dis rarement le fond de ma pensée, monsieur Braden, répondit Adam avec un sourire. Sauf à mes amis proches et aux gens qui m'emploient, bien sûr.

— Monsieur Harrison, je n'ai entendu que du bien de vous, mais…

— Mais vous ne croyez pas aux fantômes, c'est ça ?

Jed se contenta de hausser les épaules, et Adam poursuivit :

— Je dois vous avouer que ça m'étonne un peu. Vous devriez mieux que quiconque savoir qu'ils existent.

— Ah oui ?

— Les fantômes peuvent nous hanter de bien des manières, vous savez ? Et vous êtes hanté chaque jour que Dieu fait.

Jed se raidit d'un seul coup.

— Qu'entendez-vous par là ? demanda-t-il d'une voix dure.

— Vous n'arrivez pas à tourner la page. Un sentiment de culpabilité vous gâche l'existence depuis la mort de votre épouse. Vous n'arrivez pas à admettre que cette femme jeune et belle, qui avait tout pour elle, ait pu mourir alors que vous, vous êtes toujours de ce monde… Du coup, vous vous en voulez chaque fois que vous vous faites plaisir, comme si c'était la trahir que de profiter de la vie. Vous voyez votre femme presque tous les jours depuis son décès, n'est-ce pas, monsieur Braden ? Et il vous arrive même de lui parler, je suppose. Alors, vous voyez, vous aussi vous communiquez avec les morts.

Jed recula, en proie à une curieuse sensation. Il éprouvait de la colère, mais aussi autre chose de plus confus, de plus troublant.

— Vous n'avez pas pu sauver votre femme, mais vous voudriez sauver celles que ce psychopathe va sans doute encore étrangler si on ne parvient pas à l'identifier très vite. Je me trompe ? demanda encore Adam Harrison. Et l'injustice que constitue votre livre sur le Tueur de l'autoroute doit également être réparée… Un double transfert de culpabilité, en somme. Après tout, Beau Kidd hante peut-être aussi votre maison…

— Je vous dois combien, docteur ? demanda Jed d'un ton ironique.

Adam resta de marbre.

— Si j'ai bien compris, dit-il, les autorités se sont aperçues que depuis la première vague de meurtres, des crimes similaires avaient été commis ailleurs qu'à Orlando.

Jed l'observa un moment sans rien dire.

— Comment êtes-vous au courant de ça ? demanda-t-il finalement.

— Vous n'êtes pas le seul à avoir des contacts au FBI, monsieur Braden, répondit Adam avec un petit sourire.

— Très bien. Supposons que vous ayez raison et que le tueur ait commencé à frapper ici il y a douze ans. Après la mort de Beau Kidd, notre homme comprend qu'il a tout intérêt à se faire oublier : s'il cesse de tuer à Orlando, les flics considéreront que leur collègue était bien le coupable et l'enquête sera classée. Alors, il décide de voyager et de semer la mort au gré de ses déplacements. Mais après un long exil, il finit par rentrer chez lui — ici, à Orlando — et par reprendre la sale besogne qu'il avait commencée une bonne décennie plus tôt.

— C'est dans la nature de la bête de revenir chasser sur son territoire, dit Adam d'une voix douce. Je pense que nous avons à peu près la même vision sur la question, monsieur Braden. Après s'être servi de Beau Kidd pour se faire oublier pendant quelques années, le tueur revient là où son parcours sanglant a débuté. Il s'agit d'un homme intelligent, qui ne tue pas à l'aveuglette. Il a su quand il valait mieux arrêter de « jouer à domicile », si vous me passez l'expression. Il a satisfait ses pulsions sexuelles et meurtrières hors de son périmètre de prédilection pendant un temps, mais sa nature l'a poussé à revenir rôder sur ses terres. Et il est convaincu qu'il va parvenir à s'en tirer une seconde fois, peut-être même en réussissant de nouveau à mettre ses forfaits sur le dos d'un autre.

Jed approuva d'un signe de tête.

— Mais quel rapport avec ce qui se passe entre Beau Kidd et Christina ? demanda-t-il.

— Un lien.

— Un lien entre eux deux ? Entre eux et les victimes ?

Adam haussa les épaules, comme pour dire : « A vous de trouver les réponses. »

— Je suis persuadé que toutes ces jeunes femmes ont quelque chose en commun, poursuivit Jed, la tête baissée, comme s'il se parlait à lui-même. Mais je n'arrive pas à mettre le doigt dessus.

Il releva la tête et posa ses yeux noirs sur Adam Harrison.

— J'ai l'impression qu'on tourne en rond.

— Je ne suis pas de cet avis, dit Adam.

— Ah non ? Et peut-on savoir pourquoi ?

— J'hésite à partager mes réflexions avec vous, monsieur Braden. Vous êtes bien trop sceptique.

— Vous me reprochez d'avoir du mal à croire que les morts reviennent nous faire un petit coucou de temps à autre ?

Christina arriva avec un plateau avant qu'Adam ne puisse répondre. Elle versa le thé en fusillant Jed du regard.

Le fauteuil en osier grinça un peu tandis qu'il se levait.

— Je crois que je vais aller raccompagner Katherine chez elle.

— Bonne idée ! dit sèchement Christina. Adam, vous prenez quelque chose avec votre thé ?

— Du lait et un sucre, merci.

Jed hésita avant de franchir la porte de la chambre, mais Christina ne daigna pas lui accorder un regard. Il avait envie de lui dire qu'il serait vite de retour, qu'il s'en voulait de la laisser seule avec une bande de farfelus, même si elle semblait partager leur délire.

A sa surprise, Adam se tourna vers lui avec un aimable sourire.

— J'espère que nous aurons vite l'occasion de reprendre cette conversation, monsieur Braden.

— Moi aussi, répondit Jed. A très bientôt, monsieur Harrison.

Même après cet échange, Christina continua à l'ignorer superbement.

Jed sortit et descendit l'escalier, furieux contre lui-même. Il était en train de se laisser embarquer dans une histoire sans queue ni tête. Les fantômes n'existaient pas, se répéta-t-il. Adam Harrison confondait les esprits et la mémoire. C'étaient les souvenirs qui le hantaient et le blessaient, et non des ectoplasmes tout droit sortis de l'esprit dérangé d'un vieil original. Et pourtant...

Et pourtant, au fond de lui-même, quelque chose lui disait qu'il avait tort de penser cela, qu'il s'était aveuglé toute sa vie. Oui, au fond de lui, l'idée que les fantômes existaient peut-être faisait lentement son chemin.

— Dieu merci, vous reprenez des couleurs, dit Christina lorsqu'elle se retrouva seule avec Adam. Vous m'avez fichu une de ces trouilles...

Geneviève arriva sur ces entrefaites, bientôt suivie d'Ana.

Adam les regarda toutes les trois en souriant.

— Toutes ces jolies femmes autour de moi... Je crois que je vais me sentir mal plus souvent.

— Ça va mieux, maintenant ? demanda Ana en venant s'asseoir à côté de lui.

— Beaucoup mieux, merci.

La cousine de Jed le dévisagea un moment avant de reprendre la parole.

— Je ne voudrais surtout pas être indiscrète, mais… Josh était votre fils, n'est-ce pas ?

Un silence de cathédrale succéda à la douce voix d'Ana.

— Oui, répondit Adam.

— Et… Vous l'avez perdu depuis longtemps ? demanda-t-elle encore.

Un sourire nostalgique éclaira le visage d'Adam Harrison.

— Oui.

— On aurait dit qu'il était là, assis à votre place…

Elle hésita et leva un instant les yeux vers Christina et Geneviève, qui gardèrent le silence.

— Je n'ai pas vu Beau Kidd, reprit-elle en se tournant de nouveau vers Adam, mais je suis certaine d'avoir vu votre fils. Ça semblait tellement… réel.

Adam caressa tendrement la joue d'Ana.

— Josh est bien réel, dit-il. Dans mon cœur comme dans la dimension d'où il nous parle. Il avait le don, de son vivant, et il est mort jeune. Moi-même, je n'ai jamais eu le don, mais ma confiance m'a permis de rassembler autour de moi des gens qui ont ce pouvoir et le courage de s'en servir.

— Vous pensez que j'ai ce don ? demanda Ana.

Elle était comme une petite fille attendant que son père lui dise qu'elle était douée pour le dessin ou la danse, songea Christina avec tendresse.

— Peut-être bien, répondit gentiment Adam.

— Laissons notre ami se reposer, dit soudain Geneviève d'une voix ferme.

Les trois jeunes femmes quittèrent la pièce avec un petit salut de la main et descendirent l'escalier. Katherine et Jed n'étaient plus là. Jed rentrerait sans doute chez lui directement après avoir déposé la sœur de Beau, songea Christina avec une pointe de dépit. La soirée était bel et bien terminée.

— Je vais y aller, dit Ana.

— On te raccompagne, déclara Tony.

— Inutile, merci. J'ai déjà fait ce trajet des milliers de fois et je n'ai jamais eu de problème.

— Il suffit d'une seule mauvaise rencontre, objecta Dan. Je viens avec toi.

— On habite juste à côté, intervint Llona. C'est encore plus simple pour nous de la raccompagner.

— Vous voulez me priver du plaisir de passer un moment seul à seule avec ma lilliputienne préférée ? lança Dan.

Ana émit un grognement de protestation.

— Si mon frère se comporte comme un malotru, sache que je me ferais un plaisir de le remplacer, dit Mike.

— Oh, laissons le malotru s'en charger ! dit Ana en soupirant. Bonne nuit, Christie. Merci pour le barbecue. Et pour la séance de spiritisme. C'était… une sacrée expérience.

Dan embrassa sa cousine et agita la main pour dire bonsoir aux autres avant de quitter la maison, bientôt suivi de Tony, Llona et Mike. Christina resta un moment à la porte, les regardant s'éloigner dans la nuit, Geneviève et Thor juste derrière elle.

Le sentiment de solitude et d'abandon qui la submergea alors la prit au dépourvu. Cela faisait longtemps qu'elle ne s'était pas sentie aussi perdue.

— Vous savez, dit-elle sans se retourner, j'espérais vraiment que papy ou mamie, ou peut-être même mes parents, m'apparaîtraient ce soir, ne serait-ce qu'un instant…

Thor posa sur son épaule une main douce et rassurante.

— Ils n'avaient aucune raison de rester coincés entre deux dimensions, dit-il. Ils ont quitté ce monde en paix avec eux-mêmes et avec les autres.

— Mais papa et maman sont morts si jeunes ! dit-elle d'une voix étranglée par la douleur.

— On peut mourir jeune et avoir néanmoins vécu une existence pleine et riche, répondit Thor. C'est sûrement le cas pour tes parents.

Christina hocha la tête.

— Bon… Je crois que je vais aller me coucher, murmura-t-elle. Merci à vous deux, même si je ne suis pas certaine que la séance de ce soir nous ait apporté ce qu'on en espérait.

La voix d'Adam la fit alors sursauter.

— Tous ceux qui dorment ici sont là et les portes de la maison sont bien verrouillées, n'est-ce pas ? cria-t-il depuis le haut de l'escalier.

— Oui, répondit Christina. A moins que Jed n'ait pris vos propos de tout à l'heure comme une invitation à revenir.

— On verra bien ! dit Adam qui semblait accepter l'une ou l'autre possibilité avec la même philosophie. Assurez-vous simplement que la maison est bien bouclée, d'accord ?

— Je vais aller faire le tour des portes et des fenêtres, dit Thor.

Une fois son inspection terminée, il annonça qu'il allait regarder un peu la télévision.

Une minute plus tard, Christina fermait la porte de sa chambre et enfilait une fine chemise de nuit. Elle alla ensuite se brosser les dents, attendant que Beau se manifeste.

Elle sentit sa présence dès qu'elle retourna dans la chambre.

— Ce type est un crétin, dit-il, se matérialisant soudain dans son fauteuil préféré.

Elle ne put s'empêcher de sourire.

— Qui ? Jed ?

— Ouais, Jed. Je connais ce genre de gars. J'ai été comme ça, moi aussi. Un gros macho qui refuse de s'ouvrir et d'avouer ses faiblesses. Mais il ne faut pas trop lui en vouloir, Christina. Il a peur, voilà tout. Sauf qu'il n'est pas habitué à avoir peur et que, du coup, il ne sait pas comment réagir. Par contre, il sait ce que ça fait de perdre un être aimé, et il ne veut pas que ça se reproduise… C'est ça qui lui fiche la trouille.

— Merci, Beau.

— Jed n'est pas là, mais rappelez-vous que je veille sur votre sommeil.

— Je n'oublie pas. Merci d'être là pour moi.

Elle vit alors à son visage que quelque chose le troublait.

— Quoi ? Qu'est-ce qui ne va pas ?

Il hésita un instant avant de répondre :

— Je crois que je commence à comprendre ce que je fais ici, dit-il finalement d'une voix étrangement douce. C'est parce que… parce que le vrai tueur se trouvait dans cette maison.

Que faire ? se demanda Jed.

Il avait déposé Katherine chez elle, dans la maison de famille des Kidd, et avait attendu qu'elle soit en sécurité pour repartir. Elle lui avait adressé un dernier signe de la main, puis avait refermé la porte. Jed s'était retenu d'aller vérifier qu'elle était bien verrouillée. Après les recommandations dont il l'avait abreuvée durant le trajet, il n'y avait guère de chance qu'elle ait négligé cette précaution élémentaire.

Pour la énième fois, il lui avait rappelé qu'elle était une jeune, grande et jolie rousse, autant dire une proie de prédilection pour le maniaque qui sévissait en ville. Face à ce flot de mises en garde, Katherine s'était contentée de sourire et de dire :

— Ce serait le comble de l'ironie, vous ne trouvez pas ? La sœur de Beau Kidd assassinée par le véritable Tueur de l'autoroute…

Ça n'avait pas fait rire Jed.

— Faites-moi plaisir, Katherine, avait-il répondu. Oubliez l'ironie et contentez-vous de faire preuve de prudence, d'accord ?

Au moment de quitter la propriété des Kidd, il s'était senti déchiré entre l'envie de retrouver Christina et celle de consulter une fois de plus ses dossiers. Cette dernière option l'avait finalement emporté, et il était rentré chez lui.

A peine avait-il poussé la porte de sa maison que l'austérité de son intérieur lui sauta aux yeux. Cela n'aurait pas dû être une surprise puisqu'il l'avait voulu ainsi. Depuis la mort de sa femme, il était incapable de supporter les photos, les bibelots et autres souvenirs d'un bonheur enfui.

Tout était impersonnel ici, alors que Christina avait déjà apposé son empreinte dans la maison où elle venait tout juste de s'installer.

Cette pensée le fit sourire.

S'il avait été lui-même un fantôme, songea-t-il, il aurait également choisi de hanter le manoir des McDuff. Cet endroit était plein de vie et d'esprit : on croyait encore y entendre la voix mélodieuse de Seamus, sentir les odeurs de cuisine qui entouraient toujours la grand-mère de Christina. Il y avait des photos partout… La maman de Christie, encore petite fille, puis adolescente, posant fièrement au bras de son cavalier lors du bal de fin d'année au lycée, puis en robe blanche le jour de son mariage…

Jed se massa le visage, alla s'asseoir à son bureau et étala devant lui les rapports avec des gestes impatients. Il trouva les observations rédigées par Larry Atkins après qu'il eut interrogé Beau au sujet de Janet Major. A en croire les déclarations de l'inspecteur Kidd, sa relation avec la victime n'était pas vraiment sérieuse. Ils s'étaient rencontrés chez O'Reilly, et…

Jed continua à lire, mais son esprit était ailleurs et les mots se superposèrent sous ses yeux.

Il troqua alors le dossier de Janet Major contre celui de Grace Garcia. Les rapports qu'il contenait avaient également été rédigés par Atkins.

Mlle Garcia travaillait à temps partiel pour un pub du nom de O'Reilly, avait écrit Larry. Le gérant de l'établissement, M. Peter Hicoty, était en larmes quand il s'était entretenu avec lui. « Tout le monde ici adorait Grace », a-t-il déclaré.

Jed reposa le rapport et parcourut les autres dossiers disséminés sur son bureau. Il les avait déjà tous lus cent fois, mais sans chercher ce qui l'intéressait à présent : O'Reilly.

Il ne trouva pas de lien direct avec le pub dans aucun des dossiers, mais compte tenu de l'adresse et du lieu de travail des victimes, toutes avaient au moins pu s'arrêter dans cet établissement pour boire un verre ou manger un morceau.

Comment avait-il pu passer à côté de cet élément potentiellement commun entre toutes les victimes ?

Malgré l'heure tardive, il appela Jerry sur-le-champ.

— Tu as trouvé quelque chose ? lui demanda Jerry.

— Peut-être... O'Reilly.

— O'Reilly ?

— Ouais, c'est un pub irlandais qui se trouve près d'International Drive.

— Je le connais.

— Il faut procéder à des vérifications. Je ne suis pas en train de te dire que le coupable travaille là-bas, mais j'ai le sentiment que c'est l'endroit où le tueur choisit ses victimes.

— Intéressant, dit Jerry. Je vais y envoyer une voiture.

Après avoir raccroché, Jed promena un regard sans complaisance autour de lui. Le vide, la froideur des lieux l'affectaient. Il jeta un coup d'œil à sa montre. Après tout, il n'était pas si tard, songea-t-il en se levant brusquement de son bureau.

Le temps de ramasser ses clés de voiture et de descendre au parking, et il roulait en direction de chez Christina.

Il coupa le contact aussitôt arrivé devant la belle maison victorienne, mais n'ouvrit pas sa portière. Penché sur le volant, il observa un moment les alentours. Il ne restait que deux véhicules dans l'allée menant au garage : la voiture de Christina et le 4x4 dans lequel étaient venus Geneviève, Thor et Adam Harrison.

La maison semblait endormie. Pourtant, de faibles lumières brillaient derrière les rideaux en dentelle. Après avoir longuement hésité à faire demi-tour, Jed se résolut à aller sonner à la porte.

Elle s'ouvrit alors qu'il montait les marches de la petite véranda.

— Il me semblait bien avoir entendu une voiture, dit Thor

avec un sourire. Alors comme ça, tu as décidé de revenir nous voir ?

— Qu'est-ce que tu veux, je ne peux pas me passer de toi ! répondit Jed.

— Ben voyons… Entre, au lieu de dire des bêtises.

Ils marchèrent côte à côte jusqu'à la salle de séjour où Thor était en train de regarder un film.

— Alors, demanda le géant blond en coupant le son de la télévision. Que dis-tu de cette soirée ?

Jed eut une moue perplexe.

— Je t'avoue que je ne sais pas trop quoi en penser… Mais j'ai eu une conversation intéressante avec Adam après que je l'ai aidé à monter dans sa chambre. J'ai eu le sentiment qu'il était sur le point de dire quelque chose d'important quand on a malheureusement été interrompus.

Jed hésita un instant.

— J'imagine qu'il doit dormir, à l'heure qu'il est ?

— Possible, répondit Thor. Mais rien ne t'empêche d'aller vérifier.

— Tu crois que je peux monter ?

— Adam n'est pas du genre à laisser les choses dans le flou. Va frapper doucement à sa porte. S'il est encore réveillé, je suis sûr qu'il te laissera entrer avec plaisir.

— Bon, j'y vais. Merci, vieux.

Christina se tournait dans son lit avec de petits gémissements.

Le cauchemar était revenu.

Quand elle pensait à ce que ce monstre lui avait fait… Elle ravala ses larmes en se demandant quand il allait revenir. Le pire était cette certitude que la mort succéderait aux sévices sexuels. Mon Dieu, elle allait mourir étranglée... Comme tout le monde, elle avait lu les journaux. Après avoir été enlevées, les victimes n'avaient plus que quelques jours à vivre.

Elle voulut crier. Hurler sa peur et son désespoir. Mais elle ne put émettre qu'un son étouffé, impuissant.

Et puis soudain, le cri résonna dans la nuit.

Jed n'eut pas l'occasion de frapper à la porte d'Adam. Il levait une main hésitante quand il entendit Christina hurler. Il fit volte-face et se précipita dans le couloir. Deux secondes plus tard, il déboulait dans sa chambre.

Elle était assise dans son lit, immobile et terrifiée.

Il la saisit par les épaules et la secoua, puis se laissa tomber sur le lit pour la serrer contre lui.

— Christie ? C'est moi, Jed. Tu m'entends ?

Geneviève, Thor et Adam arrivèrent à leur tour et s'approchèrent du lit. L'inquiétude se lisait sur leurs visages.

— Christina ? dit encore Jed.

Un violent frisson secoua son corps avant qu'elle ne se jette dans les bras de Jed.

— Quoi ? Qu'y a-t-il ? Parle-moi, Christina !

— Il... Le monstre détient une nouvelle victime, dit-elle d'une voix que l'angoisse rendait méconnaissable. En ce moment même, j'en suis certaine. J'ai pris sa place en rêve... Je me suis retrouvée dans la peau de cette femme... Je sais que ça a l'air dingue, mais c'est la vérité. Il faut me croire ! dit-elle en levant vers Jed un visage bouleversé. Il séquestre une femme et elle est terrifiée. Il l'a déjà violée et maintenant elle sait qu'il va l'étrangler… Oh, mon Dieu, elle a tellement peur…

Adam vint lui prendre les mains.

— Que voit-elle ? demanda-t-il d'une voix douce.

— Rien. Il lui a bandé les yeux. Elle est dans le noir complet. Elle voudrait crier, mais un bâillon l'en empêche.

Jed ne savait comment réagir. Ce que Christina affirmait était… impossible.

Et pourtant, elle semblait si sûre d'elle. En tout cas, elle ne jouait pas la comédie, il en aurait mis la main au feu. Au fond, peu importait de savoir si ce qu'elle avait vu n'était qu'un simple rêve ou un phénomène plus mystérieux. Pour Christina, c'était bien réel.

— Et ils étaient tous là, ce soir…, murmura Adam comme pour lui-même.

— Pardon ? dit Jed.

— Adam pense que si Beau est apparu la première fois et de nouveau ce soir, c'est parce que, dans les deux cas, le tueur se trouvait dans la maison, expliqua Thor.

— C'est grotesque, voyons ! lança Christina. Vous parlez de gens qui me sont chers et en qui j'ai confiance ! C'est-à-dire Ana, mes cousins ou mes voisins. Autant dire que c'est impossible. Non, il doit y avoir une autre explication.

— Je peux me tromper, bien sûr, dit Adam d'une voix conciliante.

O'Reilly. Jed avait l'impression que ces lettres clignotaient dans sa tête comme une enseigne au néon.

— Dan…, murmura-t-il.

C'était une pensée qu'il aurait préféré ne pas avoir, mais il ne pouvait s'empêcher de noter que Daniel McDuff était un acteur professionnel, habitué à endosser le rôle de personnages aux antipodes de sa véritable nature, et qu'il connaissait bien Patti Jo Buhler, l'une des récentes victimes, tout comme Marcie McDonnagh, la jeune femme qui avait soi-disant trébuché dans le brouillard artificiel.

— Quoi, *Dan* ? demanda Christina d'une voix outrée.

Comment s'étonner qu'elle soit furieuse ? songea Jed, qui regrettait d'avoir prononcé à haute voix le prénom de Dan. Ses cousins étaient sa seule famille et elle les adorait. L'idée qu'on puisse porter une accusation aussi grave à l'encontre de l'un d'eux lui était forcément intolérable.

Elle bondit hors de son lit et se posta devant Jed, frémissante d'indignation.

— C'est parfaitement absurde ! Si tu veux l'accuser, il va falloir avoir le courage de le regarder dans les yeux. On va aller lui rendre visite de ce pas et tu lui diras face à face que tu le prends pour un maniaque sexuel et un assassin !

Quelques minutes plus tard, ils descendaient tous les cinq les marches de la véranda, résolus à aller voir le plus jeune des cousins McDuff. Terreur suivait le mouvement, aboyant dans leurs jambes.

— Je vais l'enfermer dans la maison, dit Christina en prenant le chien dans ses bras.

Elle le serra contre elle et lui parla à l'oreille, mais elle resta ferme quand il lui fit le coup du regard implorant. Il fallait qu'il apprenne à rester un peu seul.

A peine avait-elle rejoint les autres qu'elle se tournait vers Jed avec un air de défi.

— Tu es sûr de ne pas vouloir frapper à la porte de mon voisin pour lui demander s'il n'est pas un psychopathe qui viole et tue à ses moments perdus ?

— Pourquoi pas ? répliqua Jed sans perdre son calme. Allons-y.

Ils marchèrent ensemble vers le ranch de Tony. La colère de Christina était si intense qu'il avait presque l'impression que des ondes de chaleur émanaient de son visage rouge brique. Il s'en était pris à sa famille, affront qu'elle risquait de ne jamais lui pardonner.

Ce fut elle qui sonna à la porte de l'immense ranch de Tony. La maison semblait plongée dans l'obscurité, mais après quelques secondes, une voix endormie demanda qui était là. Christina s'annonça et Tony ouvrit la porte, hirsute, vêtu d'un simple peignoir. Il avait dû l'enfiler à la va-vite parce qu'il était à l'envers.

— Désolée, Tony, j'ai l'impression qu'on t'a réveillé…

— Hum… Ouais.

Il semblait encore à moitié endormi, mais il leur sourit néanmoins.

La silhouette de Llona apparut derrière lui.

— Qu'est-ce qui se passe, Tony ? demanda-t-elle en bâillant, elle aussi vêtue d'un peignoir de bain blanc.

Jed crut percevoir le murmure d'une télévision, quelque part au fond de la vaste demeure. Sans doute s'étaient-ils endormis en regardant un film ou une émission, songea-t-il.

— Je ne sais pas, mon cœur, dit Tony en se tournant vers elle avant de reporter son attention sur Jed et Christina.

— Alors, qu'est-ce qui me vaut le plaisir de cette visite nocturne ? demanda-t-il.

— On voulait juste s'assurer que vous étiez rentrés chez vous sans encombre, bredouilla Christina.

Tony leva un sourcil étonné.

— Heu…, dit-il comme s'il pensait que son amie avait

perdu une grande partie de ses facultés mentales. Tu te souviens qu'on habite juste à côté de chez toi, Christina ?

— Oui, oui, je ne suis pas folle, répondit-elle, aussi vexée qu'embarrassée.

— C'est vous qui avez raccompagné Ana chez elle ? demanda Jed.

— Non, c'est Dan, répondit Tony.

Tant pis si Christina lui en voulait à mort, songea Jed, mais il ne pouvait prendre aucun risque. Il fit brusquement demi-tour, la laissant s'excuser auprès de ses voisins, et se mit à courir vers la maison d'Ana.

Il sonna plusieurs fois et frappa de toutes ses forces contre le panneau de bois orné d'une citrouille.

Lorsqu'une sorte de cri étouffé se fit entendre à l'intérieur, Jed prit du recul, prêt à enfoncer la porte. Mais ce ne fut pas nécessaire. Après un bruit de cavalcade, elle s'ouvrit sur une Ana en pyjama, l'air passablement endormi. Elle regardait son cousin d'un air ahuri quand Christina arriva, tout essoufflée.

— On peut savoir ce que vous faites ici tous les deux ? demanda-t-elle enfin.

— Ça va ? lança Jed d'une voix anxieuse.

— Avant que tu ne me réveilles en tambourinant sur ma porte, ça allait très bien, merci.

— Dan t'a raccompagnée chez toi, n'est-ce pas ? dit Christina.

— Oui. Est-ce que vous êtes venus à cause de…

Elle s'arrêta et les regarda l'un après l'autre.

— A cause de quoi ? s'écria Christina, soudain alarmée par l'hésitation de son amie.

— Vous n'avez pas regardé les infos, ce soir ? Une nouvelle femme est portée disparue.

— Oh non…, gémit Christina.

— Et… on la connaît, ajouta Ana avec une grimace.

— Qui est-ce ? interrogea Jed, les traits crispés.

— Angela McDuff. L'ex-femme de Mike.

17.

L'inspecteur qui avait posé des questions à Michaël s'appelait Jerry Dwyer. Apparemment, il connaissait très bien Jed.

Dès que Mike avait appris la disparition d'Angie, il s'était attendu à être convoqué par la police. Après tout, n'était-ce pas toujours le dernier mari en date que l'on suspectait en premier ?

Il s'était préparé à un interrogatoire musclé dans une pièce nue avec un grand miroir et la lumière en pleine figure : « Votre ex vous a mené par le bout du nez quand vous étiez en couple, pas vrai ? Elle s'est servie de vous pour décrocher des rôles et ensuite, elle a mis les bouts en essayant de vous piquer tout votre pognon, c'est bien ça ? Une vraie garce, hein, Mike ? »

Après, les flics tenteraient de lui coller les autres meurtres sur le dos. Bien entendu, il avait prévu de leur faire remarquer qu'il n'avait que dix-huit ans à l'époque où le Tueur de l'autoroute avait commis ses premiers assassinats, ce à quoi on lui aurait immanquablement répondu qu'on avait déjà vu des psychopathes débuter leur carrière à cet âge-là.

Mais apparemment, il avait trop regardé les séries télévisées. Les choses ne s'étaient pas du tout passées comme ça : Dwyer s'était déplacé chez lui, et s'il lui avait en effet posé des questions, le policier avait usé d'un ton courtois et conciliant.

— Quand avez-vous vu votre femme pour la dernière fois ? avait-il demandé.

— Ex-femme, inspecteur.

— Oui, votre ex-femme, pardon.

— C'était dans les locaux de ma maison de production. Dans mon bureau, pour être précis. Elle est venue me rendre une visite impromptue, il y a presque une semaine.

— Est-elle passée pour vous réclamer davantage d'argent, ou quelque chose comme ça ? avait demandé Jerry avec un sourire destiné à montrer qu'il ne cherchait pas à le coincer. Désolé, avait-il même ajouté. Je suis tenu de poser ce genre de question.

— Non, ce n'était pas ça qu'elle voulait. Sa renommée l'intéresse encore plus que l'argent, et elle s'imagine que je suis toujours en mesure de donner un coup de pouce à sa carrière.

— Est-ce le cas ?

— Oui et non, avait répondu Mike. Quand je monte un spectacle, il m'arrive souvent de proposer des acteurs pour tel ou tel rôle. Mais c'est généralement l'investisseur principal ou parfois même le metteur en scène qui tranche.

Malgré le jean et le confortable sweat qu'il avait enfilés quand on avait sonné à sa porte, il s'était soudain senti comme un type dont la cravate est trop serrée.

Il avait inspiré profondément avant de reprendre :

— Ecoutez, inspecteur, si j'avais dû tuer Angie, je l'aurais fait il y a déjà un bon moment, à l'époque où elle s'est servie de moi avant de me jeter comme une vieille chaussette. Aujourd'hui, franchement, ce serait du réchauffé.

Le policier avait esquissé un sourire.

— Elle aime aller chez le coiffeur ?

— Non, elle *adore* ça, avait rectifié Mike. Il s'agit sans nul doute de l'une de ses occupations favorites. Désolé d'être franc, mais cette femme ne songe qu'à son apparence.

— A vous entendre, vous la connaissez toujours bien…

A son tour, Mike avait souri.

— Vous savez, on a vite fait le tour de sa personnalité. Angie n'est pas précisément ce qu'on appelle une intellectuelle.

Jerry l'avait observé un moment en silence avant de hocher gravement la tête. Ils étaient alors assis dans le salon, chacun sur un des deux canapés au design contemporain qui entouraient la cheminée. Mike n'avait pu s'empêcher de penser que le policier allait lui brandir un mandat de perquisition sous le nez avant de fouiller son appartement de fond en comble. Au lieu de cela, Dwyer s'était levé lentement et lui avait tendu la main.

— Merci, avait-il dit.

— Merci ? avait répété Dan en se levant à son tour.

— C'est tout pour le moment.

Mike avait serré la main du policier. La sienne était un peu moite.

— Vous m'appellerez si… si vous la retrouvez ?

Jerry Dwyer l'avait regardé droit dans les yeux.

— Bien sûr. Et continuez à réfléchir pendant ce temps-là. On ne sait jamais… Vous vous souviendrez peut-être d'un détail susceptible de nous aider.

— Comptez sur moi, inspecteur.

Mike avait raccompagné Dwyer à la porte, la tête dans le brouillard. Seuls surnageaient alors les premiers mots de la nouvelle d'Edgar Allan Poe, « Le Cœur Révélateur » : *Vrai ! Je suis très nerveux, épouvantablement nerveux...*

Il était parcouru de sueurs froides.

Il respirait avec difficulté.

Et son cœur s'était mis à battre comme un tambour de guerre.

— Bonne soirée, et merci encore pour votre collaboration, monsieur McDuff.

— Merci à vous de vous être déplacé, inspecteur, avait répondu Mike avant de refermer la porte et de s'y adosser, la main sur la poitrine.

Il s'était demandé s'il n'allait pas être obligé d'appeler le SAMU : il était presque en train de suffoquer.

— Voilà, voilà ! Inutile de tirer sur la poignée comme ça ! s'écria Dan avec humeur. Vous allez finir par la casser !

L'instant d'après, il ouvrait la porte de son appartement et apparaissait devant ses visiteurs en survêtement gris, pieds nus, les cheveux en bataille. Il regarda avec perplexité le groupe massé sur son palier ; groupe désormais rejoint par Ana qui s'était déclarée trop nerveuse pour rester seule chez elle.

— Vous venez déjà réclamer des bonbons pour Halloween ? leur lança-t-il. Une bombe atomique vient d'exploser à Orlando ? Vous êtes victimes d'un coup de folie collective ?

— On peut entrer ? demanda Christina.

Il ouvrit plus grand la porte et passa la main dans sa tignasse rousse.

— Bien sûr, voyons... J'imagine qu'aucun de vous n'a de montre ?

— On sait qu'il est tard, Dan, dit Christina en pénétrant la première dans l'appartement. Mais… Angie a disparu.

Il la regarda avec de grands yeux vides pendant quelques secondes.

— Angie a disparu ? dit-il enfin, le front plissé.

Dan semblait vraiment surpris et déboussolé par cette nouvelle, songea Jed. Mais il ne fallait pas oublier que le cousin de Christina était comédien professionnel.

— On parle bien de cette femme qui a fait vivre l'enfer à mon frère avant de divorcer et d'essayer de lui piquer tout son fric ? dit Dan, encore sous le choc.

— C'est tout le problème, répondit Jed.

Dan sembla plus perplexe que jamais.

— Quoi ? Je devrais me sentir concerné par sa disparition alors qu'elle s'est comportée comme la dernière des garces avec Mike et qu'elle a failli le mettre sur la paille et le détruire psychologiquement ?

— Elle est peut-être la dernière des garces, mais c'est une garce rousse et elle a disparu ! explosa Ana.

— Depuis quand est-elle rousse ? balbutia Dan.

— Apparemment, elle s'est fait teindre les cheveux il y a peu de temps, expliqua Jed.

— Ecoutez, Dan, intervint Adam Harrison avec son calme habituel. La police a sans doute déjà interrogé votre frère. Son ex-femme était censée rejoindre des amis pour dîner, mais elle n'est jamais arrivée au restaurant. Les amis en question ont aussitôt prévenu la police. Etant donné le physique avantageux et la couleur des cheveux d'Angela McDuff, les autorités prennent l'affaire très au sérieux.

Le visage de Dan se décomposa, comme s'il se rendait soudain compte de la gravité de la situation.

— Oh, merde…, murmura-t-il, atterré. J'appelle Mike tout de suite !

Tandis qu'il partait chercher le téléphone, Christina jeta à Jed un regard qu'il jugea dédaigneux. Visiblement, elle lui reprochait toujours d'avoir imaginé que Dan pouvait être le tueur. Pourtant, quand elle lui tourna le dos, il comprit qu'elle avait décidé de fouiller l'appartement de son cousin.

— Mike ? dit Dan d'une voix anxieuse.

Il ne semblait pas avoir remarqué le manège de sa cousine, ou alors il s'en fichait.

Tandis que Dan écoutait son frère lui répondre, le portable de Jed se mit à sonner. Il décrocha à contrecœur, persuadé qu'il s'agissait de Jerry.

— Tu peux venir me retrouver ? lui demanda son vieil ami.

— Pas de problème. Où es-tu ?

— Chez O'Reilly. Où veux-tu que je sois ? répondit Jerry avec un petit rire sans joie.

— Dans une demi-heure, d'accord ?

— Fais aussi vite que possible, Jed, dit le policier d'une voix sombre. Je me demande combien de temps il lui reste encore à vivre.

Christina était assise sur le canapé, les doigts mêlés à ceux de son cousin. Ana vint les rejoindre et se laissa tomber à la gauche de Dan.

Jed était parti sans dire au revoir à Christina ni bien sûr lui expliquer où il allait. Elle avait le sentiment que cela avait un rapport avec la disparition d'Angie, et elle lui en voulait de ne pas partager avec elle ce qu'il savait ou pensait savoir.

Et pour couronner le tout, il continuait à la prendre pour une folle parce qu'elle communiquait avec les fantômes. Cet étrange brouillard autour de la table, la voix différente d'Adam et le fait que Katherine Kidd ait affirmé avoir vu son frère... Tout cela ne comptait donc pour rien aux yeux de cet éternel incrédule ?

Mais le plus dur à avaler, c'était ses soupçons à l'égard de Dan.

Comment osait-il le suspecter d'être le Tueur de l'autoroute ? Ça dépassait l'entendement. Pour lui montrer l'absurdité de cette accusation, elle avait fouillé l'appartement de son cousin. Bien entendu, elle n'avait rien trouvé qui puisse laisser penser qu'il séquestrait Angie.

La sonnette d'entrée retentit et Dan se leva pour aller ouvrir. Puis il revint aussitôt s'asseoir sur le canapé, entre Ana et sa cousine. C'était Mike. Il salua brièvement tout le monde et se mit à faire les cent pas, dans un état de grande agitation.

Il essayait de se rappeler chacune des paroles échangées avec Angie, dans l'espoir de mettre le doigt sur un détail qui pourrait aider la police. Soudain, il leva les bras en l'air.

— Je ne trouve rien de rien ! s'écria-t-il, au comble de l'angoisse et de la frustration.

— Tu es sûr qu'elle n'a pas organisé sa disparition pour se faire de la publicité ? demanda Dan. Dieu sait qu'elle est capable de tout pour faire parler d'elle.

Mike laissa échapper un long soupir.

— Vous voulez savoir ce qu'il y a de plus triste ? dit-il.

— Quoi ? demanda Christina.

— Je devrais m'inquiéter parce que je figure sur la liste des suspects. Mais vous savez ce qui m'affecte le plus ?

Il avait prononcé ces mots d'une voix si basse qu'il avait fallu tendre l'oreille pour les entendre.

— Qu'est-ce qui vous affecte le plus, Mike ? demanda Adam.

— Il faut croire que je suis un peu dérangé, parce que je m'inquiète d'abord pour elle. Pathétique, non ?

— Au contraire, répliqua Adam. C'est tout à votre honneur. Pour ma part, je trouve cela très humain. Et ne perdez pas espoir, Michaël. La police va peut-être la retrouver.

— Je m'interroge… Tu penses que c'est une connerie d'avoir laissé la presse dévoiler son nom et sa photo ?

Voyant que Jed ne répondait rien, Jerry poursuivit :

— Tu crois que le tueur risque de paniquer et qu'il va la tuer ? Enfin, je veux dire… plus vite qu'il ne l'aurait fait de toute façon ?

— Je ne sais pas, lâcha finalement Jed.

— Merci de ton aide ! lança Jerry. Au fait, je voulais te dire que j'ai interrogé Michaël McDuff. Comme je sais que tu fréquentes la famille…

Il fit un signe à la barmaid.

— Un autre scotch, s'il vous plaît. Sec, dit-il avant de tourner vers Jed un visage renfrogné, comme pour prévenir tout reproche.

— Je ne suis pas en service, OK ?

— J'ai dit quelque chose ?

— Non, mais je te connais, Jed. Tu étais le genre de flic qui ne franchissait jamais la ligne blanche. Je suis assez réglo moi-même, tu peux me croire, ajouta-t-il après une pause.

— J'étais chez Dan McDuff quand tu m'as appelé, dit Jed.

— Ça ne m'étonne pas plus que ça. On murmure que tu as toi-même un faible pour les rousses. Et en particulier pour Christina Hardy. Quand j'y pense, tu es lié à Mlle Hardy, qui connaissait au moins l'une des victimes… Sans oublier que tu travailles officieusement pour Katherine Kidd, sœur du Tueur de l'autoroute présumé et rousse elle-même. Je me demande si je ne vais pas te mettre sur ma liste de suspects.

— Tu débloques ou quoi ?

Pour la première fois depuis que Jed était arrivé chez O'Reilly, un grand sourire illumina les traits tirés de Jerry.

— J'ai bien le droit de me venger, quand même… Je n'arrive pas à avoir un rendez-vous avec une fille, et toi tu passes ton temps avec deux superbes créatures.

— Mes relations avec la sœur de Beau Kidd sont strictement professionnelles, précisa Jed.

— Ah bon ? Elle rémunère tes services, alors ?

— Je n'accepterai jamais un sou d'elle et tu sais très bien pourquoi : parce que je me sens merdeux à cause de ce que j'ai écrit sur son frère. Alors, pourquoi tu me cherches des poux ?

— La fatigue, la frustration, le ras-le-bol… Fais ton choix.

Mal O'Donnell poussa les portes du pub et vint s'asseoir à gauche de Jed, sur le dernier tabouret libre.

— Une Guinness, ma jolie, merci, dit-il en s'accoudant au comptoir.

L'équipier de Jerry attendit que la barmaid s'éloigne un peu pour s'adresser à Jed.

— Toi, tu es sur une piste, dit-il.

Ce n'était pas une question.

— J'aimerais bien…, murmura Jed.

— Tu veux savoir ce que je pense, l'écrivain ? demanda O'Donnell.

— J'en meurs d'envie, répondit Jed en buvant une longue gorgée de bière.

— C'est bien Beau Kidd qui est responsable de la première vague d'assassinats.

— Je pense que tu te trompes.

— Alors, pourquoi les meurtres ont-ils cessé du jour au lendemain après que Larry Atkins lui a réglé son compte, hein ? lança Mal O'Donnell avec un mouvement provocateur du menton. La vérité, c'est qu'on a affaire à un autre détraqué, un fils de pute qui imite les méthodes de Kidd.

— Les meurtres se sont arrêtés parce que le tueur est un malin qui a compris que Beau Kidd ferait un excellent bouc émissaire, répondit Jed. Il a voulu se faire oublier à Orlando en partant ailleurs assouvir ses fantasmes pervers.

— Comment peux-tu en être si sûr ? demanda Jerry.

— Parce qu'il en pince pour la sœur du tueur, intervint Mal O'Donnell d'un air entendu.

Jed ne se donna pas la peine de relever.

— Je suis vraiment convaincu de l'innocence de Beau, affirma-t-il simplement.

— En tout cas, tu as raison sur un point, dit Jerry.

— Ah ouais ?

Son ami lui désigna les alentours d'un petit signe de tête.

— On a passé la soirée à interroger des gens et il s'avère

que toutes les victimes — celles d'il y a douze ans comme celles d'aujourd'hui — fréquentaient O'Reilly.

— Je suis sûr que le tueur les repère ici, murmura Jed.

Jerry s'approcha de lui pour ne pas se faire entendre de la barmaid et des autres consommateurs.

— La dernière fois qu'on a vu Angela McDuff avant sa disparition, elle quittait le salon de coiffure situé juste de l'autre côté du parking que tu vois là.

Jed regarda à travers les grandes vitres du pub. Le parking en question était immense. Certaines parties étaient bien éclairées, mais il y avait également de nombreuses zones d'ombre.

Jerry tendit le doigt vers l'une d'entre elles.

— On a retrouvé la voiture d'Angela à cet emplacement… Là, tu vois ? Juste à côté de la rangée d'arbres. Selon les employées du salon, Angela McDuff est partie d'excellente humeur après qu'on lui eut « rafraîchi sa coupe et fait ses racines », comme a dit la coiffeuse. Angela ne voulait pas qu'on voie qu'elle était une fausse rousse…

— Désolé, mais il faut être inconsciente pour se faire teindre en roux alors que tout le monde sait qu'un psychopathe tue deux rousses par semaine, grommela l'équipier de Jerry.

Jed hocha la tête. Pour une fois, il était d'accord avec O'Donnell.

— En tout cas, poursuivit Jerry, personne ne l'a plus revue après ça.

— C'est quand même étonnant…, murmura Jed comme pour lui-même. Il devait y avoir du monde dans le centre commercial et dans le parking…

— Sans doute, dit Mal. N'empêche qu'on n'a pas trouvé

un seul témoin. Il faut croire qu'Angela connaissait le type qui l'a enlevée, ou au moins qu'elle lui faisait confiance. Dans le cas contraire, elle aurait forcément crié et quelqu'un l'aurait entendue. Elle savait qu'un tueur en série s'attaquait à des femmes comme elle, et pourtant elle est montée à bord d'un véhicule sans même pousser un cri.

— Parce que tu viens seulement de découvrir que le kidnappeur savait inspirer confiance à ses victimes ? demanda Jed avec un sourire ironique.

Un sourire qui cachait ses propres interrogations : fallait-il accorder le moindre crédit à ce qu'avait affirmé Adam Harrison ? Il prétendait — et cette déduction était basée sur l'apparition d'un fantôme ! — que le tueur se trouvait dans la maison de Christina le soir où ils avaient joué à la planche Ouija, ainsi que lors de la séance de spiritisme. Ça laissait le choix entre Mike, Dan ou Tony Lowell. Ou l'une des femmes, tant qu'on y était.

— Et si vous me disiez ce que je fais ici ? demanda Jed aux deux policiers.

— On t'a demandé de venir parce que Jerry t'a à la bonne et qu'il voulait te prévenir, dit O'Donnell avec une certaine gravité. On croit tenir un suspect.

— Michaël McDuff, dit Jerry.

— Tu l'as interrogé dans la soirée, n'est-ce pas ?

— Je suis allé chez lui discuter un peu, répondit Jerry.

— Pourquoi ne pas l'avoir convoqué au poste ?

— Parce que s'il est bien le tueur, je ne voudrais pas qu'il panique et que le résultat soit fatal à son ex. Avec un peu de chance, elle est encore en vie… Je préfère donner au type l'impression qu'il n'est pas soupçonné, tu comprends ?

Jed hocha la tête.

— On a mis en place un dispositif de surveillance, reprit Jerry. On va suivre ses moindres mouvements. Alors, si tu sais quelque chose…

Jed lâcha un juron et descendit du tabouret haut.

— Vous pensez vraiment que je la fermerais si je connaissais l'identité du tueur ?

— Bonsoir, Jed, dit Jerry.

— Ouais, c'est ça… Bonsoir.

Sales cons ! ajouta-t-il pour lui-même en quittant le pub.

Qu'est-ce qui le mettait tellement en colère ? se demanda-t-il en marchant vers sa voiture. Après tout, n'était-il pas arrivé à la même conclusion que Mal et Jerry, ou presque ? Et pourtant, il avait gardé ses soupçons pour lui. Pourquoi ? Parce que Dan et Mike étaient les cousins de Christina ?

Quant à Beau Kidd… Voyait-il en lui un innocent simplement parce qu'il considérait que sa famille avait assez souffert comme ça ?

Adam, Geneviève et Thor étaient allés se coucher. Un grand calme régnait dans la maison. Christina se tenait devant la fenêtre de sa chambre, en train de regarder la pelouse sans la voir vraiment.

Elle se sentait anesthésiée. Elle avait confiance en Adam Harrison, en Thor et bien entendu en Geneviève, sa chère amie. Elle avait même fini par faire confiance au fantôme de Beau Kidd. Et à présent…

A présent, elle se sentait épuisée, vidée, au bout du rouleau. Pourtant, elle veillait en attendant — en espérant — l'apparition de Beau.

Mais il ne venait pas.

Par la fenêtre, elle vit la voiture de Jed passer le portail ouvert et s'arrêter dans l'allée menant au garage. Elle s'attendait à ce qu'il en sorte pour aller sonner à la porte, mais il resta à l'intérieur, se contentant de fixer la maison du regard. Du moins l'imaginait-elle, parce qu'elle ne distinguait pas grand-chose dans la quasi-obscurité.

Avait-elle veillé dans l'attente de Beau ? se demanda-t-elle alors. Ou était-ce la venue de Jed qu'elle espérait ?

Elle quitta son poste d'observation et descendit pour aller ouvrir la porte d'entrée.

— Je pensais que tu dormais, dit-il en montant les marches de la véranda.

Il n'y avait là rien d'étonnant dans la mesure où il était… Quoi ? 3 heures ? 4 heures du matin ?

— Non, je suis réveillée, dit-elle.

— C'est ce que je vois.

— Tu comptes rester sur le palier le reste de la nuit ?

Il hésita.

— Non. Je voulais…

— Tu voulais quoi ? dit-elle d'une voix plus brusque qu'elle ne l'aurait souhaité.

— Je voulais simplement m'assurer que tu allais bien.

— Je ne crains pas grand-chose, tu sais ? J'ai un chien de garde, un géant et un fantôme sous mon toit. De quoi dissuader n'importe quel tueur en série, tu ne crois pas ?

— Si, dit-il avec un sourire.

Il pénétra dans la maison et elle partit sans l'attendre en direction de l'escalier. Elle resta un moment au pied des marches pendant qu'il fermait la porte à clé, puis écouta ses pas qui se rapprochaient et faisaient battre son cœur.

Une fois dans sa chambre avec Jed, elle pria pour que Beau ne fasse pas une apparition.

— Tu travailles pour les flics, maintenant ? demanda-t-elle en se tournant brusquement vers Jed.

— Non.

— Mais tu es bien parti pour aller rejoindre l'inspecteur qui a interrogé Mike, n'est-ce pas ?

— Il ne s'agissait pas d'un interrogatoire.

Ce n'était pas vraiment un mensonge, se dit Jed. Mike n'avait pas subi de véritable interrogatoire. Pas encore, en tout cas. Et il était impensable de trahir la confiance de la police en révélant à Christina que son cousin était désormais considéré comme le suspect numéro un.

— Mais ce flic est venu frapper à sa porte, ce soir…

— Ce flic s'appelle Jerry et c'est un vieil ami. Il est en effet venu chez Mike pour lui poser quelques questions. Pas de quoi faire toute une histoire, Christie. Je te signale qu'il aurait pu le convoquer au poste.

Elle voyait bien qu'il cherchait à la rassurer, mais elle n'arrivait pas à faire taire l'angoisse qu'elle sentait monter en elle.

— Je ne vois pas pourquoi le fait d'avoir été marié à Angela ferait automatiquement de lui un suspect, dit-elle.

— Ils n'ont rien contre ton cousin, Christina. Rien du tout.

— Ils n'ont rien parce qu'il n'a rien à se reprocher, voilà tout.

— Ecoute, dit-il en lui prenant la main. Je ne sais pas quoi te dire. Je… Je ne crois pas aux fantômes, et pas plus à celui de Beau Kidd qu'à un autre. Mais j'ai la conviction de m'être trompé en le croyant coupable. Et le fait que tout le monde ou presque ait fait la même erreur que moi ne m'apporte aucun réconfort. Maintenant, en supposant que cette maison soit vraiment hantée par le fantôme de cet homme, j'aimerais comprendre pourquoi il ne te donne pas d'éléments capables de prouver son innocence.

Elle le regarda droit dans les yeux.

— Il m'a raconté les circonstances de sa mort, dit-elle. Quelqu'un avait appelé la police pour signaler un mouvement suspect à quelques mètres derrière la glissière de sécurité de l'autoroute. Quand il est arrivé sur place et qu'il a vu Grace Garcia étendue dans l'herbe, il a couru vers elle en espérant qu'elle soit toujours vivante. Malheureusement, c'était trop tard. Mais son corps était chaud et il s'est dit que son assassin se trouvait sans doute encore dans les parages. C'est alors qu'il a entendu un bruit et qu'il a naturellement dégainé son arme. Il faisait très sombre, Jed, et il a pensé qu'il s'agissait du tueur. Jamais Beau n'a eu l'intention de viser son équipier, tu comprends ? Jamais ! On l'a cloué au pilori alors qu'il n'y avait aucune preuve directe contre lui, et maintenant, c'est au tour de mon cousin ! Seulement, Mike est vivant, lui ; il va pouvoir se défendre. Et je peux t'assurer qu'aucun juge dans ce pays ne condamnera un homme simplement parce qu'il est l'ex-mari de l'une des victimes.

Jed détourna le regard.

— On ferait bien de se mettre au lit, tu ne crois pas ? dit-il d'une voix douce.

— Tu as l'intention de dormir ici ?

— Oui. A moins que tu ne préfères que je m'en aille, dit-il en se tournant de nouveau vers elle.

Christina ne baissa pas les yeux. Elle soutint au contraire

son regard, les bras croisés et une étrange expression sur le visage.

— Non, je ne veux pas que tu t'en ailles, dit-elle. Depuis toujours, chaque fois que je me suis retrouvée en ta présence, j'ai souhaité que le moment se prolonge. Je suppose que tu ne t'en es jamais aperçu, mais quand j'étais petite, je n'avais d'yeux que pour toi. Je me souviens comme tu étais beau dans ta tenue de football américain, et plus tard avec ton uniforme de l'armée. Mais tu étais plus âgé que moi, déjà presque un homme quand je n'étais qu'une gamine. Ensuite, on s'est perdus de vue, et puis tu t'es marié…

Elle avait débité ces mots d'une seule traite et elle dut s'arrêter pour reprendre sa respiration.

— Ana m'a beaucoup parlé de toi, à l'époque où Margaritte est tombée malade, et plus tard, après son décès. J'ai souvent pensé à toi et à l'épreuve que tu traversais. Je comprenais d'autant mieux ta douleur que je savais ce que c'était de perdre quelqu'un de très proche, de se sentir seul au monde, voire d'éprouver une forme de culpabilité simplement parce qu'on est en vie.

— Christina…, murmura Jed, visiblement mal à l'aise.

— Non, écoute-moi. Ce que j'essaie de te dire, c'est que j'ai toujours été folle de toi et que je le suis encore, mais… Folle de toi ne veut pas dire folle tout court. Je sais qu'il est difficile de croire aux esprits, Jed. Je me demande d'ailleurs si ton incrédulité n'a pas la même origine que la mienne. Moi aussi, ça m'a d'abord mise en colère. Tu sais ce que je me disais ? Si les fantômes existent vraiment, pourquoi papa et maman ne viennent-ils pas me voir ? Pourquoi ne puis-je pas leur dire une dernière fois à quel point je les aime ? Leur demander pardon d'avoir été si turbulente ! Pourquoi ne puis-je pas remercier mamie d'avoir toujours cru en moi, ou écouter papy me chanter une ballade irlandaise ? Papy qui m'est apparu juste après sa mort, quand j'avais douze ans. Je te jure que c'est vrai, Jed, ajouta-t-elle sans le quitter des yeux. Et toi aussi tu voudrais sûrement revoir Margaritte encore une fois, même si cette pensée te fait mal. Seulement, ça n'arrivera sans doute jamais parce qu'elle a quitté ce monde l'esprit en paix et qu'elle n'a aucune raison d'y revenir. Si Beau m'est apparu, c'est parce qu'il est innocent et que ça tourmente son âme. Il ne pourra accéder au repos éternel tant que son nom sera traîné dans la boue.

Jed la regardait fixement et elle se rendit compte qu'elle en avait dit beaucoup plus qu'elle ne l'aurait voulu.

— Eh bien…, murmura-t-il.

— Eh bien quoi ? dit-elle en essayant de donner le change, de ne pas lui montrer qu'elle était terrifiée à l'idée que ses propos puissent le faire fuir à tout jamais.

N'allait-il pas penser qu'elle était encore bien plus dérangée qu'il ne l'imaginait ?

— Eh bien, ça fait beaucoup de choses à digérer, dit-il d'une voix rauque.

— Oui, je sais.

— Faut-il impérativement que je réponde à tout ça ce soir ?

Elle fit non de la tête.

Il s'avança vers elle et l'attira dans ses bras.

— Je…

— Oui ?

Mais elle eut droit à une moue hésitante en guise de réponse.

— Allez, vas-y ! lança Christina. Dis ce que tu as à dire !

— A mon avis, nous croyons tous en ce que nous avons besoin de croire pour avoir la force de poursuivre notre chemin, murmura-t-il enfin.

Elle fronça les sourcils et il se remit aussitôt à parler.

— Mais quand je te vois, je vois la vie. Je vois un avenir plein d'espoir et de promesses. Je vois quelqu'un qui a surmonté sans amertume les dures épreuves de son existence pour devenir une femme aussi belle à l'intérieur qu'à l'extérieur. Une femme forte, talentueuse, au caractère bien trempé… Et tellement sexy, lui chuchota-t-il à l'oreille.

Son souffle tiède la fit frissonner.

— Ai-je déjà dit que je te trouvais sexy ? murmura-t-il encore. Oui, je vois l'avenir en toi, Christie, tu me donnes envie de regarder devant moi, et non plus derrière.

Les dernières défenses de Christina volèrent en éclats. Elle se pendit au cou de Jed et lui rendit ses baisers, se collant sans retenue contre son corps. L'excitation avait chassé l'épuisement et elle ne songeait plus qu'à faire l'amour.

Leurs vêtements jonchèrent bientôt le sol. Ils échangeaient des baisers pressés, mouillés, brûlants, insensés, voraces… Leurs mains rivalisaient d'audace. Chaque fois qu'elle touchait une nouvelle partie du corps de Jed, elle était surprise par la violence du désir qui la submergeait. Elle n'en revenait pas que l'on puisse aimer avec un tel appétit, une telle urgence, un tel abandon. Elle ferma les yeux avec un soupir d'extase quand la bouche de Jed butina son nombril avant de descendre lentement pour aller goûter l'intérieur de ses cuisses, passant de l'une à l'autre en s'attardant en chemin. Puis il mit fin au délicieux supplice et remonta vers sa bouche tandis que ses jambes écartaient celles de Christina. L'instant d'après, ils ne faisaient plus qu'un, Jed allant et venant en elle avec une impatience contenue, vibrante, incroyablement érotique.

Pour la première fois de sa vie, Christie regretta de voir la lumière du jour disperser les ombres de la nuit.

Les oiseaux chantaient déjà quand elle finit par s'endormir. Et avec le sommeil revint ce cauchemar où elle était dans la peau d'une autre. Ce cauchemar bien trop réel pour être vraiment un rêve.

Les larmes roulèrent sur ses joues.

Elle avait cru, l'espace d'un instant, qu'elle était sauvée.

Mais peut-être n'avait-elle fait qu'imaginer tout ça. L'esprit adoucissait-il la mort grâce à des hallucinations ? Entendrait-elle jusqu'à son dernier souffle des pas, des voix qui viendraient la sortir de son enfer ?

La douleur était de plus en plus insupportable. Ses poignets, ses chevilles, son dos la faisaient souffrir le martyre.

Il fallait qu'elle arrête de pleurer. Ses larmes ne faisaient qu'accroître le plaisir du monstre qui jouissait de la voir avilie, humiliée.

Les comédiens, les comédiennes, tous ces foutus saltimbanques…, disait son bourreau.

Elle pouvait presque voir sa moue méprisante quand il prononçait ces mots.

Tous ces foutus saltimbanques se croyaient tellement à part, au-dessus du lot…

Mais lui… il leur était supérieur.

18.

Christina dormait. Enfin, presque. Dans son sommeil, elle perçut la sonnerie d'un téléphone portable, puis Jed qui répondait.

Lorsqu'elle l'entendit dire qu'il allait arriver, elle souleva une paupière en plomb et posa sur lui un œil interrogateur.

— Katherine Kidd, dit-il en refermant le clapet du portable.

— Ah bon ?

— Elle vient d'apprendre la disparition d'Angela. Elle voudrait que je vienne chez elle avec Adam.

— Et tu y vas maintenant, si j'ai bien compris ? demanda Christie en s'efforçant d'adopter un ton dégagé malgré la pointe de jalousie qui la réveillait plus sûrement qu'une grande tasse de café.

— Tu peux te joindre à nous, si tu veux, lui dit Jed.

Avait-il senti quelque chose ?

— Non, non. C'est toi et Adam qu'elle veut voir.

— En fait, je suis sûr que ça lui ferait plaisir que tu nous accompagnes.

— Ah oui ? Et pourquoi ?

— Elle pense qu'elle te doit des excuses.

— Elle ne me doit rien du tout.

Jed resta un moment silencieux, tout en caressant les cheveux de Christina.

— Elle est persuadée d'avoir vu son frère, hier soir, dit-il enfin.

Christina roula sur le dos et se redressa un peu contre les oreillers.

— Tout est clair ! s'écria-t-elle soudain. Ecoute un peu ma théorie : Beau était bien le Tueur de l'autoroute, et Atkins n'a fait que son devoir de policier en lui tirant dessus. Le voici de retour, certes sous la forme d'un fantôme, pour assouvir par-delà la mort son besoin de violer et d'assassiner. Katherine est sa complice : elle attire les victimes avec son visage angélique avant qu'il ne dispose d'elles à sa guise : il les séquestre vraisemblablement dans sa tombe. Une fois qu'il en a fini avec les malheureuses, sa sœur se charge d'abandonner les corps le long de l'autoroute… Que dis-tu de ça ?

Jed se leva et se dirigea vers la salle de bains sans répondre. Une minute plus tard, Christina entendit couler l'eau de la douche.

Il ne semblait pas goûter son sens de l'humour, songea-t-elle. Ni comprendre le message : l'hypothèse qu'elle venait de formuler sur le ton de la plaisanterie était tout aussi absurde que celle qui consistait à imaginer son cousin dans la peau d'un assassin doublé d'un maniaque sexuel.

Jed revint dans la chambre, habillé, se séchant les cheveux avec une serviette.

— Tu devrais m'accompagner, dit-il.

— Non, merci.

— Bon… Comme tu voudras. Je vais voir si Adam veut venir.

— Demande aussi à Thor. Comme ça, Geneviève et moi, on pourra rester entre filles et dire du mal de vous.

Mais, malgré le ton badin, le cœur n'y était pas. Même son sourire avait quelque chose de forcé.

Jed s'arrêta devant le lit et se pencha pour poser un baiser sur ses lèvres.

Dieu qu'elle aimait qu'il l'embrasse…

— Un fantôme peut-il tuer ? demanda-t-il, sérieux comme un pape.

La faisait-il marcher ? Elle n'aurait su le dire.

— Tout ce dont je suis sûre, c'est qu'un fantôme peut programmer une cafetière électrique.

Jed hocha la tête, toujours aussi impénétrable.

— Très bien, dit-il. A tout à l'heure.

Il se retourna juste avant de sortir.

— Tu m'attends ici, d'accord ?

— D'accord.

— Si je te demande ça, c'est parce que…

— Tu ne veux pas que je sorte, surtout si c'est pour aller retrouver mes cousins, c'est bien ça ?

— Il n'y a pas de preuves tangibles contre eux, dit-il.

— Il n'y a pas de preuves du tout ! répliqua Christina. Ne t'en fais pas pour moi, Jed. Ça fait quelques jours que j'ai envie de décorer la maison pour Halloween, et je crois que je vais m'y mettre, même s'il reste quand même dix jours avant la date officielle. Et je pourrais en profiter pour rechercher la déco de Thanksgiving, pendant que j'y serai. Mamie rangeait tout ça soigneusement dans un carton… Au fait, ajouta-t-elle d'une voix douce, Ana t'a parlé de son idée pour la nuit d'Halloween ? Elle voulait qu'on se déguise tous en personnages du Livre de la jungle. Elle dit qu'elle veut être Mowgli, qu'elle a la bonne taille pour ça. Mais à part une perruque et un slip orange, je ne vois pas en quoi peut consister son costume.

— Je trouve que c'est une idée…

— Une idée débile quand on songe à ce qui nous préoccupe en ce moment, pas vrai ? Moi non plus, je n'aurai pas le cœur à m'amuser tant que le tueur ne sera pas neutralisé.

Ne sachant que répondre, Jed lui dit au revoir et quitta la chambre.

Elle resta dans le lit à écouter les pas de son amant qui s'éloignaient dans l'escalier, et bientôt les voix d'Adam, Thor, Geneviève… Jed qui leur répondait. Même Terreur voulut contribuer aux salutations matinales en lançant quelques aboiements bien sentis.

Après un moment, Christina entendit la porte d'entrée s'ouvrir et se refermer, puis une voiture qui démarrait.

Elle replongea la tête dans l'oreiller.

— Adam, demanda Jed, croyez-vous pouvoir aider Katherine d'une façon ou d'une autre ? Sait-elle quelque chose qui puisse innocenter son frère tout en étant incapable de nous le révéler ?

La réponse tardant à venir, Jed chercha le regard du vieil homme dans le rétroviseur central. Thor était assis à ses côtés, trop grand pour être confortablement installé sur la banquette arrière. Jed était encore loin de croire aux fantômes, mais les techniques d'hypnose et la force du pouvoir de suggestion commençaient à sérieusement l'intriguer. Adam savait certainement qu'il était en présence d'un incrédule, mais il n'était pas du genre à faire du prosélytisme. D'après ce qu'il savait sur lui, le fondateur d'Harrison Investigations ne cherchait jamais à convaincre quiconque du bien-fondé de sa démarche.

— Difficile à dire, murmura finalement Adam. Cette jeune femme ne devait pas avoir plus de douze ou treize ans à l'époque où son frère a été tué. Le fait qu'elle le croie innocent ne signifie pas qu'elle soit au courant d'un fait déterminant, même inconsciemment. A sa place, n'importe quelle gamine défendrait bec et ongles la mémoire de son grand frère.

Lorsqu'ils arrivèrent chez les Kidd, Katherine, vêtue d'une robe bohême chic qui contrastait avec l'expression tendue de son visage, les attendait sur le pas de la porte.

— Je viens de regarder les infos, dit-elle en venant aussitôt à leur rencontre. Le lieutenant Tiggs, en réponse à une question d'un journaliste, a affirmé que les autorités privilégiaient la thèse d'un imitateur !

Une moue dégoûtée déforma son joli visage.

— Comment peut-il dire une chose pareille ?

— Ils n'ont rien pour prouver que Atkins a commis une bavure en tirant sur votre frère, expliqua Jed. Je suis certain que les politiques font pression pour qu'on ne rouvre pas un dossier vieux de douze ans. Personne n'a envie de reconnaître ses erreurs, et encore moins ceux dont le sort dépend des électeurs. Il peut également s'agir d'un choix stratégique. Si, comme nous le croyons vous et moi, le tueur d'hier et celui d'aujourd'hui ne font qu'un, lui laisser croire que la police fait fausse route peut l'inciter à se découvrir et à commettre une bourde.

Katherine hocha la tête, mais lorsqu'elle aperçut Adam qui sortait de la voiture, ses lèvres se mirent à trembler.

— J'ai vu mon frère, hier soir, lui dit-elle. Je l'ai vraiment vu.

— Je vous crois, répondit calmement Adam.

Elle hésita.

— Pourriez-vous m'hypnotiser, monsieur Harrison ?

— Sans doute.

— Voyez-vous, je ne peux pas m'empêcher de penser que… Si seulement je me rappelais la soirée où Beau a été abattu, un élément déterminant pourrait me revenir à la mémoire, un élément que personne ne connaît et qui nous aiderait peut-être.

— Qui nous aiderait à quoi ? demanda gentiment Adam. Vous avez conscience que, même s'il vous est apparu, votre frère a quitté ce monde pour toujours.

— Oui, bien sûr, répondit Katherine avec une grimace douloureuse. Je parlais d'un détail qui nous aiderait à innocenter Beau, et pourquoi pas à identifier le vrai coupable. Quelque chose me dit que c'est là, en moi. Depuis que j'ai revu Beau chez Christina, cette étrange sensation ne me quitte plus.

Adam l'observa un moment en silence.

— Très bien, dit-il enfin. Et si vous nous faisiez les honneurs de votre belle maison ?

— Les décorations de Thanksgiving sont dans ce carton, dit Christina en se tournant vers son amie avec un grand sourire.

Une agréable fraîcheur régnait dans le sous-sol, et le soin

qu'avait mis sa grand-mère à étiqueter ses cartons permettait de mettre aisément la main sur ce qu'on cherchait.

— Qu'est-ce qui te permet de dire ça? demanda Geneviève en riant. L'étiquette ou ce joli dessin?

Avec un sourire nostalgique, Christina passa le doigt sur les couleurs fanées de la dinde dessinée au feutre.

— C'est une œuvre de Mike, dit-elle. Il devait avoir une dizaine d'années quand il a fait ça. Il a toujours été doué pour le dessin.

— Bon, qu'est-ce qu'on cherche, maintenant? demanda Geneviève.

— Passe-moi le carton, là-bas, s'il te plaît. Non, celui qui est juste derrière la table de billard… Oui, celui-là. Je crois qu'il contient les moules à gâteaux en forme de citrouille et de sorcière.

— Je suis jalouse de ton sous-sol, dit Geneviève en soulevant le carton en question. J'ai toujours voulu en avoir un comme ça. Mais dans l'archipel des Keys, il serait inondé les trois quarts du temps.

Alors qu'elles venaient de poser les cartons dans la cuisine, Christina s'assit sur la dernière marche du petit escalier et explosa de rire.

— Quoi? Qu'est-ce qu'il y a de si drôle? lui demanda Geneviève.

— Tu es couverte de toiles d'araignées! Ça m'avait l'air propre, mais je crois que je vais quand même devoir faire un peu de ménage là-dedans.

— Des toiles d'araignées? s'écria Geneviève avec une grimace horrifiée.

— Je parie que tu n'es plus si jalouse que ça de mon sous-sol, hein?

— Peut-être que non, après tout, répondit Geneviève en brossant ses vêtements et ses cheveux du revers de la main. Laisse-moi prendre une douche avant que ces sales bestioles ne me dévorent. J'en ai pour cinq minutes.

— D'accord. Pendant ce temps-là, je vais faire un saut chez Ana. Ce serait chouette si elle voulait bien nous aider à décorer la maison.

Trois minutes plus tard, Christina coupait par le jardin de Tony pour atteindre plus vite la maison d'Ana. Une fois à la porte, elle frappa doucement, puis sonna. Pas de réponse. Elle s'apprêtait à rebrousser chemin, persuadée que son amie n'était pas chez elle, quand elle perçut du bruit à l'intérieur.

— Ana ?

Rien.

Elle contourna la maison. Ana devait être là, songea Christina qui entendait à présent le murmure étouffé d'une télévision.

— Ana ? cria-t-elle de nouveau, suffisamment fort, cette fois, pour être entendue à des kilomètres à la ronde.

La voiture de son amie était garée dans la petite cour située derrière la maison. Ana était chez elle, ça ne faisait plus aucun doute. Alors, pourquoi ne répondait-elle pas ?

Le cœur de Christina se mit à battre violemment avant qu'elle ne parvienne tant bien que mal à se raisonner.

Il n'y avait aucune raison de s'inquiéter pour Ana. Elle ne correspondait en rien au type de femme qui intéressait le tueur en série. Certes, elle était jeune et jolie, mais ses cheveux étaient bruns et elle était aussi petite que les victimes étaient grandes.

Le cœur battant toujours la chamade, Christina se précipita vers la porte de derrière. Elle était entrouverte.

La jeune femme était tentée d'aller voir ce qui se passait à l'intérieur, mais elle hésita au dernier moment : n'était-ce pas se jeter dans la gueule du loup ? Elle n'avait rien sur elle pour se défendre et sauver son amie, si celle-ci était vraiment aux prises avec un agresseur. Non, la seule chose raisonnable à faire était de regagner sa propre maison aussi vite que possible et d'appeler la police.

Elle traversa de nouveau la pelouse de Tony, en courant et en jetant des regards à droite et à gauche pour s'assurer que personne ne la suivait. C'est alors qu'elle s'arrêta net, trop stupéfaite par ce qu'elle venait de voir pour faire un pas de plus.

La voiture de Dan était garée là, non pas devant chez Ana mais un peu plus bas dans la rue, en partie dissimulée par un énorme chêne.

Christina crut qu'elle allait se trouver mal.

Non, ce n'était pas possible.

Horrifiée, déboussolée, elle ne savait plus que faire. Revenir sur ses pas et prendre son cousin la main dans le sac ? Courir téléphoner à la police ?

La suite des événements décida pour elle : la porte principale de la maison d'Ana s'ouvrit à ce moment-là, et elle vit distinctement Dan en sortir, un morceau de papier à la main. Sans le regarder, il le froissa rageusement dans sa paume.

Même de loin, Christina pouvait voir saillir les veines de son avant-bras.

Elle attendit, figée, incapable de prendre une décision,

tandis qu'un petit vent frais lui rabattait les cheveux sur le visage.

Comme une mise en garde.

Un grand buisson la cachait, mais un simple pas de côté et Dan pourrait l'apercevoir. Christina balaya les alentours du regard, cherchant désespérément un endroit sûr où se mettre à l'abri.

Dans la maison d'Ana ?

Dans celle de Tony ?

Chez elle ?

Elle prit sa décision et s'élança à travers la pelouse.

Adam Harrison ne mit pas un pendule sous le nez de Katherine en lui répétant qu'elle avait les yeux lourds, très lourds, si lourds, et qu'elle était en train de s'endormir. Non, il lui demanda simplement de s'asseoir confortablement dans un fauteuil et de fermer les yeux. Puis, de sa voix apaisante, il lui décrivit une scène si calme et si paisible que Jed faillit lui-même s'assoupir.

A la fin de son récit, Adam dit à Katherine qu'elle était redevenue une enfant et qu'elle vivait avec ses parents. Il lui rappela également que son frère était policier et qu'il avait son propre appartement, mais qu'il rendait de fréquentes visites à sa famille. Parfois, il l'emmenait, elle et ses amis, voir un film ou s'amuser dans l'un des parcs d'attractions de la ville.

— Katherine, Beau fréquente une fille du nom de Grace Garcia. Tu la connais ?

— Oui. Elle est d'Ybor City. Dans sa famille, on

fabrique des cigares depuis des générations. Les Garcia sont originaires de Cuba.

Jed nota qu'Adam avait choisi de la tutoyer, comme il l'aurait fait pour une gamine, et que la voix de Katherine prenait les intonations d'une préadolescente.

— Alors, comme ça, tu connais Grace ?

— Oui.

— Tu crois que Beau l'aime bien ?

— Oh oui ! Il dit plein de choses gentilles sur Grace. Mais depuis qu'ils sont ensemble, il est toujours inquiet à cause d'elle.

— Et tu sais où ton frère l'a rencontrée ?

Katherine sourit, les yeux toujours fermés.

— Ben oui. Même que j'étais là.

— Et c'était où ?

— Au pub.

Jed se raidit.

— Quel pub ? demanda Adam.

— Chez O'Reilly. Il y a toujours plein de monde là-bas. Et Beau dit que tous les vrais Irlandais de la ville y ont mis le pied au moins une fois.

Tous les vrais Irlandais…

— Beau vient d'arriver, dit Katherine.

Jed se figea. Lui-même avait l'impression de voir le policier mort sous les balles de Larry Atkins. Il était là, debout à côté du fauteuil où se trouvait sa sœur, et il le regardait droit dans les yeux.

Quand le fantôme prit la parole, Jed songea qu'il avait définitivement rejoint le club des fous.

— Voilà, dit Beau. C'est là qu'il faut chercher. O'Reilly. C'est le dénominateur commun.

— Nom de Dieu…, murmura Jed.

Il sortit son portable, ne quittant le revenant des yeux qu'un court instant pour composer le numéro de Christina.

Pas de réponse.

Il tourna les talons et quitta la maison sans un mot.

— Jed ! appela Thor dans son dos, alors qu'il courait vers sa voiture.

— Appelle la police ! cria Jed par-dessus son épaule. Que Jerry Dwyer rapplique avec ses hommes dans la rue où habite Christina !

Quelques secondes plus tard, il démarrait en trombe tandis que des milliers de pensées se télescopaient dans son esprit.

O'Reilly.

Le dénominateur commun.

Tous les vrais Irlandais de la ville y ont mis le pied au moins une fois.

Toutes les rousses de la ville.

Le pub se situait entre deux autoroutes. Deux autoroutes en bordure desquelles les victimes avaient été retrouvées. Mais avant de les étrangler, le tueur les avait enlevées, séquestrées et violées.

Un tueur qui parvenait à les attirer dans sa voiture sans qu'elles poussent le moindre cri. Comment était-ce possible ? Soudain, l'idée s'imposa à Jed :

Qui mieux qu'une femme pouvait inspirer confiance à une autre femme ?

Christina avait été proche, si proche de parvenir à la même conclusion. Jed n'avait pas oublié sa plaisanterie aux accents sarcastiques, lorsqu'elle avait suggéré que Beau était revenu d'entre les morts pour tuer de nouveau, se servant de sa sœur pour piéger ses victimes. Bien entendu, Beau n'avait jamais étranglé quiconque, ni de son vivant ni a fortiori après son décès. Pas plus que Katherine ne l'avait aidé à réaliser d'aussi funestes projets.

Ce qui faussait l'équation, c'était les personnages. Il suffisait de les remplacer par d'autres noms pour avoir la clé de l'énigme.

Jed composa le numéro de Jerry.

— Tu mériterais que je te consacre beaucoup plus de temps que je n'en dispose ! dit l'homme.

Angie faisait des efforts désespérés pour ne pas vomir. Elle n'avait pas mangé, mais le bâillon l'étouffait. Surtout, elle avait atteint les confins de la terreur.

Plus de temps ? Ça ne voulait rien dire pour elle. Angela McDuff avait perdu la notion du temps.

L'heure de mourir avait-elle sonné ? Etait-ce déjà la fin ?

Elle avait peur. Tellement peur...

— Jolie, jolie, jolie, dit-il. Si jolie...

Sa voix toute proche lui indiquait qu'il se tenait juste devant elle. Lorsqu'il se pencha dans sa direction, elle sentit l'odeur de son ravisseur, une odeur qui la dégoûtait. Puis ses doigts s'avancèrent dans ses cheveux, écartés comme les dents d'un peigne africain. Elle voulait crier. Protester. Lui hurler de partir, de la laisser tranquille, de la laisser vivre...

D'un geste sec, il retira le bandeau qui l'aveuglait et elle vit son bourreau pour la première fois.

Elle le regarda, incrédule, ses yeux clignant tandis qu'ils s'adaptaient à la lumière.

Quoi, c'était ça, l'homme qui s'était octroyé le droit de vie et de mort sur elle ? L'homme qui la torturait, physiquement et moralement, sans la moindre pitié ?

Ce type tellement… ordinaire ?

Et puis, il y avait aussi… cette femme ! Cette sadique… Elle n'était pas là, pour le moment, mais Dieu sait qu'elle ne valait pas mieux que lui.

La lumière électrique lui faisait mal aux yeux. D'ailleurs, son corps tout entier lui faisait mal. Après avoir longtemps été attachée à une chaise, elle se trouvait désormais allongée sur un linoléum froid.

Et maintenant…

Des coups frappés quelque part au-dessus de leurs têtes résonnèrent soudain, et elle vit l'homme tressaillir.

— C'est quoi, ce bordel ? hurla-t-il en levant la tête vers le plafond.

Il resta quelques secondes ainsi, le nez en l'air et le front soucieux, puis il reporta son attention sur sa prisonnière.

— Pas un bruit, c'est clair ? Pas un bruit ou ce que tu as vécu jusqu'ici te semblera doux comparé à la punition à laquelle tu auras droit.

Il l'abandonna sur ces mots et partit voir ce qui se passait là-haut.

Christina se plaqua contre le mur du ranch. Elle avait frappé à la porte mais personne n'avait répondu. Elle songea à appeler Tony et Llona. Peut-être qu'ils faisaient du rangement dans le sous-sol et qu'ils n'entendaient pas ce qui se passait à l'étage supérieur ? Le week-end était souvent consacré à ce genre de tâche… Oui, mais si elle criait leurs prénoms, Dan l'entendrait aussi.

L'espace d'un instant, la lucidité l'emporta sur la panique et elle songea que tout cela était parfaitement absurde : elle essayait de s'introduire dans la maison de ses voisins pour échapper à son cousin ! Son cousin qui lui était si cher et en qui elle avait toujours eu la plus grande confiance. Il y avait forcément une explication logique à ce dont elle avait été le témoin. Oui, mais… En attendant de connaître le fin mot de l'histoire, pas question de prendre le moindre risque.

La porte du ranch était fermée à clé, mais elle avisa une fenêtre entrebâillée. Avec un soupir de soulagement, elle poussa les deux battants et s'introduisit chez Tony, au prix d'une légère acrobatie.

La maison était plongée dans une demi-obscurité. Certaines fenêtres avaient les volets clos quand d'autres étaient simplement obscurcies par les rideaux tirés.

Il lui fallut un moment pour s'habituer au manque de lumière. Des particules de poussière voletaient dans l'air.

Elle se mit à chercher un téléphone. A première vue, elle se trouvait dans la salle à manger. Sans doute n'était-ce pas là qu'il fallait chercher. Pourtant, une rapide inspection du salon attenant s'avéra tout aussi improductive. Certes, les gens utilisaient de plus en plus leur portable, songea-t-elle, mais il y avait forcément un poste fixe quelque part dans cette maison.

Dans la cuisine, peut-être.

Au moment où elle allait quitter la pièce, quelque chose sur la table basse attira son attention. Il s'agissait d'un article paru le matin même dans le *Orlando Sentinel* au sujet de la vague de meurtres qui frappait la ville. Soigneusement découpé, l'article en question était illustré d'une photo de Beau Kidd et d'une autre, plus petite, d'Angela McDuff.

Alors qu'elle se demandait pourquoi ses voisins avaient décidé de conserver cette coupure de presse, Christina entendit les aboiements furieux de Terreur, suivis de violents coups frappés contre la porte d'entrée. Aussitôt après, elle perçut des pas rapides qui venaient dans sa direction, et plongea sans réfléchir derrière le canapé.

Qu'est-ce qui lui prenait d'avoir peur de tout le monde ? se demanda-t-elle en observant Tony qui traversait son salon, vêtu d'un simple peignoir blanc, puis qui ouvrait la porte d'un geste impatient.

De sa cachette, elle ne pouvait voir qui était là avec son chien, mais la voix du visiteur la renseigna bientôt.

Dan.

— Salut, Tony ! Désolé de passer à l'improviste, mais je suis un peu inquiet. Tu n'aurais pas vu ma cousine, par hasard ? Je suis allé chez elle, mais elle ne s'y trouve pas. Pourtant, sa voiture est devant le garage.

— Non… Navré, vieux. Je ne l'ai pas vue. J'ai travaillé tard hier soir, et j'étais en train de me reposer.

Hélas, Dan ne semblait pas disposé à s'en tenir là. Christina le vit entrer dans la maison en bousculant Tony sur son passage.

— Pourquoi tu me mens ? lança-t-il d'une voix dure qu'elle ne lui connaissait pas. Le chien de Christina m'a conduit jusqu'ici. Ecoute-le aboyer… Terreur sait que sa maîtresse se trouve chez toi.

— Qu'est-ce qui te prend, Dan ? répliqua Tony. Tu

commences à m'emmerder, à la fin ! Je me moque bien de savoir pourquoi ce foutu clebs aboie. Je te dis que Christina n'est pas là.

Mais Dan continuait à avancer en direction du salon, obligeant Tony à reculer.

— Tony..., commença Dan.

Christina faillit laisser échapper un cri. Ils n'étaient plus qu'à quelques mètres d'elle, à présent, et elle les voyait clairement.

Elle voyait clairement le grand couteau que venait de brandir son cousin.

— Je veux que tu me dises où est ma cousine, Tony ! Et tout de suite.

Jamais la maison de Christina ne lui avait semblé si lointaine. Pourtant, Jed pouvait difficilement accélérer davantage. Il roulait « assez vite pour écraser les enfants, les canards et les nonnes », comme disait Seamus McDuff. Cette expression absurde lui avait toujours plu.

Pourquoi n'entendait-il pas les sirènes de police ? Jerry aurait déjà dû être sur place, nom d'un chien !

Il décida de l'appeler.

— Qu'est-ce que tu fous ? lança-t-il quand Jerry décrocha.

— T'es marrant, toi ! Je ne peux pas investir une maison juste parce que tu me le demandes !

— Il y a urgence, bon Dieu ! Tu disposes d'un motif de suspicion suffisamment grave pour réclamer un mandat de perquisition.

— Et je fais mon possible pour en obtenir un, figure-toi !

J'ai des hommes qui vont arriver sur place d'une minute à l'autre et qui attendent le feu vert du juge pour agir.

Jed raccrocha, frustré. Jerry faisait sans doute son maximum, mais la procédure ralentissait tout. Rien n'allait assez vite pour lui.

Le feu devant lui passa à l'orange, puis au rouge.

Il appuya sur l'accélérateur.

Les enfants, les canards et les nonnes…

Christina étudia les solutions qui se présentaient à elle. Il fallait choisir entre un couloir qui menait aux chambres et un escalier qui descendait au sous-sol.

Lorsque les deux hommes se dirigèrent vers le couloir, Dan reculant sans cesser de menacer Tony avec son couteau, elle prit sa décision. Elle resta immobile derrière le canapé, osant à peine respirer dans l'attente du moment propice pour quitter sa cachette et descendre au sous-sol. Elle s'élança enfin et dégringola les marches sur la pointe des pieds. Parvenue en bas de l'escalier, elle découvrit un spectacle qui la laissa pétrifiée.

Pétrifiée d'épouvante.

Le sous-sol était un vaste espace sans cloison dont les murs disparaissaient derrière un amas d'objets hétéroclites. Vieux cartons, sacs de golf, portants croulant sous les vêtements, bottes, magazines, vélo… Toutes ces choses qu'on accumulait et qu'on n'osait pas jeter. Rien d'étrange, donc, si ce n'était…

Elle plaqua la main contre sa bouche pour contenir le cri qui montait en elle. Au centre de la pièce se trouvait une femme nue étendue à côté d'un matelas. La malheureuse était bâillonnée, ficelée comme un rôti, un bandeau fixé juste sous ses yeux exorbités.

Ses yeux exorbités qui suppliaient Christina.

Les yeux d'Angie McDuff.

Christina se rua vers elle et se laissa tomber à genoux sur le matelas. La captive n'avait pas été entravée avec de la corde mais à l'aide d'écharpes. Hélas, les nœuds n'en étaient pas moins serrés, et les doigts de Christina, aussi engourdis que son esprit, peinaient à libérer Angela. Tout en s'activant fébrilement, elle jetait d'incessants regards en direction de l'escalier. Qu'est-ce que tout cela voulait dire ?

Dan avait brandi un couteau, mais c'était bien dans le sous-sol de Tony qu'Angie était retenue prisonnière.

Et où était Llona ?

Christina commençait à désespérer, incapable de venir à bout de ces liens, quand elle aperçut une cisaille à haie accrochée au mur. Elle alla la chercher et revint à toute vitesse auprès d'Angela, dont les yeux semblaient sur le point de sortir de leurs orbites. Pourtant, l'ex-femme de Mike resta calme pendant que Christina coupait le tissu, se contentant de pousser de pathétiques grognements.

Le dernier coup de cisaille fut pour le bâillon.

Angie ouvrit la bouche pour essayer d'articuler quelques mots, mais Christina posa aussitôt les doigts sur ses lèvres gercées.

— Non, murmura-t-elle en secouant vivement la tête.

Un pied venait de se poser sur la première marche de l'escalier. Il fallait qu'elles sortent d'ici tout de suite.

Elle se releva et aida Angie à faire de même. Mais la malheureuse ne tenait plus sur ses jambes. Christina dut presque la traîner à bout de bras jusqu'à l'unique fenêtre du sous-sol, tout au fond du vaste espace.

Quelqu'un descendait. Etait-ce Dan ou Tony ?

La fenêtre s'ouvrait sur un terrain en pente... Sauf qu'elle ne s'ouvrait pas. Impossible de tourner cette fichue poignée.

Christina s'empara d'un fer de golf, fracassa la vitre, puis racla le cadre avec la tête chromée du club pour enlever les morceaux de verre les plus pointus. Elle souleva ensuite Angie et la poussa tant bien que mal à travers l'ouverture.

— Va-t'en ! lui ordonna-t-elle. Tout de suite !

Sans se soucier des éclats de verre qui entaillaient sa peau nue, Angela McDuff rampa vers la sortie. Christina se hissait à son tour vers la fenêtre brisée quand des doigts se refermèrent violemment sur ses cheveux, la tirant en arrière.

— Sale garce !

Elle parvint à se retourner, abandonnant au passage un bon paquet de cheveux dans la main de son agresseur, et se trouva face à Tony.

Il était toujours vêtu de son peignoir, mais celui-ci était maintenant ouvert et il ne portait rien en dessous.

— Salope ! hurla-t-il en lui assénant une gifle d'une telle violence qu'elle tituba avant de s'effondrer sur le linoléum.

— Tony..., balbutia-t-elle en levant les yeux vers son voisin qui s'était campé au-dessus d'elle, jambes écartées, exhibant son membre avec l'impudeur d'un satyre.

— Vous, les McDuff, vous vous êtes toujours pris pour des artistes. Mais qui tient la vedette, maintenant ?

Elle n'en revenait pas. Et cette voix étrange avec laquelle il parlait maintenant : enjouée, presque amicale...

— Tony, ce n'est pas possible... Dis-moi que ce n'est pas vrai, que ce n'est pas toi qui...

Il lui répondit d'un grand sourire.

— Mais si, mais si...

— Et Dan ? Que lui as-tu fait ?

— Rien en comparaison de ce que je te réserve, répondit-il avec un mouvement obscène du bassin.

— Ne fais pas l'imbécile ! s'exclama-t-elle en s'efforçant de refouler la panique qui la submergeait. Geneviève a dû s'apercevoir que je n'étais pas rentrée, et la police est sûrement prévenue à l'heure qu'il est. Ils seront là d'une minute à l'autre.

— Il y a toujours quelqu'un pour fourrer son nez dans mes affaires, répondit-il d'un ton toujours aussi guilleret. Mais je suis trop malin pour me faire attraper. Beau Kidd, par exemple. J'ai cru un moment qu'il allait me surprendre alors que je me débarrassais du corps de cette fille. Mais au bout du compte, c'est lui qui a payé l'addition à ma place.

— Cette fois-ci...

— Cette fois-ci, tu vas mourir tout comme Dan, et je raconterai aux flics que j'ai dû tuer ton cousin qui s'acharnait sur toi. Quel dommage que je n'aie pas réussi à te sauver... Dommage aussi que tu ne puisses être là pour voir mon air bouleversé devant les poulets. Oui, ajouta-t-il après une pause, je vais te baiser et t'étrangler avant de te couper le bout des seins avec ce couteau recouvert des empreintes digitales de ce bon Daniel. Ça fait tant d'années que j'ai envie de toi...

Christina n'eut pas le temps d'avoir peur. Elle retint sa respiration tandis que quelqu'un approchait à pas de loup derrière Tony.

Llona ! Elle était sauvée.

— Llona, au secours ! Tony est un tueur ! Un maniaque sexuel ! Cours chercher de l'aide ! Il ne peut pas nous retenir toutes les deux !

Llona n'esquissa pas le moindre mouvement, se contentant de fixer Christina d'un regard dur.

Et Tony éclata de rire.

— Il faut avouer que ça aide d'avoir une jolie fille avec soi, dit-il. Quand j'étais un gamin de dix-sept ans à l'air innocent, avec de surcroît un bras en écharpe, personne ne se méfiait de moi, bien sûr. Mais à mon âge, une jeune femme à qui l'on donnerait le bon Dieu sans confession est un accessoire indispensable pour inspirer confiance. Pas vrai, ma jolie ? ajouta-t-il en se tournant vers Llona.

— Je vais aller chercher d'autres écharpes, dit-elle en jetant un coup d'œil à celles qu'avait coupées Christina.

Christina observa le couple, entre colère et incrédulité. Tony et Llona… Ça dépassait l'entendement.

— Vous ne vous en sortirez pas, cette fois-ci, dit-elle, la mâchoire serrée. Parce que vous avez oublié un détail.

— Quoi ? demanda Tony.

— La femme nue qui est en train de courir dans ton jardin, répondit Christina.

Plusieurs voitures de police étaient maintenant alignées devant le ranch. Mais les hommes en uniforme restaient sagement à l'intérieur en attendant les instructions. Pour investir la maison de Tony Lowell, il fallait soit un mandat de perquisition, soit la certitude qu'un crime était en train de se produire dans les lieux.

— Toujours pas de mandat ? interrogea Jed qui venait de bondir hors de sa voiture.

Le flic à qui il avait posé la question baissa un peu plus sa vitre, puis secoua négativement la tête.

Jed remarqua alors Terreur qui se jetait encore et encore contre la porte d'entrée, comme pris de folie, avec des aboiements plaintifs.

— Terreur ! cria-t-il.

Le jack russell se figea, les oreilles dressées, avant de rejoindre Jed ventre à terre. Celui-ci prit le petit chien dans ses bras et le passa à Geneviève qui venait d'arriver en courant.

— Tiens, garde-le avec toi.

— Je…

— Ne reste pas ici.

— Ils…, commença-t-elle, des larmes dans la voix. Ils disent qu'ils n'ont pas le droit de forcer la porte.

— Eux non, mais moi, je vais me l'accorder.

Il ne faisait plus partie de la police et se foutait pas mal qu'on lui colle un procès sur le dos pour violation de domicile.

C'est alors qu'il aperçut une femme nue à la peau zébrée d'éraflures sanguinolentes qui titubait sur le côté du ranch.

— La voilà, votre putain de preuve qu'un crime est en train de se commettre dans cette maison ! s'écria-t-il en s'élançant vers la porte.

Comme il s'y attendait, elle était verrouillée. Et le violent coup d'épaule qu'il donna aussitôt lui arracha une grimace de douleur et un juron, sans pour autant lui ouvrir la voie.

Il recula de quelques pas avant d'aller percuter la porte

pour la seconde fois, avec un résultat à peine plus encourageant. Du coin de l'œil, il vit un policier se précipiter vers Angela McDuff. A cet instant précis, Jed se foutait pas mal de savoir comment elle avait échappé aux griffes du tueur. Il ne pensait qu'à entrer dans cette foutue baraque pour trouver Christina.

Prenant un peu plus d'élan que lors de ses précédentes tentatives, il essaya d'enfoncer la porte pour la troisième fois. Enfin, le bois céda avec un craquement sec. Jed termina le travail à coups de pied et se fraya un passage. L'obscurité qui régnait dans la maison avait quelque chose d'étouffant. Il pénétra plus avant et faillit trébucher sur un obstacle.

Il se baissa pour voir ce dont il s'agissait.

Un corps.

Merde!

Il prit le pouls du blessé.

Le visage de l'homme étendu au sol se précisait au fur et à mesure que ses yeux s'habituaient au manque de clarté.

Dan.

Et il avait un couteau planté dans la cage thoracique.

Le cousin de Christina vivait peut-être ses derniers instants, mais Jed voulait savoir ce qu'il avait à dire. Tout en s'efforçant de surveiller ses arrières, il se pencha vers les lèvres de Dan qui remuaient lentement.

— Tony… Et…

Un cri aigu déchira le silence, et Jed eut tout juste le temps d'entrevoir une silhouette armée d'un couteau de boucher qui se jetait sur lui.

Il esquiva à la dernière seconde, et se mit à cheval sur son agresseur qui, en réalité, était une femme, comme il le découvrit alors qu'il bloquait le bras de Llona pour la délester de son arme. Il venait d'y parvenir malgré les sauts de cabri de cette furie, quand une voix féminine s'éleva derrière lui.

Stupéfait, il se tourna et vit Angela McDuff, un blouson de policier sur les épaules.

— Vite, au sous-sol ! cria-elle. Christina est aux mains de ce dingue !

Jed bondit sur ses pieds, aussitôt imité par Llona. Mais cette dernière ne parvint pas à se mettre debout, repoussée d'un violent coup de talon asséné par Angela. Et apparemment, il ne s'agissait là que d'un acompte. Mais Jed n'eut pas le loisir d'assister à la suite du massacre : il était déjà en train de dévaler l'escalier qui menait au sous-sol.

Avec un cri de rage, Tony sauta sur Christina, l'écrasant de tout son poids. Elle voulut se débattre, mais elle avait le souffle coupé.

Elle vit la main de l'étrangleur se tendre vers son cou tandis que l'air revenait lentement irriguer ses poumons. L'instinct de survie lui fit remonter le genou qui rencontra la zone sensible que Tony semblait si fier d'exhiber. Il lâcha prise avec un son étouffé et elle roula de côté pour s'échapper. Mais les doigts du psychopathe parvinrent à agripper ses cheveux avant qu'elle ne puisse se relever entièrement. Alors qu'il la tirait vers lui, contraignant Christina à lever la tête vers le plafond en hurlant de douleur, elle balança son coude en arrière et l'atteignit en plein visage. Le sang gicla de son nez qu'elle espéra avoir cassé. Tony poussa un grognement de fauve blessé, mais ne lâcha pas prise, cette fois-ci. Au contraire, elle sentit sa main puissante se refermer sur sa nuque. Un nouveau coup de coude ne rencontra que le vide. Christina se mit à tâtonner désespérément autour d'elle à la recherche de la cisaille à haie qu'elle avait dû laisser tomber non loin de là après avoir libéré Angela.

Alors qu'elle sentait ses forces la quitter, ses doigts rencontrèrent enfin l'outil de jardin. Elle les referma sur le manche de bois et leva la cisaille pour frapper.

Mais il sentit le danger. Lâchant le cou de sa proie pour lui bloquer in extremis le poignet, il entreprit de lui arracher son arme de fortune. Consciente que la perte de la cisaille signerait son arrêt de mort, elle lutta avec l'énergie du désespoir. En vain. Une minute plus tard, Tony s'était emparé de l'outil aux lames pointues et aiguisées. A cheval sur Christina, les genoux bloquant ses bras, l'homme qu'elle avait toujours vu comme un voisin calme et attentionné — comme un ami — leva la cisaille des deux mains, prêt lui transpercer… Quoi ? Les yeux ? La gorge ? Oh, mon Dieu, songea-t-elle, aidez-moi… La dernière vision de Christina fut celle de ce corps obscène qui touchait presque son visage. Elle abaissa les paupières, résignée à mourir.

Mais la lame ne se planta pas dans sa chair.

Christina rouvrit les yeux et vit quelque chose… Quelqu'un… Oui, quelqu'un derrière Tony, qui retenait ses bras.

Beau Kidd.

Beau Kidd qui arrachait maintenant la cisaille des mains de Tony. Avec un grognement incrédule, le Tueur de l'autoroute regarda son arme s'envoler, mue par une force mystérieuse. Puis son grognement se transforma l'instant d'après en rugissement de bête féroce, tandis qu'il se jetait de nouveau sur sa voisine, le visage déformé par une expression furieuse et hallucinée.

Ses mains d'assassin se refermaient sur le cou de Christina avec une violence inouïe quand il fut happé en arrière, cette fois par une force visible et ô combien tangible.

Jed venait d'arriver.

Il souleva Tony comme s'il n'était qu'un fétu de paille, et l'envoya s'écraser contre le mur en brique.

Lowell hors d'état de nuire, Jed se laissa tomber devant Christina, lui caressant tendrement les cheveux tandis que ses yeux inquiets évoquaient des mots d'amour.

Elle lui sourit en retour, tout comme Jed, incapable de prononcer un mot. Puis il se releva et se pencha vers elle, les bras tendus pour l'aider à se mettre sur pieds.

Une cavalcade se fit alors entendre derrière eux, trois policiers dévalant l'escalier. Deux hommes en uniforme apparurent d'abord, immédiatement suivis de Jerry Dwyer.

— Ne me dites pas que Lowell s'est fait la malle ! s'exclama Jerry.

— Il est là, dit Jed en indiquant du menton l'homme étendu au sol.

— Salopard ! murmura Jerry entre ses dents. J'espère qu'il ne va pas s'en sortir en invoquant une erreur de procédure.

Jed comprit que Jerry n'avait pas obtenu de mandat de perquisition. Tony dut le comprendre aussi, parce qu'il se mit à rire tout en se relevant, visiblement confiant dans le talent de ses avocats.

Personne ne dégaina d'arme, personne n'esquissa le moindre geste. Pourtant, la cisaille à haie se souleva d'elle-même et traversa le sous-sol avant de se ficher dans la poitrine du psychopathe.

Le Tueur de l'autoroute resta un moment immobile,

comme stupéfait de mourir à son tour. Il s'écroula contre le mur de briques, un flot de sang assombrissant sa peau juste au niveau du cœur.

Plus tard, lorsqu'on demanda son témoignage à Christina, elle déclara qu'elle ignorait comment une telle chose avait pu se produire.

19.

Christina ouvrit les yeux.

Tout semblait en ordre. La petite horloge en porcelaine posée sur la cheminée — la préférée de mamie qui l'avait rapportée d'Irlande — faisait entendre son éternel tic-tac discret et rassurant.

Il faisait noir dans la chambre. Complètement noir. A dire vrai, elle avait oublié d'allumer la lumière de la salle de bains avant de se coucher. Bien sûr, elle avait eu d'autres pensées à l'heure où la nuit était tombée. Pour être tout à fait honnête, il s'était agi de sensations plus que de pensées, à commencer par le bonheur d'être en vie. Et en vie dans les bras de l'homme qu'elle aimait depuis toujours.

Pour ne rien gâter, l'homme en question semblait partager cet amour, songea-t-elle en tendant le bras à l'aveuglette pour toucher le corps chaud de Jed.

Mais sa main tâtonna en vain. Elle roula sur elle-même et regarda la place vide en fronçant les sourcils.

Où était-il passé ?

Elle s'assit et vit que le jour se levait. L'obscurité se diluait déjà dans les lueurs de l'aube. Les bras autour des genoux, elle attendit que le soleil s'invite dans la pièce. Tandis que la lumière redessinait doucement le décor de sa chambre, elle aperçut soudain Jed, installé dans le fauteuil qui jouxtait son lit.

Il la regardait, en jean et torse nu.

— Salut! murmura-t-elle.

— Salut, toi-même.

— Est-ce que ça va? demanda Christina d'une voix hésitante.

Il hocha la tête.

— Je… Je suis sorti faire un tour.

— Ah oui?

Il se leva et vint s'asseoir sur le lit, tout près d'elle.

— Je reviens du cimetière.

— Du cimetière?

— Je suis allé faire la paix avec Beau Kidd.

Une semaine avait passé depuis les événements qui avaient failli coûter la vie à Christina. Elle était sortie de cette expérience dans un état de grande confusion, laissant aux professionnels le soin d'éclaircir le parcours meurtrier de Tony.

D'après les premiers éléments réunis par la police, Tony Lowell avait commencé très jeune à violer et à tuer. Il attirait ses victimes en faisant semblant d'être blessé. Il avait beaucoup voyagé après que ses crimes eurent été injustement imputés à Beau Kidd, ses divers séjours correspondant presque immanquablement à des meurtres non élucidés et perpétrés selon des méthodes semblables à celles du Tueur de l'autoroute.

Puis il avait rencontré Llona. Apparemment, un véritable monstre se cachait sous l'air doux et naïf de la jeune femme. A en croire Angie, Llona était encore plus dépravée et perverse que son amant, plus excitée que lui par la souffrance qu'ils infligeaient à leurs victimes. Lors des interrogatoires de police, elle oscillait entre l'être aimable que Christina avait connu et un Jack l'éventreur au féminin. Mais lorsqu'elle était lucide, ses déclarations permettaient de clarifier certaines zones d'ombre. Par exemple, les enquêteurs avaient été étonnés d'apprendre que le tueur en série n'avait jamais fait partie des leurs, contrairement à ce qu'ils croyaient. Tony Lowell avait appris à ne laisser aucune trace derrière lui, tout simplement en consultant internet et en regardant les séries télévisées.

Il avait l'air d'un type normal, songea Christina. Pas d'un tueur doublé d'un prédateur sexuel.

M. Tout-le-monde. Le gars qu'on croise tous les jours dans la rue avec un petit salut, le voisin à qui l'on confie ses clés.

Le voisin…

Llona avait bien essayé de se présenter comme une victime, battue par son amant et terrifiée à l'idée de lui désobéir… Mais le témoignage d'Angie avait fait voler en éclats cette ligne de défense.

Quelques jours après les événements, et alors qu'ils s'étaient tous retrouvés chez O'Reilly, Mike avait expliqué que son ex-femme semblait transformée par la terrible épreuve qu'elle venait de traverser. Consciente d'avoir échappé à la mort de justesse, elle lui était apparue beaucoup moins superficielle qu'avant et infiniment reconnaissante envers ceux qui lui avaient sauvé la vie, en particulier Christina. Angela avait entamé une thérapie pour surmonter l'horreur de son calvaire et redéfinir les priorités de sa vie.

Dan, qui avait refusé de rester plus d'une nuit à l'hôpital, avait rougi comme un collégien en expliquant à sa cousine pourquoi ni lui ni Ana n'étaient venus ouvrir la porte, ce jour-là.

— On était en train de... Enfin, tu vois ce que je veux dire, avait-il dit avant de plonger le nez dans sa Guinness.

— En train de faire quoi ? avait demandé Christina, qui était à mille lieux d'imaginer la vérité.

— Ecoute, on ne va pas te faire un dessin ! s'était exclamée Ana. On faisait l'amour, crac crac, on copulait, on...

— Ça va, ça va : on a compris ! avait lancé Mike, affolé de voir qu'une bonne partie des clients du pub tournaient la tête vers leur table.

— Ça fait longtemps qu'on se plaît, avait expliqué Dan, plus rouge que jamais, et...

Et tout le monde avait éclaté de rire.

Mais Christina n'était pas au bout de ses surprises, ce soir-là. Visiblement encouragé par les révélations de Dan et Ana, Mike s'était lancé à son tour.

— Je dois vous avouer que j'ai moi-même un faible pour une très jolie rousse, avait-il déclaré avec un sourire ravi.

— Ah oui ? Qui est-ce ? Je la connais ? avait demandé son frère.

— C'est moi, avait dit Katherine Kidd d'une voix douce.

Après un instant de stupeur, les éclats de rire avaient redoublé, suivis des blagues et des taquineries d'usage.

Geneviève, Thor et Adam étaient partis le lendemain de cette soirée chez O'Reilly. Pour Christina, la tristesse de voir son amie s'en aller avait été atténuée par la certitude de la retrouver très vite : rendez-vous avait en effet été pris pour deux journées de plongée sous-marine, le week-end suivant Halloween.

Par contre, elle s'attristait à l'idée de ne plus revoir Adam Harrison. Lorsqu'elle s'en était ouverte au vieil homme, il lui avait souri en prenant sa main.

— Allez savoir, Christina. Qui vous dit que je ne vous appellerai pas un de ces quatre matins ? Votre don pourrait permettre d'aider d'autres gens, vous savez ?

— Je serais heureuse de me rendre utile, avait-elle répondu.

— En tout cas, j'ai passé un très bon moment en votre compagnie. J'en profite pour vous remercier de votre hospitalité.

— Au moins, vous ne vous êtes pas déplacé pour rien, Adam. Un fantôme hantait vraiment ma maison.

— On est tous hantés d'une manière ou d'une autre, avait-il répondu. On voit les fantômes quand on a besoin d'eux, ou ce sont eux qui se font voir quand ils ont besoin de nous.

— Mais Beau n'est pas réapparu depuis que…

— Depuis qu'il s'est manifesté dans le sous-sol de votre voisin, avait terminé Adam.

— En effet.

— Vous avez lu les journaux, n'est-ce pas ? Il a été lavé de toutes les accusations qui pesaient sur lui depuis sa mort. C'était pour ça qu'il était revenu. Pour ça et pour vous protéger. Il doit être en paix, maintenant qu'il a accompli sa mission. Je ne crois pas qu'il se manifestera de nouveau.

— Pensez-vous que Katherine l'a revu ? Qu'elle a eu l'occasion de lui dire adieu ?

— Oui, Christie. J'en suis certain.

Après leur départ, elle s'était retrouvée seule avec Jed dans la grande maison victorienne. Et à présent, il était là, assis sur le lit qu'ils avaient encore partagé cette nuit, son tendre regard posé sur elle.

— Alors comme ça, tu t'es rendu sur la tombe de Beau Kidd ? demanda-t-elle.

Il sourit et l'embrassa tendrement.

— Je devais m'excuser d'avoir contribué à salir son nom, et surtout le remercier de t'avoir sauvé la vie.

Elle lui caressa le visage.

— Tu l'as vu ?

— J'ai prié pour le repos de son âme, répondit-il.

Elle préféra ne pas insister.

— J'ai fait du café, dit-il, visiblement pressé de laisser tomber un sujet avec lequel il n'était pas encore très à l'aise.

— Merci.

Il quitta la chambre et elle prit une douche, s'habilla, puis descendit dans la cuisine où elle se versa du café.

Soudain, elle sentit sa présence et se retourna. Beau était là, très à son avantage dans son uniforme de cérémonie. Il prit Christina dans ses bras et posa un baiser sur son front.

Un baiser qui lui sembla si réel…

— Merci, dit-il.

— C'est moi qui vous remercie, Beau. C'est grâce à vous si je suis toujours de ce monde.

— Et j'en suis heureux. Vous avez encore beaucoup de belles choses à vivre, Christina. Il est temps de laisser le passé derrière vous et de regarder l'avenir en compagnie de Jed.

— J'en suis consciente. Mais je ne sais pas si Jed…

— Je suis prêt à parier qu'il est prêt, lui aussi. Vous devriez aller le rejoindre, maintenant.

— Nous ne nous reverrons plus, n'est-ce pas ?

— Je ne crois pas, non. Pour moi, le moment est venu de reposer en paix, comme on dit.

Elle hocha la tête, les yeux brillants. Leurs mains se frôlèrent une dernière fois et il disparut.

Elle sortit prendre l'air et trouva Jed installé sous la véranda, en train de pianoter sur son ordinateur portable, son torse nu offert au soleil levant.

Christina remarqua une boîte juste à côté de lui, sur la table en rotin. Beaucoup trop grosse pour contenir une bague de fiançailles, songea-t-elle en riant intérieurement.

— C'est pour toi, dit-il, surprenant son regard interrogateur. Et si tu l'ouvrais ?

Elle ne se fit pas prier.

Quelques secondes plus tard, elle sortait un costume de tigre du carton éventré.

— Qu'est-ce que…

Il haussa les épaules avec une grimace un peu gênée.

— D'accord, j'avoue qu'en ce qui concerne Kaa, je me suis défilé. Mais Dan est d'accord pour être Baloo, et Mike fera Bagheera. Quant à Terreur, Ana est en train de lui confectionner un costume de Mowgli. Je crois que Dan n'avait pas envie de voir sa nouvelle petite amie se trimballer en slip orange dans toute la ville ! Ana se déguisera en méchant serpent à ma place et moi, j'immortaliserai votre quatuor — votre quintette, pardon — avec mon appareil photo.

Il reprit soudain son sérieux.

— On a besoin de voir des amis, de s'amuser, de mener une vie normale… De profiter au maximum de notre passage sur terre. Je voudrais qu'on laisse le passé tranquille et qu'on s'intéresse au présent et à l'avenir. J'ai pensé qu'on pourrait commencer avec Halloween.

— D'accord, dit-elle dans un souffle.

— Comment je m'en sors, pour l'instant ?

— Magnifiquement.

— Tant mieux... Ah oui, il y a autre chose dont je voulais te parler.

A peine sa phrase terminée, il lui présenta un petit écrin beige sorti de nulle part, à la manière d'un magicien.

Il l'ouvrit lui-même et le tendit à Christina.

C'était une bague en diamant, un superbe solitaire taille marquise mis en valeur par une monture ancienne.

Elle le regarda, une boule dans la gorge, incapable de prononcer un mot.

— Je peux ? proposa-t-il d'une voix mal assurée qu'elle ne lui connaissait pas.

Elle hocha la tête, retenant ses larmes à grand-peine, et lui offrit sa main gauche.

— Tu ne dis rien ? lui demanda-t-il en plissant légèrement ses yeux sombres.

Elle posa l'ordinateur sur la table en rotin, s'assit sur ses genoux et l'embrassa à pleine bouche.

Après un long moment, elle rompit le baiser et le regarda, hors d'haleine et radieuse.

— Comment je m'en sors ? demanda-t-elle.

— Magnifiquement.

DANS LA MÊME COLLECTION
Par ordre alphabétique d'auteur

OLGA BICOS	*Nuit d'orage*
OLGA BICOS	*La mort dans le miroir*
LAURIE BRETON	*Ne vois-tu pas la mort venir ?*
BARBARA BRETTON	*Le lien brisé*
JAN COFFEY	*La dernière victime*
JASMINE CRESSWELL	*La Manipulatrice*
JASMINE CRESSWELL	*Le secret brisé*
JASMINE CRESSWELL	*La mort pour héritage*
JASMINE CRESSWELL	*Soupçons mortels*
JASMINE CRESSWELL	*Je saurai te retrouver*
CAMERON CRUISE	*La perle de sang*
MARGOT DALTON	*Amnésie*
MARGOT DALTON	*Kidnapping*
MARGOT DALTON	*Le sceau du mal*
MARGOT DALTON	*Crimes inavoués*
WINSLOW ELIOT	*L'innocence du mal*
LYNN ERICKSON	*Le Prédateur*
SUSANNE FORSTER	*Le cercle secret*
TESS GERRITSEN	*Présumée coupable*
TESS GERRITSEN	*Crimes masqués*
TESS GERRITSEN	*Ne m'oublie pas*
HEATHER GRAHAM	*L'invitation*
HEATHER GRAHAM	*L'ennemi sans visage*
HEATHER GRAHAM	*Le complot*
HEATHER GRAHAM	*Soupçons*
HEATHER GRAHAM	*La griffe de l'assassin*
HEATHER GRAHAM	*Prémonition*
HEATHER GRAHAM	*L'ombre de la mort*
HEATHER GRAHAM	*Danse avec la mort*
HEATHER GRAHAM	*Noires visions*
HEATHER GRAHAM	*Nuits blanches*
HEATHER GRAHAM	*Apparences*
GINNA GRAY	*Le voile du secret*
GINNA GRAY	*La cavale*
GINNA GRAY	*Les bois meurtriers*
KAREN HARPER	*Testament mortel*
KAREN HARPER	*Le saut du diable*
KAREN HARPER	*L'œuvre du mal*
KAREN HARPER	*Les portes du mal*
KAREN HARPER	*Une femme dans la nuit*
KATHRYN HARVEY	*La clé du passé*

…/…

DANS LA MÊME COLLECTION

Par ordre alphabétique d'auteur

BONNIE HEARN HILL	*La disparue de Sacramento*
BONNIE HEARN HILL	*Mortelle perfection*
CHRISTIANE HEGGAN	*Miami Confidential*
CHRISTIANE HEGGAN	*L'Alibi*
CHRISTIANE HEGGAN	*Intime conviction*
CHRISTIANE HEGGAN	*Labyrinthe meurtrier*
CHRISTIANE HEGGAN	*Par une nuit d'hiver*
CHRISTIANE HEGGAN	*Troublantes révélations*
CHRISTIANE HEGGAN	*Intention de tuer*
CHRISTIANE HEGGAN	*Meurtre à New York*
METSY HINGLE	*Le masque de la mort*
METSY HINGLE	*La fille de l'assassin*
METSY HINGLE	*Noces noires*
GWEN HUNTER	*Faux diagnostic*
GWEN HUNTER	*Virus*
GWEN HUNTER	*Les mains du diable*
GWEN HUNTER	*Le triangle du mal*
GWEN HUNTER	*La piste du mal*
LISA JACKSON	*Noire était la nuit*
LISA JACKSON	*Dans l'ombre du bayou*
CHRIS JORDAN	*L'étau*
PENNY JORDAN	*De mémoire de femme*
PENNY JORDAN	*La femme bafouée*
R.J. KAISER	*Qui a tué Jane Doe ?*
ALEX KAVA	*Sang Froid*
ALEX KAVA	*Le collectionneur*
ALEX KAVA	*Les âmes piégées*
ALEX KAVA	*Obsession meurtrière*
ALEX KAVA	*Le Pacte*
RACHEL LEE	*Neige de sang*
RACHEL LEE	*Le lien du mal*
RACHEL LEE	*Secret meurtrier*
DINAH McCALL	*Le silence des anges*
HELEN R. MYERS	*Mortelle impasse*
HELEN R. MYERS	*Les ombres du doute*
HELEN R. MYERS	*Mort suspecte*
HELEN R. MYERS	*Suspicion*
HELEN R. MYERS	*La marque du diable*
CARLA NEGGERS	*L'énigme de Cold Spring*
CARLA NEGGERS	*Piège invisible*
CARLA NEGGERS	*La dernière preuve*

.../...

DANS LA MÊME COLLECTION
Par ordre alphabétique d'auteur

BRENDA NOVAK	*L'étrangleur de Sandpoint*
BRENDA NOVAK	*Noir secret*
MEG O'BRIEN	*Le piège*
MEG O'BRIEN	*En lettres de sang*
MEG O'BRIEN	*Pluie de sang*
MEG O'BRIEN	*La déchirure*
MEG O'BRIEN	*Spirale meurtrière*
SHIRLEY PALMER	*Zone d'ombre*
SHIRLEY PALMER	*Le bûcher des innocents*
EMILIE RICHARDS	*Le refuge irlandais*
EMILIE RICHARDS	*Mémoires de Louisiane*
EMILIE RICHARDS	*Le testament des Gerritsen*
EMILIE RICHARDS	*L'héritage des Robeson*
EMILIE RICHARDS	*L'écho de la rivière*
EMILIE RICHARDS	*Promesse d'Irlande*
EMILIE RICHARDS	*Du côté de Georgetown*
NORA ROBERTS	*Possession*
NORA ROBERTS	*Le cercle brisé*
NORA ROBERTS	*Et vos péchés seront pardonnés*
NORA ROBERTS	*Tabous*
NORA ROBERTS	*Coupable innocence*
NORA ROBERTS	*Maléfice*
NORA ROBERTS	*Enquêtes à Denver*
NORA ROBERTS	*Crimes à Denver*
NORA ROBERTS	*L'ultime refuge*
NORA ROBERTS	*Une femme dans la tourmente*
FRANCIS ROE	*L'engrenage*
FRANCIS ROE	*Soins intensifs*
KAREN ROSE	*Le lys rouge*
M. J. ROSE	*Rédemption*
M. J. ROSE	*Le cercle écarlate*
M. J. ROSE	*La cinquième victime*
JOANN ROSS	*La femme de l'ombre*
SHARON SALA	*Sang de glace*
SHARON SALA	*Le soupir des roses*
SHARON SALA	*Meurtre en eaux troubles*
SHARON SALA	*L'œil du témoin*
SHARON SALA	*Expiation*
MAGGIE SHAYNE	*Noir paradis*
MAGGIE SHAYNE	*Un parfait coupable*

.../...

DANS LA MÊME COLLECTION
Par ordre alphabétique d'auteur

TAYLOR SMITH	*Le carnet noir*
TAYLOR SMITH	*La mémoire assassinée*
TAYLOR SMITH	*Morts en série*
ERICA SPINDLER	*Rapt*
ERICA SPINDLER	*Black Rose*
ERICA SPINDLER	*Le venin*
ERICA SPINDLER	*La griffe du mal*
ERICA SPINDLER	*Trahison*
ERICA SPINDLER	*Cauchemar*
ERICA SPINDLER	*Pulsion meurtrière*
ERICA SPINDLER	*Le silence du mal*
ERICA SPINDLER	*Jeux macabres*
ERICA SPINDLER	*Le tueur d'anges*
ERICA SPINDLER	*Collection macabre*
AMANDA STEVENS	*N'oublie pas que je t'attends*
AMANDA STEVENS	*La poupée brisée*
AMANDA STEVENS	*Juste après minuit*
TARA TAYLOR QUINN	*Enlèvement*
ELISE TITLE	*Obsession*
CHARLOTTE VALE ALLEN	*L'enfance volée*
LAURA VAN WORMER	*La proie du tueur*
GAYLE WILSON	*Les disparus du Mississippi*
KAREN YOUNG	*Passé meurtrier*

7 TITRES À PARAÎTRE EN MARS 2009

MIRA

Composé et édité par les
éditions Harlequin
Achevé d'imprimer en décembre 2008

par

LIBERDÚPLEX

Dépôt légal : janvier 2009
N° d'éditeur : 14025

Imprimé en Espagne